Tonia Krüger,
Leonie Lastella und Valentina Fast
Kisses in the Snow

TONIA KRÜGER
LEONIE LASTELLA
VALENTINA FAST

Kisses in the Snow

ROMAN

dtv

Von Tonia Krüger ist bei dtv außerdem lieferbar:
Love Songs in London – All I (don't) want for Christmas
Love Songs in London – Here comes my Sun
Love Songs in London – Dancing on Sunshine
Love Songs in London – It's raining love

Von Leonie Lastella ist bei dtv außerdem lieferbar:
Das Licht von tausend Sternen
Wenn Liebe eine Farbe hätte
So leise wie ein Sommerregen
Carry me through the night
Seaside Hideaway – Unsafe

Von Valentina Fast ist bei dtv außerdem lieferbar:
Still missing you
Still wanting you
Still searching for you

Originalausgabe

Umschlaggestaltung: ZERO Werbeagentur GmbH
Umschlagmotive: shutterstock.com / © Standret, Koltukovs, PROSKURIN SERHII, Kseniia Gorova, graficriver_icons_logo
Gesetzt aus der Le Monde Livre
Satz: Fotosatz Amann, Memmingen
Druck und Bindung: CPI books GmbH, Leck
Printed in Germany · ISBN 978-3-423-74097-5

Christmas Playlist

What If – Kate Winslet

Merry Christmas My Ass – All Time Low

Rudolph The Red-Nose Reindeer – Babyface

Last Christmas – Carly Rae Jepsen

I Won't be Home For Christmas – Blink-182

Frosty The Snowman – Fiona Apple

Santa Tell Me – Ariana Grande

I Hate You This Christmas – Kate Nash

It's The Most Wonderful Time Of The Year – Andy Williams

Christmas Tree Farm – Taylor Swift

Christmas Blows – Matt And The Nobodys

I Saw Mommy Kissing Santa Claus – The Jackson 5

Unterneath The Tree – Kelly Clarkson

That Was The Worst Christmas Ever! – Sufjan Stevens

Last Christmas – Wham!

19. DEZEMBER

Ava

»Es tut mir leid.« Ich sage die Worte und erschauere. Irgendwie machen sie alles so endgültig. Es ist aus. Ich weiß das. Und Mason weiß es auch. Wir wollten es beide nicht wahrhaben, aber es läuft schon lange nicht mehr gut zwischen uns – seit fast einem Jahr, um genau zu sein. Seit ich mein Mathematikstudium an der Caltech geschmissen habe, um Fotografin zu werden. Mason hat das keine Sekunde lang verstanden. In seinen Augen habe ich meine Chance auf eine sichere Zukunft verspielt.

Unsere Beziehung ist nicht plötzlich zu Ende gegangen. Wir beide sind über die Monate nach und nach weniger geworden als Paar. Denn Masons Studium erinnert mich an das, was ich bewusst hinter mir gelassen habe. Und er hält meine Arbeit für nicht viel mehr als einen Zeitvertreib.

Aber immerhin wollte er um uns kämpfen. Deshalb sind wir hergekommen. In diesen entlegenen Winkel in den gewaltigen Bergen Montanas – einen kleinen eingeschneiten Ort namens Big Sky. Nur wir beide. In diesem heimeligen B&B, dem Mountain Hideaway. Das war der Plan. Damit wir wieder zueinanderfinden. Damit das, was mit einem Kuss beim Flaschendrehen begonnen hat, nicht mit Unverständnis, enttäuschten Erwartungen und Frust endet. Wir waren Highschool-Sweethearts. Alle – wir eingeschlossen – glaubten, das zwischen uns sei für immer. Aber jetzt: Es tut mir leid. Wir schaffen es nicht.

»Es ist wegen ihm, oder? Du willst seinetwegen alles hinschmeißen.« Mason steht vor mir – zwischen uns das Bett mit den gemütlichen Blümchenbezügen, hinter mir das Fenster zur Straße. Draußen ist es klirrend kalt. Schnee türmt sich entlang der geräumten Fahrbahn. Ich lasse meinen Blick über die Holzbalken, die Dachschrägen, den Bauernschrank und die niedlichen Nachttische schweifen.

Als wir ankamen, hat mich das Zimmer entzückt. Jetzt ist es nur noch eine Ausflucht, damit ich nicht Mason ansehen muss. Ich kann seine Wut verstehen. Und seine Verzweiflung. Denn die fühle ich genau wie er. In einem Punkt irrt er sich allerdings.

»Es ist nicht seinetwegen. Es liegt daran, dass du mich nicht mehr siehst. Dass du nicht verstehen willst, was meine Arbeit mir bedeutet. Dass wir hierhergekommen sind, um Zeit zu zweit zu verbringen, aber du dich freiwillig bereit erklärt hast, das Serviceportal eurer Firma zu bedienen. Erklär mir mal, wie du eine Beziehung retten willst, während du ständig an Telefon und Laptop hängst.«

»Du hast dich doch schnell getröstet.« Sein Ton ist bitter. Aber obwohl er so wütend ist, hat er noch immer etwas Kontrolliertes an sich – die Hände in den Taschen seiner dunklen Hose, seine blonden Haare ordentlich in einen Seitenscheitel gekämmt. »Du streitest ja nicht mal ab, dass du auf diesen Ranger stehst.«

Ich presse die Lippen zusammen. Ich kann es nicht abstreiten, weil es wahr ist. Je mehr Zeit ich in den letzten Tagen mit Nolan verbracht habe, desto mehr ist er mir unter die Haut gegangen. Und irgendwann hat er mein Herz getroffen. Es hat sich ganz langsam angefühlt, aber ich fürchte, ich habe mich Hals über Kopf verliebt. Nolan jeden Tag wiederzusehen hat sich wie Fliegen angefühlt – berauschend und angsteinflößend gleichermaßen. Es war ja klar, dass der Absturz kommen würde. Und jetzt ist er da.

»Seit wann fällst du auf so eine Naturburschen-komm-ich-zeige-dir-meine-Berge-Masche rein?«

»Ich wollte das nicht, Mason.« Und damit meine ich nicht, auf eine Masche hereinzufallen. Nolan ist nicht der Typ für eine Masche. Er ist einfach er. Mich zu verlieben … Das wollte ich nicht. Und ich hätte auch nie gedacht, dass mir das einfach so passieren würde. »Ich wollte das nicht«, wiederhole ich. »Ich wollte mit dir unseren Urlaub hier verbringen. Ich wollte, dass wir uns daran erinnern, warum wir uns lieben. Stattdessen hast du ständig in deinen verdammten Laptop gestarrt und mir versprochen, dass wir am Nachmittag Ski fahren würden.«

»Ja, aber nachmittags warst du nie da. Du bist mit deiner Kamera und deinem Lone Ranger durch den Schnee gestapft und hast Schnappschüsse von der Welt gemacht.«

Ich gebe ein Schnauben von mir. Klar, dass er das so sieht. Schließlich hat dieses Gespräch genau mit solchen Vorwürfen angefangen. Ich habe mich umgezogen, um Nolan zu treffen, als Mason mich gefragt hat, ob ich vorhabe, abends wiederzukommen. Diese Frage und die damit verbundene Unterstellung haben mich so wütend gemacht! Und dann habe ich die fatalen Worte gesagt: *Es ist aus, Mason. Das zwischen uns funktioniert nicht. Ich fühle da nichts mehr.*

»Ich habe keine Schnappschüsse gemacht. Ich habe fotografiert. Und ich bin mit Nolan und einer Gruppe Kinder unter dem Thema Snowkids on Snowshoes auf geführten Wanderungen unterwegs gewesen. Weil ich nichts anderes zu tun hatte, während du mit eurer Kundschaft beschäftigt warst. Zumindest anfangs. Später waren wir allein unterwegs, das stimmt. Aber bis heute Morgen war mir nicht klar, dass du das überhaupt bemerkt hast.«

»Natürlich kriege ich es mit, wenn sich meine Freundin einem anderen an den Hals schmeißt. Hältst du mich für blöd, Ava? Ich habe gehört, wie du über ihn redest. Und ich habe euch durchs Fenster beobachtet. Auf mich wirkte es nicht so, als wärst du traurig, dass ich nicht dabei war, sondern als amüsierte sich meine Freundin ohne mich besser als mit mir.« Treffer! Aus verengten sturmgrauen Augen starrt er mich an, wartet vielleicht darauf, dass ich widerspreche, aber es wäre gelogen.

»Ex-Freundin«, gebe ich scharf zurück.

»Alles klar.« Mason verdreht die Augen. »Auf der Ebene bewegen wir uns jetzt? Weißt du was? Ich habe genug. Ich muss mir nicht ansehen, wie du mit ihm rummachst und alles in den Wind schießt, was wir uns aufbauen wollten. Ich bin nur deinetwegen hier. Ich will Weihnachten nicht in einem Kaff am Ende der Welt herumsitzen, sondern mit meiner Familie feiern. Und genau das werde ich jetzt auch tun.« Er bückt sich und zieht seinen Koffer unterm Bett hervor. Er wirft ihn auf die Matratze, dreht sich zum Schrank um und fängt an, willkürlich Sachen aus den Fächern in den Koffer zu stopfen. Daran erkenne ich, wie aufgewühlt er ist. Normalerweise würde er alles akkurat stapeln.

Stumm sehe ich ihm zu. Ich will nicht abfahren. Ich kann nicht. Ich meine … Das würde heißen, dass ich Nolan nie wiedersehe. Ich lebe in Pasadena, über tausend Meilen von dieser Ecke mitten in den Rockys entfernt. Und ich weiß nicht mal, ob Nolan auch nur im Ansatz für mich empfindet wie ich für ihn. Anscheinend habe ich auch keine Chance, es herauszufinden.

Anfangs war Nolan mir gegenüber eher schweigsam, sein Lächeln zurückhaltend. Aber er spricht mit Blicken aus seinen irgendwie verletzlich wirkenden dunklen Augen. Und er hat mir seine Lieblingsplätze in der umliegenden Bergwelt gezeigt – wie geheime Orte in seinem Herzen. Die Vorstellung, ihn nie wiederzusehen, verursacht mir einen schmerzhaften

Knoten im Brustkorb. Mir ist klar, dass es keine Alternative gibt. Selbst wenn ich Mason überreden könnte zu bleiben, wäre es der falsche Zeitpunkt. Nolan und ich kennen uns seit wenigen Tagen. Ich habe ihm zwar mein Herz ausgeschüttet, weshalb er ungefähr jedes Detail kennt, das zwischen Mason und mir nicht mehr funktioniert. Aber das heißt nicht, dass es eine Zukunft für ihn und mich gibt. Eher im Gegenteil wahrscheinlich.

Mason wirft mir einen scharfen Blick übers Bett hinweg zu. »Worauf wartest du? Wir fahren.« Noch immer rühre ich mich nicht. »Du glaubst doch nicht, dass ich länger bleibe, damit du was mit ihm anfangen kannst. Ich verschwinde von hier. Und wenn du nicht festsitzen willst, kommst du mit. Eine andere Möglichkeit, den nächsten Flughafen zu erreichen, hast du nämlich nicht.«

»Ich weiß.« Endlich finde ich meine Stimme wieder. Der Druck in meinem Brustkorb ist mittlerweile jedoch fast unerträglich. Ich muss hier raus. Ich brauche dringend frische Luft – und zwar genau die kalte klare Bergluft, die ich in den letzten Tagen so lieben gelernt habe. Statt nach meinem Koffer greife ich nach meiner Jacke. Stiefel und Schneehose trage ich bereits. Außerdem schnappe ich mir meine Kameratasche.

»Was soll das jetzt?« Mason hält inne und sieht mich ungläubig an. »Das kann nicht dein Ernst sein.«

»Ich komme mit dir.« Ich gehe zur Tür, drehe mich noch mal zu ihm um. »Aber nicht sofort. Gib mir zwei Stunden.«

Masons Augen verengen sich. »Du willst zu ihm. Habe ich recht?«

»Ich will mich verabschieden. Ja. Aber vor allem muss ich erst mal runterkommen. So kann ich nicht zu dir ins Auto steigen und stundenlang durch die Gegend fahren. Glaub mir. Das wäre für uns beide nicht gut.«

»Eine Stunde.« Mason wendet sich wieder dem Schrank zu. »Wir fahren in einer Stunde.«

Wortlos verlasse ich das Zimmer, schlinge im Gehen den Schal um meinen Hals und ziehe die Mütze tief über meine Ohren.

Alles im Mountain Hideaway ist wunderschön cozy: die Holzvertäfelungen, die liebevoll gestalteten, nicht zusammenpassenden Möbelstücke, die dicken Teppiche, die Fotos der Berglandschaft an den Wänden. Das hier hätte der ideale romantische Ort für Mason und mich werden sollen. Stattdessen ist mein Plan, uns wieder näherzukommen, schiefgegangen. Und zu allem Überfluss ahnt Nolan wahrscheinlich nicht mal, wie ich für ihn empfinde. Außer …

Ich trete durch den leeren, urgemütlichen Frühstücksraum auf die Veranda und ziehe gegen die beißende Kälte meine Handschuhe an. Die Kameratasche hänge ich mir quer über die Schulter. Ich werde es Nolan sagen. Statt dieses Gefühl für den Rest meines Lebens in mir gefangen zu halten, werde ich es ihm sagen.

Entschlossen steige ich die Stufen hinunter und atme die eisige Luft ein. Die Kälte in meiner Lunge hat eine angenehme Wirkung, betäubt die Trauer und den Schmerz über meine kaputte Beziehung. Was bleibt, ist die Erleichterung, dass ich endlich den Mut hatte, auszusprechen, dass Mason und ich nicht mehr zusammen funktionieren. Ich fühle mich wie befreit, diese Last nicht mehr mit mir herumtragen zu müssen.

Ich weiche vom Gehweg auf die geräumte Straße aus, wo ich besser vorankomme. Die Gebäude reihen sich entlang der Fahrbahn unter schneebedeckten Dächern auf. Vor einigen wehen Flaggen im leichten Wind. Die meisten sind üppig mit Lichterketten und funkelnden Weihnachtsmännern mit Rentieren auf den Dächern geschmückt. Es ist jedoch nicht mal

Mittag, sodass noch nichts leuchtet. Meine weihnachtliche Stimmung hält sich zurzeit ohnehin in Grenzen.

Mitten auf der Straße bleibe ich stehen und lasse meinen Blick über die umliegenden Berghänge wandern. Nolan ist nicht der einzige Grund, warum ich nicht abreisen will. Das hier will ich einfach nicht so schnell wieder gegen die lauten Straßen und die Hektik Pasadenas eintauschen. Ein Stück hinter dem Mountain Hideaway erhebt sich der Steilhang zum Red Lodge Mountain. Zusammen mit den hinter Big Sky aufragenden Gipfeln des Bold Mountain und des Palisades Peak bildet er den Kern des Skigebiets. Einige der Lifte und Pisten sind derzeit allerdings gesperrt. Nolan hat mir erklärt, dass der Wind in der Höhe deutlich stärker weht und in den letzten Tagen für Triebschneeansammlungen an den oberen Hängen gesorgt hat. Dadurch steigt die Lawinengefahr.

Ich drehe mich weiter um die eigene Achse, folge mit dem Blick den hoch aufragenden Felsformationen des deutlich wilderen Grizzly Peak, über den ich in den letzten Tagen meistens mit Nolan in die umliegende Bergwelt eingestiegen bin. Die in der Sonne glitzernden Hänge zeichnen sich vor dem Blau des Himmels ab. Ich liebe die so wilde wie zauberhafte Landschaft. Und ich wünschte, Big Sky hätte Mason und mir mehr Glück gebracht.

Noch einmal drehe ich mich um dreihundertsechzig Grad. Die Aussichten habe ich in zahlreichen Fotografien festgehalten. Aber das Gefühl von Freiheit und Ungezwungenheit, das ich hier erlebe … Das muss ich in meinem Herzen speichern.

Schließlich überquere ich die Straße. Abgesehen von mir sind nur wenige Leute draußen unterwegs – vor allem ein paar der Touristinnen und Touristen aus dem luxuriösen Hotel außerhalb des Ortes am Eingang des Skigebiets.

Ich stapfe am größten Gebäude des Ortes vorbei, das mit seinem Mix aus Stein, sehr viel Glas und rustikalen Holzbalken etwas Villenartiges und gleichzeitig Montanatypisches hat. Davor knickt die Fahrbahn nach links ab und führt als schmaler werdende Passstraße zwischen die Berghänge hinauf. Laut Nolan ist sie im Winter nicht passierbar und einige Kilometer weiter gesperrt. Dennoch folge ich ihr für etwa zweihundert Meter zu dem Blockhaus, in dem die Ranger Station untergebracht ist.

Meine Stiefel klingen dumpf auf den Holzbohlen, als ich die Stufen zur Veranda hinaufsteige, auf der trotz der Kälte zwei Schaukelstühle stehen. Ich trete einige Male kräftig auf, um den Schnee von meinen Stiefeln zu schütteln, klopfe kurz an die schwere Holztür und drehe den Türgriff.

Statt heimeligem Licht, dem Duft nach Kaffee und leisen Stimmen aus dem Büro empfängt mich Stille. Ich taste nach dem Lichtschalter an der Wand und die Lampen an der Decke tauchen den Hauptraum der Ranger Station in warme Helligkeit – die Vitrinen mit den Präparaten der lokalen Flora und Fauna, die Karten und Plakate an den Wänden mit Erklärungen der ökologischen Kreisläufe, die Postkartenständer und Regale mit Souvenirs. Da auch der Treppenaufgang in den ersten Stock im Dunkeln liegt, habe ich keine große Hoffnung auf eine Antwort, rufe aber dennoch einige Male ein fragendes »Hallo« in das stille Blockhaus. Ich zögere. Nolan und ich hatten eigentlich vor, eine kurze Wanderung zu unternehmen. Vielleicht ist er allein aufgebrochen, als ich nicht aufgetaucht bin. Leider haben wir bisher keine Nummern ausgetauscht. In dem kleinen Ort erschien das irgendwie nicht nötig. Und ehrlich gesagt habe ich ihn auch nicht danach gefragt, weil ich mir zumindest die Illusion bewahren wollte, mit Mason könne alles wieder gut werden. Da wollte ich mich nicht in Versuchung führen, auch noch WhatsApps mit Nolan auszutauschen.

Der Knoten in meinem Brustkorb zieht sich wieder enger zusammen. Sieht ganz so aus, als würde ich Nolan tatsächlich nie wiedersehen. Trotzdem will ich nicht einfach verschwinden, ohne ihm zumindest eine Nachricht zu hinterlassen. Entschlossen ziehe ich meine Handschuhe aus, durchquere den Raum, klopfe der Form halber an die Tür zum Büro und trete ein. Nolan hat mich einige Male mit hier reingenommen, wenn wir von unseren Schneewanderungen zurückgekommen sind und uns bei Tee und Keksen aus der angrenzenden Küchenzeile aufwärmen wollten. So kurz vor Weihnachten sind die vier sonst hier beschäftigten Ranger alle im Urlaub. Nur Leroy, der etwas verschrobene Chef, ist hin und wieder aufgetaucht, um Nolan Anweisungen zu geben oder sich zu beschweren, weil er findet, in der Ranger Station müsse mehr Ordnung gehalten werden.

Jetzt sehe ich mich kurz um, setze mich an einen der beiden Schreibtische, die sich am Fenster gegenüberstehen, und suche nach Papier und Stift. Dabei formen sich bereits so viele Worte gleichzeitig in meinem Kopf, dass ich überhaupt nicht weiß, wie ich anfangen soll. All das, was sich an widersprüchlichen Emotionen in mir angestaut hat, drängt an die Oberfläche. Einen Kugelschreiber habe ich schnell zur Hand, aber ein Blatt muss ich mir schließlich aus der Druckerlade stibitzen. *Lieber Nolan,* schreibe ich und zögere. Zu altmodisch? Egal. Ich werde jetzt nicht denken, nur fühlen und alles auf dieses wartende Blatt Papier ausschütten: was die gemeinsame Zeit mir bedeutet hat, was ich in ihm sehe und was das mit mir gemacht hat. Ich habe mich in ihn verliebt. Und ich kann nicht anders, als ihm das auch mitzuteilen. Ich zögere kurz. Aber es ist nicht übertrieben. Das ist eine Gewissheit in dem ganzen Chaos, das in mir seine Kreise zieht.

Unwillkürlich denke ich an diesen Moment, als Nolan mich zu dem Plateau am Grizzly Peak geführt hat und wir gemeinsam auf Big Sky hinabgeblickt haben. Nolan hat seine Heimat gesehen, ich ein kleines Dorf, das sich wie das andere Ende meiner Welt anfühlte.

In dem Moment ist uns beiden klar geworden, wie unterschiedlich die täglichen Erlebnisse sind, die uns prägen. Nolan liebt es, den Sonnenaufgang über den Bergen zu beobachten und ganz allein in der Wildnis unterwegs zu sein. Einmal konnte er aus nächster Nähe ein Wolfsrudel beobachten. Er gehört genau hierher. Ich hingegen bin auf der Suche. Zu Hause beginnen meine Tage mit ratlosen Momenten vor der Getränkeauswahl im Starbucks. Ich verdiene mein Geld als Fotografin bei Hochzeiten und Familienshootings und versuche meinen künstlerischen Platz zu finden, indem ich neue Perspektiven auf die klaren Ecken und Kanten des städtischen Raumes einfange. Aber hatte ich dabei schon ein schönstes Erlebnis – etwas, das mir so eindrucksvoll in Erinnerung geblieben ist wie Nolans Wolfsbegegnung? Ehrlich gesagt habe ich das Gefühl, Nolan ist das Schönste, was mir in meinem Leben passiert ist.

Ein bisschen drüber? Egal! Einfach raus mit dem Gefühl aufs Papier. Schließlich – so weh es auch tut – werde ich ihn ohnehin nicht wiedersehen.

Zwischendurch öffne ich den Reißverschluss meiner Jacke, weil Hitze in mir aufsteigt. Aber ich fühle mich auch ruhiger, als ich – so altmodisch, wie ich begonnen habe – *Deine Ava* unter meinen Brief schreibe. Ich falte das Papier zusammen, schiebe es in einen Briefumschlag, den ich in einem Fach hinter mir finde. *Nolan*, schreibe ich darauf und lasse ihn mittig auf dem Schreibtisch liegen.

Ich werfe einen Blick auf die Wanduhr. Die Stunde, die Mason mir zugestanden hat, ist fast rum. Trotzdem will ich noch einen Umweg machen. Mason wird mich sicher nicht einfach zurücklassen, auch wenn ich eine halbe Stunde länger unterwegs bin. Draußen werfe ich einen prüfenden Blick in den Himmel. So wolkenlos habe ich ihn seit unserer Ankunft kaum erlebt. Jetzt zur Mittagszeit ist das Licht zwar nicht optimal, weil es fast zu grell auf den Schnee fällt, aber ich will trotzdem noch eine Aufnahme von Big Sky machen. Die Prospekte und der Internetauftritt des Ortes sind sicher einige Jahre alt und die darin abgebildeten Fotos semiprofessionell. Ich hatte schon vor ein paar Tagen die Idee, meine Bilder aufzubereiten und dem Tourismusverein anzubieten. Ich folge dem präparierten Wanderweg, der hinter dem Ort sanft ansteigend den Hang des Grizzly Peak kreuzt. Bis ein Stück außerhalb von Big Sky verläuft er parallel zur Straße, ehe er entlang des Bergrückens höher hinaufführt. Mit Nolan bin ich den Weg mehrmals mit Schneeschuhen gegangen, weil er sich hinter einem kleinen zugefrorenen See in mehrere Wanderwege verzweigt. Ohne Nolan würde ich mich dort niemals zurechtfinden, aber jetzt will ich den Weg nur bis zu einem höher gelegenen Punkt außerhalb des Ortes gehen, von wo ich bei diesem Licht einen perfekten Winkel habe, um Big Sky in einem Bild einzufangen.

Ich schlage einen zügigen Schritt an, um Mason nicht länger als nötig warten zu lassen. Obwohl ich es nicht bereue, Nolan den Brief geschrieben zu haben, sitzt mir ein beißendes schlechtes Gewissen im Nacken. Ich hätte mich nie in Nolan verlieben dürfen. Mir ist klar, dass ich mich auch ohne ihn von Mason hätte trennen müssen, aber es ist Mason gegenüber ungerecht, dass ich einem anderen so viel Platz in meinem Herzen gelassen habe. Wie konnte mir das nur passieren? Dass es mir leidtut, wird Mason jetzt nicht helfen. Ich hoffe, er wird mir wenigstens glauben, dass ich Nolan nicht wiedersehen werde.

Tief atme ich die kristallklare Luft ein, sauge mich voll mit den Kontrasten von weißem Schnee, dunklem Fels und blauem

Himmel, lausche dem knurpsenden Geräusch des festgetretenen Schnees unter meinen Füßen. Nach Osten hin öffnet sich der Blick in das tiefer gelegene Tal mit dem nächstgrößeren Ort Red Lodge. Am Horizont ballen sich riesige Wolkenbänke zusammen. Ein weiterer Grund, mich zu beeilen. Ein Paar kommt mir Hand in Hand entgegen. Gleich darauf höre ich ausgelassenes Lachen und entdecke zwei Schlitten, die auf mich zugleiten. Ein Mann und eine Frau jeweils mit einem Kind vor sich brausen an mir vorbei. Dann erklingt plötzlich Hundegebell hinter mir. Alfie? Sofort drehe ich mich wieder um, mein Blick fliegt den Weg zurück. Tatsächlich. Ich erkenne Nolans schlanke, dunkel gekleidete Gestalt sofort – seine schwarze Schneehose und dunkelgrüne Jacke. An seiner Seite läuft sein Hund Alfie mit dem rötlich goldenen Fell, der sich wahrscheinlich vor den vorbeisausenden Schlitten erschreckt hat und deshalb bellt. Irgendwie fühle ich schon wieder zu viel. Die schlagartige Freude, die mein Herz weit werden lässt, wenn ich die beiden sehe, genauso wie die schwere Gewissheit, dass ich mich von ihnen verabschieden muss. Und leise Zweifel, ob ich mit meinem Brief nicht doch völlig übers Ziel hinausgeschossen bin. Ob er ihn etwa schon gelesen hat?

Ich will ihnen entgegengehen, doch etwas lässt mich schlagartig innehalten. Schräg hinter mir oberhalb am Hang ertönt ein dumpfes Geräusch – nicht besonders laut, nicht besonders erschütternd. Dennoch lässt es mich instinktiv spüren, dass Gefahr droht. Ich drehe mich um. Einen Moment noch scheint es, als hätte sich nichts verändert.

»Ava!« Nolans Stimme dringt zu mir und ich höre vor allem eins: Panik. »Lauf!«

Im gleichen Augenblick beginnt der Hang zu rutschen. Einen irren Moment lang habe ich das Gefühl, der ganze Berg komme auf mich zu, die ganze Welt breche um mich herum zusammen. Und in gewisser Weise tut sie das auch. Die Erkenntnis reißt mir den Boden unter den Füßen weg, bevor der in Bewegung geratene, Geschwindigkeit aufnehmende Schnee es tun kann: Lawine.

Ich stolpere rückwärts. Adrenalin übernimmt schlagartig die Kontrolle über meinen Körper, drängt mich, weiter zurückzuweichen, wegzurennen, irgendwie zu entkommen. Ich rutsche, falle, verliere die Orientierung. Irgendwo aus weiter Ferne höre ich Nolan, der Anweisungen brüllt. Aber alles, was mein vernebeltes Hirn wahrnimmt, ist das sich zusammenballende, den ganzen Berg erfassende Donnergrollen über mir und das dunkle Band der schneefrei geräumten Straße am Fuß des Hangs. Aus irgendeinem Grund ist mein Gehirn der Meinung, dort in Sicherheit zu sein. Einfach nur weg, raus aus dem Schnee, festen Boden unter meine Füße.

Ich renne abwärts, versinke bis zur Hüfte im Schnee, rutsche der Straße entgegen.

»Ava!« Mit Wucht werde ich von hinten getroffen und ich schreie auf. Doch es ist nicht die Lawine, die mich von den Füßen reißt. Kräftige Arme schlingen sich um meinen Oberkörper. Jemand zerrt mich seitwärts weiter. Wildes Hundegebell dringt mir über dem mittlerweile betäubenden Donner in die Ohren. Die Erde unter mir bebt. Um mich herum ist alles nur noch weiß. Halb rennend, halb fallend bewege ich mich schräg auf die Straße zu. Der Schnee klebt an mir, dringt mir in Augen, Nase und Mund ein. Ich kann nicht mehr atmen. Ich werde weiter durch den Schnee gezogen, erreiche plötzlich die Straße. Der Teer fühlt sich ungewohnt fest unter meinen Füßen an.

»Nicht stehen bleiben! Renn!«

Der Hund schießt an mir vorbei und ich laufe einfach hinter ihm her, kann jedoch nicht anders, als über die Schulter zurückzublicken. Ich sehe nichts als eine übermächtige weiße Wand. Stolpere. Hart treffe ich auf dem Boden auf, weiß nicht mehr, wo oben und unten ist, wo vorne oder hinten, wo Gefahr und wo Sicherheit.

»Ava!« Wieder schlingen sich Arme um mich. Jemand hält mich fest, beugt sich schützend über mich. So kauern wir einen Moment lang am Boden, während das dumpfe Rauschen um uns nachlässt. Schneestaub umwirbelt uns.

»Keine Angst.« Ich höre Nolans atemlose Stimme an meinem Ohr, habe noch immer das Gefühl zu rutschen, obwohl wir auf der Straße sitzen. »Es ist gleich vorbei.«

Ich habe keine Ahnung, wie viel Zeit vergeht. Es kann nicht mal eine Minute gedauert haben von dem Moment, in dem ich losgerannt bin, bis zu dem, als ich auf die Straße fiel. Doch meine Lunge brennt. Meine Beine fühlen sich vollkommen kraftlos an, mein ganzer Körper zittrig. Ich weiß nur, dass mein hektischer Atem plötzlich sehr laut klingt, als es um uns herum still wird. Automatisch versuche ich tiefer und langsamer Luft zu holen.

»Mein Gott, Ava, was hast du dir dabei gedacht?« Nolan lässt mich los. Ich sehe zu ihm auf. Er kniet neben mir auf der Straße. Sein Gesicht ist gerötet. Schnee bedeckt seine Kleidung, seine dunklen Haare, schmilzt auf seiner Haut. Aus seinen nachtschwarzen Augen mustert Nolan mich besorgt.

»Was soll das heißen?« Ich verstehe seine Frage nicht. »Da war eine fucking Lawine und ich bin weggerannt.«

»Du wärst mitten in die fucking Lawine reingerannt, wenn ich dir nicht gefolgt wäre.«

»Was?« Meine Stimme ist dünn. Fassungslos starre ich ihn an, kapiere gar nicht, warum er plötzlich so wütend aussieht.

»Du bist doch nicht schneller als eine Lawine. Wolltest du ein Wettrennen machen oder warum bist du vor dem Schnee hergerannt, statt seitlich aus der Gefahrenzone zu laufen? Das habe ich dir und den Kids auf den Schneetouren doch erklärt.« Sein Blick fliegt über mein Gesicht und er runzelt die Stirn. Sacht fasst er an mein Kinn und dreht meinen Kopf leicht zur Seite. Ich spüre ein leichtes Brennen links an der Stirn und der Schläfe, aber das interessiert mich gerade nicht.

»Ich … also …« Mühsam komme ich auf die Füße, ringe nach Atem. Irgendwie fühlt sich mein Brustkorb immer noch zu eng an. Nur wenige Meter von uns entfernt liegt Schnee auf der Fahrbahn. Genauer gesagt befindet sich dort, wo eben noch die Straße war, ein gigantisches Lawinenfeld. Meterhoch zieht es sich über den unteren Teil des Hangs, den Weg, auf dem ich eben noch gelaufen bin, die Straße, die aus Big Sky rausführt, und weiter über die hier nur noch sacht abfallende Ebene, hinter der in der Ferne die Talstation der Liftanlage und die Dächer der Hotelgebäude zu erkennen sind. Fast wäre ich unter einer verdammten Lawine begraben worden.

»Scheiße!« Ich sehe Nolan an, der ebenfalls aufgestanden ist.

Er klopft sich Schnee von der Jacke. Wahrscheinlich sollte ich das auch tun. Ich schätze, ich gebe keinen besseren Anblick ab als er. Aber ich kann mich nicht bewegen.

Der Glanz in Nolans schwarzen Augen verrät mir, dass er womöglich ebenso viel Angst hatte wie ich. »Wir hätten beide draufgehen können.«

»Scheiße«, wiederhole ich. Meine Muskeln fangen an zu schlottern, sodass ich mir nicht sicher bin, ob ich mich auf den Beinen halten kann. Auch die Worte, die ich hervorbringe, klingen nur noch nach hilflosem Gestammel. »Ehrlich gesagt hatte ich keine Ahnung, was passiert. Irgendetwas ist in meinem Kopf durchgeknallt und ich bin einfach losgerannt.«

»Hey, alles okay?« Besorgt mustert Nolan mich.

»Nichts ist okay. Ich habe mich von Mason getrennt. Und ich wollte …« Ich mache eine hilflose Geste in seine Richtung. »Ich wollte … Ich habe dich gesucht, weil ich abreisen muss. Und beinah läge ich jetzt unter Tonnen von Schnee begraben. Shit.«

Nolan starrt mich an, während ich spüre, wie Tränen in mir aufsteigen. Sein Blick wird weicher. Ich habe das Gefühl zu fallen. Meine Nase läuft. »Willst du dich lieber setzen?«

Ehrlich gesagt will ich vor allem eins: hier weg. Die Aussicht, zu Mason ins Auto zu steigen und so schnell wie möglich von hier zu verschwinden, hat plötzlich etwas unwahrscheinlich Verlockendes. Aber meine Beine machen da nicht mit. Als Nolan mich zögernd am Arm ergreift, stolpere ich einfach gegen ihn und lasse mir von ihm helfen, mich an den Straßenrand zu setzen. Etwas unbeholfen streicht Nolan mir über den Rücken. Plötzlich ist auch der Hund wieder da. Alfie schnuppert in meinem Gesicht herum. Als ich meine Hände in seinem Fell vergrabe, lässt Nolan mich los und geht wieder auf Abstand. Mir ist schwindelig. Und schlecht. Gott! Ich will jetzt nicht auch noch kotzen. Wobei das wahrscheinlich auch schon egal wäre. Denn eins steht fest: Dieser Tag kann auf keinen Fall noch schlimmer werden.

Hunter

Ich hätte nicht kommen sollen. Verflucht noch mal. Ich hätte nicht nach Big Sky zurückkehren sollen. Egal wie sehr Nolan mich in den letzten drei Jahren angefleht hat.

Nach dem Tod seiner Mom sind wir jedes Jahr zu Weihnachten zusammen ihre Lieblingsbergroute geklettert, haben an ihrem Lieblingsplatz in den Bergen gecampt, uns den Arsch abgefroren, und obwohl es traurig war, war es wichtig und irgendwie gut. Ich weiß, was es Nolan bedeutet und dass Peyton zu sehr im B&B eingespannt ist, um als Ersatz für mich herzuhalten. Ich weiß, dass ich der mieseste Freund überhaupt bin, weil ich trotzdem weggeblieben bin. Aber mir war klar, dass Dad und ich nach nicht einmal fünf Minuten aneinandergeraten würden. Es hat sogar nur drei gebraucht. Drei verfickte Minuten.

Ich stehe in der monströs großen Eingangshalle unserer protzigen Villa im Blockhausstil, die Dad *Hütte* nennt. Ein übertrieben mit Lametta behängter Weihnachtsbaum dominiert den Raum. Dieses Haus ist alles, aber keine Hütte. Ich trage immer noch meinen Mantel, der Schnee an meinen Stiefeln schmilzt vor sich hin, fuck, ich habe ihm noch nicht einmal Hallo gesagt, geschweige denn Grace vorgestellt. Sie hatte ja nicht mal Zeit zu kapieren, wie zum Kotzen reich meine Eltern wirklich sind, bevor Dad losgelegt hat. Ich hätte sie nicht mitnehmen sollen. Aber sie an Weihnachten allein in unserer WG zu lassen war auch keine Alternative.

Jetzt sieht sie unbehaglich von mir zu ihm und zurück, bevor sie die Brille auf ihrer Nase zurechtschiebt.

»Egal was du brauchst, um endlich nach Hause zurückzukommen, wir machen es möglich. Du könntest von hier aus dein Studium fortführen, während ich dich schon in das Unternehmen einarbeite. Du hast hier alles.« Er macht eine allumfassende Geste, die die verfickte Tannengirlande mit einschließt, die sich das Treppengeländer hinaufwindet. »Wieso kannst du das nicht annehmen? Lässt dir stattdessen lieber dein Hirn beim Football wegtackeln.« Er schnauft, als wäre es frustrierend schwer, an meinen schon angeschlagenen Verstand zu appellieren.

»Meinem Hirn geht es super«, knurre ich und konzentriere mich auf Grace. Sie ist meine Mitbewohnerin, beste Freundin und gerade definitiv der einzige Grund, der mich davon abhält, auszurasten und zu verschwinden.

»Anscheinend ja nicht, sonst würdest du endlich zur Vernunft kommen«, stößt Dad jetzt scharf hervor.

»Und tun, was du willst«, beende ich den Satz. »Newsflash: Das wird nicht passieren.« Ich ziehe die Augenbrauen hoch und sehe ihn jetzt doch an. Dann den Boden, weil es nicht so leicht ist, ihm die Stirn zu bieten. Nicht, weil ich Angst vor ihm habe oder nicht wüsste, was genau ich will. Oder besser, nicht will. Wie zum Beispiel sein Imperium leiten und für ewig in diesem kleinen Bergdorf feststecken. Es ist so verdammt schwer, weil ich ihn genug liebe, um dennoch ins Wanken zu geraten. Weil ich ihn nicht enttäuschen will und es dennoch tue. Jedes Mal.

Und weil er mich nicht genug liebt, um meine Entscheidungen zumindest zu akzeptieren, wenn er sie schon nicht unterstützt.

»Tu nicht so, als würde ich dir etwas Schlimmes antun. Ich will nur, dass du in das Unternehmen einsteigst. Das wird nun mal alles irgendwann dir gehören.«

»Ich will es nicht.« Nichts hiervon. »Ich bin nur hier, weil Mom mich eingeladen und Nolan mich überredet hat. Also lass uns einfach die verfluchten Feiertage zusammen verbringen.« Ich muss verrückt sein, das überhaupt noch in Betracht zu ziehen.

»Ich biete dir eine Chance, mit diesem Irrsinn aufzuhören«, motzt er weiter und geht gar nicht auf meinen Vorschlag ein. So viel zum gemeinsamen Weihnachtsfest. Bei ihm klingt die Aussicht auf eine Karriere bei der NFL fast so, als wäre ich drogenabhängig und das hier die dringend überfällige Intervention, um mich vor dem Totalabsturz zu bewahren.

»Hörst du mir eigentlich zu, Hunter?«

Ich presse die Zähne fest zusammen.

»Hunter?«, wiederholt Dad genervt.

»Ich kann das nicht«, murmle ich. Vielleicht macht es mich zu genau dem verzogenen, undankbaren Mistkerl, den Dad in mir sieht, aber ich kann nicht hierbleiben. Ich erwarte nicht, dass er einknicken wird. Oder versucht mich aufzuhalten. Wir haben Übung darin, unsere Treffen so zu beenden. Mit nichts als verbrannter Erde zwischen uns. Und ungesagten Worten. »Richte Mom aus, dass ich sie lieb habe.« Ich drehe mich um und greife nach Grace' Arm. »Komm.« Ich sehe, dass sie etwas sagen will, sich dann aber doch entschließt, loyal zu sein und in dieser Sache hinter mir zu stehen. Am Eingang verpasse ich dem Mistelzweig einen Fausthieb, bevor ich uns nach draußen schiebe und die Tür hinter uns zuknalle.

Eilig halte ich mit Grace im Schlepptau auf den Pick-up zu, den ich so in der Auffahrt geparkt habe, als hätte ich gewusst, dass die Sache mit Flucht endet. »Steig bitte ein. Wir verschwinden.«

»Du willst echt los? Also, weg?«

Sie hat doch live miterlebt, was gerade passiert ist. »Jepp.« Ich öffne die Fahrertür, steige ein und sehe stur geradeaus.

»Was war das gerade, Hunter?« Sie steht noch immer neben dem Wagen und ich schwöre, ich lasse sie hier stehen, wenn sie nicht sofort einsteigt.

»Das war ein winziger Einblick in die warme Herzlichkeit der Familie Adams.« Ich lasse die Schultern nach vorn sacken und lege den Kopf auf dem Lenkrad ab. »Es gab einen Grund, aus dem ich nicht herkommen wollte.«

Grace rutscht nun doch auf den Beifahrersitz und legt mir ihre Hand auf den Rücken. »Aber Nolan und ich haben dich so lange genervt, bis du nachgegeben hast.« Es klingt wie eine Entschuldigung.

»Können wir einfach fahren?«

»Was ist mit deiner Mom? Und Nolan?«, fragt Grace, noch nicht bereit, die Tür zu schließen, damit wir endlich aus Big Sky wegkommen.

Ich zucke die Schultern. »Bei Nolan können wir noch vorbeifahren. Mom rufe ich von unterwegs an.« Ich weiß, es ist nicht fair, dass sie darunter leiden muss, dass Dad und ich uns nicht zusammenreißen können. Aber ich kann nicht zu ihr ins Büro fahren und riskieren, noch einmal mit Dad zu kollidieren.

Mit einem Seufzen gibt Grace sich geschlagen und wirft die Autotür zu.

Wir fahren durch den verschneiten Ortskern, vorbei am bunt blinkend dekorierten Hardware Store, dem Diner, dem Grocery Store und dem Outdoor- und Sportladen, deren Schaufenster alle aussehen, als hätte sich eine Horde Weihnachtswichtel auf Koks bei der Deko ausgetobt. Und sie alle tragen den Namen Adams. Genau wie ich.

»Du hättest mich vorwarnen können, dass du der Rockefeller der Rocky Mountains bist«, sagt Grace und knufft mich in die Seite.

Als wäre das die Enthüllung und nicht mein vollkommen

verbohrter Vater, der uns gerade zur Begrüßung angebrüllt hat. Ich schnaube. »Du wusstest, dass meine Familie reich ist.«

»Es gibt einen Unterschied zwischen reich und euch gehört ein ganzes Dorf.«

»Spielt keine Rolle.«

Sie lacht. »So etwas kann nur jemand sagen, der Geld im Überfluss hat.« Sie dreht sich von mir weg und sieht aus dem Fenster. »Und eine Familie.«

Ich halte an der einzigen Ampel im Ort, die über der Hauptstraße sachte im Wind schwingt und eine Mütze aus Schnee trägt. Sie schaukelt genau wie die kreuz und quer über die Straße gespannten Lichterketten.

»Tut mir leid.« Ich drücke ihre Schulter. Ich wollte Grace wirklich nicht daran erinnern, dass sie niemanden hat. »Aber es ist nicht automatisch alles gut, nur weil meine Eltern noch leben und im Geld schwimmen.« Ich seufze und fahre nicht an, obwohl Grün ist. Außer uns ist niemand auf der Straße. Zur Hochsaison atmet der Ort samstagnachmittags kurz durch, bevor am Abend die neuen Gäste anreisen. »Ich wollte es echt versuchen.« Für sie. Für Nolan. Für Mom. Und vielleicht sogar für Dad und mich. »Aber ich kann nicht hierbleiben und mich die ganzen nächsten Tage streiten. Lass uns bei Nolan vorbeigucken und dann hauen wir hier ab, okay?«

Grace öffnet den Mund, um noch etwas zu sagen, aber der Blick, den ich ihr zuwerfe, lässt sie verstummen. Sie seufzt, nickt, und ich bin ihr verdammt dankbar, dass sie meinen Wunsch akzeptiert und hinter mir steht, obwohl sie mich vielleicht nicht versteht. Selbst wenn es bedeutet, dass wir allein in unserer undekorierten WG in Missoula feiern, obwohl sie sich auf ein richtiges Weihnachtsfest mit Familie, Freunden und einer Überdosis Lametta in Big Sky gefreut hat.

Ich parke den Wagen vor der Arztpraxis von Nolans Dad

und wir gehen gemeinsam die Stufen zu der winzigen Ein-Zimmer-Junggesellenbude hinauf, die mein bester Freund sich über den Praxisräumen ausgebaut hat. An der Tür hängt ein Blechschild mit der Aufschrift »Dear Santa, define good«. Nolan kann Weihnachten definitiv mehr abgewinnen als ich, aber der Spruch ist tatsächlich lustig und ringt mir ein Lächeln ab. Vermutlich ist im Inneren seiner Bude auch eine Weihnachtsdeko-Bombe geplatzt, genau wie früher in Doc James' Haus. Ich klopfe. In der Ferne donnert es. Nicht wie bei einem Gewitter, sondern so, als würde das Geräusch tief aus dem Inneren des Grizzly Peak kommen.

»Was ist das?« Grace sieht sich irritiert um.

»Wahrscheinlich ist in einem der umliegenden Täler 'ne Lawine runtergekommen.« Nichts Ungewöhnliches zu dieser Jahreszeit, außer, dass es verdammt nah klang. Ich klopfe wieder, aber Nolan scheint nicht da zu sein.

Ich schreibe ihm eine Nachricht, auch wenn ich schon vorher weiß, dass er sie vermutlich erst zu spät lesen wird, und wende mich dann wieder Grace zu. »Lass uns los.«

»Wir könnten auf Nolan warten. Er ist dein Freund und ihr habt euch ewig nicht gesehen.«

Das letzte Mal bei unserem Trip im Glacier Nationalpark im letzten Sommer. »Bis er das nächste Mal auf sein verfluchtes Telefon sieht, können Stunden vergehen. So lange warte ich nicht.« Selbst dann nicht, wenn es bedeutet, Nolans Gesicht monatelang wieder nur über den Bildschirm meines Smartphones zu sehen.

»Okay, wie du meinst.« Grace rümpft die Nase. »Aber nur fürs Protokoll, du hast echt eine Macke, Hunter Adams. Wir könnten auch einfach eine Nacht hier im Dorf schlafen und morgen noch mal versuchen, Nolan zu erwischen.«

»Hauptsaison.« Ich brumme. »Die Zimmer sind auf Wochen ausgebucht. Außerdem gehört das einzige Hotel in der

Nähe meinen Eltern. Und das Mountain Hideaway Bed & Breakfast …« leitet Peyton Scott.

»Alles okay? Du siehst aus, als hätte dir jemand in den Magen getreten.« Grace legt mir ihre Hand auf den Arm.

»Alles gut«, beruhige ich sie. »Bloß schlechte Erinnerungen. Lass uns einfach sehen, dass wir nach Hause kommen. Wir können Essen vom Thailänder holen und den ganzen Abend Filme schauen. Dann bin ich wieder ganz der Alte.« Meinetwegen sogar Liebesschnulzen oder Horrorstreifen, was mir normalerweise echt gegen den Strich gehen würde, aber gerade hört es sich himmlisch an.

Ich setze den Pick-up zurück und halte auf den Ortsausgang zu. Mit jedem Yard, den wir uns von der Adams-Hütte und dem Ortskern entfernen, wird mein Herz ein wenig leichter. Wir lassen das Ortsschild hinter uns. Neben uns windet sich der Wanderweg den Grizzly Peak hinauf. Die Landschaft liegt unter einer dicken Schneedecke, alles wirkt still und friedlich. Ich werde ruhig und es kommt fast so etwas wie Vorfreude darauf auf, dass ich die Tage mit Grace in Missoula verbringen werde. Nicht an diesem Ort. Ohne Dad und seine verfickte Meinung zu meinem Leben. Ohne die Gedanken an Peyton.

Es wird mir gut gehen. Davon bin ich überzeugt. Bis ich hinter der nächsten Kurve scharf bremsen muss. Weil Nolan vor einer verdammten Wand aus Schnee steht, wo eigentlich Asphalt sein sollte. Vor einer Frau, deren Klamotten voller Schnee sind und die am Boden hockt, ihre Hand in Alfies Fell vergraben, als müsste sie sich an ihm festhalten. Ihr Gesicht und die zerzausten Haare sind ebenfalls schneebedeckt, was sie aussehen lässt, als hätte Nolan sie vor drei Sekunden höchstpersönlich aus der Lawine gezogen, die die Straße verschüttet hat. Es hat nicht nur nah geklungen. Die Lawine war nah. Gefährlich nah am Ort. Das hätte auch anders ausgehen können.

Wir steigen aus und ich begrüße Nolan mit einem Handschlag. Dann Alfie, der um uns herumhüpft. Nolan grinst breit, schließt Grace in die Arme und drückt sie stumm an sich, während Alfie bellend um die beiden herumspringt. »Ihr seid hier«, bemerkt er und verbirgt nicht, wie sehr er sich darüber freut. »Das ist übrigens Ava. Sie macht hier Urlaub und … sie ist der Lawine deutlich zu nah gekommen. Sie braucht vielleicht noch eine Minute.« Da ist etwas fast Liebevolles in Nolans Stimme. Nicht nur in seiner Stimme. Auch in dem besorgten Blick, den er jetzt auf sie richtet. Dabei fängt er in der Regel nichts mit Touristinnen an.

»Ich bin okay«, sagt sie entschlossen und nickt uns zur Begrüßung zu. »Vielleicht übergebe ich mich gleich noch, aber, hey, ich bin nicht tot. Also betrachte ich das als Gewinn.«

»Freut mich, Ava, und noch mehr, dass dich die Lawine nicht zermatscht hat. Ich bin übrigens Hunter«, erwidere ich grinsend. Ich mag sie auf Anhieb, wende mich aber wieder Nolan zu, überlege, ob ich ihm sagen soll, dass ich seine Wahl ausgezeichnet finde, entscheide mich aber dagegen. Das ist ein Gespräch, das wir besser ohne Zuhörer führen. »Eigentlich sind wir nicht hier, sondern wir waren«, antworte ich zu spät auf Nolans Begrüßung und kämpfe mein schlechtes Gewissen nieder, weil ich zu wenig Zeit mit ihm verbringe, obwohl ich weiß, wie scheiße bekloppt er sich auf diese gemeinsamen Tage gefreut hat. »Wir sind schon wieder auf dem Sprung.« Waren wir. Ich sehe verzweifelt die Schneemauer an.

»Nicht dein Ernst.« Nolan verdreht die Augen. »Na ja, hat sich jetzt eh erledigt.« Er deutet auf die Schneemassen hinter sich, die die Straße nach Red Lodge blockieren. »Hier kommt so schnell niemand rein oder raus.«

Ich puste mir die Haare aus der Stirn. »Wann räumen deine Freunde vom Straßendienst den Scheiß weg?« Ich würde sogar selbst schaufeln, wenn es dadurch schneller geht.

»Nicht so bald«, sagt er seelenruhig, als wäre das keine große Sache. »Für heute Abend ist ein Blizzard angekündigt. Ziemliches Monsterding. Soll das ganze County ein paar Tage lahmlegen. Danach räumen sie erst die wichtigen Verkehrsverbindungen. Dann kommen wir irgendwann dran. Du kennst das Spiel.«

Vor Weihnachten wird die Straße also nicht passierbar sein. Das ist alles eine Scheißverschwörung. Ich stecke hier fest. Wir alle. Kann man in der Weite von Montanas Bergen Klaustrophobie bekommen? Denn ich kriege, verdammt noch mal, keine Luft. Ich muss mich am Pick-up abstützen, um nicht umzufallen.

»Alles gut?«, fragt Nolan besorgt.

»Alles super.« Ich verziehe das Gesicht und halte einen Daumen sarkastisch nach oben.

»Blizzard?«, fragt Ava überrascht. »Es sieht gar nicht nach einem Unwetter aus.«

Das stimmt. Es ist zwar schweinekalt, aber noch scheint die Sonne.

Nolan deutet auf die Bergkämme, über denen sich Wolkentürme aufballen. »Das kann sich superschnell ändern, wenn die kalte Luft aus Kanada auf die warmen Tiefdruckluftströmungen aus dem Süden trifft.«

»Nerd.« Ich schlage ihm gegen den Oberarm. Wenn er vorhat, seine neue Flamme zu Tode zu langweilen, ist er mit seiner Wetterfroschmasche auf dem besten Weg.

»Idiot«, kontert Nolan und lächelt Ava an. »Was ich sagen will, es wird ungemütlich.«

»Was heißt das jetzt? Sind wird so richtig abgeschnitten von der Außenwelt?« Grace fühlt sich zumindest solidarisch unwohl.

Nolan lacht. Dem Mistkerl scheint das Ganze zu gefallen.

»Ja, aber wir sitzen das einfach aus. Passiert hier in den Bergen immer mal wieder. Darauf sind wir vorbereitet. Und wir sind alle zusammen. An Weihnachten. Könnte also schlimmer sein.«

Blinzelnd sehe ich ihn an. »Wenn ich es nicht besser wüsste, würde ich sagen, du hast diese Scheißlawine höchstpersönlich ausgelöst, nur damit ich nicht von hier wegkomme.«

Grace

Die Kälte verdrängt langsam das Adrenalin und ich schlinge die Arme um mich, während Taubheit sich durch meine gefütterten Winterstiefel bis in meine Zehen ausbreitet. Ich trete von einem Fuß auf den anderen und versuche an etwas Warmes zu denken. Etwas, das nicht sonderlich leicht ist, wenn man mitten im Winterwunderland vor einem Berg aus Schnee steht.

Die Scheinwerfer unseres Autos strahlen direkt auf die Schneemassen, die sich unschuldig glitzernd vor uns aufgetürmt haben. Dort, wo zuvor noch eine Straße gewesen ist, die wir befahren wollten. Wären wir nur ein paar Minuten früher losgefahren … Nein, darüber darf ich gar nicht erst nachdenken.

Ich schaudere und wende mich ab. Hunter tritt genervt gegen einen Schneehaufen, dessen oberste Schicht wie Puderzucker durch die Luft fliegt. »So ein Mist.«

Ava hockt noch immer neben dem Schneeberg und krault Nolans Hund, als wäre er ihr Anker. Sie sieht ziemlich mitgenommen aus und bei dem Gedanken, dass sie jetzt ein paar Meter weiter unter der Lawine liegen könnte, wird mir schlecht.

Eisiger Wind zerrt an meinen Haaren und beißt mir in die Ohren. Energisch ziehe ich die Wollmütze ein wenig tiefer und schiebe meine Brille zurecht.

Der strahlend blaue Himmel sieht so gar nicht nach Blizzard aus.

Ich komme aus Montana und bin Schnee gewöhnt. Aber Blizzards sind beängstigend. Doch schlimmer ist, dass Hunter definitiv nicht zurück zu seiner Familie fahren wird und wir keine Unterkunft haben. »Wann, meint ihr, wird es losgehen?«

Nolan legt den Kopf von der einen zur anderen Seite. In seiner Funktionskleidung ist er deutlich besser vor dem Wetter geschützt als ich. Aber ich hätte von einem Ranger auch nichts anderes erwartet.

»In ein paar Stunden.« Er sieht viel souveräner aus als bei den Malen, in denen er Hunter an der Uni besucht hat. Erwachsener.

Hunter blickt mich zerknirscht an und versucht sich an einem schiefen Lächeln. »Nolan hat recht. Im Dorf können wir den Blizzard gefahrlos aussitzen. Wenn man davon absieht, dass wir mit Harold Adams im selben Ort eingesperrt sind.«

»Wehe, du hast unrecht.« Ich knuffe ihn in die Seite, um seine Laune ein wenig zu heben. Doch wegen seiner dicken Winterjacke spürt er es vermutlich kaum.

Mein bester Freund reibt meinen Arm, als wüsste er, dass ich bereits total durchgefroren bin.

Das Knirschen von Reifen auf Schnee lässt uns alle umdrehen. Ein Jeep kommt von Weitem die lange Straße entlangfahren.

»Ist das Peyton?«, fragt Hunter und seine Stimme nimmt einen seltsamen Tonfall an.

Erneut bibbere ich vor Kälte und mache mich von ihm los, als mir mein Kaffee in dem To-go-Becher einfällt, den ich vor unserer Ankunft in einem Diner aufgefüllt habe. Wenn ich Glück habe, ist er noch nicht eiskalt. »Mach mal den Wagen auf, ich brauche dringend was Warmes.«

Abwesend starrt er das andere Auto an, das uns fast erreicht hat. Ein Seufzen entfährt mir. Ich ziehe die Schlüssel aus seiner Jackentasche und stapfe zurück zum Wagen. Mir ist mittlerweile so kalt, dass meine Füße ganz taub sind. Wie dumm, dass meine lange Skiunterwäsche in meinem Koffer liegt. Säßen wir wie geplant im Auto mit Sitzheizung, hätte ich sie auch nicht gebraucht.

Gerade als ich die Türen entriegle und mich über den Beifahrersitz lehne, um an den To-go-Becher zu kommen, höre ich das andere Auto hinter uns anhalten.

Ich nippe an dem Kaffee und trete zurück. Wärme breitet sich von meinem Mund, über meinen Hals und bis in meinen Magen aus. Ein kleines Seufzen entfährt mir, weil es so guttut.

»Ava!«, ruft irgendwer mit panischem Unterton. Eilige Schritte knirschen im Schnee.

Ich trete zurück, werfe die Tür zu und will mich nach den Neuankömmlingen umschauen.

»Achtung!«, ertönt dieselbe Männerstimme. Gleichzeitig bellt Alfie. Ich drehe mich um und werde im nächsten Moment mit voller Wucht umgerannt. Mein Becher fliegt im hohen Bogen aus meiner Hand. Jemand packt mich und dreht mich, als würde er mich noch festhalten wollen. Gleichzeitig knallen wir seitlich in den Schneehaufen neben dem Wagen und sinken ein.

Ich keuche und starre den Kerl an, der mich über den Haufen gerannt hat. Er trägt eine schwarze Mütze, aus der blonde Strähnen hervorlugen. Ein leichter Bartschatten umspielt sein markantes Kinn und seine grauen Augen sind erschrocken geweitet. Mein Herz poltert. Seine vollen Lippen öffnen sich und sein Blick zuckt über mein Gesicht, über meine Augen, meine Nase und meine Lippen. Hitze prickelt über meine Haut und – oh mein Gott, wie kann man nur so unfassbar gut aussehen?

Ich schlucke und merke, dass meine Brille weg ist. »Oh«, entfährt es mir verzögert und ich spüre erst jetzt die eisige Kälte, die meinen Mantel binnen Sekunden durchdrungen hat.

Er blinzelt, schüttelt seinen Kopf und schafft es als Erster aus dem Schneehaufen. »Es tut mir so leid.« Seine Hände umfassen meine und ich kann nicht ignorieren, wie warm und groß sie sind. Verdammt, ich hatte schon immer was für Männerhände übrig.

Mit einem Ruck zieht er mich aus dem Schnee. Ich pralle gegen ihn und starre zu ihm hoch, direkt in seine ernsten Augen, die mich ansehen, als wäre ich ein fremdes Wesen. Er überragt mich und ich muss den Kopf in den Nacken legen, um ihn ansehen zu können. Mein Mund fühlt sich mit einem Mal total trocken an.

Worte, Grace, du musst Worte benutzen! »Meine Brille.«

Er lächelt, und das lässt seine Züge warm und freundlich werden. Mein Herz poltert, als hätte mich noch nie ein Mann angelächelt. Im selben Moment kommt Hunter von hinten angelaufen. Alfie folgt ihm aufgeregt, wird jedoch von Nolan zurückgepfiffen. »Grace, ist alles okay?«

Ich drehe mich zu Hunter um, sehe, wie er sich bückt, meine Brille und den Becher aus dem Schneehaufen zieht und mir dann beides reicht. Dunkle Kaffeeflecken bedecken nun den reinweißen Schnee.

Hunters Augen sind unverwandt auf den Fremden gerichtet und erdolchen ihn nahezu, als würde er Vergeltung üben wollen, weil ich umgerannt wurde.

Ich setze die Brille auf und finde meine Stimme wieder. »Ja, alles gut. Ich stand wohl im Weg.«

Das Lächeln des Fremden erlischt mit einem Mal und er wird bleich. Sein Blick streift mich entschuldigend, als er sich an uns vorbeidrückt und zu Nolan und der Frau rennt. »Ava!«

Ich sehe zu, wie er ihr um den Hals fällt, sie dann von sich hält und nach Verletzungen sucht.

Mir wird unwohl und ich schiebe die Brille noch ein wenig

gerader, bevor ich mir mit einer Hand den Schnee vom Mantel klopfe und nicht versuche hinzustarren.

Er hat eine Freundin. Natürlich hat er das.

Meine Wangen werden warm, obwohl mir eiskalt ist, und ich ziehe die Schultern hoch. Es können kaum zehn Sekunden vom Umrennen bis zu Hunters Auftauchen vergangen sein. Dennoch überflutet mich Scham.

»Ein Scheißtourist rennt meine Gracy rum. Ich könnte ihn echt noch mal in den Schnee schubsen«, grummelt Hunter, während er den nun leeren Becher zerknüllt, die Wagentür öffnet und mir stattdessen seinen Becher in die Hand drückt. »Hier, den kannst du haben.«

»Danke.« Ich seufze und schaue auf die Kaffeeflecken im Schnee. Es ist ja nicht so, als hätte ich mich diesem absolut heißen Typen entgegengeworfen. Er hat mich umgerannt und mir wieder hochgeholfen. Es ist nichts passiert.

Tut doch nichts zur Sache, ob er vergeben ist oder nicht.

Meine Wangen werden noch wärmer und ich nicke schnell, während ich mich von Hunter wegdrehe. »Ist noch Schnee auf meinem Mantel?«

Doch Hunter scheint mich nicht zu hören, denn in diesem Moment knallt der Kofferraum des anderen Wagens zu und eine Frau stürmt an uns vorbei. Sie hat einen Erste-Hilfe-Koffer in der Hand und nickt uns knapp und ernst zu, während sie zu Nolan und den beiden Fremden eilt.

Das ist dann wohl Peyton. Unter ihrem dicken Schal, der Mütze und dem Mantel kann ich kaum etwas von ihr erkennen. Dafür sehe ich sehr wohl, dass Hunters Hirnzellen zu kollabieren scheinen. Er starrt Peyton gedankenverloren an, während er auf sie zugeht und ich zu Luft werde. Gut. Das bewahrt mich wenigstens vor peinlichen Fragen.

Ich folge Hunter mit ein wenig Abstand. Der Fremde betrachtet sorgenvoll seine Freundin, die von Peyton gerade versorgt wird. Währenddessen läuft Alfie aufgeregt um Ava herum und stupst sie mit der Schnauze an, als würde er ihre Streicheleinheiten einfordern, sodass Nolan ihn wieder zurückpfeifen muss.

In diesem Moment scheint Hunter sich wieder zu fangen. »Wo sollen wir denn jetzt pennen? Wir waren gerade dabei, Big Sky zu verlassen.«

Nolan schnaubt und tritt neben mich. »Ihr könnt doch bei mir schlafen.«

Hunter sieht aus, als würde er den Vorschlag ernsthaft in Betracht ziehen.

»Moment«, schreite ich ein und hebe die Hände. »Du wohnst doch in einem Einzimmerapartment.« Von den regelmäßigen Videocalls der beiden weiß ich, dass seine Bude ganz nett, aber winzig ist. Ganz sicher werde ich nicht mit zwei Typen dort übernachten.

Nolan grinst ein wenig und nickt.

Meine Augenbrauen heben sich fast bis zum Ansatz meiner Mütze. »Da ist doch nie im Leben genug Platz für uns.«

Er zuckt mit den Schultern. »Die Couch ist recht schmal. Hunter müsste mit dem Boden klarkommen.«

»Auf keinen Fall.« Mein bester Freund stöhnt, als hätte ihn jemand getakelt. Das Geräusch ist so theatralisch, dass ich lächeln muss.

Peyton schließt mit einem lauten Schnappen ihren Koffer und richtet sich wieder auf, während sie in unsere Runde tritt. »Na ja, wenn ihr nicht aus Big Sky rauskommt, kann auch niemand rein. Die Reservierungen für das B&B sind damit hinfällig. Ich renoviere zwar gerade den Großteil der Zimmer, was deutlich länger dauert, als angenommen, aber zwei hätte ich frei. Wenn ihr also wollt …« Ihre Stimme ist freundlich und neutral. Sie macht kaum den Eindruck, als würde sie Hunter besser kennen.

Hunter verspannt sich und mahlt mit dem Kiefer, während er ein leises »Ist das dein Ernst?« herauspresst.

Peyton sieht ihn unbeeindruckt an und reagiert nicht auf seine Worte.

Was auch immer da läuft, ich werde das Angebot definitiv nicht ausschlagen. »Das wäre wirklich nett. Danke.«

Sie lächelt mich an und streicht ihren Pony aus dem Gesicht, zurück unter ihre Mütze. Dann zieht sie den Schal wieder höher, während sich ihre gebräunten Wangen unter dem eisigen Wind röten. »Kein Problem.« Sie hält mir ihre Hand hin. »Ich bin übrigens Peyton Scott.«

Ich erwidere ihren festen Händedruck. »Grace Mathewson.«

Ihr Blick zuckt zwischen Hunter und mir hin und her. »Du bist seine Mitbewohnerin, oder?«

»Genau. Er hat mich mitgenommen, weil er der Meinung ist, dass ich Weihnachten nicht nur mit Arbeiten verbringen darf.« Ich stupse Hunter aus seiner Erstarrung. Er blinzelt, schaut zu mir runter und grinst ein wenig gequält.

»Irgendwer muss dich vor dir selbst beschützen.«

Ich strecke ihm die Zunge heraus und muss lächeln. Hunter ist für mich wie ein großer Bruder und jemanden zu haben, der mich beschützt, und sei es nur vor ein paar einsamen Tagen, fühlt sich gut an. Er ist der erste Mensch in meinem Leben, dem ich wichtig genug dafür bin. Aber das ist etwas, woran ich nicht so gerne einen Gedanken verschwende.

»Ist das okay für dich?« Nolan wendet sich Hunter zu, der noch immer kein Wort gesagt hat und nun den Blick senkt, was bedeutet, dass er sich meiner Entscheidung fügt. »Dann wäre das geklärt.« Nolan schaut in den Himmel. »Wir sollten uns auf den Weg machen. Wenn der Blizzard doch früher losgeht, sollten wir nicht mehr hier draußen sein.«

Peyton wendet sich zu dem Pärchen um. »Kommt ihr mit mir?«

Der Fremde schaut sie an, aber sein Blick zuckt kurz zu mir und ich umfasse Hunters Becher ein wenig fester. Als ich mich umdrehe, höre ich seine tiefe Stimme. »Danke, das möchten wir gerne.«

Ich ignoriere das leise Kribbeln, das sich in mir ausbreitet. Vielleicht brauche ich mal wieder ein Date, um nicht sofort auf den erstbesten Typen abzufahren, der mich über den Haufen rennt.

Hunter wendet sich an Nolan. »Willst du mit uns fahren?«

Doch er schüttelt den Kopf. »Ich muss noch Leroy Bescheid geben und die Umgebung checken. Wir sehen uns morgen.«

»Super.« Ich lächle Nolan breit an, weil ich wirklich froh bin, dass wir nicht schon wieder zurückfahren. Die Begegnung mit Hunters Vater war echt unangenehm, aber das ist kein Grund, unser Weihnachten im Winterwunderland abzusagen. Zumindest können wir so noch ein paar Tage länger bleiben. Ich halte Hunter den Autoschlüssel hin, den ich vor dem Zusammenstoß glücklicherweise in meine Manteltasche geschoben habe. »Lass uns losfahren. Mir ist eiskalt.«

Er schnappt sich den Schlüssel und stimmt mir zu. Die Gruppe setzt sich in Bewegung und verteilt sich auf die Autos. Als ich mich endlich anschnalle, schalte ich auch sofort die Sitzheizung an. »Was für ein Glück, dass Peyton noch Zimmer hat.«

»Ja, was für ein Glück.« Sarkasmus ummantelt Hunters Worte und ich würde gerne wissen, was seine und Peytons Geschichte ist. Ich dachte eigentlich, dass ich so gut wie alles über Hunter weiß, aber von ihr hat er mir nie erzählt. So, wie er meinem Blick ausweicht, hat er es auch jetzt nicht vor und ich war noch nie eine Freundin, die nachbohrt, wenn jemand lieber schweigen will.

»Aber es stimmt. Nolans Bude ist echt nicht für drei Leute ausgelegt. und ehe ich auf dem Boden gepennt hätte, wäre ich mit zu ihm ins Bett gestiegen.« Er meint es völlig ernst und fährt vorsichtig rückwärts, als hinter uns frei ist. Dann dreht er in wenigen Zügen den Wagen, sodass wir Peyton folgen können.

Ich lache, winke Nolan ein letztes Mal zu und kuschle mich in den Sitz, während Feuchtigkeit durch meinen Mantel und den Pullover darunter dringt. Ich werde ihn nicht ausfragen, aber ärgern kann ich ihn auf jeden Fall. »Also, Peyton scheint echt nett zu sein.«

Hunter zuckt gleichmütig mit den Schultern. »Ist sie.«

Ein Grinsen zupft an meinen Mundwinkeln, aber ich belasse es dabei und genieße den Rest des Kaffees. Der Himmel ist klar, rechts und links ragen gezuckerte Bäume in den Himmel und der Schnee türmt sich neben der Straße wie eine Mauer, als wir zurück nach Big Sky fahren.

Der Ort besteht aus einer langen Hauptstraße und diversen Abzweigungen. Und so gut wie jedes Geschäft trägt den Namen Adams. Ich wusste ja, dass Hunters Familie eine große Nummer im Ort ist, aber das Ausmaß ist mir erst vorhin bewusst geworden. Den Adams gehört wirklich alles hier.

Hunter ist immer bodenständig und arbeitet so hart, dass man kaum auf den Gedanken kommt, er sei aus einer derart wohlhabenden Familie. Allein sein Elternhaus ist total überdimensioniert und ein bisschen einschüchternd.

Es ist so anders als die Farm, auf der ich mit meiner Großtante und meinem Großonkel aufgewachsen bin. Sie sind schon alt gewesen, als meine minderjährige Mutter einfach abgehauen ist und mich ohne einen Hinweis auf meinen leiblichen Vater zurückgelassen hat. Meine Großtante rieb mir vor Jahren unter die Nase, dass ich das Ergebnis eines One-Night-Stands meiner Mutter während ihres Besuchs in New

York bin. Also ist die Chance, meinen leiblichen Vater zu finden, gleich null.

Als ich nach meinem Highschool-Abschluss und einem Teilstipendium auf die University of Montana in Missoula gegangen bin, kratzte ich all meine angesparten Dollar zusammen und engagierte einen Ermittler, um meine Mutter ausfindig zu machen. Er brauchte nur wenige Tage, weil sie eine relativ bekannte Tänzerin in Las Vegas geworden war.

Mir wird ganz schlecht, als ich daran denke, wie ich sie in jener Burlesque-Show besucht habe. Sie hat mich erst nicht erkannt, und als sie erfuhr, dass ich ihre Tochter bin, reagierte sie mit Entschuldigungen, die ich ihr nicht abkaufen konnte. Ich bin ein Kapitel ihres Lebens, das sie für sich abgeschlossen hat. Das habe ich ihr angesehen, als sie sich während des Gesprächs lieber mit ihrem Spiegelbild und ihrem Lippenstift befasst hat.

Die Erkenntnis tat weh. Auch jetzt noch, während ich durch diese malerische Kleinstadt fahre und Weihnachtsmusik aus Hunters Radio schallt.

Aber es ist leichter, mit diesem Schmerz zu leben, weil ich mich keinen Tagträumen mehr hingeben muss. Meine Mutter will mich nicht. Sie hat neu angefangen und mich vergessen.

Das ist schlimm. Aber ich habe es überlebt und mir vorgenommen, mein Leben zu genießen und nach meinen Regeln zu spielen. Meine Großtante und mein Großonkel vermissen mich nicht und deshalb steht mir die Welt offen. Dass ich ausgerechnet Hunter an der Uni kennengelernt habe und er mein bester Freund geworden ist, war wie ein Wink des Schicksals.

Ich schaue aus dem Fenster auf die funkelnde Weihnachtsbeleuchtung, die einer Großstadt Konkurrenz machen könnte. Big Sky hat wirklich nicht gespart.

Hunter blinkt irgendwann und fährt auf den Parkplatz vor

ein B&B. Es ist ein Blockhaus mit mehreren Stockwerken, Balkonen und einem großen Vordach. Es ist rustikal, wirkt aber auf den ersten Blick einladend. Schnee türmt sich auf dem Dach und ich frage mich, wie viel davon es wohl aushält.

Da fällt mir das Schild neben den Verandastufen auf. Mountain Hideaway B&B.

»Hier steht ja gar nicht Adams dran.«

Hunter grinst schief und schnallt sich ab. »Weil es den Scotts gehört.« Ich höre da einen Unterton in seiner Stimme.

»Oh«, mache ich und muss schmunzeln. »Also ist Peyton Scott die Konkurrenz?« Immerhin gehört seiner Familie das große Skiresort auf der anderen Seite des Hangs.

Er verdreht die Augen und öffnet die Tür. »Wenn es nach meinen Eltern geht, ist das wohl so.« Er will nicht weiter darauf eingehen und ich lasse ihm seine Flucht, als er aussteigt.

Der Wagen ist aus und sofort ist mir wieder kalt. Nur ein paar Schritte durch den Schnee und dann komme ich ins Warme. Ich steige im selben Moment aus, als auch der schöne Fremde die Tür seines Wagens öffnet. Wir ziehen sie gleichzeitig wieder zu, damit die Türen nicht aneinanderschlagen.

Er lächelt und ich kann nicht anders und erwidere es.

Er will nur nett sein, erinnere ich mich. Immerhin hat er mich umgerannt.

Ich muss wirklich aufhören, ihn anzustarren. Egal wie gut er in seinem schwarzen Wintermantel, den braunen Stiefeln und der dunklen Jeans aussieht. Als wir beide ausgestiegen sind, macht er einen Schritt auf mich zu und hält mir seine Hand hin. »Ich bin Mason. Sorry noch mal wegen vorhin.«

Ich ergreife seine Hand und erwidere seinen Händedruck. Dabei schaffe ich es sogar, mir nicht anmerken zu lassen, dass ich wieder zittere. Dieses Mal nicht wegen der Kälte. »Grace. Und ist doch kein Problem. Ist ja nichts passiert.« Ich presse meine Lippen zusammen und ziehe die Hand zurück.

»Gut. Wir sehen uns sicher wieder. Nun, da wir alle hier wohnen.« Sein Lächeln wird ein wenig schief, bevor er nickt und sich von mir wegdreht und den Wagen umrundet. Und zu seiner Freundin zurückgeht, die irgendwie unsicher aussieht, als er sie vorsichtig am Arm berührt und in Richtung B&B führt.

Natürlich geht er zu ihr. Wieso sollte er auch hier mit mir herumstehen? Es ist eiskalt und ich bin eine Fremde für ihn. Außerdem wäre sie vorhin beinahe gestorben.

Energisch wende ich mich dem B&B zu. Nur ein paar Tage, dann werden wir uns nie wiedersehen. Ich bin sowieso nicht hier, um einen Urlaubsflirt zu finden. Schon gar nicht einen, der vergeben und damit absolut tabu ist.

Ava

Mir ist klar, dass ich unter Schock stand. Und Mason wahrscheinlich auch. Für einen kurzen Moment an der Lawine war unser Streit vergessen. Masons lange Umarmung hat mir gezeigt, dass wir einander trotz allem verdammt wichtig sind.

Ich habe noch vor Augen, wie Nolan mich angesehen hat, als Mason mich mit sich zu Peytons Auto zog. In dem Moment hatte ich nicht die Kraft, mich dagegen zu wehren, aber ehrlich gesagt … Es wäre mir lieber gewesen, Nolan hätte mich im Arm gehalten. Zumal ich mich bei ihm bedanken und entschuldigen wollte, weil ich nicht nur mich, sondern auch ihn in Gefahr gebracht habe. Aber Mason hat Nolan keines Blickes gewürdigt. Peyton hatte es sichtlich eilig, in ihr B&B zurückzukehren, nachdem klar war, dass niemandem etwas passiert war, und saß schon hinterm Steuer ihres Wagens. Und Nolan hatte sein Telefon in der Hand – wahrscheinlich um seinen Chef Leroy über den Abgang zu informieren und die Behörden einzuschalten.

Über der ungefähr achten Tasse Tee, die Peyton mir serviert hat, sinke ich tiefer. Ich wünschte, ich könnte aufhören, an ihn zu denken. Draußen ist es dunkel geworden. Erst, weil mit rasender Geschwindigkeit so dicke Wolken aufzogen, dass man glauben konnte, die Welt gehe unter. Dann, weil Schneefall und schließlich die Nacht über Big Sky hereinbrachen. Mason sitzt stumm im gepolsterten Stuhl mir gegenüber, starrt in seinen Laptop und ist der Hauptgrund, warum ich nicht mehr an Nolan denken will. Es ist nicht fair.

Anfangs hat Peyton uns Gesellschaft geleistet und große Augen bekommen, als ich ihr und Mason erzählt habe, was passiert ist.

»Ohne Nolan hätte das übel ausgehen können«, hat sie gemeint. Mason hat mich angesehen, als wollte er etwas sagen, dann aber nur die Lippen zusammengepresst. Vielleicht hat er gedacht, dass ich nur wegen Nolan da draußen war. Vielleicht, dass ich besser bei ihm geblieben wäre. Vielleicht, dass wir noch mal über alles reden sollten. Aber als ich den Blick abwandte, hat er geschwiegen.

Peyton hat sich schließlich wieder ihren Aufgaben im B&B gewidmet und ich habe zugelassen, dass Mason weiter meine Hand in seiner hielt und mit dem Daumen über meinen Handrücken strich. Das war tröstlich. Das hat mich nach dem Schock im Hier und Jetzt geerdet.

Doch irgendwann hat Masons Diensttelefon geklingelt. Seine Hand zuckte danach, dann wollte er es liegen lassen. Aber mir kam es falsch vor, dass er jetzt auf einmal meinetwegen auf seine Arbeit verzichten wollte. Dass ich hätte sterben können, ändert nichts daran, dass unsere Beziehung unwiederbringlich tot ist.

Also hat Mason den Anruf entgegengenommen und seitdem ist er wieder mit den Problemen seiner Kundschaft beschäftigt.

»Möchtest du mehr Tee, Ava?«, ruft Peyton mir jetzt zu, als sie den Treppenaufgang herunterkommt.

»Danke, ich habe noch.« Die Tasse vor mir ist zwar mittlerweile abgekühlt, aber ich muss ohnehin alle halbe Stunde mit voller Blase zur Toilette. Bei der Gelegenheit habe ich schließlich auch das Pflaster wieder abgepult, das Peyton mir aufgeklebt hatte, um mir selbst ein Bild vom Schaden zu verschaffen. Zum Glück zieht sich nur eine schmale Schramme über meine linke Schläfe abwärts – vielleicht von einem kleinen mitgerissenen Stein. Das wird bald verheilt sein. Trotzdem schaudert mich allein bei dem Gedanken an das Glück, das ich heute gehabt habe.

»Ist dir endlich wärmer?«, reißt Peyton mich aus meinen Gedanken und hält bereits auf den Durchgang hinter der Theke zu. Dort geht es in die Küche und wahrscheinlich in ihre Werkstatt. Zumindest hat sie mir erzählt, dass sie eine hat. Dort restauriert sie viele der zusammengewürfelten Möbel im B&B selbst.

»Ja, danke!«, versichere ich Peyton. Ehrlich gesagt fröstele ich noch immer, aber wenigstens ist mir nicht mehr so übel.

»Achte darauf, dass es so bleibt«, sagt Peyton zu Mason und blinzelt ihm zu. »Mit so einem Schock ist nicht zu spaßen.«

Er blickt auf und nickt zustimmend. Ich weiß, dass Mason genau das tun wird. Egal wie wütend er auf mich ist. Er kümmert sich immer um die Menschen, die ihm etwas bedeuten – auch um mich, selbst wenn ich jetzt seine Ex-Freundin bin. Gleich darauf verschwindet Peyton durch die Durchgangstür. Kurz überlege ich, ihr zu folgen, um der unangenehmen Stimmung zwischen Mason und mir zu entkommen. Und um mich nicht länger schlecht zu fühlen, weil ich dauernd an Nolan denken muss, obwohl Mason mir direkt gegenübersitzt. Abgesehen davon interessiert Peytons Arbeit mich. Schon während ich noch Mathematik studiert habe, ist meine Faszination für alles, was mit den Händen erschaffen wird, gewachsen. Mathe zu studieren, erschien mir ursprünglich naheliegend. Schließlich ist auch mein Dad Mathematiker und mit diesem Fach konnte ich an derselben Uni wie Mason studieren. Irgendwie öffnete sich mir durch das Studium eine ganz neue Welt, die ich anfangs so spannend fand, dass ich mir nicht vorstellen konnte, jemals wieder etwas anderes zu tun.

Ich liebte das Rätsellösen, das kreative Denken, dass ich nichts auswendig lernen musste, sondern mir alles erschließen konnte, dass ich nicht an die Gegebenheiten der Natur gebunden war. Das fühlte sich frei an. Wie eine ganze Welt von Möglichkeiten. Ich begriff bald, dass Mathematik beides ist: vollkommen losgelöst von der Realität, aber auch die Grundlage von allem. Dann kapierte ich allerdings, dass es noch krasser ist: Unser Gehirn erschafft die Mathematik. Die Natur interessiert sich nicht für Pi oder geometrische Formen. Die Vektorräume und Mannigfaltigkeiten, die wir benutzen, um sie näherungsweise abzubilden, sind letztlich doch nur eine Grenze in unserem Kopf – Modelle, von denen wir nie genau wissen werden, wie nah sie uns an die Realität heranbringen. Mit der Zeit habe ich mich immer weniger frei gefühlt, sondern eher gefangen in der Mathematik. Und je mehr das so war, desto mehr habe ich mich an mein altes Hobby erinnert, desto mehr Zeit habe ich mit meiner Kamera auf Streifzügen verbracht und schließlich eine Fotografieausbildung angefangen. Seit ich mich in der Mathematik fast verloren hätte, weiß ich Dinge, die man berühren, erspüren, sehen, riechen und hören kann, umso mehr zu schätzen. Dinge, die wirklich da sind. Und deshalb bin ich so neugierig auf Peytons Arbeit.

Ich will schon aufstehen, als ich Masons Blick über den Rand seines Laptops auffange.

»Wo willst du hin?« Er wirkt besorgt, als wollte er jeden Moment Peyton mit ihrem Notfallkoffer zurückrufen.

»Nirgendwo.« Wie ertappt setze ich mich auf meinem Stuhl zurück. »Also, ich dachte, ich sehe vielleicht mal nach, was Peyton macht.«

Sein Gesicht nimmt einen verletzten Ausdruck an. Ich sehe es in den Fältchen, die sich in seinen Augenwinkeln bilden. »Gestern Nacht haben wir noch zusammen in einem Bett geschlafen und jetzt hältst du es nicht mal mehr aus, mir an einem Tisch gegenüberzusitzen?«

Mein Seufzen versuche ich zu unterdrücken und fahre mir stattdessen mit der Hand durch meine langen nussbraunen Haare. Bevor wir hergekommen sind, war ich in Pasadena beim Friseur und habe mir Curtain Bangs schneiden lassen. Dass meine Haare jetzt mein Gesicht umspielen, verleiht mir mehr Weichheit, die mir eigentlich gut gefällt, Mason aber gar nicht zur Kenntnis genommen hat. Jetzt nervt es mich nur noch, dass mir meine Haare ständig in den Augen hängen.

»Ich habe den ganzen Nachmittag hier mit dir gesessen«, erinnere ich ihn. »Und es macht mich irre, untätig hier rumzusitzen, während du arbeitest. Da du mir alle paar Minuten einen schiefen Blick zuwirfst, nehme ich an, dass es dich genauso irre macht, weil ich hier rumzapple und einen Tee nach dem anderen in mich reinschütte.«

»Hey, ihr beiden!« Wir zucken zusammen, als Peyton erneut in der Durchgangstür auftaucht. »Wollt ihr vielleicht auch was essen? Es ist ja schon ziemlich spät und ich mache eine große Portion Mac and Cheese.«

»Das wäre großartig.« Mason wirft ihr einen dankbaren Blick zu. »Wenn es nicht zu viele Umstände macht?«

»Ach was, ich koche gerne.« Peyton schenkt uns noch ein Lächeln und verschwindet wieder.

Es wirkt, als wollte Mason sich schon wieder auf seinen Rechner konzentrieren, doch dann sieht er stattdessen mich an. »Übrigens werfe ich dir alle paar Minuten einen schiefen Blick zu, weil du vorhin fast unter einer Lawine begraben wurdest. Was glaubst du, wie es mir ging, als ich dieses Grollen hörte und Peyton mir sagte, dass wahrscheinlich ein Schneebrett runtergekommen ist? Ich bin in Panik geraten.« Das Schimmern in seinen grauen Augen verrät mir, dass er die Wahrheit sagt. »Du bist zum verabredeten Zeitpunkt nicht aufgetaucht und nicht an dein Handy gegangen. Ich hatte eine Scheißangst, dass die Lawine dich erwischt oder dir den Weg abgeschnitten hat. Was glaubst du, warum Peyton und ich so schnell da waren? Weil ich sie angefleht habe, mir suchen zu helfen.«

Einen Moment lang sehe ich ihn stumm an und weiß nicht, was ich sagen soll. Mir wird klar, dass ich ihn nicht so lange hätte warten lassen dürfen.

»Ich war froh, dich zu sehen«, sage ich endlich.

»Ach.« Mason gibt einen wegwerfenden Laut von sich, reibt sich mit beiden Händen übers Gesicht und wendet sich wieder seinem Laptop zu. Dennoch sehe ich den verletzten Ausdruck in seinen Augen. »Dein Ranger hatte dich ja schon aus der Lawine gezogen.«

Schweigend beobachte ich, wie er tippt. Gibt es irgendetwas auf der Welt, das ihn mal dazu bringen könnte, sein verdammtes Notebook zuzuklappen? Vielleicht hätte ich dann Gelegenheit, ihm in Ruhe zu erklären, dass Nolan und ich uns zumindest eben eher zufällig getroffen haben. Aber würde das irgendetwas daran ändern, dass ich Gefühle für ihn habe, die ich für Mason nicht mehr habe? Seufzend trinke ich meinen restlichen Tee, gehe noch zweimal zur Toilette und telefoniere mit meiner Mom, die ich vorhin vergeblich angerufen habe und die sich jetzt bei mir meldet. Sie ist so bestürzt darüber, dass ich fast verschüttet worden wäre, dass ich meine Panik fast zurückkehren spüre. Irgendwie wäre es mir lieber, mit meinem Dad zu sprechen. Mit seiner kühlen Gelassenheit komme ich in solchen Situationen besser zurecht.

Da Mason mir direkt gegenübersitzt und ich nicht offensichtlich außer Hörweite gehen will, erzähle ich Mom vorläufig nichts von der Trennung. Masons fragendem Blick weiche ich lieber aus, nachdem ich das Gespräch beendet habe, und bin erleichtert, weil Peyton mit dem Essen kommt und sich zu uns setzt.

Wie angespannt Mason ist, spüre ich erst jetzt so richtig. Er gibt sich Mühe, sich aufgeschlossen und freundlich mit Peyton zu unterhalten, aber es entstehen immer wieder Gesprächspausen, in denen sein Blick zu mir fliegt. Nach dem Essen bieten wir Peyton an, ihr beim Aufräumen zu helfen, aber sie winkt ab: »Ihr erholt euch besser erst mal. Und wenn ihr Hunter und Grace seht, sagt ihnen, dass noch Mac and Cheese im Kühlschrank steht, falls sie auch was davon wollen.«

Kaum ist sie in der Küche verschwunden, wende ich mich Mason zu: »Ich war wirklich froh, dich heute bei der Lawine zu sehen, Mason. Ganz egal ob Nolan zuerst da war. Und es tut mir leid.«

Mason gibt ein Schnauben von sich. »Was genau tut dir leid?« Sichtlich wütend zieht er seinen Laptop zu sich heran. »Dass du mit einem anderen ins Bett willst oder dass du mich zu diesem Scheißurlaub überredet hast?«

»Mir tut es leid, dass ich nicht rechtzeitig wieder hier war.« Die Kälte kriecht mit neuer Vehemenz in meine Glieder und ich ziehe die Schultern hoch. »Hätte ich nicht den Umweg gemacht, um noch ein Foto vom Ort zu schießen, hätten wir Big Sky wahrscheinlich schon hinter uns gelassen, als die Lawine runterkam.«

Mason wirkt irgendwie resigniert. »Und würden jetzt wahrscheinlich mitten im Nichts in diesem verdammten Blizzard feststecken.« Ich weiß nicht, woher er die Kraft nimmt, aber er schafft es, mir einen versöhnlichen Blick zuzuwerfen. Nachdem meine Bemerkung ihn eben so wütend gemacht hat, habe ich nicht damit gerechnet. Aber so ist Mason: Er kann bissig sein, aber meistens hat er sich unter Kontrolle. Allzu lange schafft er es selten, jemandem böse zu sein. »Es ist wahrscheinlich besser, wir bleiben noch eine Nacht hier und fahren, wenn der Sturm sich gelegt hat. Falls du es noch eine Nacht mit mir in einem Zimmer aushältst.«

Nicht, dass wir eine Wahl hätten, schließlich sind mit Grace und Hunter nun alle Räume belegt.

»Ehrlich gesagt denke ich nicht, dass wir so bald hier wegkommen«, sage ich vorsichtig. »Nolan hat seinem Freund an der Lawine erklärt, dass der Schnee nicht so schnell geräumt wird.«

»Vermutlich wegen des Sturms.« Mason schaut schon wieder auf seinen Bildschirm. »Dann dauert es eben einen Tag länger. Wir können ja nichts machen, außer abzuwarten und so bald wie möglich zum Flughafen zu fahren. Solange schaffen wir es hoffentlich trotz unseres Streits, miteinander auszukommen.« Er wirft mir einen scharfen Blick zu.

Ich nicke zögernd. »Du weißt, dass es mehr war als ein Streit, oder?«

»Sicher. Du hast mich verlassen.«

»Mason …«

Ruckartig blickt er auf. In seinen Augen ist ein Gewitter aufgezogen, das es mit dem Blizzard draußen aufnehmen könnte. »Wenn du das wirklich jetzt diskutieren willst, können wir das bitte in unserem Zimmer tun? Ich habe keine Lust, dass wir belauscht werden und morgen der ganze Ort über uns tratscht.«

Ich nicke und stehe auf. Zwar ist es mir fast egal, ob wir belauscht werden, aber während Mason und ich in den Schneewehen unserer kaputten Beziehung wühlen, sollten wir lieber nicht unterbrochen werden.

Mason folgt mir die knarzende Treppe in den zweiten Stock hinauf. Nicht mal jetzt klappt er seinen Laptop zu. Aber immerhin stellt er ihn in unserem Zimmer auf seinen Nachttisch. Für einen Moment ist der erleuchtete Monitor die einzige Lichtquelle. Durchs Fenster ist das dichte Schneetreiben draußen zu sehen. Massen von Flocken werden durch die Straße gewirbelt. Die Laternen sind nur als verschwommene Lichtkreise auszumachen. Als Mason die Deckenleuchte einschaltet, sehen wir im Spiegel der Scheibe nur noch uns. Dafür hören wir hier oben das Jaulen des Windes umso deutlicher. Der Blizzard ist zwar noch nicht in vollem Gang, aber man spürt die zunehmende Wucht der Böen. Sie rütteln am Dach und lassen die sich ihm widersetzenden Holzbalken ächzen. Erneut wünschte ich, im Keller bei Peyton zu sein. Die Erinnerung an die mich beinah überrollende Lawine ist noch zu frisch, um nicht erneut die Kälte in meinen Gliedern zu fühlen und Übelkeit in mir aufsteigen zu lassen.

»Also, was wolltest du mir sagen?« Mit den Händen wieder in seinen Hosentaschen lehnt Mason sich an den Schrank. Erst jetzt fällt mir auf, dass unsere beiden Koffer gepackt vor dem Bett stehen. Mason muss auch meine Sachen in die Tasche geworfen haben.

»Ich glaube nicht, dass du uns wirklich retten wolltest.« Ich sehe Mason fest in die Augen und beobachte, wie seine Miene sich verhärtet.

»Das sagt sich leicht als diejenige, die fremdgegangen ist.« Sein Ton ist bitter. Aber ich werde schlagartig wütend. Weil er mir einfach nicht glaubt!

»Ich bin nicht fremdgegangen. Das schwöre ich dir. Und vielleicht erinnerst du dich mal: Ich musste dich überreden, mit mir herzukommen. Ich habe dir gesagt, es ist die letzte Chance, die ich uns gebe. Aber du hast absolut nichts getan, um mir zu zeigen, dass dir noch etwas an mir liegt.« Er senkt den Blick, starrt auf seine Füße – vielleicht, um seine Emotionen zu kontrollieren. »Ich habe mich immer darüber beschwert, dass du dich nur für dein Studium und die Firma deiner Eltern interessierst. Für dich gibt es nur die Arbeit, Freizeit spielt keine Rolle – und Spaß haben auch nicht.«

»Das stimmt nicht.« Wütend blitzt Mason mich an. »Nicht jedem reicht es, sein Hobby zum Beruf zu machen. Ich will etwas erreichen. Das macht mir Spaß! Meine Arbeit macht mir Spaß.«

»Aber Zeit mit mir zu verbringen nicht. Oder?« Ich zittere vor Anspannung, aber das muss gesagt werden.

Ungeduldig schüttelt Mason den Kopf. »Ich verstehe dich einfach nicht mehr, seit du dein Studium geschmissen hast. Das ist doch vollkommen irrational. Reicht es dir echt, mit deiner Kamera rumzurennen und Wolken und Bäume zu fotografieren? Das bist doch nicht du, Ava. Ich erkenne dich nicht wieder.«

»Doch, das bin genau ich!« Noch immer bin ich zu laut. Die Flucht ins Zimmer kommt mir plötzlich überflüssig vor. Wahrscheinlich hört Peyton uns noch in ihrem Keller. »Ich weiß, ich passe nicht mehr in deinen Lebensentwurf. Ich hatte gehofft, dass wir es trotzdem schaffen, aber du willst etwas ganz anderes vom Leben als ich. Und …« Ich ringe nach Luft. »Das ist dir doch auch längst klar, oder? Sonst hättest du dir Mühe gegeben und um uns gekämpft.«

Bei seinem Schweigen wird das Heulen des Windes unangenehm laut. Mason verschränkt die Arme vor der Brust. »Ich bin mir sicher, es kommt dir gerade recht, das so zu sehen. Aber es ändert nichts daran, dass du diejenige bist, die sich einem anderen an den Hals geworfen hat.«

»Mason, das tut mir leid, aber ich schwöre dir, ich habe nichts mit ihm angefangen.«

Wieder trifft mich sein gewittergrauer Blick. Er glaubt mir noch immer nicht. »Dann hast du ja jetzt noch die Gelegenheit dazu, während wir hier eingesperrt sind.«

Ergeben schüttle ich den Kopf. »Ich will dich nicht verletzen, Mason. Das wollte ich nie. Du bist mir immer noch wichtig.« Das sind die ersten Worte, die ich mit ruhigerer Stimme hervorbringe.

»Ich weiß.« Mason reibt sich mit der Hand übers Gesicht und versucht ebenfalls, sich zu beruhigen. »Du bist mir auch wichtig, Ava. Aber ich will auch nicht vor dem ganzen Ort wie der letzte Vollidiot dastehen. Es ist sowieso verletzend genug, dass meine Freundin sich einfach so in einen anderen verliebt hat. Auf mitleidige Blicke, dumme Kommentare und neugierige Fragen on top kann ich echt verzichten, wenn wir wirklich noch länger hier festsitzen. Verstehst du?«

»Ja, natürlich.« Ich nicke, aber mein Blick fällt auf das einzige Bett im Raum. Mason bemerkt es. Seine Stimme wird wieder lauter: »Für die kurze Zeit, bis die Straße frei ist, werden wir uns ja wohl hier arrangieren können, oder? Kannst du solange deine Finger von diesem Ranger lassen und wenigstens nicht vor meinen Augen mit ihm rummachen?«

»Ich weiß doch nicht mal …« Der Rest meines Satzes erfriert in der plötzlichen Kälte, die mich packt. Ich spüre jegliche Wärme aus meinen Wangen weichen.

Angesichts meines entsetzten Blicks zieht Mason die Augenbrauen hoch. »Was ist los?«

»Ich muss noch mal weg.«

Er runzelt die Stirn, aber ich greife bereits nach Schneehose, Stiefeln und Jacke, die er mir heute Mittag abgenommen und nach oben gebracht hat. Mit hektischen Bewegungen versuche ich, in meine Kleidung zu gelangen.

»Wie weg?« Entgeistert beobachtet er mich.

»Ich habe was vergessen.«

Mason schüttelt den Kopf. »Ja, und zwar den Blizzard. Egal weshalb du gerade deine Jacke anziehst, du kannst unmöglich nach draußen.«

Aber ich höre ihm gar nicht zu. Ich bin schon auf dem Weg nach unten, während ich meine Mütze aufsetze und meine Kapuze darüberziehe. Meine Schritte poltern so laut auf den Holzstufen, dass ich gar nicht höre, wie Mason mir folgt. Erst als ich die Tür nach draußen aufreiße und mir eine eisige Windböe entgegenschlägt, dringt seine Stimme zu mir durch: »Bist du wahnsinnig, Ava? Hattest du noch nicht genug Nahtoderfahrungen heute?«

Aber ich halte nicht an. Mit wenigen Schritten überquere ich den zugeschneiten Gehweg. Der Wind stürzt sich so unnachgiebig auf mich, dass mir klar ist, was ich eigentlich tun sollte: schleunigst umkehren. Doch das ist keine Option. Mein Liebesbrief an Nolan liegt noch immer auf seinem Schreibtisch – falls er ihn nicht längst gefunden und gelesen hat. Aber vielleicht habe ich ja Glück und er ist von der Lawine direkt nach Hause gefahren. Denn obwohl ich heute Vormittag zu meinen Gefühlen stehen wollte, habe ich dem Brief doch mehr anvertraut, als ich Nolan ins Gesicht sagen würde. *Mein schönstes Erlebnis bist du.*

Es fühlt sich unbestreitbar so an, aber sagt man das jemandem, der einen vielleicht einfach nur nett findet? Vor allem jetzt, da ich mit ihm und Mason in einem Dorf eingesperrt bin, ist es keine gute Idee, wenn er von meinen Gefühlen weiß. Denn wenn Nolan sie erwidert, wäre es nach so einem Brief schwer, ihm nicht näherzukommen. Was Mason gegenüber zutiefst unfair wäre, während er uns nicht aus dem Weg gehen kann. Und wenn Nolan meine Gefühle nicht erwidert, würde es mir doch schwerfallen, ihm noch in die Augen zu sehen. Wer weiß … Vielleicht habe ich mich in Bezug auf ihn getäuscht. Vielleicht ist er es gewohnt, dass Touristinnen sich in ihn vergucken. Schließlich sieht er gut aus und wirkt mit seiner zurückhaltenden Art ein bisschen undurchschaubar. Bestimmt sind schon andere Frauen vor mir auf die Idee gekommen, ihn ein bisschen aus der Reserve locken zu wollen. Mein Gott! Heute Mittag war ich aufgewühlt und habe mir alles von der Seele geschrieben. Aber jetzt komme ich mir einfach nur naiv vor und stemme mich entschlossen gegen den Wind. Warum habe ich nur nicht vorher an den Brief gedacht? Klar, meine Begegnung mit der Lawine hat mich beschäftigt. Und meine Trennung von Mason. Aber jetzt hat sich auf der Straße bereits eine Lage frischer Neuschnee gebildet und ich sollte nicht hier draußen sein. Das sagt mir auch die Tatsache, dass ich die Einzige bin, die sich nicht irgendwo verbarrikadiert hat – zumindest soweit ich das überblicken kann. Dennoch marschiere ich weiter die Straße entlang.

Mit tief in die Stirn gezogener Mütze und dem Schal bis über meine Nase gewickelt, erreiche ich etwa eine Viertelstunde später die Ranger Station. Auf der Veranda muss ich auf und ab hüpfen, um mich vom an mir klebenden Schnee zu befreien. Dann öffne ich die Tür und lasse mich von einer Böe ins Warme schieben.

Im Hauptraum brennt zwar kein Licht, wohl aber im ersten Stock. Dumpfe Schritte von oben verraten mir, dass noch jemand hier ist. Kurz bin ich verwundert. Um diese Uhrzeit kann das nur Leroy sein. Bestimmt wird er nie müde, in der Ranger Station aufzuräumen – auch wenn das bei ihm nur bedeutet, ständig neue Ordnungssysteme zu erfinden. Soweit ich weiß, lagern oben Ausrüstung, Lehr- und Ausstellungsmaterialien sowie technische Geräte. Gerade will ich rufen, um auf mich aufmerksam zu machen, als mir klar wird, dass es besser ist, einfach ins Büro zu flitzen, mir den Brief zu schnappen und wieder zu verschwinden. Besser als Leroy lange Erklärungen abzugeben.

Rasch laufe ich zur Bürotür und schalte das Licht ein. Mein Blick fliegt zum Schreibtisch und ich erstarre. Der Brief ist weg.

»Mist.« Unterdrückt fluchend trete ich näher, aber die Arbeitsfläche ist tadellos aufgeräumt. Ich kann mich also gar nicht irren. Der Brief ist verschwunden. Nolan muss ihn doch schon gefunden und gelesen haben.

»Ava?«

Vor Schreck schreie ich auf.

»Was machst du hier?« Nolan betritt den Raum. Er trägt noch seine Stiefel und die dunkle Schneehose, darüber allerdings nur ein kariertes Flanellhemd über einem weißen Shirt. Aus seinen dunklen Augen mustert er mich fragend. Meine Knie werden weich.

»Ich ... Ich habe nur ... Ich wollte ... Ich habe dich gesucht.« Herzlichen Glückwunsch, Ava, dass du es doch noch geschafft hast, einen ganzen Satz zu formulieren.

»Um diese Zeit?« Nolan kommt noch einen Schritt auf mich zu. Sein Blick fliegt zu der Schramme an meiner Schläfe. »Bist du okay? Geht's dir ...? Hast du alles gut überstanden?«

Er mustert mich so forschend, als wäre gerade nur ich wichtig. Erst seit ich ihn kenne, ist mir bewusst, wie selten ich bisher gefragt wurde, wie es mir geht. Also, nicht nur als Floskel, sondern aus echtem Interesse. Verdammt, ich habe wirklich jedes Wort in diesem Brief so gemeint.

Ich versuche es mit einem Lächeln. »Ich habe es überlebt. Dank dir.«

Er runzelt die Stirn. »Das hätte übel ausgehen können. Und ich ...« Er bricht mitten im Satz ab, schüttelt den Kopf. »Es war keine gute Idee hierherzukommen, Ava. Draußen zieht ein Blizzard auf. Der wird noch heftiger. Und wenn du dich nicht auskennst, verläufst du dich spätestens nach ein paar Metern.«

Stumm erwidere ich seinen Blick. Dass Nolan kein Draufgänger ist, war mir klar. Aber würde er meine Gefühle erwidern, würde er doch jetzt etwas mehr auf mich zukommen, oder? Meinen Brief wenigstens erwähnen.

»Du bist doch auch hier.« Ich versuche seine Reaktion abzuschätzen. Unter meiner Skikleidung wird mir gerade verdammt heiß. Trotzdem weiß ich nicht, ob ich mir Mütze und Schal runterreißen soll, um Nolan meinen Brief zu erklären, oder lieber die Flucht ergreifen.

»Ich habe unser Equipment weggeräumt und mit der Digitalisierung unserer Lehrmaterialien weitergemacht. Damit sitzt Leroy mir schon die ganze Zeit im Nacken. Ich gehe jetzt aber auch nach Hause.« Nolan verschränkt die Arme vor der Brust. Irgendwie wirkt die Geste irritierend abweisend. Er geht jetzt einfach nach Hause, statt mit mir zu reden? Könnte er nicht wenigstens … Ja, was sagt man in so einer Situation? Könnte er nicht so was sagen wie: *Ich habe deinen Brief gelesen. Der hat mich echt berührt. Und ich mag dich auch sehr gerne. Aber nicht auf dieselbe Weise.* Doch Nolan sagt nichts dergleichen. Stattdessen fragt er nur: »Woher wusstest du denn, dass ich hier bin?«

»Das wusste ich gar nicht.«

Er schüttelt den Kopf. »Hier rauszukommen ist wirklich gefährlich.«

»Ich wollte unbedingt mit dir reden und dir etwas erklären.«

»Okay?« Wieder dieser dunkle Blick von ihm. Er lehnt sich in den Türrahmen und mustert mich abwartend. Seine Haare sind so dunkel, dass sie das Licht zu schlucken scheinen.

Ich hole tief Luft. Wie erkläre ich ihm diesen Brief? Mittlerweile ist offensichtlich, dass er mit meinen Gefühlen nichts anfangen kann. Und zwar wirklich gar nichts. »Es tut mir leid. Ich habe mich von Mason getrennt und war aufgewühlt. Ich wusste kaum, was ich tue. Daher war ich heute Mittag vielleicht nicht ganz zurechnungsfähig.«

»Das verstehe ich«, unterbricht Nolan mich, als wollte er gar keine Entschuldigung hören. Er mustert mich eingehend. Irgendwie hat er etwas an sich, das alles sehr intensiv wirken lässt. Seine Blicke auf meiner Haut zum Beispiel – selbst wenn sie nur mein Gesicht streifen, weil der Rest von mir in einem dick gefütterten Outdooroutfit steckt. »Es ist ja nichts weiter passiert«, fügt er schließlich hinzu. »Also vergessen wir das Ganze einfach.«

Ich blinzle. Irgendwie treffen seine Worte mich härter als alles, was Mason heute zu mir gesagt hat. *Also vergessen wir das Ganze einfach?* Wir haben uns in den letzten Tagen gegenseitig unser ganzes Leben erzählt. Ich habe mich darin verliebt, wie er mir zuhörte, wie er sich Zeit nahm nachzudenken, ehe er einen Gedanken dazu äußerte. Wenn Nolan mit anderen Leuten spricht, kann er durchaus bestimmt auftreten und er hat auch oft einen lockeren Spruch parat. Aber er hat gleichzeitig etwas sehr Zurückhaltendes und Vorsichtiges an sich. Er hat lange gezögert, ehe er mir von sich erzählt hat. Erst war es nur hier und dort ein Nebensatz. Aber irgendwann wurden es ganze Geschichten. Von seinem Leben in Big Sky. Von seinem besten Freund Hunter, den er sehr zu bewundern scheint – für den Weg, den er geht. Aber er vermisst ihn auch, weil Hunter derjenige ist, der ihn immer angestiftet hat, seine Komfortzone zu verlassen. Und der mit ihm auf Trekkingtouren in die Wildnis aufgebrochen ist, wenn Nolan einfach mal rausmusste – vor allem, nachdem seine Mom gestorben war.

Kann ich von jemandem, der so sensibel wie Nolan ist, nicht erwarten, dass er ein bisschen feinfühliger reagiert, wenn ich ihm in einem Liebesbrief mein Herz ausschütte?

Nolan scheint meine Irritation zu spüren, denn er legt wieder leicht den Kopf schief. »Wie ist es denn jetzt zwischen dir und Mason?«

Ich ziehe die Schultern hoch. Anscheinend hat Nolan tatsächlich vor, meine Gefühle für ihn zu ignorieren. Kann er das noch offensichtlicher machen, als indem er mich nach meinem Ex fragt? »Nicht toll«, antworte ich knapp. »Aber wir haben das Unvermeidliche zu lange rausgezögert.«

Nolan nickt. Da ist wieder dieses sanfte Schimmern in seinen Augen, das mir das Gefühl gibt, er könne in meine Seele schauen. Ist das reine Illusion?

»Das tut mir leid.«

Ich will ihn fragen, was genau ihm leidtut. Dass ich meinen Freund verlassen oder dass ich mir das zwischen uns anscheinend nur eingebildet habe? Nolan blickt irgendwo auf den unregelmäßigen Holzboden zwischen uns. »Kann ich irgendwas für dich tun?«

»Schon gut«, bringe ich gepresst hervor. Plötzlich halte ich es keine Sekunde länger in diesem viel zu engen Büro aus. Es ist nicht fair von Nolan, so zu tun, als hätte ich keine tieferen Gefühle für ihn, nur weil er sich nicht damit auseinandersetzen will.

Ich habe ihm geschrieben, es sei egal, ob er meine Gefühle erwidere oder nicht. Dass es nichts daran ändere, wie ich für ihn empfände. Und leider stimmt das auch. In mir kribbelt alles, sobald er mich mit seinen dunklen Augen mustert. Alles, was er mir über sich erzählt hat, berührt mich genauso wie vor der verdammten Lawine. Und irgendetwas in mir wünscht sich nichts sehnlicher, als dass er mir endlich nahekommt, dass ich seinen Duft einatmen und seine Wärme auf der Haut fühlen kann. Aber als ich den Brief geschrieben habe, war ich im Begriff abzureisen. Ich hätte Nolan nie wiedergesehen. Jetzt bringt er mir so wenig Einfühlsamkeit entgegen, dass mir meine komplette Offenheit einfach nur noch peinlich ist.

Umständlich dränge ich mich an Nolan vorbei und strebe auf den Ausgang zu.

»Ava?« Er folgt mir in den Hauptraum. »Willst du warten? Ich hole meine Jacke und dann bringe ich dich zu Peyton.«

Sofort schüttle ich den Kopf. Anscheinend hat Nolan einen Helferkomplex und hatte das Gefühl, die Touristin in Beziehungskrise auf andere Gedanken bringen zu müssen. Aber darauf kann ich jetzt verzichten. »Danke, aber ich finde den Weg allein.« Mit der Hand schon am Türgriff drehe ich mich noch einmal zu ihm um. »Wie lange wird es wirklich dauern, bis die Straßen geräumt sind?«

Er zieht die Schultern hoch. »Sicher bis nach den Feiertagen. Tut mir wirklich leid.« Ich starre ihn an und er sieht plötzlich aus, als wäre die Lawine tatsächlich seine Schuld gewesen, wie Hunter ihm unterstellt hat. »Wenn ich doch was für dich tun kann, sag mir Bescheid. Was auch immer, okay?«

Ich nicke knapp, dann öffne ich die Tür. Der Wind schlägt mir so hart ins Gesicht, dass er mir den Atem raubt. Kurz bekomme ich angesichts des tosenden Schneetreibens und der Dunkelheit Panik. Ich sollte auf Nolan warten. Doch stattdessen ziehe ich die Kapuze wieder über meinen Kopf und marschiere los. Ich hatte unrecht: Dieser Tag konnte noch schlimmer werden.

Hunter

Ich kann mich nicht ewig in meinem Zimmer verstecken. Zumal das nichts an dieser verfluchten Situation ändert. Da müssen härtere Geschütze her. Ich hieve meinen Hintern aus dem Bett, um unten nach einem Drink zu suchen. Etwas mit genug Umdrehungen, dass ich für eine Weile meine Lage vergessen kann.

Von der Treppe sind Stimmen zu hören. Mason und Ava sind zurück und führen ihre Auseinandersetzung von heute Nachmittag fort. Schon die erste Runde war durch die dünnen Wände des B&B nicht zu überhören und ich kann echt auf eine Fortsetzung verzichten. Ich habe schon jetzt eindeutig zu viele Informationen über die gescheiterte Liebe eines Paares mitbekomme, das ich nicht einmal kenne.

Ich ziehe mir ein Shirt über und verlasse das Zimmer. Auf der Treppe rennt mich Ava fast über den Haufen.

»So viel zu deinem Versprechen, nicht vor meinen Augen mit diesem Ranger rumzumachen!« Masons Worte klatschen ihr in den Rücken. Sie zuckt zusammen, als hätte er sie geschlagen, mit zusammengepressten Lippen drängt sie sich an mir vorbei und vermeidet es, mich anzusehen. Sekundenlang kämpft sie mit der Zimmertür und ich bin mir fast sicher, sie weint. Stimmung Konfetti.

Ich reibe mir über den Nacken und steuere auf Mason zu, der die Eingangstür des B&B aufgerissen hat. Seine Knöchel treten weiß hervor, so fest umklammert er das Holz. Aus der

Küche dringt Musik bis in den Eingangsbereich. Peyton arbeitet noch. Ich unterdrücke den Teil von mir, der sich einen Dreck darum schert, ob Mason bei dem Wetter mit gebrochenem Herzen mitten in den Blizzard rennt und erfriert, weil ich auf der Stelle zu Peyton will. Ist sowieso keine besonders schlaue Idee. Nicht einmal, um einen Drink abzustauben.

Wenn er die Tür noch weiter offen stehen lässt, haben wir bald eine Schneewehe im Eingangsbereich. Also greife ich über Mason hinweg und drücke sie sanft zu.

Das löst ihn aus seiner Erstarrung und er dreht sich zu mir um, ballt die Hände zu Fäusten, als er sieht, wer vor ihm steht. Als wäre ich der Feind, einfach weil ich Nolans Freund bin und er annimmt, der hätte was mit Ava angefangen. Das ist lächerlich. Ich habe nichts damit zu tun. Ganz davon abgesehen, dass Nolan nie so in eine Beziehung grätschen würde. Ich denke, das Scheitern ihrer Beziehung hatte ganz andere Gründe, und Mason weiß das sicherlich auch. Vielleicht entspannt er deswegen seine Fäuste wieder, ohne mir eine reinzuhauen. Zischend atmet er aus und fährt sich über die Augen, als wollte er sich die Emotionen aus dem Gesicht wischen. Funktioniert nur nicht.

Er tut mir leid. Ich weiß, wie beschissen sich das Ende anfühlen kann. Wahrscheinlich sollte ich mich raushalten, weil ich echt keine Blaupause für funktionierende Beziehungen bin und damit vermutlich der schlechteste Ratgeber überhaupt. Außerdem kenne ich im Grunde weder ihn noch Ava und kann mir gar kein Urteil erlauben. Aber irgendwie habe ich das Gefühl, etwas sagen zu müssen.

»Ich wollte euch echt nicht belauschen, aber ihr wart nicht gerade leise und die Wände des B&B sind verdammt dünn.« Ich deute nach oben zu unseren Zimmern, die genau nebeneinanderliegen, um klarzumachen, dass ich alles mitbekommen habe, nicht nur den kurzen Teil gerade eben, und zucke die Schultern. »Tut mir echt leid, dass es mit dem Retten eurer Beziehung nicht geklappt hat …« Ich atme tief durch. »… aber wenn du mich fragst …«

»Ich frage dich nicht«, fährt er dazwischen. »Das geht dich nämlich nichts an.« Er geht zur Treppe, bleibt aber an der untersten Stufe stehen, anstatt nach oben zu verschwinden. Wahrscheinlich weiß er nicht, wohin. Das gemeinsame Zimmer dürfte der letzte Ort sein, an dem er jetzt sein will.

»Nolan ist mein bester Freund«, fahre ich unbeirrt fort. »Also geht es mich sehr wohl etwas an. Er ist ein guter Typ, weißt du.«

»Oh, na klar, wenn er ein guter Typ ist, ist es natürlich okay, wenn er mir meine Freundin ausspannt.«

Ich ziehe eine Augenbraue hoch und mustere Mason. »Hat sich so angehört, als wäre das so oder so vorbei zwischen euch. Vollkommen unabhängig davon, ob und was da mit Nolan läuft. Und eins kann ich dir versichern, er ist der anständigste Mensch auf diesem Planeten. Egal was er vielleicht für Ava empfindet, er hat ganz sicher nichts mit ihr angefangen, solange ihr noch zusammen wart.«

Er zuckt die Schultern und presst die Lippen aufeinander, nickt aber. »Mag sein, aber meine Freundin hat sich in einen anderen verliebt. Einfach so. Das ist total demütigend.«

»Ist eine beschissene Situation«, murmle ich und nicke. »Aber lass mich dich was fragen.« Ich zögere und überlege, wie ich das am besten formuliere, und bringe es dann einfach gerade raus. »Geht es hier noch darum, dass du sie liebst, oder eher um dein Ego?« Das dürfte gerade ziemlich mitgenommen sein, was ich verstehen kann. »Denn, ehrlich, Mann, das wäre der schlechteste Grund überhaupt, um weiter daran festzuhalten.« Ich muss es ja wissen.

Masons Kiefer mahlen. Er senkt den Blick. »Verdammt.«

Ich habe wohl ins Schwarze getroffen. »Du könntest es als Chance sehen. Ihr habt rechtzeitig erkannt, dass es nicht passt. Das ist etwas Gutes.« Keine Ahnung, ob ich noch über Ava und Mason spreche. Und ob ich mir diesen Scheiß selbst glaube. Wenn so zu handeln nämlich etwas Gutes wäre, würde es nach drei Jahren wohl kaum noch so scheiße wehtun, dass Peyton und ich nicht füreinander bestimmt waren.

Mason nickt. »Ich sollte wohl mit ihr reden.« Er erwartet keine Antwort, sondern geht die Treppe hinauf und lässt mich allein im Erdgeschoss zurück. Nicht ganz allein.

Da ist immer noch die Musik. Und Peytons Stimme, die sich im Refrain daruntermischt. Ich fühle mich wie ein verdammter Lügner, der hier in Big Sky mit der Wahrheit konfrontiert wird. Und ich kann nicht mal abhauen, sobald es mir den Boden unter den Füßen wegzieht. Denn das wird passieren. Ist nur die Frage, wann.

Wenn ich nicht aufpasse, eher früher als später. Trotzdem durchquere ich den Eingangsbereich, dann den Frühstücksraum und halte auf die Küche zu. Das B&B hat sich verändert. Peyton nicht. Sie trägt noch immer ausgewaschene Bandshirts zu zerrissenen Jeans und singt bei der Arbeit. Nicht unfassbar gut, aber laut und voller Leidenschaft. Und ich reagiere wie schon in der Highschool. Ich treibe auf sie zu. Dabei sollte ich alles tun, nur nicht mich zu ihr auf einen der Hocker am Tresen schieben. Wir sind nicht passend. Und ich habe Mason vor nicht einmal einer Minute den Rat gegeben, loszulassen, wenn das der Fall ist. Vielleicht sollte ich mehr auf meine eigenen Ratschläge hören. Dann würde ich meinem Herzen vielleicht verbieten, in Peytons Nähe zu rasen wie ein Güterzug. Das Problem ist, sie und ich sind kein Stück wie Mason und Ava. Unsere Lebensentwürfe passen vielleicht nicht zusammen, und das macht uns unmöglich, aber bei meinen Gefühlen für sie ging es nie um mein Ego oder verletzten Stolz. Ich liebe sie. So einfach. So verdammt aussichtslos. Ich schnipse gegen eine der Weihnachtskugeln, mit denen die Tannengirlande auf dem Frühstückstresen geschmückt ist, und bringe ein kratziges Hi heraus.

»Hunter«, antwortet sie leise, ohne aufzusehen.

»Peyton«, grüße ich steif zurück. Ich habe meinem Herzen beigebracht, dass sie tabu ist. Mit gut dreihundert Meilen zwischen uns hat das super funktioniert. Aber, fuck, jetzt steht sie hier und zieht auf diese Peyton-Art die Augenbraue hoch, anstatt die Frage laut auszusprechen, was zum Henker ich in ihrer Küche will.

»Mit wem hast du eben gesprochen?«, fragt sie stattdessen.

»Mit Mason. Zwischen ihm und Ava läuft es nicht mehr.«

Sie lacht tonlos auf, verkneift sich aber einen Kommentar, weil ausgerechnet ich ihm Ratschläge gebe.

»Hast du etwas zu trinken?«, frage ich und massiere meine Schläfen.

»Limonade?«

Ich schüttle mit einem halben Lachen den Kopf. »Ich dachte eigentlich an etwas, das nicht so laut Kindergeburtstag schreit.«

Sie stellt die Musik leiser und zieht sich das Geschirrtuch von der Schulter. Darauf tanzen Rentiere mit Weihnachtsmützen. »Du willst etwas Hartes zu trinken?«

Da ist sie wieder die Augenbraue. Ich liebe diese verdammte Augenbraue. Schwer stütze ich den Kopf auf die Hände und atme frustriert aus. »Ich stecke in Adamsland fest. Und meine Zimmernachbarn diskutieren ihre Beziehungsprobleme mit mir als Livepublikum. Das erfordert Alkohol. Viel Alkohol. Meinst du nicht auch?«

Peyton lacht. Sie hat Big Sky in unserer Schulzeit so getauft, Adamsland, wie Disneyland. Schnee, Fun, Action und eine Goldgrube für denjenigen, dessen Namen in der Bezeichnung vorkommt. »Warum gehst du nicht ins Diner? Ist nur einmal über die Straße. Die Lichterketten weisen den Weg. Da könntest du dich umsonst betrinken.«

Weil es wie der Rest des Dorfes inklusive der Lichterketten meinem Dad gehört. »Draußen tobt ein Blizzard. Ich bin bestimmt nicht so dämlich, durch einen Schneesturm zu torkeln, in eine Schneewehe zu kippen und zu erfrieren, bevor ich es in die NFL geschafft habe.«

Irgendwann in der Nacht wird er sicher seinen Höhepunkt erreichen und dann wird man die eigene Hand vor den Augen nicht mehr sehen und sich selbst auf der Hauptstraße verirren. Es ist also nicht ausschließlich eine Ausrede. Vielleicht nickt Peyton deswegen und beginnt in einem der Schränke zu wühlen. »Außerdem habe ich Angst vor Barbs Weihnachtsdeko.«

»Wenn du erfrierst, würde dir das aber zumindest das Weihnachtsfest ersparen, Mister Grinch.«

Die Art, wie sie das sagt, erinnert mich an die Zeit, als es zwischen uns noch leicht war, gut, das Beste, was mir fucking noch mal passiert ist. Weil es gekribbelt hat. Weil ich spüren konnte, was zwischen uns sein könnte. Bevor wir beide die Notbremse gezogen haben. »Ich bin nicht der Grinch«, erwidere ich viel zu zeitverzögert und so resigniert, wie ich mich damals gefühlt habe, als mir klar wurde, dass das zwischen uns vorbei war, bevor es begonnen hatte. »Ich verstehe nur nicht, warum ganz Big Sky so aussehen muss, als hätte sich ein Weihnachtsbaum in die Main Street übergeben.«

Peyton lacht und, holy shit, das Geräusch schießt mir direkt in den Unterleib. Und an Stellen, die noch wesentlich bedenklicher sind. Ich reibe über meine Brust, in der all die Erinnerungen an Peyton, ihr Lachen und mich explodieren.

Peyton hat eine Flasche Whiskey gefunden und hält sie mit einem fragenden Blick hoch.

Ich nicke. Ich würde selbst Hustensaft trinken, wenn es diese beschissene Situation erträglicher macht.

Sie schenkt mir ein und greift die Unterredung da wieder auf, wo wir vor dem Whiskey stehen geblieben sind. »Erzähl mir jetzt nicht, dass du bekehrt wurdest und den Feiertagen plötzlich etwas abgewinnen kannst. Wie hast du zum Beispiel das letzte Weihnachten verbracht?« Sie schiebt mir das Glas zu. »Warte, verrat es nicht. Serienmarathon, Essen vom Lieferdienst und keine einzige Weihnachtskugel im Umkreis von fünfhundert Metern.«

Verdammt, sie kennt mich zu gut. Und dieses Lachen macht mich fertig. »Ich sollte jemanden engagieren, der dich verschwinden lässt. Du weißt zu viel über mich«, brumme ich und kippe das Glas in einem Zug hinunter, weil es die verdammte Wahrheit ist. Peyton versteht mich wie sonst niemand. Obwohl sie mich drei Jahre nicht gesehen hat. Nicht mal Nolan oder Grace kommen da ran. Weil wir Freunde sind, aber da auch immer mehr war. Ein Mehr, das ich nie in Worte gefasst habe. Erst, weil ich zu feige war. Dann war klar, dass ich weggehen musste, um ich selbst zu sein, und dass das mit uns keine Zukunft haben würde. Ich schenke mir mit einem Schnauben nach. »Trinkst du einen mit?«

Sie schüttelt den Kopf. »Ich arbeite.«

Ich tippe das Display meines Handys an. Grace hat mir ein neues Hintergrundbild aufgezwungen. Es zeigt die Umrisse einer Tanne auf schwarzem Untergrund und die Worte *Merry Christmas oder so.* Das umfasst in etwa meine Gefühle in Bezug auf Weihnachten. »Hast du nie Feierabend?« Es ist schon kurz nach elf. Ich sehe sie an. Auf die Art und Weise, auf die ich sie ganz sicher nicht ansehen sollte. Eilig senke ich meinen Blick auf die bernsteinfarbene Flüssigkeit in meinem Glas und zerreibe eine Tannennadel, bis sich der harzige Geruch nach Wald in der Küche ausbreitet.

»Ich bin selbstständig. Also arbeite ich auch ständig.« Sie zuckt mit den Schultern.

»Was dir nichts ausmacht, weil du deine Arbeit liebst.« Sie nickt. Schweigend sehen wir einander an. Sie tut, was sie immer machen wollte. Und ich tue, wovon ich immer geträumt habe. Zwei Leben, die nichts miteinander gemeinsam haben. Außer der Tatsache, dass mein Herz in ihrer Nähe noch immer außer Takt gerät.

»Erinnerst du dich noch an das Weihnachten, als du, Nolan, Chrissy und ich campen waren und ich den halben Alkoholvorrat aus Dads Hotel habe mitgehen lassen?« Das war im letzten Highschool-Jahr und das einzige Mal, dass ich Nolan wirklich voll erlebt habe. So betrunken, dass er Chrissy geküsst hat, obwohl er sonst eher nicht der Typ ist, der den ersten Schritt macht.

Peyton und ich haben uns nicht geküsst. Weil wir beide nicht betrunken genug sein konnten, um zu vergessen, dass ich gehen und sie in Big Sky bleiben würde. Dass uns diese Tatsache unmöglich machte. Vielleicht muss ich mich gerade genau daran erinnern. Das Problem ist, mit dieser Erinnerung kommt auch die, wie wir stundenlang zusammen in den Sternenhimmel gesehen und geredet haben, während unsere kleinen Finger miteinander verschlungen waren. Dieser Moment, den ich seitdem mit mir rumschleppe und einfach nicht wieder loswerde. Dieser Moment, der uns viel tiefer reingeritten hat, als es ein betrunkener Kuss je gekonnt hätte.

»Fang bloß nicht damit an. Das ist so lange her«, sagt sie und verdreht lachend die Augen.

Natürlich ist es ihr unangenehm, dass ich mich noch immer und so offensichtlich an ihren Finger klammere.

»Ich kriege beim bloßen Gedanken daran, was wir da alles getrunken haben, einen Kater.«

Ich sehe sie an und lache die Ernsthaftigkeit weg. »Aber Nolans Bärenabwehrtaktik, die er bei zwei Promille ausgepackt hat, war nicht schlecht.«

»Ich dachte, er hätte nur versucht Wonderwall zu singen.«

Ich trinke und schenke mir nach. »Genau«, murmle ich grinsend.

Peyton knufft mich todernst in den Arm, bevor sie losprustet, sich ein Glas nimmt, die Flasche zu sich heranzieht und sich nun doch eingießt. Im Gegensatz zu mir nippt sie nur an der Flüssigkeit, schwenkt sie im Glas und sieht mich dann direkt an. »Du bist nicht ein Mal wiedergekommen, seitdem du weg bist nach Missoula.«

Keine Ahnung, ob sie eine Entschuldigung will, weil sich kein Freund der Welt so verhalten sollte. Oder ob sie wütend ist, weil ich es nicht dabei belassen habe und weggeblieben bin.

»Was hast du in den letzten drei Jahren denn so getrieben?«

Sie klingt unbeteiligt, als wäre ich nur ein Mitschüler, mit dem sie sich über die Zeit austauscht, die wir einander nicht gesehen haben. Die Lichterkette über uns lässt ihre Augen glitzern. Was Peyton versucht, ist gut. Wir sollten die Grenze einhalten, die uns damals wie heute geschützt hat.

»Hauptsächlich Sport.« Ich lehne mich etwas zurück, trinke. »Ansonsten lerne ich viel. Grace zwingt mich, ab und an auf Partys zu gehen oder mir Liebesschnulzen anzusehen. Wahlweise auch Horrorfilme.« Ich verziehe das Gesicht. »Und sie schleppt mich regelmäßig auf Flohmärkte, um nach Schätzen für die WG zu suchen. Sie hat ein ziemlich gutes Auge für coole Sachen. Sie war total aus dem Häuschen, als sie deine Möbel gesehen hat.« Ich blicke mich in dem Frühstücksraum um. »Hast du das alles selbst gemacht?« Nicht nur der helle, warme Anstrich ist neu. Hier dominieren aufgearbeitete Möbel und alte Gegenstände den Raum, die einer neuen Bestimmung zugeführt wurden.

»Das meiste. Bei einigem hatte ich Hilfe.«

Unwillkürlich durchzuckt mich der Gedanke, dass ich wissen will, wer ihr geholfen hat. Eifersucht? Echt jetzt? Als würde mir das zustehen. »Sieht umwerfend aus«, sage ich leise und sehe sie fest an. Keine Ahnung, ob ich noch von der Einrichtung spreche.

Peyton leert ihr Glas und streicht sich eine Haarsträhne hinters Ohr. Sie konnte noch nie gut mit Komplimenten umgehen. Oder vielleicht kann sie auch nur mit meinen nicht umgehen. »Ich sollte …« Sie deutet auf die Küche. »Ich muss das noch fertig machen und dann das Frühstück vorbereiten.«

Ich leere mein Glas, schenke mir nach. »Kann ich dir helfen? Das haben wir früher oft zusammen gemacht.« Nachdem wir feiern waren. Und es hat meistens damit geendet, dass wir bis frühmorgens im Frühstücksraum saßen und irgendwelche kalorienreichen, sehr suspekten Kombinationen aus Frühstückswaffeln, Dinnerresten aus dem Kühlschrank und Käse vertilgt haben.

»Wir waren schrecklich und auf keinen Fall eine Hilfe für Mom.« Peyton lacht, nickt aber und ich rutsche von meinem Barhocker, um zu ihr in die Küche zu gehen.

»Deine Mom hat uns trotzdem nie rausgeschmissen.« Wir waren immer willkommen und Lydia hat nie ein Wort darüber verloren, dass wir ihr regelmäßig die Hälfte ihrer Einkäufe für das Frühstück des B&B weggefressen haben. »Wie geht es ihr?« Von Nolan weiß ich, dass die Behandlung angeschlagen hat und sie in Remission ist. Aber ich habe sie bisher nicht im B&B gesehen. Dabei war sie früher von morgens bis abends hier. Das Mountain Hideaway war immer ihr Leben.

Peyton ist zur Spüle gegangen und wäscht ihr Glas ab. »Besser.« Sie nickt, als müsste sie sich selbst davon überzeugen, dass es wahr ist. »Aber sie kann nicht mehr so viel machen, wie sie gern würde. Den Krebs zu besiegen hat sie ziemlich viel Kraft gekostet.

»Aber sie hat ihn besiegt.«

»Ja.« Peyton wirkt mit einem Mal distanziert. Die Zeit muss die Hölle gewesen sein. Für Lydia, aber auch für Peyton. Ich stürze den Inhalt meines Glases hinunter. Als könnte das helfen, mich nicht wie das letzte Arschloch zu fühlen. Der Alkohol brennt warm in meinen Venen. Ich stelle mich neben sie und deute auf das Handtuch, das über ihrer Schulter liegt. Ich räuspere mich und nehme es, dann den Teller, den sie gerade auf die Spüle gestellt hat, und trockne ihn ab. Solange meine Hände etwas zu tun haben, werde ich nichts Unüberlegtes tun.

»Warum wolltest du schon wieder fahren?« Peyton sieht mich nicht an, als sie mir den nächsten Teller reicht. Als wäre das gefährlich, solange ich so nah neben ihr stehe. Es ist, verdammt noch mal, gefährlich.

Ich hole mir mein Glas vom Tresen, schenke mir nach. »Dad.« Ich nehme einen tiefen Schluck, auch wenn ich bereits genug habe. »Traurig, aber wahr, ich habe immer noch Daddy Issues.«

»Harold Adams nicht zu mögen spricht eher für deinen Charakter, nicht für eine Macke.« Sie sieht mich fest an. »Aber es tut mir trotzdem leid, dass euer Wiedersehen nicht besser gelaufen ist.«

»Mir tut es leid, dass ich tatsächlich gehofft habe, es würde besser laufen.« Ich zucke die Schultern und kippe den Inhalt meines Glases hinunter. »Ich hätte nicht kommen sollen.«

Peyton dreht sich zu mir um und legt mir ihre Hand auf den Arm. Warm und so leicht, wie sich mein Hirn fühlt. Keine Ahnung, ob es am Whiskey liegt. Oder an ihr.

»Ich bin froh, dass du gekommen bist.« Sie beißt sich auf die Lippen, sieht auf ihre Schuhspitzen. »Ich meine, dass wir uns mal wiedersehen. Wir waren früher jeden Tag zusammen, du, Nolan, Chrissy und ich.« Bevor Chrissy und ich Big Sky den Rücken gekehrt haben. »Wir hatten so viel Spaß. Manchmal vermisse ich das.«

Ihre Zähne graben sich noch immer in die Unterlippe und der Whiskey hat mich waghalsig genug gemacht, dass ich mich vorbeugen und meine Lippen auf ihren Mund pressen will. Ich schlucke hart, stütze die Hand gegen die Arbeitsplatte und schiebe meinen Körper ein Stück zurück, auch wenn es all meine Kraft kostet, gegen das Bedürfnis, sie berühren zu wollen, anzukämpfen. Das Handtuch werfe ich auf die Arbeitsplatte. »Ich sollte schlafen gehen. Ich bin betrunken und …«, scheiße noch mal, genauso verliebt in sie wie früher. Aber dem nachzugeben würde nur Chaos anrichten und nirgendwohin führen. Ich strecke den Arm aus, zupfe an einer Strähne ihres Ponys, wie ich es früher immer getan habe, wenn wir uns verabschiedet haben. Es fühlt sich so vertraut an, so gut, dass ich es nicht schaffe zu gehen. Sekundenlang stehe ich vor ihr und sehe sie nur an. »Ich vermisse uns auch«, murmle ich. Ich bin so ein verdammter Idiot, und bevor sie in meinen Augen sehen kann, dass ich damit sie und mich gemeint habe, nicht unsere Vierer-Chaostruppe, drehe ich mich abrupt um und stürze die Treppe hinauf in mein Zimmer.

20. DEZEMBER

Grace

Als ich aufwache, läuft der Fernseher immer noch. Ich taste nach der Fernbedienung, die sich zwischen den Laken versteckt, und schalte ihn aus. Mit einem Gähnen setze ich mich auf und fröstle ein wenig, weil meine Decke verrutscht ist. Gestern Nacht habe ich noch zwei Stunden an meiner Hausarbeit gearbeitet, wobei das ohne Internet ziemlich mühselig war, und wollte nur kurz zum Runterkommen eine Soap gucken. Dabei muss ich wohl eingeschlafen sein.

Als ich aufstehe, schnappe ich mir meinen Pullover und streife ihn über mein Schlaftop, bevor ich auch noch in meine Socken schlüpfe und mich dann erst auf dem kalten Holzboden durch das urige Zimmer traue. Hinter den Vorhängen ist es hell, und als ich sie öffne, kann ich direkt auf die zugeschneite Straße blicken. Schnee schießt dicht am Fenster vorbei und hat bereits die Autos unter sich begraben. Der Wind pfeift zwischen den Häusern hindurch und spielt ein unheimliches Lied. Der Blizzard ist im vollen Gange.

Ich zittere und gehe ins Bad. Da ich wegen der Anreise nach Big Sky seit vorgestern nicht mehr geduscht habe, drehe ich das Wasser auf und ziehe mich aus, obwohl ich viel lieber noch mal unter die Bettdecke geschlüpft wäre. Auch mein Magen fleht so laut, dass ich ihn nicht ignorieren kann.

Nach einer schnellen Dusche föhne ich meine Haare und mummle mich so dick ein, dass ich die Kälte nicht mehr spüre. Dann schminke ich mich, bevor ich mir mein Handy und den Laptop schnappe. Ich habe weder Netz noch Internetempfang und muss unbedingt noch eine Runde arbeiten. Etwas, das ich während meines Aufenthalts sowieso erledigen wollte, auch wenn Hunter mich deshalb schon für völlig verrückt erklärt hat. Doch ohne das WLAN-Passwort komme ich nicht weiter. Ich muss Peyton dringend danach fragen.

Als ich auf den Flur trete, höre ich bereits Geräusche von unten, doch ich steuere zunächst Hunters Zimmer an. Ich habe gestern Nacht gehört, wie er offensichtlich betrunken in sein Zimmer gegangen ist. Sein Torkeln konnte ich beim besten Willen nicht überhören.

Es tut mir leid, wie das Aufeinandertreffen mit seinem Vater verlaufen ist. Nicht leid tut mir, dass wir hier festhängen. Es wird Hunter sicher guttun, wieder ein wenig Zeit mit Nolan zu verbringen. Und es bewahrt uns vor einem traurigen Weihnachten in unserer WG. Es wäre natürlich trotzdem cool. Mit Hunter, Serien und Essen vom Lieferdienst. Aber es wäre kein richtiges Weihnachten, wie Hunter es mir dieses Jahr versprochen hat.

Ich klopfe einmal an Hunters Tür. Von innen kommt ein lautes Brummen, dann ein Schnarchen, was mich lachen lässt. Okay. Der ist wohl für eine Weile nicht zu gebrauchen. Dann muss ich wohl alleine runter.

Die Stufen knarzen, als ich hinuntergehe, und ich entdecke Peyton sofort hinter der Theke im Frühstücksraum, die dort irgendwelche Notizen macht. »Guten Morgen.«

Als sie mich hört, hebt sie den Kopf und lächelt mich freundlich an. Sie scheint echt nett zu sein. Außerdem sieht sie in ihrer zerrissenen Jeans und dem Bandshirt ziemlich gut aus. Kein Wunder, dass Hunter sie gestern so angestarrt hat. »Guten Morgen. Beim Frühstück herrscht Selbstbedienung und freie Platzwahl. Warme Getränke bekommst du von mir.« Sie deutet auf den Tresen, auf dem allerhand Essen steht, und dann auf die im Raum verteilten Tische, an denen dunkelgrün gepolsterte Stühle stehen.

»Danke. Und hättest vielleicht noch das WLAN-Passwort für mich?« Ich hebe demonstrativ den Laptop, den ich unter meinen Arm geklemmt habe.

Sie lacht und nickt. »MountainHideawaywifi. Zusammengeschrieben und das M und H groß.«

»Super. Danke.«

Dunkle Balken ziehen sich quer über die Decke und die Wände sind in frischem Grün gestrichen. Links von mir ist eine Fensterfront, durch die man auf den Parkplatz schauen kann, und rechts befindet sich die Theke. Holztische stehen im Raum verteilt, auf denen bereits Geschirr und Besteck über rot-grünen Läufern platziert wurden. In der Mitte der Tische befinden sich halb heruntergebrannte Stabkerzen und kleine Weihnachtssterne in glitzernden Töpfen. Es riecht nach gebratenem Speck und Eiern. Doch auch der süße Geruch von Sirup hängt in der Luft und ich bin überwältigt von dem reichhaltigen Angebot, das ich in einem B&B nicht erwartet habe. Selbst die Bagels und die Waffeln dampfen noch leicht und die Auswahl an Marmeladen ist ein wenig überwältigend.

Mein Magen knurrt noch etwas mehr.

Da ich die Erste bin, stelle ich meinen Laptop an einem Tisch am Fenster ab, hinter dem der Blizzard eine Spur aus Schnee hinterlassen hat.

Ich nehme mir von allem etwas und trage meinen etwas überladenen Teller zu meinem Tisch. Als ich mir gerade einen Saft aus einem Getränkespender ziehe, kommt das Pärchen von gestern herein. Ava und Mason. Ich versuche Mason nicht anzustarren, obwohl er in seinem schlichten Outfit aus Jeans und hellem Pullover viel zu attraktiv aussieht, auch wenn er ein wenig müde wirkt. Sein blondes Haar ist aufwendig zur Seite gegelt.

Er entdeckt mich sofort und lächelt. Kleine Fältchen bilden sich um seine grauen Augen herum. »Guten Morgen.«

»Morgen«, bringe ich heraus, schiebe meine Brille zurecht und konzentriere mich bewusst auf Ava, die ihn umrundet und auf mich zukommt. Sie lächelt und Sommersprossen tanzen auf ihrer Nase. Ihr braunes Haar fällt über ihre Schultern und sie trägt eine dunkelblaue Base-Layer-Hose mit türkisfarbenen Streifen, in denen sie endlos lange Beine hat, sowie einen hellen Norwegerpullover. Es wirkt, als würde sie jeden Moment wieder in Skikleidung steigen wollen, obwohl sie total übermüdet scheint. Dennoch komme ich mir in meiner Sweathose fast ein wenig underdressed vor. Ava stellt sich neben mich an den Getränkespender und zieht sich einen Saft. »Hi. Ich weiß, wir haben uns gestern schon gesehen, aber nach der Lawinensache war ich ziemlich neben mir. Du heißt Grace, oder? Ich bin Ava.«

»Ja, genau. Hi, Ava.« Ich bleibe kurz stehen, doch sie nimmt glücklicherweise kein Gespräch auf, nachdem sie mir ein freundliches Lächeln zugeworfen hat, und deshalb gehe ich zu meinem Tisch.

Während ich einen Bagel mit Frischkäse bestreiche, versuche ich die beiden nicht zu beobachten. Dennoch bemerke ich, dass Mason in meine Richtung läuft und sich an den Nebentisch setzt. So, dass ich nur aufsehen müsste, um in sein Gesicht zu blicken.

Nicht hilfreich.

Ava sagt nichts, als sie sich zu ihm setzt, und die Stille im Frühstücksraum ist erdrückend. Ich wünschte, irgendwo würde Musik laufen, und klappe kurzerhand meinen Laptop auf. Der Begrüßungston ist viel zu laut und ich beiße in den Bagel, während ich darauf warte, dass er hochfährt.

Im selben Moment sehe ich, wie Mason sein Handy in die Hand nimmt und darauf herumtippt. Ava seufzt leise und ich kann nicht anders, als zu ihr hinüberzuschauen. Sie presst die Lippen zusammen und wirkt eindeutig genervt.

Da kommt Peyton in den Raum. »Kann ich euch Kaffee bringen? Oder Tee?« Die letzte Frage richtet sie an Ava, die aussieht, als würde sie ein wenig grün im Gesicht werden, und den Kopf schüttelt. »Nein, ich glaube, ich hatte gestern eine Überdosis.«

Peyton lacht und wendet sich uns zu.

»Kaffee wäre super«, sagen Mason und ich gleichzeitig und ich lächle ihn automatisch an, bevor ich schnell wieder wegsehe.

»Super, kommt sofort.« Peyton geht beschwingt zum Buffet und verschwindet durch die dahinterliegenden Tür.

Währenddessen gebe ich das WLAN-Passwort ein und warte, bis ich verbunden bin, bevor ich versuche meine Cloud zu öffnen. Die Seite lädt. Und lädt. Und lädt.

Ich gebe einen frustrierten Laut von mir.

»Dort kann man nicht so gut arbeiten.« Masons Stimme lässt mich überrascht aufblicken. Er lächelt charmant und deutet auf den Laptop. »Das WLAN reicht tatsächlich nicht bis zu den anderen Tischen. Der beste Platz ist hier.« Er zeigt unter den Tisch, an dem er sitzt, wo ich einen Router entdecke.

»Oh«, sage ich wenig einfallsreich und merke, wie ich ein bisschen rot werde. »Danke. Das ist gut zu wissen.«

In diesem Moment kommt glücklicherweise Peyton aus der Küche und trägt zwei Kaffeetassen sowie ein Milchkännchen. Sie stellt die Tassen vor uns ab, auf dessen Untertellern Zimtsterne und Zuckertütchen liegen.

Wieder bedanke ich mich und reiße zwei Zuckertüten auf, um sie in den Kaffee rieseln zu lassen.

»Ist Hunter noch gar nicht wach?« Peytons Tonfall klingt ein wenig seltsam, zu beiläufig, um es wirklich zu sein.

»Nein. Er scheint sich gestern betrunken zu haben, weil ihm die Nachricht, dass wir hier noch einige Tage feststecken werden, wohl nicht so gut bekommen ist.«

Peytons Mundwinkel zuckt und sie nickt. »Okay. Falls ihr noch irgendwas braucht, ich bin in der Küche.« Dann verschwindet sie wieder und ich frage mich so langsam wirklich, was da zwischen den beiden läuft.

»Ein *paar* Tage? Ich dachte, wir sitzen hier nur einen Tag länger fest und können dann weg?«

Ich sehe Mason an und bemerke, dass er mich fragt. »Oh, die Räumarbeiten beginnen erst, wenn der Blizzard vorbei ist, und dann sind wir wohl die Letzten, die berücksichtigt werden. Das kann ein paar Tage dauern. Vermutlich sogar bis nach Weihnachten.«

Er flucht leise und lehnt sich auf seinem Platz zurück, während er nach seinem Handy greift. »Dann werde ich meiner Familie wohl besser mitteilen, dass ich doch nicht zu Weihnachten komme.«

Das tut mir leid für ihn. Für die beiden. Doch das sage ich nicht laut, weil es mich nichts angeht.

Plötzlich fliegt die Eingangstür auf und wir alle wenden den Kopf. Im selben Moment, als ich Nolan entdecke, flucht Ava leise und rutscht von ihrem Stuhl unter den Tisch.

Erstaunt schaue ich zu Mason, der jedoch nur genervt die Augen verdreht und sich auf sein Handy konzentriert, um eine Nachricht zu schreiben.

»Guten Morgen.« Nolan lächelt uns an und sieht in seinen Überlebensklamotten aus, als wäre er gerade frisch aus Alaska gekommen. Schnee liegt auf seinen Schultern und bedeckt selbst seine Hose, auch wenn es so wirkt, als hätte er bereits versucht, sich notdürftig davon zu befreien. »Ist Peyton da?« Er schaut sich um, als würde er sie suchen, obwohl es offensichtlich ist, dass sie nicht da ist. Sein Blick fällt auf den zweiten Teller gegenüber von Mason, doch die unter dem Tisch hockende Ava scheint ihm nicht aufzufallen.

»Klar. Sie ist in der Küche«, antworte ich etwas verzögert und total verwirrt von dieser skurrilen Situation. Versteckt sich Ava etwa vor Nolan? Wieso denn? Immerhin hat er sie gestern vor einer Lawine gerettet. Oder ist ihr das etwa peinlich?

»Danke, bis später.« Er stampft in seinen Schneestiefeln durch den Raum und verschwindet hinter der Theke und dann in der Küche.

Gerade als die Tür sich hinter ihm schließt, klettert Ava unter dem Tisch hervor. Ihr Kopf ist hochrot und sie sagt gar nichts, sondern läuft fluchtartig zur Treppe und dann hoch.

Verwirrt schaue ich erst ihr hinterher, bevor ich Mason ansehe. »Willst du ihr nicht nachlaufen?«

»Nein«, antwortet er knapp und beißt seelenruhig in seinen Bagel.

Ernsthaft? Ist dieses Verhalten etwa normal für sie? »Okay.« Ich versuche weiterzuessen, schaffe es aber nicht. »Geht es ihr denn gut? Also wegen der Lawine. Sie scheint doch etwas durch den Wind zu sein.«

»Sie kommt klar.« Seine grauen Augen bohren sich in meine und ich sehe darin, dass er derjenige ist, der nicht klarkommt, und irgendwas zwischen ihnen steht. Doch dann blinzelt er und eine Mauer baut sich zwischen uns auf, die beinahe greifbar ist. »Glaub mir.«

Schnell nicke ich und konzentriere mich auf mein Essen, während ich mit meiner freien Hand den Laptop zuklappe. Ich hätte nicht so viel nachfragen sollen. Sicher hält er mich für neugierig. Nicht, dass seine Meinung über mich wichtig wäre.

Wir beenden das Essen schweigend und ich staple die Teller aufeinander und bringe sie zur Theke. In diesem Moment kommt Ava in Skiklamotten die Treppe runter, wobei sie so leise ist, dass ich sie fast überhört hätte. Ihr Blick fliegt suchend durch den Raum, bevor sie eilig das B&B verlässt.

Ich runzle die Stirn und nehme meinen Laptop, während ich etwas verloren im Raum herumstehe. Wenn man nur an dem von Mason besetzten Tisch Internetempfang hat, bin ich ziemlich aufgeschmissen.

Ich schaue zu dem prasselnden Kamin, an dem ein Sofa steht. Daneben befindet sich ein bodentiefes Fenster, das den Blick auf den schneebedeckten Garten freigibt. Den Laptop stelle ich auf den Tisch davor, bevor ich hinter die Theke trete und zaghaft an die offen stehende Küchentür klopfe. »Hallo?« Auf dem Boden sind kleine Wasserspuren von Nolans Stiefeln, der mich mit einem Bagel im Mund angrinst und dann an mir vorbei nach draußen geht.

»Ich bin hier«, ruft Peyton und ich trete in die geräumige Küche, in der es herrlich nach Kaffee und frischen Waffeln duftet. Die Möbel und Geräte sind alt, doch alles ist sauber. Peyton ist gerade dabei, Rührei zu braten, und ich frage mich, wen sie mit all dem Essen mästen möchte.

»Könnte ich noch einen Kaffee haben?«

»Sicher.« Sie lächelt und sofort habe ich das Gefühl, ihr nicht zur Last zu fallen. »Ich bringe ihn dir gleich. Es gibt auch Cappuccino, falls du möchtest. Die Kaffeemaschine ist neu und ich könnte ein wenig Übung vertragen.« Sie nickt in Richtung eines schwarz blitzenden Kaffeevollautomaten, der in der Ecke steht.

»Einen Cappuccino nehme ich gerne.«

»Perfekt, gib mir drei Minuten.«

»Ich habe Zeit. Danke.« Als ich die Küche verlasse, sehe ich zu Mason, der sein und Avas Geschirr ebenfalls zur Theke gebracht hat und nun einen finsteren Blick in Richtung Tür wirft, durch die Nolan gerade verschwindet.

Er schaut auf, als ich hinter der Theke hervorkomme, und wirkt ein wenig verlegen, während er auf den Platz ihm gegenüber deutet. »Du kannst dich gerne zu mir setzen, falls du noch was zu tun hast.«

Ich zögere. Aber habe ich überhaupt eine Wahl? Ich muss dringend arbeiten und falscher Stolz ist dann fehl am Platz. »Danke. Ich habe wirklich noch was zu tun«, füge ich hinzu und setze mich kurzerhand ihm gegenüber. Es ist genug Platz, dass wir uns nicht berühren, und während mein Laptop hochfährt, entspanne ich mich ein wenig.

Mason tippt bereits und konzentriert sich auf seinen Bildschirm, als ich endlich meine Hausarbeit öffnen kann.

Das Thema lautet *Die physiotherapeutische Behandlung bei Inkontinenz und ihr Einfluss auf die neuromuskuläre Aktivität des Beckenbodens* und wird den Großteil meiner Note ausmachen. Gemeinsam mit einer Physiotherapeutin, die auf den Beckenboden spezialisiert ist, führe ich eine Studie durch, der die Probandinnen alle zugestimmt haben. Die letzten Monate habe ich damit verbracht, Abläufe, Ultraschallbilder, Befragungen und ärztliche Berichte, die mir von den Studienteilnehmerinnen zur Verfügung gestellt wurden, auszuwerten. Nun muss ich die Ergebnisse zusammentragen, was viel aufwendiger ist, als ich zunächst angenommen habe.

Letzten Monat habe ich gemeinsam mit meinem Professor meine Hausarbeit in unterschiedliche Kategorien gegliedert und habe jetzt noch bis Ende Januar Zeit, um die Arbeit abzugeben. So langsam geht mir deshalb der Arsch auf Grundeis und ich nutze jede einzelne Minute, um weiterzuarbeiten.

Wenn alles gut läuft, habe ich im Sommer meinen Bachelor und kann anschließend ein Masterstudium beginnen. Und in wenigen Jahren bin ich Physiotherapeutin. Genau das, was ich immer werden wollte, seit ich mir mit fünf Jahren den Fuß gebrochen habe und wöchentlich zum Physiotherapeuten gehen musste. Er hat mir nie das Gefühl gegeben, ich würde übertreiben, und wusste genau, welche Übungen ich machen musste, damit ich meinen Fuß wieder genauso belasten konnte wie zuvor. Er war mein erstes Vorbild, und das ist bis heute so geblieben.

Ich schaue auf, als Peyton an den Tisch kommt und mir den Cappuccino bringt. Sie nimmt auch Masons Bestellung auf und verschwindet dann wieder in der Küche.

»Sorry«, sagt Mason auf einmal und ich bemerke, dass er mich beobachtet.

Fragend runzle ich die Stirn, weil ich nicht weiß, was er meint. »Wieso?«

Er deutet unter den Tisch, wo er gerade seine Beine zurückzieht. Offenbar hat er mich beim Ausstrecken erwischt und ich habe es nicht einmal bemerkt. »Oh. Kein Problem. Ich war gerade sowieso in Gedanken.«

»Was genau musst du überhaupt über die Feiertage erarbeiten?«, fragt er und hält beim Tippen inne.

»Ich schreibe eine Hausarbeit, die ich bis Ende Januar abgeben muss. Eigentlich bin ich schon recht weit, aber es macht mich nervös, wenn die Deadline näher rückt.« Schnell schließe ich den Mund, weil ich mal wieder dabei bin, zu viel zu sagen. Dabei sollte es mir egal sein, ob er mich für einen Streber hält. »Und du?«

»Ich arbeite neben dem Studium im Unternehmen meiner Eltern.«

»Was genau machst du denn? Also, falls ich fragen darf.« Ich schiebe meine Brille hoch, obwohl sie nicht verrutscht ist.

Er lächelt, als würde mein Interesse ihn freuen. Vielleicht tut es das auch. »Sie haben ein IT-Unternehmen, in das ich nach meinem Abschluss einsteigen will. Aktuell arbeite ich im Servicebereich. Man sollte meinen, dass über Weihnachten nicht viel in den Unternehmen los ist, die unsere

Software gekauft haben, aber ich bin wegen der Feiertage der Einzige, also …« Er verstummt, zuckt mit den Schultern und presst die Lippen zusammen. Dabei sieht er so aus, als würde er auch fürchten, zu viel zu reden.

Ich beiße mir auf die Unterlippe und lasse es sofort wieder sein. »Klingt total spannend. Ihr verkauft also Unternehmenssoftware?«

»Genau. Warenwirtschaftssysteme, Buchhaltungsprogramme und all das, was man braucht.«

»Und was genau machst du dann im Softwarebereich?«, frage ich neugierig nach, weil ich mir darunter überhaupt nichts vorstellen kann.

»Ich programmiere, drücke manchmal nur einen Knopf und starte das System neu oder merze Fehler aus.« Sein Mundwinkel hebt sich und ein kleines Grübchen tanzt darüber, während er in Richtung meines Laptops nickt. »Und worum geht es in deiner Hausarbeit?«

Ich nenne ihm das Thema und einen Moment lang sagt er nichts, bevor er langsam den Kopf neigt. »Das ist ein wichtiges Thema.« Er sagt es so trocken, dass ich lauthals loslachen muss.

Er stimmt mit ein und sein Lachen ist volltönend und dunkel. »Sorry, eine Tante von mir hat letztes Jahr ein Kind bekommen und ich habe ein paarmal zu oft Gespräche über ihren Beckenboden mit gehört.« Sein Mund verzieht sich und ich sehe ihm an, dass er ernst bleiben will, aber alles in seinem Gesicht lacht.

Mein Herz hüpft und ich schaue schnell weg.

»Also willst du später in dem Bereich arbeiten? Als Physiotherapeutin?«

»Genau. Das war immer mein Traum.« Das klingt so blöd, dass sich meine Nase kräuselt. Normale Leute träumen davon Ballerina oder Astronaut zu werden. Da stinkt das doch völlig gegen ab.

»Mein Traum war es immer, im Unternehmen meiner Eltern zu arbeiten«, sagt er leise und mit einem Mal fühlt sich mein Traum gar nicht mehr so klein und lächerlich an.

Ein Ping ertönt und er schaut auf seinen Laptop. Kurz lächeln wir einander an, bevor wir still und konzentriert weiterarbeiten. Wobei ich hin und wieder doch zu ihm hinüberschaue und nicht anders kann, als seinen Arbeitseinsatz bewundernswert zu finden. Kerle in seiner Position, die durch ihre Geburt und ihren Familiennamen einen Job schon in der Tasche haben, arbeiten normalerweise nicht in den Ferien, um Berufserfahrung zu sammeln. Sie ruhen sich auf den Erfolgen ihrer Familie aus und erwarten, dass man sie mit offenen Armen in der Firma empfängt.

Mason nicht.

Ava

Okay! Ich kann eindeutig nicht im B&B bleiben. Eigentlich bestand mein Plan darin, sehr viel Kaffee in mich reinzuschütten und Peyton zu überreden, mir ihre Werkstatt zu zeigen. Aber jetzt bin ich unter den Tisch abgetaucht. Und während Nolan in seiner Überlebensklamotte bei Peyton in der Küche verschwindet, wobei er eine Schneespur auf den Holzdielen hinterlässt, husche ich durch den Frühstücksraum und renne die Treppe nach oben zu meinem Zimmer. Grace und Mason werden sich wahrscheinlich angesichts meiner Reaktion sehr irritierte Blicke zuwerfen, aber daran kann ich jetzt nichts ändern.

Während des Frühstücks hat Mason sich ziemlich ungezwungen verhalten und mir scheinbar entspannt gegenübergesessen. Aber ich habe einfach keine Ahnung, wie ich jetzt mit ihm umgehen soll. Vor allem vor anderen Leuten. Ich nehme an, ihm ist es lieber, wenn wir die Trennung bis zu unserer Abreise für uns behalten. In seiner Familie sind alle ziemlich korrekt und geben sich nicht gerne eine Blöße. Dass ich mich in einen anderen verliebt habe, zählt für Mason garantiert als genau das. Allerdings fällt es mir schwerer als erwartet, das Bett weiter mit ihm zu teilen. Da Hunter und Grace die letzten zwei schon renovierten und freien Zimmer bezogen haben, bleibt mir wohl keine andere Wahl. Und wahrscheinlich schulde ich es Mason auch irgendwie, mich zumindest bis zur Abreise zusammenzureißen. Gerade ist mir jedoch ein Rätsel, wie ich den Tag rumkriegen soll.

Mit einem gequälten Laut betrete ich unser viel zu eng gewordenes Zimmer. Bei meiner Rückkehr ins Mountain Hideaway gestern Abend war Mason sichtlich wütend auf mich. Offenbar hat er nicht damit gerechnet, dass ich zurückkomme, sondern dachte, ich würde bei Nolan schlafen. Oder mit ihm – genauer gesagt.

»Das ist das Gegenteil von Nicht-vor-meinen-Augen-mit-ihm-Rummachen«, hat er mir vorgeworfen.

»Das habe ich nicht. Eher im Gegenteil«, versicherte ich ihm, aber er starrte mich nur wütend an. Es hatte keinen Sinn. Also stürmte ich davon und versuchte, trotz des heulenden Sturms einzuschlafen. Big Fail! Als Mason um kurz nach zwei ins Bett kam, schreckte ich aus einem kurzen, aber heftigen Albtraum auf. Das Gefühl, unter der Lawine zu ersticken, war so präsent, dass ich noch etwa eine Stunde wach und vollkommen erstarrt neben Mason im Bett liegen blieb. Der Sturm presste sich draußen so hart gegen das B&B, dass ich fest überzeugt war, das Gebälk werde dem Druck irgendwann nachgeben.

»Kannst du auch nicht schlafen?«, fragte ich Mason schließlich leise, aber er antwortete nicht. Also zog ich meinen wärmsten Wollpullover über und schlich mit meiner Kamera und meinem Laptop nach unten. In der gemütlichen Sofaecke wickelte ich mich in eine Decke, um Bilder zu bearbeiten. Gegen Morgen habe ich zwar noch eine Stunde auf der Couch geschlafen, aber schließlich hat Peyton angefangen, in der angrenzenden Küche zu rumoren, und da machte ich mich lieber auf den Weg ins Bad. Dort wurde ich von einem sehr blassen Gesicht im Spiegel angestarrt. Himmel! Ich will gar nicht daran denken, wie scheiße ich aussehe. Zwar ist die Schramme schon dabei zu verblassen, aber meine Augen sind geschwollen, die braun und grün gesprenkelte Iris zu einem verwaschenen Grauton abgestumpft. Meine Haut ist so farblos, dass die Sommersprossen auf meiner Nase und meinen Wangen einen scharfen Kontrast dazu bilden. Die Sonne Kaliforniens hält mich eigentlich immer leicht gebräunt, sodass die Sprenkel kaum auffallen. Aber hier tanzen sie Ringelreihen in meinem verschlafenen Gesicht.

Ich gebe noch einen frustrierten Laut von mir und trete ans Fenster. Was soll ich tun? Was?

Draußen ist alles weiß. Grau eher. Durch den dicht verhangenen Himmel ist es gar nicht richtig hell geworden. Mittlerweile lastet eine gewaltige Schneedecke auf dem kleinen Ort. Es sieht nicht so aus, als wäre es möglich, Sturm- und Schneegestöber zu durchqueren. Allerdings hat Nolan es offensichtlich auch geschafft. Warum sollte ich das also nicht hinbekommen?

Zögernd greife ich nach meinen Skisachen. *Weil du nicht hier geboren und aufgewachsen bist,* höre ich eine Stimme in meinem Kopf. Das ist meine Vernunft, die oft zu mir spricht. Bevor ich mein Mathematikstudium geschmissen habe, hatten wir lange und intensive Gespräche. Ich glaube, sie gehört der Ava, die ich immer zu sein versucht habe, die sämtliche Erwartungen ihrer Eltern erfüllt und die einen tollen Freund hat – einen, der mal ein Unternehmen erben wird und wirklich etwas mit ihr aufbauen will. Der Ava, die mal ein wundervolles Leben haben könnte, wenn sie nicht der fixen Idee hinterherrennen würde, sich künstlerisch verwirklichen zu müssen, und die manchmal so verflucht irrational und impulsiv ist.

Weil du Schnee nur von präparierten Pisten kennst, redet die Stimme der Vernunft gerade eindringlich auf mich ein.

Aber hey! So ganz stimmt das nicht. Schließlich bin ich in den letzten Tagen stundenlang mit Nolan durch die tief verschneite Landschaft rund um Big Sky gewandert. Und das hat sich großartig angefühlt. Es war anstrengend und zauberhaft in einem. Ich habe mein Herz gespürt, die Kälte in meiner Lunge und ich habe im Wind die Freiheit gerochen – ganz deutlich. Sie riecht übrigens hauchzart nach Bergamotte. Nolan meinte, Schnee rieche nicht, sondern decke Gerüche eher ab. Was ich dann einatme, ist der Duft von nichts – reine frische Luft. Aber ich bin mir sicher, dass sie durchzogen ist von Bergamottaroma.

Mit neuer Entschlossenheit steige ich in meine Schneehose. Den kurzen Weg bis zum Diner werde ich ja wohl schaffen. Dort wird es garantiert auch Kaffee geben. Und die Kälte unterwegs lässt ja vielleicht sogar meine Augenringe abschwellen.

Du weißt überhaupt nicht, ob das Diner während eines Blizzards geöffnet ist, wendet die Stimme in meinem Kopf ein, aber ich verlasse bereits mein Zimmer.

Wo bist du eigentlich gewesen, während ich den Brief an Nolan geschrieben habe?, will ich meine Vernunft fragen, aber ich tue es nicht. Denn ich weiß es ja eigentlich: Wenn meine Emotionen hochschlagen – wie gestern Mittag –, höre ich ihr grundsätzlich nicht zu.

Am unteren Ende der Treppe bleibe ich kurz stehen und lasse meinen Blick vorsichtig durch den Raum schweifen. Mason und Grace sind noch im Frühstücksraum. Er sitzt am Tisch, sie steht gerade mit ihrem benutzten Geschirr an der Theke und sieht sich überrascht zu mir um. Ich nicke ihr zu, laufe zur Eingangstür und stemme mich dagegen, bis der Wind sie mir schlagartig aus der Hand reißt und sie mit Wucht gegen die Hauswand kracht. Ups.

Ich muss mich mit beiden Händen an den Türgriff klammern, um sie wieder ins Schloss zu bekommen. Nachdem ich es geschafft habe, wird mir bewusst, dass meine Skikleidung nicht annähernd warm genug ist, um der New-Level-Kälte standzuhalten, die der Blizzard nach Big Sky gebracht hat.

Eisig sticht sie mir direkt auf die Haut durch. Sie kratzt in meiner Lunge. Ich ziehe die Schultern hoch, befestige den Schal über Mund und Nase, sodass unter meiner festgezogenen Kapuze nur noch die Augen sichtbar sind. Okay. Wie schwer kann es sein, das Diner zu erreichen? Es befindet sich schließlich gleich schräg gegenüber ein Stück die Straße hinunter.

Ich mache einen Schritt vor und stelle fest, dass eine schon wieder fast zugewehte Schneise von dort, wo gestern noch die Straße war, zur Veranda hinaufführt. Die muss Nolan gezogen haben, als er gerade hergekommen ist. Himmel! Der Wind umheult mich ohrenbetäubend, als ich mich ihm entgegenlehne. Abgesehen von seinem Gebrause höre ich nichts. Ich sehe auch nicht viel. Ob der in der Luft wirbelnde Schnee vom Sturm aufgenommen und mitgerissen wird oder noch aus der Wolkendecke herabfällt, ist auch nicht zu unterscheiden.

In gefühlt waagerechter Körperhaltung schiebe ich mich durch nahezu hüfthohen Neuschnee, bis ich mit einem Aufschrei in einer locker geschichteten Schneewehe versinke. Gehört hat mich sicher niemand. Ich habe mich selbst nicht mal gehört. Der Sturm erstickt alles mit seinem Getöse. Dafür habe ich eine klare Vorstellung davon, wo ich gelandet bin: in einer der Schneisen, die von der Straße zu Garagen und Einfahrten führen. Geführt haben, bevor der Sturm sie zugeweht hat. Statt bis zur Hüfte bin ich jetzt bis zur Brust eingesunken.

»Ava?«, dringt eine Stimme an mein Ohr, während ich mit den Armen rudere, um wieder auf festeren Grund zu gelangen.

Im Sturm bin ich mir erstens nicht sicher, ob ich mir nur eingebildet habe, meinen Namen zu hören, und zweitens, woher der Ruf gekommen sein könnte. Ich wirble herum, blinzle unter der Krempe meiner Kapuze gegen den wirbelnden Schnee und entdecke schließlich eine Gestalt. Etwas erhöht von mir neben der verwehten Schneise, in die ich gesunken bin, steht Nolan – mit Schneeschuhen an den Füßen, Skistöcken in den behandschuhten Händen und einer dicken olivgrünen Jacke, die deutlich wärmer aussieht als meine Wintersportkluft. Die mit Kunstfell gefütterte Kapuze hat er sich ähnlich tief in die Stirn gezogen wie ich meine.

»Was, verdammt noch mal, machst du hier draußen?« Er muss schreien, damit ich ihn über dem Sturm hören kann.

»Ich will ins Diner!«, rufe ich zurück.

»Bei dem Wetter?«

»Du bist doch auch draußen!«

»Ich stecke aber nicht in einer Schneewehe fest, oder?«

Ärgerlich kneife ich die Augen zusammen. Da hat er leider recht.

»Los! Ich helfe dir raus, ehe du erfrierst.« Nolan hält mir die Spitze seines Skistocks hin und ich greife danach, ehe ich mir überlegen kann, ob mein Stolz das zulässt. »Auf drei«, befiehlt Nolan, aber ich versuche bereits, mich am Stock aus der Schneewehe zu ziehen. Fast reiße ich Nolan dabei von den Füßen und kriege am Ende nur noch mehr Schnee ins Gesicht.

»Magst du die Drei nicht?« Obwohl ich es unter dem Schal und der hochgeschlossenen Jacke nicht sehen kann, höre ich Nolans Stimme an, dass er lacht. Irgendwie ist die Situation so absurd, dass ich fast mitlachen muss. Fast.

»Nein, ich kann die Drei nicht leiden«, entgegne ich stattdessen. »Ich mag die Fünf.«

Wieder höre ich Nolan lachen und diesmal klappt es besser. Auf fünf stemmt er sich gegen den Stock, um mir Halt zu geben, und ich ziehe mich mit zwei großen Schritten aus der Schneewehe. Kaum stehe ich vor ihm, wird Nolan wieder ernst. Kritisch fliegt sein Blick über meine Ausrüstung.

»Du bist viel zu dünn angezogen.« Das ist mir nichts Neues. Tatsächlich zittere ich am ganzen Körper, während der Sturm ungebremst durch die Schichten meiner Skikleidung pustet und jegliche Körperwärme mit sich fortreißt. »Komm, ich bringe dich zu Peyton. Du musst dich aufwärmen.«

»Stimmt«, gebe ich zurück, lasse den Skistock los und versuche, mich im Schneegestöber zu orientieren. »Aber nicht bei Peyton. Ich gehe ins Diner.«

»Zum Diner geht's da lang.« Über die Schulter sehe ich, dass Nolan mit dem Skistock in einem etwa Fünfundvierzig-Grad-Winkel nach links von mir zeigt. Misstrauisch verenge ich die Augen, entschließe mich aber, ihm zu glauben. In diesem verdammten Wetter kann man wirklich fast nichts erkennen.

Ich gebe ein Brummen von mir, das Nolan bestimmt nicht hört, und kämpfe mich in der Richtung vorwärts, die er mir gezeigt hat. Auf seinen Schneeschuhen stapft Nolan neben mir her.

Ich sehe zu ihm auf. »Ich finde den Weg allein.«

»Ich wollte auch ins Diner«, behauptet er. Das glaube ich ihm zwar nicht, aber ehrlich gesagt interessiert mich jetzt vor allem eins: aus dem Wetter rauszukommen. Mir ist so kalt, dass meine Arme und Beine schmerzen. Meine Hände und Füße fühle ich schon gar nicht mehr, was wahrscheinlich noch schlimmer ist. Endlich tauchen erleuchtete Butzenfenster vor mir auf. Der riesige Weihnachtsmann im Rentierschlitten ist vom Dach verschwunden. Keine Ahnung, ob er rechtzeitig abgenommen oder vom Blizzard davongewirbelt wurde. Auf dem Weg zum Eingang sacke ich nochmals in einer Schneewehe weg, gerate diesmal aber nur kurz ins Straucheln, ehe ich wieder festeren Boden unter den Füßen habe.

Entschlossen marschiere ich zur Tür und hänge mich mit meinem ganzen Gewicht daran, um sie aufzubekommen. Da ich nicht auf Nolan warte, der seine Schneeschuhe und Skistöcke in den Vorrichtungen an der Hauswand befestigt, knallt die Tür zweimal kurz hintereinander laut – einmal, als ich eintrete, und einmal, als Nolan mir folgt.

»Nanu!« Die Frau hinter dem Tresen richtet sich auf und sieht uns verwundert entgegen. »Das nenne ich mal einen Auftritt.« Alles an ihr ist füllig. Bei meinen Besuchen mit Nolan in den letzten Tagen habe ich mitbekommen, dass sie Barbs heißt. Wie eigentlich immer trägt sie auch heute eine fleckige Schürze über ihrem runden Bauch und ihre graubraunen Haare in einem etwas ausgefransten, aber voluminösen Bob. »Nolan, mein Junge, du kannst den armen Skihasen bei dem Wetter doch nicht draußen durch die Gegend jagen.«

Auch die alte Frau mit grauer Dauerwellenfrisur, die Barbs an der Theke gegenübersitzt, gibt ein missbilligendes Zischeln von sich.

Skihase? Damit soll wohl ich gemeint sein. Und ich schätze, angesichts meiner unzureichenden Ausrüstung habe ich die Bezeichnung ein bisschen verdient. Der Schnee auf meiner Jacke fängt zwar langsam an zu schmelzen, aber mir ist so kalt, dass ich es nicht schaffe, mir den Schal vom Gesicht zu ziehen und mit meinen erfrorenen Fingern den Schieber meines Reißverschlusses zu greifen.

»Ich habe sie nicht gejagt«, entgegnet Nolan, wobei er sich ohne Probleme aus seiner Montur schält. Unter seinem gefütterten Overcoat kommt die isolierende Funktionsjacke zum Vorschein, die er schon immer auf unseren Bergtouren getragen hat. »Ich habe sie draußen gefunden. Machst du uns zwei heiße Tee?«

»Ich will Kaffee«, rufe ich dazwischen. »Viel bitte.«

Nolan wirft mir einen schrägen Blick zu. »Sorry, ich wollte dich nicht übergehen. Aber du solltest dich wirklich aufwärmen. Du hast ganz blau gefrorene Lippen.«

»Ich habe Schlafmangel.« Noch immer versuche ich den Reißverschlussschieber zu fassen.

»Kaffee mit Schuss ist das Beste, um sich aufzuwärmen«, verkündet Barbs. »Ich mache dir einen mit Huckleberry Liqueur.«

Unwillkürlich verziehe ich den Mund und stelle beim Brennen auf meiner Haut fest, dass mein Gesicht auch eingefroren sein muss. Die Obsession mit Blaubeeren hier in Montana habe ich bisher nicht verstanden.

»Danke«, versuche ich Barbs zu bremsen. »Für Alkohol ist es mir zu früh. Einfach nur einen Kaffee, bitte.«

»Jaja.« Sie wendet sich um und beginnt erstaunlich behände die kompliziert aussehende Maschine hinter sich zu bedienen.

»Warte, ich helfe dir.« Nolan hat sich seiner Jacken entledigt und sie an einen der in unübersichtlichem Muster an die Wand geschraubten Haken gehängt. Jetzt zieht er den Reißverschluss meiner Jacke auf. Uh! Mit dem Kribbeln ziemlich weit unten in meinem Bauch habe ich nicht gerechnet. Echt jetzt? Dafür hat mein Körper noch Reserven? Nolan streift mir die Jacke von den Schultern und das Kribbeln wird stärker. Verdammt! Ich hoffe, das sind einfach meine Organe, die langsam wieder auftauen. Mit steifen Fingern ziehe ich mir Schal und Mütze ab und gebe beides Nolan, der es für mich aufhängt. Dann stakse ich in Richtung des Couchtisches mit den gemütlichen Ledersesseln vor einer offenen Feuerstelle. Es brennen zwar nur wenige Scheite darin, deren Wärme mich bisher zumindest noch nicht so richtig erreicht, aber trotzdem lasse ich mich in einen der Sessel fallen. Nolan macht sich sofort daran, mehr Holz aus dem nahebei stehenden Korb aufzuschichten. Und während die Flammen höher tanzen und ihre Hitze die neuen Scheite knacken lässt, wird mir allein vom Zusehen etwas wärmer. Erleichtert lasse ich meinen Blick durch den Raum schweifen, der mir mittlerweile vertraut ist – inklusive der dunklen Holzbalken, der

Tische und Bänke an der rechten Seite und der gemütlichen Sitzecken links. Und inklusive der kitschigen Weihnachtsdeko, die mich in Form von glitzernden Engeln und Weihnachtswichteln in schrägen Farben von überallher anstarrt – untermalt vom grellen Blinken bunter Lämpchen.

»Sei so gut und hol mal eure Getränke ab, Nolan, mein Junge«, ruft Barbs, ehe Nolan sich setzen kann. »Meine Hüfte macht mir schon wieder solche Probleme. Heute Morgen bin ich kaum aus dem Bett gekommen.«

»Vielleicht solltest du mal wieder zu Dad in die Praxis gehen«, schlägt Nolan vor, während er zur Theke geht, auf der Barbs zwei dampfende Tassen abstellt.

»Jaja.« Barbs macht eine abwiegelnde Geste mit der Hand. »So schlimm ist es nicht. Das liegt bestimmt nur an dieser verdammten Kälte.«

»Ach was!« Die alte Frau ihr gegenüber kichert in ihren Kaffee. Den Muffin auf dem Teller vor sich hat sie eher zerrupft als gegessen. »Dir ist es nur peinlich, weil der Doktor sich letztes Mal verbeten hat, dass du weiter versuchst, ihn zu verkuppeln.«

»Dabei habe ich das gar nicht.« Noch nachträglich empört schüttelt Barbs den Kopf.

»Er hat es ihr auf ein Rezept geschrieben.« Lachend wirft die alte Frau den Kopf zurück. »Diagnose: viraler Infekt der oberen Atemwege & ständiges Einmischen in die Privatsphäre anderer. Therapie: Ibuprofen, abschwellende Nasentropfen, Hustensaft und Nase nur in eigene Angelegenheiten stecken.«

»Das war eine Frechheit vom Doktor.« Barbs pustet aufgebracht die Wangen auf. »Dabei habe ich ihn nur darauf aufmerksam gemacht, dass seine Frau nun schon seit sieben Jahren nicht mehr unter uns ist.« Sie wirft Nolan einen schnellen Blick zu. »Du findest doch auch, dass er nicht für immer allein sein kann. Sieh dir an, was aus dem armen Hudson geworden ist.« Den letzten Satz spricht sie mit gesenkter Stimme, denn besagter Hudson sitzt in seinen abgetragenen Klamotten am Ende der Bar und starrt in sein halb leeres Bierglas. Dabei ist es wahrscheinlich erst kurz nach zehn Uhr morgens.

»Ich glaube, da besteht bei meinem Dad keine Gefahr. Der weiß, was er tut.« Nolan greift nach den beiden Tassen und will sich schon abwenden, aber die alte Frau hält ihn am Arm fest. Auch sie versucht offenbar, ihre Stimme zu senken. Angesichts des Blicks, den sie mir dabei zuwirft, höre ich jedoch genauer hin und bekomme mit, wie sie sagt: »Dir kommt dieser Sturm ja wohl ganz gelegen, mein Süßer. So kann dir dein Skihase nicht gleich wieder abhauen.«

Nolans Blick fliegt in meine Richtung und mir steigt endlich wieder Hitze in die Wangen. »Ava ist nur eine Freundin, Agnes«, erklärt er und – okay – das fühlt sich an, als würde mir der Sturm schon wieder bretthart ins Gesicht donnern. »Sie ist kein Skihase und schon gar nicht meiner.«

»Jaja.« Agnes blinzelt ihm verschwörerisch zu. »Als ob du jede Touristin mit auf deine Wanderungen schleppen würdest.«

Nolan versucht sich von ihr loszumachen, ohne den Inhalt der Tassen zu verschütten. »Ich habe ihr nur Orte gezeigt, um gute Fotos zu machen.«

Und du hast mich dabei mit deinen dunklen Augen verwirrt, die manchmal so verletzlich schimmern, dass es mir direkt zu Herzen ging, ergänze ich in Gedanken. Gerade wenn ich das Gefühl hatte, zu viel geredet zu haben, hast du etwas gesagt, das mich spüren ließ, wie genau du mir zugehört hast. Und dass du mich verstanden hast. Du hast mich glauben lassen, dich genauso zu mir hingezogen zu fühlen wie ich mich zu dir – wenn du minutenlang auf ein Foto im Display meiner Kamera geschaut hast und ich trotz der Kälte deine

Wärme auf meinem Gesicht spürte. Ich konnte deinen Duft einatmen und du bestimmt meinen. Abends im Bett sehne ich mich genau danach: nach dieser Mischung aus frischer Luft, Holz und Bergamotte. Weil ich, verdammt noch mal, süchtig danach bin. Aber offensichtlich habe ich mir das alles nur eingebildet. Fuck! Warum tut das so weh, obwohl ich mir nie echte Hoffnungen gemacht habe?

»Jaja. Fotos machen.« Agnes blinzelt Nolan verschwörerisch zu. »Ich kann mir denken, was das für Fotos geworden sind. Jetzt werdet ihr ja noch ein paar Tage Zeit haben, mehr davon zu machen.«

Barbs gluckst vor sich hin und wackelt in Nolans Richtung mit den Augenbrauen. Agnes seufzt jedoch und gibt ihn endlich frei. »Mir kommt dieser Sturm allerdings alles andere als gelegen. Das wird ein einsames Weihnachten.«

»Das kannst du laut sagen«, bestätigt Barbs. Während Nolan mit geröteten Wangen auf meinen Tisch zukommt, lehnt Barbs sich mit den Unterarmen wieder auf den Tresen. »Jetzt, da die ganze Welt eingeschneit ist, fällt Weihnachten wohl aus.«

»Es ist ein Jammer. Barbs, sei so gut und mach mir mal einen Kaffee mit Schuss. Wenn ich Weihnachten allein zubringen muss, kann ich nicht früh genug anfangen zu trinken.«

Dass Barbs von der ganzen Welt spricht, lässt erahnen, wie groß die Welt ihrer Vorstellung nach ist. Oder wie klein, genauer gesagt.

Nolan reicht mir den Kaffeebecher und ich schließe gierig meine schmerzenden Hände darum.

»Ich glaube, ich rufe Peyton an.« Er setzt sich mir gegenüber und zückt sein Telefon. »Darüber habe ich noch gar nicht nachgedacht: Die meisten in Big Sky haben Familie außerhalb. Hinzu kommen die Leute, die im Hotel arbeiten und hier wohnen. Von denen werden auch einige feststecken.

Wir sollten irgendetwas organisieren, damit niemand an Weihnachten allein sein muss.«

»Okay«, sage ich knapp und klammere mich fest an meine Tasse. Anscheinend hat Nolan noch immer nicht vor, auch nur ein Wort über meine Gefühle für ihn zu verlieren. Ich meine, ich bin mir nicht sicher, ob ich das wollen würde – ausgerechnet hier vor Barbs und Agnes. Aber dass er es nicht mal versucht … Bin ich ihm so egal? Musste er Agnes so knallhart ins Gesicht sagen, dass er mich nur wegen der Fotos mitgenommen hat?

Nolan mustert mich zögernd und steckt sein Handy schließlich wieder weg. Zumindest scheint er zu spüren, was ich davon halte, dass ich ihm mein Herz mit Schleife drum überreichen wollte, er nicht mal *Nein danke* gesagt hat und jetzt nur an andere denkt. Kein Wunder, dass er das spürt. Eigentlich hat er doch so feine Antennen. »Ich kann Peyton auch später anrufen. Aber irgendetwas sollten wir vorbereiten. Hunters Dad wird es sicher nicht tun.«

Ich weiß nicht genau, was Hunters Dad damit zu tun hat, nehme aber nur wortlos einen Schluck Kaffee und verziehe das Gesicht. »Uh, da ist doch jede Menge Heidelbeerlikör drin.«

Nolan seufzt und wirft einen kurzen Blick zur Bar. »Barbs hält das Zeug leider für so eine Art Allheilmittel. Ich wette, sie reibt sich damit auch ihre Hüfte ein, statt zu meinem Dad in die Praxis zu gehen.« Er schiebt mir seine Tasse rüber. »Willst du doch meinen Tee? Ist eine Bergkräutermischung oder so – ohne irgendwelche Extras.«

Vorsichtig nippe ich nochmals am Kaffee und schiebe ihn schaudernd von mir. Die schlagartige Wärme in meinem Bauch ist zwar tatsächlich angenehm. Und Alkohol könnte die einzige Möglichkeit sein, die nächsten Tage zu überstehen. Aber der Geschmack ist ziemlich unerträglich.

»Nein danke«, sage ich trotzdem zu Nolan. Obwohl ich ihn nur kurz ansehe, bemerke ich, wie irritiert sein Blick auf mir ruht. Als wüsste er genauso wenig mit mir umzugehen wie ich mit ihm. Das ist echt demütigend.

»Du solltest was Heißes trinken, Ava. Du musstest gestern schon genug aushalten.«

»Kein Grund, mich so herablassend zu behandeln.« Ich schieße ihm einen weiteren Blick zu, ehe ich ins Kaminfeuer starre. Nolans Miene hat einen komplett verwirrten Ausdruck angenommen.

»Behandle ich dich herablassend?« Ich gebe nur ein Schnaufen von mir. »Es tut mir leid. Ich habe dich nicht ausgelacht. Ich wollte nur …«

»Ausgelacht?« Empört funkle ich ihn über den Tisch hinweg an, versuche aber die Stimme zu senken, weil Barbs und Agnes eindeutig die Ohren in unsere Richtung spitzen. »Das wäre ja auch komplett daneben.«

»Ich wollte nur …«, setzt Nolan erneut an, wird aber diesmal von einem lauten Rumsen unterbrochen. Jemand kommt mit einer eisigen Windböe ins Diner gepoltert.

»Verdammtes Sauwetter«, dröhnt eine tiefe Stimme durch den Raum. Der Mann schüttelt sich einen riesigen Mantel von den Schultern, der ihn nahezu quadratisch aussehen lässt. Darunter kommt die Uniform eines Sheriffs zum Vorschein, die sich über einen üppigen Bauch spannt. Kurz blickt der Mann sich um. »Sind ja doch Leute hier«, stellt er statt einer Begrüßung fest. »Ich dachte, heute geht niemand freiwillig raus.«

»Ach, was soll ich denn alleine zu Hause?« Agnes sieht ihn beinah zornig an. »Da passiert doch nichts Aufregendes. Und falls später der Strom wieder ausfällt, kann ich nicht mal mehr fernsehen.«

»Du wohnst ja auch direkt nebenan.« Der Sheriff hängt seinen Mantel auf, marschiert zur Theke und setzt sich auf einen der hohen Stühle. »Du hingegen kommst vom anderen Ende des Ortes her.« Er schlägt Hudson auf die Schulter, sodass der fast kopfüber in sein Bierglas kippt. »Oder warst du heute Nacht überhaupt zu Hause?« Er lacht dröhnend.

Nolan schüttelt sichtlich verärgert den Kopf. »Das will ich hoffen. Sonst war Theo während des Sturms nämlich ganz alleine.«

Hudson sinkt über seinem Bierglas noch tiefer. Ist er überhaupt wach?

»Ach, Nolan.« Der Sheriff rutscht wieder vom Barhocker herunter. »Wo du gerade von Theo sprichst.« Über die Schulter wirft er Barbs einen Blick zu. »Mach mir einen Kaffee und gib mir einen von deinen Blaubeermuffins, Barbs, meine Liebe.« Dann kommt er mit schweren Schritten auf uns zu. Kurz tippt er sich in meine Richtung an die Stirn, wo normalerweise wahrscheinlich sein Hut thront, und wendet sich dann an Nolan. »Das Gericht in Red Lodge hat ihn wegen der Klauerei im Hotel letzten Sommer zu Sozialstunden verdonnert.«

Unwillig schüttelt Nolan den Kopf. »Warum erzählst du mir das, Simon? Da sitzt sein Vater. Der muss sich darum kümmern.« Er gestikuliert in Hudsons Richtung.

Freudlos lacht Simon auf. »Als ob das irgendeinen Sinn hätte! Außerdem habe ich gedacht, Theo könnte die Sozialstunden bei dir ableisten. Er hängt doch eh ständig in deiner Nähe rum.«

Nolan zögert. »Das hat er früher, aber mit mittlerweile fünfzehn findet er das uncool.«

»Umso besser. Immerhin soll es ja eine Strafe sein.«

Nolan brummt widerwillig. »Der Junge hat einfach Hunger, weil sein Alter die ganze Kohle versäuft. Das weißt du doch.«

Simon hebt beide Hände. »Für diesen ganzen Kram bin ich nicht zuständig. Weißt du, weshalb ich gerade draußen war?

Weil Katy Pearson mich angerufen hat und meinte, ich solle ihren Mann verhaften, weil er ihr mit seiner Untätigkeit auf die Nerven gehe. Und dann komme ich dahin, er sitzt im Schlafanzug auf dem Sofa und die beiden schreien sich aus vollem Halse an. Aber große Überraschung: Da kann ich gar nichts machen! Gibt kein Gesetz, das Leuten verbietet, sich anzuschreien. Oder einen Blizzard auf der Couch auszusitzen.«

»Aber Gesetze gegen Kindesvernachlässigung gibt es doch, oder?« Ärgerlich steht Nolan auf und funkelt den Sheriff an.

Ehe der etwas erwidern kann, erhebe ich mich ebenfalls. In diesem Diner in einem Ort, in dem jeder jeden kennt und alle über die Probleme von allen Bescheid wissen, fühle ich mich vollkommen fehl am Platz. Und dass ich schlecht mit Nolan über meine unerwiderten Gefühle für ihn reden kann – oder seine Art, damit umzugehen –, während er versucht, Weihnachten zu retten, und über das Schicksal eines Jungen verhandelt, der zu früh auf sich allein gestellt ist, erscheint offensichtlich.

»Wo willst du denn jetzt schon wieder hin?« Nolan folgt mir zur Garderobe, wo ich mit noch immer klammen Fingern nach meiner Jacke greife.

»Irgendwohin, wo ich einen anständigen Kaffee kriege.«

Zum Glück ruft Agnes gleichzeitig Simon zurück an den Tresen, damit er ihnen alles über die neueste Auseinandersetzung der Pearsons erzählt, die sich wohl häufig uneins über die Aufgabenverteildung im Haus sind. Dadurch überhört Barbs meinen Kommentar.

»Ava«, versucht Nolan mich zu bremsen. »Ich weiß nicht, was mit dir los ist. Aber ich kann doch nicht ständig hinter dir herrennen und dich retten.«

Ich schieße ihm einen vernichtenden Blick zu, während ich mir die Mütze über die Ohren ziehe. »Nur keine Umstände.«

Mit diesen Worten stürme ich zur Tür.

»Womit hast du deinen Skihasen denn jetzt so aufgebracht, dass er freiwillig wieder in den Sturm raushoppelt?«, höre ich Barbs kichernd fragen.

»Sie ist nicht mein Skihase.« Auch Nolan klingt jetzt verärgert.

»Komm her, du kannst mir alles erzählen«, schlägt Barbs vor, während ich mich stärker gegen die Tür stemme.

»Dein Kaffee hat ihr nicht geschmeckt«, gibt Nolan zurück. »Das ist alles.«

Ja, klar, das ist alles! Endlich gibt die Tür nach. Nur Augenblicke später stehe ich wieder draußen im Sturm, der meine Frustration innerhalb einer kräftigen Böe verfliegen lässt. Ehrlich gesagt bin ich einfach nur ratlos. Denn im Diner sitzt der Typ, dem ich einen Liebesbrief geschrieben habe – und zwar einen herzerweichenden, ganz im Ernst –, der meine Gefühle aber komplett ignoriert. Immerhin scheint er es für ein tolles Zugeständnis zu halten, dass er mich nicht ausgelacht hat. Und auf der anderen Seite des Ortes – im B&B – sitzt mein Ex und starrt in seinen Laptop. Tatsache ist: In Big Sky gibt es einfach keinen Platz für mich.

Hunter

Es klopft. In meinem Schädel. Als würde jemand mit einer Spitzhacke die Tatsache in meiner Hirnrinde verewigen, dass eine halbe Flasche Whiskey auf nüchternen Magen zu trinken keine gute Idee ist. Stöhnend drehe ich den Kopf zur Seite und öffne vorsichtig ein Auge. Fuck, ist das hell. Obwohl der Himmel wolkenverhangen ist und Schneeflocken vom Sturm getrieben, waagerecht am Fenster vorbeifliegen, brennt die Helligkeit so, dass ich die Augen zusammenkneife. Vorsichtig schiebe ich mich in Richtung Bettkante. Mein Körper fühlt sich schwer und schwach an. Als würde er nicht zu mir gehören. Stöhnend schaffe ich es in eine aufrechte Position. Für ein paar Sekunden glaube ich, dass ich das Schlimmste überstanden habe, aber dann setzt das Hämmern wieder ein und Übelkeit überrollt mich. Ich presse mir die Hand vor den Mund und schaffe es gerade so bis ins Badezimmer, wo ich die Toilette umklammere und mir die Seele aus dem Leib kotze. Ich trinke nie. Verträgt sich nicht mit dem Sport. Also, warum habe ich mich gestern bitte so dermaßen abgeschossen? Weil ich in Big Sky festhänge. Über Weihnachten. Und das Dorf ganz sicher nicht groß genug ist für Dad und mich. Fluchend lehne ich mich gegen die Wand und will einfach nur ein wenig in Selbstmitleid versinken, aber das Klopfen und Hämmern lenkt mich extrem von meinem Plan ab.

Mir ist mittlerweile klar, dass es seinen Ursprung nicht ausschließlich in meinem Schädel hat, sondern von unten kommt. Wer immer da so einen Lärm macht, hat mich um wertvolle zwei bis drei Stunden Schlaf gebracht, in denen ich nicht mit der Tatsache, in Adamsland festzusitzen, konfrontiert gewesen wäre. Also beschließe ich, anstatt die Welt lieber den Störenfried zu verfluchen. Dafür muss ich meinen Körper allerdings nach unten schaffen. Und das tue ich am besten nicht mit Kotzflecken auf dem Shirt und so, wie ich aussehe. Ich rapple mich auf, betrachte mich im Spiegel und versuche mein verquollenes Gesicht glatt zu ziehen. Funktioniert nicht. Ich sehe aus wie ein Wrack. Ich spüle den Geschmack nach Erbrochenem aus meinem Mund und putze meine Zähne. Zweimal. Dann zerre ich mir das Shirt über den Kopf und strample die Schlafshorts von den Beinen. Dusche. Ich muss duschen. Vielleicht fühle ich mich dann so weit lebendig, dass ich nach unten gehen, den Lärm abstellen und mich danach wieder hinlegen kann.

Das Bad ist klein, aber so geschickt eingerichtet, dass es geräumiger wirkt, als es ist. Dunkle Fliesen auf dem Boden. Gradlinige, moderne Badkeramik. Alles sehr schlicht und edel. Der einzige Raum ohne Weihnachstdeko. Vermutlich in ganz Big Sky. Neben der Dusche hat Peyton einen alten, rauen Holzhocker gestellt, auf dem flauschige Handtücher bereitliegen. Ich schiebe mich durch die verglaste Kabinenwand und stehe die nächsten zehn Minuten reglos unter der heißen Regendusche. Meine Muskeln fühlen sich an, als hätte ich ein wirklich fieses Footballspiel mit Killer-Tackles hinter mir. Seufzend stelle ich das Wasser aus, trockne mich notdürftig ab, schlüpfe in eine frische Hose und ein Shirt der MU Grizzlys, dem Footballteam, für das ich spiele. Immer wieder halte ich kurz inne, um die Übelkeit in Schach zu halten, und laufe dann nach unten. Mason sitzt allein an einem der Tische im Frühstücksraum und ist so auf seinen Laptop konzentriert, dass er mein Hi entweder nicht bemerkt oder es eine Antwort zumindest nicht wert ist, seine Konzentration zu zerlöchern. Vielleicht ist er auch einfach stinkig, weil ich ihm gestern ungebeten in seine Beziehung gequatscht habe.

Der Tresen ist mit Waffeln, Ahornsirup, Früchten, Müsli, Joghurt, Speck, Eiern, frischen Bagels, Käse, Bison- und Elchwurst und selbst gemachten Marmeladen überladen. Sieht aus, als wollte Peyton ganz Big Sky durchfüttern, nicht bloß unsere traurige Gruppe Eingeschlossener. Ich sehe schnell weg, sonst kotze ich ihr noch auf das Frühstück. Stattdessen versuche ich auszumachen, woher der Lärm kommt. Keller. Früher standen da unten nur ein paar Kartons mit Dekoration für die verschiedenen festlichen Anlässe im Jahr, Lydias und Peytons Skiausrüstung, das Sofa, auf dem wir früher oft gechillt haben, ein Schrank voll alter Brettspiele und Bücher und ein alter Röhrenfernseher. Nichts, womit man so einen Lärm produzieren könnte. Ich drücke die nicht verschlossene Tür unter der Treppe auf und schleppe mich nach unten.

Der Teppich aus den Achtzigern ist nicht mehr da. Auch nicht der Fernseher. Dafür ein schlichter, edler, aber verstaubter Holzboden, auf dem die alte Couch wie ein Fremdkörper wirkt. An den Wänden sind Regale mit Werkzeugen angebracht und in der Mitte des Raumes steht eine riesige Werkbank, auf der eine auf der Front liegende Kommode thront. Peyton und Ava lehnen über dem Möbel und bringen eine neue Rückwand an. Zumindest denke ich das. Sicher bin ich nicht, weil mir die Geräusche, die die beiden dabei machen, den Schädel spalten. Und die fröhliche Weihnachtsmusik, die aus einem verstaubten Radio auf der Werkbank dröhnt, macht das Ganze auch nicht besser.

»Hey«, brülle ich gegen die Geräuschkulisse an, aber die beiden bemerken mich nicht mal. Ich presse mir die Hände auf die Ohren und wage mich langsam näher. Vorn an der Werkbank hat Peyton ein Blechschild befestigt, auf dem steht,

Wenn ich in einem Lebkuchenhaus leben würde, wäre ich in 3,4 Sekunden obdachlos. Obwohl mich mein Kopf umbringt, muss ich grinsen. Wenn es um das saisonbedingte Gebäck aus dem Backofen von Peytons Mom geht, mag selbst ich Weihnachten. Ich klopfe gegen die Kommode und endlich lassen die beiden von dem Möbelstück ab. »Seid ihr wahnsinnig, so einen Lärm zu machen? Ich habe geschlafen.«

»Oh. Heute siehst du mehr danach aus, als wärst du in eine Lawine geraten.« Ava.

»Es ist fast Mittag.« Peyton.

Hatte ich ernsthaft auf irgendeine Form von Mitgefühl gehofft?

»Musik«, stöhne ich mit einem gequälten Blick zum Radio.

Peyton grinst. Keine Ahnung, wieso der Alkohol sie nicht in die Knie zwingt. Vielleicht, weil sie lediglich ein Glas getrunken hat. Immerhin hat sie Erbarmen und dreht Nat King Cole leiser.

»Oben steht Frühstück«, bemerkt sie.

»Hab's gesehen«, knurre ich und lasse mich auf die Couch fallen. Der muffige Geruch des Polsters ist noch derselbe wie damals. Und erinnert mich an zu viele Runden Cribbage. Ich habe das Spiel gehasst. Aber Peyton und ich saßen dabei nebeneinander und unsere Beine haben sich berührt. Dafür hätte ich auch einen Cribbage-Monats-Marathon in Kauf genommen. Hier haben wir zusammen mit Nolan unsere Campingtrips geplant. Ich habe Peyton getröstet, als ihr Dad abgehauen ist. Und als ihre Mom das erste Mal krank wurde. Wir haben zusammen ferngesehen und sie ist mit dem Kopf auf meinem Schoss eingeschlafen. Und hier, auf dieser Couch, habe ich Peyton das erste und einzige Mal geküsst. Beim Wahrheit-oder-Pflicht-Spiel an ihrem sechzehnten Geburtstag. Es war nicht romantisch. Kein tiefer, alles verändernder

Kuss, sondern nur ein flüchtiger, verschämter, während die anderen gegrölt und gejohlt haben. Und trotzdem kann ich ihn auch nach über vier Jahren nicht vergessen. Das ist doch bekloppt.

»Du solltest etwas essen.« Peyton betrachtet mich und ich sehe in ihrem Blick, dass sie an dieselben Dinge denkt wie ich. »Katerfrühstück und so«, fügt sie hinzu und sieht zu Boden.

Ich verziehe das Gesicht. »Danke, aber mein Magen kriegt allein beim Gedanken an Essen 'ne Weltwirtschaftskrise.«

Ava legt den Hammer beiseite. »Du siehst echt mies aus, aber du bist lustig.«

»Und du nicht mehr zerzaust und voller Schnee.« Ich lächle sie an, obwohl es mich Mühe kostet. Aber sie soll nicht denken, dass ich ein Arschloch bin.

»Hat mir der Lawinen-Look etwa nicht gestanden?«, fragt sie grinsend.

»Doch definitiv.« Ich lächle zurück, verziehe aber in der nächsten Sekunde das Gesicht. Zu viel Bewegung. Mein Kopf bringt mich um.

»Sieht anders aus hier unten als früher«, wende ich mich an Peyton, weil mich das in jedem Fall von meinem pochenden Schädel ablenken wird. Ich reibe mir über den Nacken und stehe von der Couch auf, die die Vergangenheit heraufbeschwört.

»Hast du gedacht, die Zeit hätte stillgestanden, während du weg gewesen bist?« Peyton schnaubt. »Ist ja nicht so, dass wir alle nur auf deine Rückkehr gewartet haben.«

Ich deute auf den Platz, wo früher der Röhrenfernseher stand. »Der Fernseher auf jeden Fall mal nicht.« Und sie auch nicht. Wahrscheinlich hat sie längst jemanden an ihrer Seite. Und selbst wenn es nicht so sein sollte, wir wollen unterschiedliche Dinge. Daran ändert auch ein Abend mit zu viel Whiskey oder eine Couch voller Erinnerungen nichts.

»Vielleicht sollte ich euch allein lassen? Sieht aus, als hättet ihr was zu klären.« Ava will zur Treppe gehen, aber Peyton hält sie zurück.

»Quatsch. Das musst du nicht. Hunter und ich waren Freunde. Dann ist er abgehauen und nie wiedergekommen. Sachverhalt geklärt.«

Ein Freund. Offiziell waren wir nie mehr, also warum regt mich die Bezeichnung so verflucht auf? »Sie hat recht«, sage ich an Ava gewandt. »Ich bin der Idiot in dieser Geschichte und sie ist Ms Rechtschaffenheit. Aber die Welt hat die Angewohnheit, nicht ausschließlich schwarz und weiß zu sein, habe ich recht?« Jetzt starre ich Peyton an und wünschte, sie würde zugeben, dass diese ganze verfahrene Situation unser beider Schuld ist. Dass wir einfach nie eine Chance hatten, anstatt mich allein dafür verantwortlich zu machen. Ich bin gegangen. Ja. Aber sie ist geblieben. Keiner von uns war bereit, einen Kompromiss einzugehen. Oder zuzugeben, dass da mehr war. »Schon okay«, stoße ich bitter hervor. Dabei ist nichts okay. »Fuck.« Ich atme tief durch und strecke die Hand nach Peyton aus. »Tut mir leid.« Keine Ahnung, ob ich das Weggehen meine. Dass ich sie im Gegensatz zu Nolan seitdem komplett aus meinem Leben gestrichen habe, was notwendig war, um nicht einzubrechen, aber in jedem Fall verletzend. Oder dass ich mich gerade wie ein Arschloch benehme.

Peyton nickt. Eine Weile stehen wir schweigend voreinander, bis sie die Stille bricht.

»Hat Nolan dich schon angerufen?« Immerhin sind wir wieder bei einem normalen Gesprächston angekommen.

»Möglich. Hab nicht nachgesehen.« Weil ich keinen Plan habe, wo mein Telefon ist, nachdem ich es gestern nach Anruf sechs meines Vaters aus dem Fenster geworfen habe. Was absolut dämlich war, aber betrunken total Sinn ergab. Mittlerweile dürfte es unter ungefähr achtzig Zentimeter Neuschnee begraben sein. Ich werde Grace bitten, mich nachher anzurufen. Vielleicht kann ich es durch das Klingeln orten. Immer vorausgesetzt, dass der Akku wegen der Temperaturen nicht schlappgemacht hat. »Was ist denn los?«

Ava sieht mich stirnrunzelnd an. »Wir hängen hier fest. Und es ist Weihnachten.«

Keine Ahnung, was sie mir damit sagen will. Diese zwei Dinge ergeben für mich keine Kausalität. »Und?«, frage ich deswegen.

Peyton zieht sich auf die Werkbank und baumelt mit den Beinen. Schlanke, muskulöse Beine, die einen um den Verstand bringen können, wenn sie im Sommer nur kurze Jeans und Chucks trägt. Ich sollte froh sein, dass ein Blizzard tobt und sie eine weite Cargohose anhat.

»Nolan denkt, es wäre eine gute Idee, wenn wir Weihnachten retten würden. Die Passstraße wird nicht vor den Festtagen von der Lawine frei geräumt werden. Viele, gerade ältere Bewohner von Big Sky müssen deswegen das Weihnachtsfest allein verbringen. Die Familien können nicht nach Big Sky rein. Alle Bewohner des Ortes, die eine Reservierung für das Weihnachtsessen im Hotel deiner Eltern hatten, stehen jetzt ohne Festessen da. Das entspricht nicht Nolans Bild von erfüllten Weihnachten. Und, wenn ich ehrlich bin, auch nicht meinem. Wir dachten uns, dass wir etwas auf die Beine stellen, bei dem alle gemeinsam feiern, sodass Weihnachten nicht ins Wasser fallen muss.« Sie sieht mich erwartungsvoll an.

Keine Ahnung, ob mir der Kater im Weg steht, aber … »Warum erzählst du mir das?« Ausgerechnet mir. Sie hat gestern selbst noch gesagt, ich sei der Grinch.

Peyton stößt ungeduldig die Luft aus. »Weil ich wohl kaum Barbs bitten kann, sich auf eine Leiter zu stellen und das Diner zu schmücken, oder deinem Vater die Erlaubnis aus dem Kreuz leiern, dass wir dort feiern dürfen.« Sie lächelt mich unsicher an. »Wir dachten, das könntest du übernehmen.«

»Habt ihr nicht alle Nadeln am Tannenbaum?« Ich schüttle entgeistert den Kopf und reibe mir über den Nacken. »Was, denkst du, passiert, wenn ausgerechnet ich Dad bitte?«

»Er wird Ja sagen.« Bei ihr klingt das wie eine Tatsache.

»Wird er nicht«, stoße ich hervor. »Das weißt du genau. Und ich werde auch nicht fragen. Das ist doch bescheuert. Die ganze Idee ist irrsinnig.«

»Es ist also bescheuert, sich für andere einzusetzen?« Peyton ist von der Werkbank gerutscht und tritt ganz nah an mich heran. »Das ist, was Menschen tun, Hunter. Das ist, was du früher getan hast. Bevor du weggegangen und jemand anderes geworden bist.«

In der Highschool haben wir gemeinsam alle möglichen sozialen Projekte durchgezogen. Das Einzige, was sich seitdem verändert hat, ist, dass ich diese Dinge in Missoula tue, weil ich etwas zurückgeben will und dahinterstehe. Damals habe ich nur mitgemacht, weil ich Peyton nah sein wollte. Also, ja, vielleicht habe ich mich verändert. Aber ich weigere mich, darin etwas Schlechtes zu sehen.

»Sie sind für andere da«, fährt Peyton fort.

Wie ich es nicht für sie war, als ihre Mom den Rückfall hatte und sie die Arbeit mit dem B&B allein schultern musste. Ich habe nicht einmal angerufen. Weil ich dann mit Sicherheit sofort zu ihr gefahren wäre. Und das hätte meine Sportlerkarriere kaputt gemacht, bevor sie begonnen hat. Es hätte meinen einzigen Weg raus aus meinem alten Leben zerstört.

»Ich werde das nicht tun«, sage ich leise, aber so fest, wie ein Entschluss nur sein kann, wenn ich Peyton dafür etwas abschlagen muss. »Auf. Keinen. Fall.«

»Weißt du was, Hunter, dann lass es doch einfach.«

»Werde ich.«

»Gut.« Peytons Kinn zittert vor Wut.

»Gut.« Fuck, ich finde sie selbst dann noch wunderschön, wenn sie mich wie jetzt am liebsten umbringen will. Ich halte ihrem Blick stand und wünschte, ich müsste nicht schon wieder das Arschloch in unserer Geschichte sein.

»Wow, jetzt bist du gar nicht mehr lustig.« Ava hat das Ganze stumm verfolgt, aber nun ist klar, ich hätte mir die Mühe mit dem Lächeln am Anfang sparen können. Sie hält mich hochoffiziell für ein Arschloch.

»Gut«, wiederholt Peyton kühl meine letzte Antwort, ohne auf Avas Kommentar einzugehen, wendet sich ab und tritt gegen einen Eimer am Boden. »Wir sind bis jetzt auch ganz wunderbar ohne dich klargekommen. Verschwinde doch einfach. Das kannst du sowieso am besten.«

Das ist nicht fair. Aber auch nichts, was ich diskutieren werde. Ich werfe die Hände in die Luft und lasse sie geräuschvoll gegen meine Seiten fallen, bevor ich mich umdrehe und im Türrahmen fast mit Grace zusammenstoße.

»Hunter? Was ist denn los?« Sie will mich zurückhalten und packt meinen Arm. »Jetzt warte doch mal.«

»Nicht«, fahre ich sie an. Grace und ich streiten nie, und das versaut mir auch dieser erzwungene Aufenthalt in Big Sky nicht. Ich atme tief durch, zwinge mich zur Ruhe. »Bitte nicht«, flüstere ich. Grace versteht, dass ich gerade aus der Situation rausmuss, nicht reden kann, ohne zu eruptieren, und nickt, bevor sie mich freigibt und ich mich in mein Zimmer flüchte.

Grace

Überrascht schaue ich Hunter hinterher, der die Treppe hochstampft und aussieht, als würde er am liebsten irgendwas kurz und klein hacken. Ich habe ihn schon lange nicht mehr so wütend gesehen. Das letzte Mal war bei einem Footballspiel, bei dem ein Schiedsrichter ein eindeutiges Foul übersehen hat, das seinen Kumpel Felix das Kreuzband gekostet hat.

Weil ich mir vorhin einen Cappuccino über meine Hose geschüttet habe, war ich kurz auf dem Zimmer, um mich umzuziehen. Bereits im Empfangsraum konnte ich Hunters wütende Stimme aus dem Keller hören. Ich musste sofort nachschauen, was los ist. Aber hier ist weder ein böser Grizzly noch sein Vater noch ein Freund, der sich vor Schmerzen am Boden krümmt.

Peyton und Ava stehen noch immer mitten im Kellerraum, der aussieht wie eine Werkstatt, beide mit verschränkten Armen. »Was ist mit Hunter los?«

Peyton schnalzt mit der Zunge. »Nolan hatte die Idee, ein Weihnachtsfest zu organisieren. Wir haben vorgeschlagen, dass Hunter seine Eltern fragt, ob wir nicht im Diner feiern können. Wie du siehst, ist er daraufhin ausgeflippt.«

Was verständlich ist, angesichts dessen, wie ich seinen Vater bisher erlebt habe. Ich kann mir gut vorstellen, dass Hunter keine Lust hat, ihn um irgendetwas zu bitten. Aber die Adams sind die reichste Familie der Stadt. Ihr Name ist überall. Da wäre es gar nicht mal so abwegig, sie als Sponsoren für ein spontanes Weihnachtsfest zu gewinnen.

»Könnte nicht jemand anders sie fragen? Ich habe nur Hunters Vater kennengelernt, aber sicher fände er die Idee gut.«

»Sein Vater hasst mich, also klopfe ich definitiv nicht an seine Tür. Immerhin bin ich die Konkurrenz und er wollte mein B&B kaufen, das ich definitiv behalten werde.« Peyton schüttelt entschieden den Kopf und wendet sich der in der Mitte des Raumes stehenden Werkbank und der daraufliegenden Kommode zu. »Meiner Meinung nach könnte sich jemand mit so viel Kohle wirklich mehr für seine Mitmenschen engagieren.«

»Du kennst also Mr Adams. Dann könntest du ihn doch fragen«, schlägt Ava an mich gerichtet vor. »Vielleicht kann Mason dich begleiten? Er ist wirklich gut im Verhandeln. Da können die Adams gar nicht anders als Ja sagen.«

»Das ist eine tolle Idee.« Auch Peyton ist sofort Feuer und Flamme.

Und ich starre die beiden an, weil ich nicht weiß, was ich sagen soll. Natürlich war es mein Vorschlag, dass einer von uns anstelle von Hunter fragen soll, also wäre es kindisch von mir, jetzt abzulehnen. Aber will ich mich wirklich so sehr in die Belange eines Örtchens einmischen, dessen Leute ich weder kenne noch für das ich mich sonderlich interessiere? Ich meine, wenn Hunter keine Lust hat, seinen Vater zu fragen, sollte ich das als seine beste Freundin nicht vielleicht auch sein lassen?

»Was ist das denn genau für ein Weihnachtsfest? Ich meine, weder Mason noch ich haben sonderlich viel damit zu tun. Soweit ich weiß.« Die damit verbundene Frage kann nur Ava beantworten.

»Stimmt.« Ava zuckt mit den Schultern. »Ich habe auch nicht wirklich was damit zu tun. Aber ich habe in den letzten Tagen einige Leute hier kennengelernt. Und wenn sie jetzt wirklich tagelang eingeschneit sind, fällt eine Feier mit den außerhalb lebenden Familien flach. Das tut mir schon leid.« Sie verliert kein Wort über Mason, aber womöglich schließt sie ihn einfach mit ein.

»Na ja, wenn er mitmacht«, antworte ich vage, weil ich die Idee ganz nett finde, aber gleichzeitig auch nicht Hunter in den Rücken fallen will. »Ich würde vorher noch mal mit Hunter reden.«

»Dann werde ich mit Mason sprechen«, erwidert Ava und verzieht kaum merklich den Mund, als hätte sie etwas Saures gegessen. Macht sie sich Sorgen, dass er genauso verhalten reagiert wie ich?

Ich mache mich auf den Weg nach oben und finde Hunter in seinem Zimmer, wo er gerade dabei ist, sich seine Schneehose und Jacke anzuziehen. Er lässt mich rein, aber ich lehne mich in den Türrahmen. »Sorry wegen vorhin.«

»Kein Problem«, winke ich ab, weil Hunter schon viel mehr tun muss, damit ich ihm etwas nachtrage. »Peyton und Ava haben mir von ihrer Idee erzählt.«

Hunter schnaubt und konzentriert sich auf seine Stiefel. »Sag nicht, jetzt haben sie dich vorgeschickt.«

»Nicht wirklich. Es war meine geistreiche Idee, einer von uns anderen könnte deinen Vater fragen, ob wir Weihnachten nicht in seinem Diner feiern können.«

»Na, wenn du dir das antun willst«, stößt er aus und erhebt sich, während er den Reißverschluss seiner Jacke schließt. Er klingt wütend, und das kann ich nicht so stehen lassen.

»Ich bin nicht hier, um dir das unter die Nase zu reiben. Nur, um dich zu fragen, ob das für dich okay wäre. Ob du das alles überhaupt wollen würdest. Falls nicht, sage ich ab und sie sollen sich selbst drum kümmern. Klar ist die Idee nett, aber ich kenne hier keinen. Ich fühle mich hier niemandem gegenüber verpflichtet.«

Hunter hält kurz den Atem an. Dann stößt er ihn mit einem Fluch aus. »Fuck.«

Weil das keine Antwort ist, warte ich ab, bis er sich gesammelt hat. Er fährt sich durch seine hellbraunen Haare und verwuschelt sie noch mehr. Dabei verdreht er die Augen, als wäre er von sich selbst genervt. »Ich finde die Idee nicht schlecht. Die Leute sind ziemlich aufgeschmissen. Aber mein Vater wird Nein sagen. Ich kenne ihn.«

Ich sehe ihm an, dass ihm sein Verhalten von vorhin leidtut. Er ist ganz sicher kein weihnachtlicher Typ, aber er war schon immer jemand, der anderen hilft.

»Wäre es okay für dich, wenn ich deine Eltern frage?«

»Klar«, stößt er aus und konzentriert sich nun darauf, seine Handschuhe anzuziehen.

»Im Ernst. Ich tue es nicht, wenn dir diese Stadt scheißegal ist. Mir ist sie es. Sorry, dass es so hart klingt, aber ich kenne nichts als das Haus deiner Eltern und das B&B. Wenn ich dorthin renne und die Adams um etwas bitte, dann nur für dich.« Ich trete auf ihn zu, weil es mich nervt, dass er mich nicht ansieht. Sofort finden seine dunkelbraunen Augen meine.

Sie verflüssigen sich und werden warm und golden, während er lächelt und einen Arm um mich schlingt. »Ich liebe deine verflucht direkte Art.«

»Weiß ich doch.« Ich grinse zu ihm hoch und hebe die Augenbrauen. »Also. Deine Entscheidung.«

»Mach es. Die Menschen in Big Sky sind so verflucht nett. Sie hätten es verdient. Und vielleicht sagt mein Vater zu dir Ja. Immerhin schaffe ich es ja auch nicht, dir etwas auszuschlagen.« Er lässt mich los und greift nach seiner Mütze. »Und ich muss jetzt mein Handy suchen. Falls du irgendwo draußen im Schnee ein iPhone entdeckst, wird es wohl meins sein.«

Ich öffne irritiert meinen Mund, um nachzufragen, lasse es dann aber doch sein und lache stattdessen. »Klar, ich halte die Augen offen.«

Er lächelt, doch es erreicht seine Augen nicht und ich spüre, dass so viel mehr hinter allem steckt als nur sein Vater. »Peyton macht was mit dir, oder?«

Seine Nasenflügel blähen sich. »Ich …« Er verstummt, als hätte er keine Worte, und ich muss lächeln, weil ich ihn noch nie so gesehen habe.

»Eine alte Geschichte, die dich nicht loslässt?«

Er nickt langsam, aber ich spüre, dass er nicht mehr darüber sprechen will. Peyton muss seine Jugendliebe oder so was in der Art gewesen sein, so viel Unausgesprochenes, wie zwischen ihnen steht. Wieder frage ich mich, warum er sie in all der Zeit, die wir uns kennen, mit keinem Wort erwähnt hat. »Okay. Dann viel Erfolg beim Suchen deines Handys.«

Hunter schnaubt und atmet zugleich tief durch. »Danke, Gracie.«

Als wir runterkommen, stehen Ava und Peyton bereits an Masons Tisch. Er blickt zu mir herüber und hat die Augenbrauen zusammengezogen. Wahrscheinlich fragt er sich ebenfalls, was er mit der ganzen Geschichte am Hut hat und ob er sich wirklich den Aufwand machen will.

Hunter wirft noch einen letzten finsteren Blick in Peytons Richtung, bevor er zum Eingang stampft und in seinem schwarzen Schneeanzug in das gleißende Weiß tritt. Seine Miene ist so finster, dass ich fast erwarte, die Tür knallen zu hören. Doch sie fällt nur ins Schloss.

Ich trete zu dem Trio, das mich erwartungsvoll ansieht. »Hunter hat sein Okay gegeben, also werde ich es mal versuchen.« Ehrlich gesagt habe ich keine Lust darauf, weil ich niemand bin, der gerne um Almosen bettelt. Ich bin jemand, der seine Probleme selbst in die Hand nimmt und versucht möglichst auf niemanden angewiesen zu sein. Doch Hunter scheint etwas an diesem Örtchen zu liegen, auch wenn er es nicht sofort zugeben wollte, und ich bin sicher, er würde ein schlechtes Gewissen haben, wenn wir erst nach Weihnachten hier abreisen und Nolans Idee im Sande verlaufen wäre.

»Ernsthaft?« Peyton sieht aus, als hätte sie niemals damit gerechnet.

»So, wie sein Vater gestern mit ihm geredet hat, würde ich an seiner Stelle auch nicht dort angekrochen kommen und ihn um etwas bitten wollen.«

Peytons Miene hellt sich ein klein wenig auf. So, wie die beiden sich vorhin gestritten haben, muss ihr diese ganze Geschichte ziemlich wichtig sein, und vielleicht ist es nicht das, was sie von Hunter erwartet hat, aber zumindest ein kleines Entgegenkommen.

Ich frage mich echt, was da zwischen den beiden gelaufen ist, dass sie so explosiv aufeinander reagieren.

Ava wendet sich Mason zu, der nun mit verschränkten Armen am Tisch sitzt. Es ist eine abwehrende Haltung, die ihm zugleich etwas Lässiges verleiht, und ich versuche, nicht zu sehr auf seine Muskeln zu achten, die sich unter seinem eng anliegenden Pullover abzeichnen. »Siehst du. Es geht nicht um mich und dass ich jemanden beeindrucken will. Es geht um die Leute hier. Ich könnte mir vorstellen, dass du für Grace eine große Hilfe wärst.« Die Worte klingen vorsichtig, als würde sie ihn nicht reizen wollen, und ich habe keine Ahnung, was sie damit meint, dass es nicht um sie geht. Vielleicht haben sie gerade Streit? Nicht, dass es mich etwas angehen würde.

Mason saugt einmal kurz seine Wangen ein, bevor er auf seinen Laptop eintippt und ihn dann zuklappt. »Na gut. Dann mache ich jetzt schon meine Mittagspause.« Er schaut zu mir herüber und seine Miene scheint ein klein wenig weicher zu werden. »Passt es dir jetzt überhaupt?«

Da ich sowieso schon aus der Arbeit herausgerissen wurde und frische Luft immer beim Denken hilft, nicke ich. »Ich muss mir nur was Warmes anziehen.«

»Ihr könnt meinen Wagen haben, wenn ihr möchtet«, bietet Peyton an und macht sich schon auf den Weg in Richtung Theke, wahrscheinlich um ihren Autoschlüssel zu holen.

»Das ist echt nett, aber ich traue mir auf keinen Fall zu, im Schnee Auto zu fahren, selbst wenn der Blizzard nachgelassen hat, wird sicher noch genug Schnee auf den Straßen herumliegen. Von mir aus können wir auch zu Fuß laufen. Wenn ich mich richtig erinnere, ist es gar nicht so weit von hier.«

Auf meinen fragenden Blick nickt Mason. »Wir können gerne zu Fuß gehen. Gegen die paar Schneeflocken kommen wir sicher an.«

Ava lächelt zaghaft, schweigt aber weiterhin.

»Wie ihr wollt. Zur Not haltet ihr einfach irgendwo an und bittet jemanden, mich anzurufen. Ich kann euch immer abholen.« Das klingt so einfach und so ländlich, dass ich Peyton jedes Wort sofort abkaufe. Wahrscheinlich wären die meisten Leute sogar nett genug, um uns persönlich zurück zum B&B zu fahren.

Ich schnappe mir meinen Laptop, ebenso wie Mason, und gemeinsam gehen wir schweigend die Treppe hoch, wobei ich die ganze Zeit das Gefühl habe, etwas sagen zu müssen, aber kein Wort dringt über meine Lippen. Vielleicht ist es doch eine bescheuerte Idee, mit ihm gemeinsam zu gehen. Ich hätte sagen müssen, dass ich das auch allein schaffe. Wollen wir uns jetzt ernsthaft die nächste Stunde über anschweigen? Die Vorstellung ist grässlich und ich fasse meinen Laptop etwas fester, während ich schnell in mein Zimmer schlüpfe und höre, wie er weiter die Treppe hochsteigt.

Der Laptop landet auf meinem Bett, bevor ich meine Kleidung gegen Skiunterwäsche tausche und dann in einen knallpinken Skioverall steige. Ich selbst hätte mir vielleicht etwas Dezenteres ausgesucht, aber meine Freundin aus der Uni hatte keinen anderen und ich war schon dankbar genug, dass ich mir kein eigenes Outfit kaufen musste.

In voller Montur steige ich kurz darauf wieder nach unten. Bei meinem Anblick verzieht Peyton den Mund. Sie steht hinter der Theke und poliert gerade ein Glas, stellt es aber sofort zur Seite. »In den Schuhen kannst du niemals da rausgehen. Die sind höchstens geeignet, um kurz etwas in den Müll zu werfen.« Sie deutet auf meine dicken Boots, die ich für ausreichend gehalten habe, als ich sie eingepackt habe. »Ich denke, wir haben dieselbe Größe.«

Ohne meine Antwort abzuwarten, verschwindet sie nach hinten und ich bleibe einfach an der Theke stehen und komme mir ein bisschen blöd vor. Kurze Zeit später kommt sie mit richtigen Schneestiefeln und einer Mütze in der Hand raus, die vermutlich auch ein bisschen wärmer ist als die, die ich gerade auf dem Kopf trage. »Zieh das an. Ich kann nicht zulassen, dass du erfrierst, schon gar nicht, wenn du dich für uns in die Höhle des Löwen begibst.«

»Dazu sage ich nicht Nein.« Ich muss lachen, weil sie so übertreibt, nehme beides an und stampfe zum Sofa, wo ich mich schwerfällig sinken lasse und die Schuhe und Mütze wechsle.

Ich stehe gerade auf, als Mason die Treppe herunterkommt und einen dunkelgrauen Skianzug trägt, der seine Augen betont. Blonde Strähnen lugen aus seiner schwarzen Mütze hervor und sein Blick wandert einmal kurz und beinahe unauffällig über mein Outfit. »Bereit?«

»Hättet ihr vielleicht Lust, mit Skiern zu fahren? Damit kommt ihr sicher besser durch den Schnee.« Peytons Augen leuchten. »Wie beim Skilanglauf. Das wird euch sicher Spaß machen. Ich habe welche hinten stehen, die ihr euch leihen könnt.«

Mason wirft mir einen fragenden Blick zu. »Sollen wir es probieren?«

»Klar«, sage ich, obwohl ich keine Ahnung habe, wie das funktionieren soll. »Dann kann ich wenigstens sagen, dass ich Skier im Winterurlaub getragen habe. Der Hang wird bis zu unserer Abreise sicher nicht mehr freigegeben.«

Seine Mundwinkel zucken und der Anblick lässt alles in mir kribbeln. Schnell wende ich mich von ihm ab und Peyton zu. »Wir probieren es gerne aus.«

Zehn Minuten später stehen wir mit festgeschnallten Skiern am Hinterausgang des B&B und Peyton erklärt uns, wie wir uns mit den Skistöcken am besten abstoßen, um möglichst viel Schwung zu bekommen. Sieht leichter aus, als ich vermutet habe.

»Viel Spaß«, ruft sie uns hinterher, als wir uns mutig die schmale und noch völlig zugeschneite Straße entlangwagen.

Es schneit immer noch heftig und es ist ziemlich windig, doch da es uns in den Rücken weht, macht es mir nicht so viel aus. Schneeflocken schießen mir dennoch ins Gesicht und ich bin froh, dass mein Schal bis über mein Kinn reicht und Peytons Mütze meine Stirn und Ohren so gut schützt, dass ich kaum etwas von dem eisigen Wind spüre, der meine Wangen prickeln lässt.

Wir fahren parallel zur Main Street und biegen dann auf sie ein, direkt in den Ortskern von Big Sky. Hier führen bereits ein paar Reifenspuren über den Schnee, doch ich sehe auch, dass sie alle mit Schneeketten versehen waren. Den ersten Teil der Strecke legen wir schweigend zurück.

»Wie lange seid ihr schon hier?«, frage ich irgendwann, als wir an bunt geschmückten Schaufenstern vorbeifahren.

»Ein paar Tage. Wir wollten eigentlich fahren. Doch dann kam die Lawine, also hat sich das erst mal erledigt. Und ihr seid auf dem Rückweg gewesen?«

»Ja. Hunters Dad ist ein wenig schwierig, habe ich festgestellt. Aber ich bin froh, dass wir noch nicht gefahren sind. Auch wenn eine Lawine und ein Blizzard ganz schön krass sind. Meine Freunde an der Uni werden mir das nie glauben.«

Mason stimmt in mein Lachen ein. »Meine Familie ist ausgeflippt, als ich ihnen davon erzählt habe, und ich konnte sie nur schwer davon abhalten, einen Rettungstrupp loszuschicken. Offenbar reichen diese beiden Worte aus, um bei einer Mutter eine ausgewachsene Panikattacke hervorzurufen.«

»Kann ich mir vorstellen.« Wenn meine Mutter mich lieben würde, wäre ihre Reaktion sicher ähnlich ausgefallen. Aber es macht keinen Sinn, darüber nachzudenken. »Wie konntest du sie überreden, doch abzuwarten?«

»Ich habe ihnen ein Foto vom B&B geschickt, das noch voll intakt ist, und geschrieben, dass ich es hier gut aushalten kann. Das hat sie ein wenig beruhigt, auch wenn sie noch immer enttäuscht sind, dass ich doch nicht an Weihnachten mit ihnen feiern werde. Meine Geschwister werden mir deswegen sicher ewig in den Ohren liegen, vor allem, weil sich meine Pläne so kurzfristig geändert haben. Wäre die Lawine nicht gewesen, wäre ich längst bei ihnen.«

»Wieso kurzfristig?« Ich stemme mich vor und merke, wie meine Arme langsam zu brennen beginnen. »Wolltet ihr ursprünglich länger bleiben?«

»Die Abreise war eine recht spontane Sache«, antwortet er nach einem kurzen Zögern und ich merke, dass ihm das Thema unangenehm ist, auch wenn ich nicht verstehe, wieso.

»Wie viele Geschwister hast du denn?« Ich schiebe mich an den Straßenrand, als sich von vorne langsam ein Jeep nähert, und hoffe, dass ich nicht zu neugierig klinge. Aber seine warme Stimme, die ich selbst durch den eisigen Wind hören kann, bringt mich dazu, mehr über ihn und seine Familie wissen zu wollen.

»Drei. Ich habe einen älteren Bruder und zwei jüngere Schwestern. Und du? Hast du Geschwister?«

»Ich weiß nicht, ob ich Geschwister habe. Meine Mutter hat mir nie gesagt, wer mein Vater ist und ... na ja.« Ich zucke mit den Schultern und lasse den Jeep vorbeifahren, bevor ich mich wieder etwas mehr in die Mitte der Straße schiebe. So langsam beginnen auch meine Beine zu brennen und meine Wangen sind eiskalt. Zudem wird es mittlerweile doch anstrengend, weil der Wind gegen meine Seite drückt und das Vorankommen immer schwerer macht. Dennoch fühlt es sich gut an, draußen zu sein, nachdem ich mich den ganzen Vormittag über auf meine Hausarbeit konzentriert habe.

»Wow. Das muss schrecklich sein.«

»Ich habe mich damit abgefunden. Die Chancen, ihn zu finden, sind so gering, dass es vergeudete Mühe wäre. Keine Sorge, ich bin deshalb kein gebrochener Mensch oder so.« Ich werfe ihm ein Lächeln zu, das er durch meinen Schal vermutlich nicht sehen kann.

Dennoch erwidert er es. »Bist du deshalb mit Hunter hergefahren? Wolltet ihr hier eigentlich Weihnachten feiern?«

»Genau. Er hasst Weihnachten. Aber er wollte mir unbedingt zeigen, wie kotzkitschig es hier sein kann. Und wenn ich mir die Schaufenster so ansehe, hat er kein bisschen übertrieben.«

»Dann hoffen wir mal, dass ihr am Ende nicht im B&B feiern müsst.«

»Na ja, revidiere ich, weil ich wirklich nicht will, dass er Mitleid mit mir hat. Ich habe sowieso keine Ahnung, warum ich ihm all das über mich erzähle. Gott, wie peinlich ist das denn, wenn man einem Kerl sofort seine Lebensgeschichte erzählt, nur weil er ein bisschen nett zu einem ist? »Wenn wir Erfolg haben, feiern wir Weihnachten in dem Diner der Adams.«

»Dann sollten wir uns besonders viel Mühe geben.«

Mir wird ganz warm im Bauch und ich versuche das Gefühl nicht zu sehr zu genießen. Deshalb deute ich auf eine Abzweigung. »Da vorne müssen wir abbiegen. Es ist nicht mehr weit.« Der Anblick ist atemberaubend. Rechts und links blinkt verzweifelt Weihnachtsbeleuchtung gegen den darüberliegenden Schnee an. Am Horizont türmen sich Berge in den Himmel, während es fortwährend schneit.

Mason fährt dicht neben mich. »Alles klar?«

Erst jetzt merke ich, dass ich stehen geblieben bin und er mich besorgt aus seine grauen Augen anschaut. Sein Blick macht etwas mit mir. Bohrt sich in mich, obwohl er sicher nur höflich gemeint ist, und lässt Hitze in meine eiskalten Wangen steigen. Schnell lächle ich, einfach weil ich nicht will, dass er mich so ansieht. Das sollte er wirklich nicht. »Kannst du dir vorstellen, an so einem Ort zu leben? Es ist, als wäre man mitten in einer Postkarte.«

»Ich glaube, die meisten Leute hier verlieren den Blick für die Schönheit des Ortes. Für sie wird es alltäglich. Deshalb würde ich niemals in einen Urlaubsort ziehen. Außerdem lebe ich gerne in Los Angeles.«

»Das ist doch quasi auch ein Urlaubsort.« Meine Wangen tun weh, weil ich so breit grinsen muss, und ich schiebe mich wieder mit den Skistöcken an. »Wo studierst du denn dann?«

»An der Caltech.«

»Oh mein Gott!«, stoße ich aus, will zu ihm herumwirbeln, bleibe mit dem rechten Skier in einem Schneehaufen hängen und verliere das Gleichgewicht.

Mason reißt die Augen auf und streckt die Hände nach mir aus, doch er verfehlt mich und ich lande mit dem Rücken im Schnee. Einen Moment lang starren wir einander entsetzt an. Dann pruste ich los und versuche mich wieder aufzurichten, doch erfolglos. Ich rutsche immer tiefer in den Schneehaufen, weshalb ich schließlich einfach liegen bleibe und mir den Bauch vor Lachen halten muss.

Mason stimmt mit ein, lässt seine Skistöcke fallen und schiebt sich so nah an den Schneehaufen, dass er mir die Hand entgegenstrecken kann. »Wenn dir das noch mal passiert, muss ich echt davon ausgehen, dass du mich ziemlich umwerfend findest.«

Ich lache nur noch lauter, weil der Spruch so bescheuert und viel zu wahr ist. Gleichzeitig nehme ich seine Hand und lasse mir von ihm aufhelfen. »Vielleicht bringst du ja auch Unglück.«

»Glaube ich nicht. Ohne mich wärst du jedes Mal einfach im Schnee versunken.« Er grinst und fischt meine Skistöcke aus dem Schnee, bevor er sich nach seinen eigenen bückt.

»Ganz schön selbstgefällig dafür, dass du mich beim ersten Mal über den Haufen gerannt hast und mich jetzt auch noch damit erschrecken musst, dass du an der Caltech bist. Ich meine – Caltech? Verdammt, ich bin beeindruckt.« Das war meine absolute Traumuniversität, die ich aber nicht in die engere Wahl genommen habe, weil ich mir Kalifornien zum Leben definitiv nicht leisten kann.

»Ja, ich habe es echt gut getroffen. Wo studierst du denn?«

»University of Montana in Missoula. Ich bin nicht weit gekommen. Kalifornien erschien mir bei meinem Auszug, als wäre es am anderen Ende der Welt.« Ich klopfe mir den letzten Schnee von der Hose und fahre neben ihm weiter. Meine Oberschenkel brennen, weil es im böigen Wind so anstrengend ist, vorwärts zu kommen.

»Und jetzt?«

»Mein Horizont ist ein wenig gewachsen. Momentan mache ich ja meinen Bachelor, aber ich will unbedingt einen Master dranhängen, weil ich dann die besseren Chancen auf dem Arbeitsmarkt habe.«

»Möchtest du dann eine eigene Praxis eröffnen?«

Ich höre ihm an, dass er ehrliches Interesse hat, und das fühlt sich viel zu gut an. »Vielleicht. Oder ich arbeite in einer Gemeinschaftspraxis. Ich bin da noch nicht festgelegt.«

»Und wie kommst du gerade auf Physiotherapie?«

»Mit fünf habe ich mir mal das Bein gebrochen. Im Krankenhaus war ich eine Nummer und die Verletzung nicht schlimm genug für mehr Aufmerksamkeit. Aber mein Physiotherapeut hat sich sehr bemüht und von da an war für mich klar, dass ich dieses Gefühl auch anderen geben will.«

Mason schweigt erst. Dann: »Tut mir leid.« Er klingt so ernst, dass ich kurz zu ihm hinübersehe und bemerke, wie traurig er mich ansieht.

»Wieso? Ein gebrochenes Bein ist doch halb so wild.«

»Dass ein Physiotherapeut dir erst dieses Gefühl gegeben hat.«

Tränen wollen in meine Augen schießen und ich blinzle heftig. Ich brauche einen Moment, um gegen die Enge in meinem Hals anzukommen. »Hör auf, sonst muss ich gleich heulen und so werden wir sicher keinen Eindruck auf die Adams machen.«

»Sorry.« Er gleitet neben mich und stupst mich mit dem Ellenbogen an. Es ist eine freundschaftliche Geste, die mir jedoch tausend Schauer über den Körper schickt. »Meine Mutter würde mir den Hintern versohlen, wenn sie wüsste, dass ich hier ein Mädchen zum Weinen bringe.«

Jetzt muss ich an seinen Hintern denken und huste, weil sofort Hitze in meine Wangen schießt. Zum Glück sind sie von dem eisigen Wind bereits knallrot. »Du solltest dich wirklich schämen.«

»Tue ich echt. Außerdem mag ich deine Geschichte. Sie ist so ehrlich. Ich wette, du wirst eine tolle Physiotherapeutin.«

Mein Herz poltert und es tut ein bisschen weh. Wenn er so weiterredet, könnte ich mir noch einreden, dass er mehr als nur höflich sein will. »Danke«, presse ich mit gebrochener Stimme heraus und atme hörbar durch. »Und jetzt hören wir bitte auf, so emotional zu sein.«

»Okay«, stimmt er sofort zu. »Das ist sowieso nicht mein Ding. Ich bin normalerweise ein emotionaler Eisklotz.« Mein skeptisches Schnauben lässt ihn lachen. »Ernsthaft!«

»Sorry, dass ich dein Selbstbild zerstören muss, aber du bist alles andere als ein emotionaler Eisklotz.«

»Nicht?«

Ich hebe meine Augenbrauen. »Wirklich? Ist das der Versuch, den Bauch gepinselt zu bekommen?«

»Niemals.« Er grinst mich frech an und Schmetterlinge explodieren in meinem Bauch.

Ich schnaube übertrieben und deute auf das riesige Blockhaus mit großen Glasfronten, das vor uns aufragt und sich von den umliegenden Häusern abhebt. »Da ist das Haus der Adams.«

»Dann lass uns mal versuchen, ein bombastisches Weihnachten für das Örtchen zu organisieren.«

Er meint nicht nur Big Sky. Das ist uns beiden bewusst. Und ich weiß nicht, was ich davon halten soll. Immerhin bin ich eine Fremde für ihn. Niemand, für den er sich Mühe geben sollte.

Vielleicht bilde ich mir auch einfach nur zu viel ein. Ganz sicher sogar.

Als wir am Haus ankommen, setzen wir uns auf die Verandastufen und ziehen die Skier aus, bevor wir diese in den Schnee stecken und gemeinsam mit den Skistöcken stehen lassen.

Das Blockhaus ist riesig und schon auf den ersten Blick sieht man den Bewohnern ihren Reichtum an. Die Garage ist überdimensioniert und durch die Fenster kann man schicke Möbel und einen gigantischen Kamin sehen, in dem ein Feuer prasselt.

Wir klingeln und ich ziehe meinen Schal ein wenig herunter, damit mein Gesicht besser zu sehen ist.

Es ist Mr Adams, der uns die Tür öffnet. Sein Gesichtsausdruck ist distanziert und wird grimmig, als er mich erkennt. »Was kann ich für Sie tun?«

So habe ich mir das wirklich nicht vorgestellt und mit einem Mal bleiben mir die Worte im Halse stecken. Doch dann spüre ich, wie Mason sich hinter mich stellt, als würde er mir den Rücken stärken wollen, und ich richte mich ein wenig mehr auf. »Wir möchten Sie um einen Gefallen bitten. Die Familie Adams steht für Big Sky wie kein anderer Name und nun sind die Leute hier eingeschneit. Da kam die Idee auf, ob nicht ein gemeinsames Weihnachtsfest veranstaltet werden könnte, damit niemand einsam und alleine an Weihnachten in seiner Wohnung hocken muss. Und wir wollten Sie bitten, ob Sie das Diner zur Verfügung stellen könnten.«

Was auch immer ich erwartet habe, es war nicht diese völlige Regungslosigkeit in Mr Adams' Gesicht. »Also wollen Sie mich darum bitten, dass ich quasi für die Stadt ein Weihnachtsfest ausrichte und vermutlich auch für die gesamten Kosten aufkomme, oder?«

Genau das ist es, worum wir ihn bitten wollen, und jetzt klingt es irgendwie blöd.

»Denken Sie nur an den Mehrwert für Sie. Ihr Ruf wird noch einmal gesteigert und es ist auf jeden Fall eine gute Publicity, wenn Sie in der Stunde der Not für Big Sky da sind.« Masons kleine Rede ist so leidenschaftlich, dass ich ihm in diesem Moment alles abgekauft hätte. »Sie wären quasi der Held an Weihnachten. Der Namen Adams stünde nicht nur für Big Sky, sondern auch für all das Gute, was dieses Dorf verkörpert.«

Das entlockt Mr Adams ein kleines Zucken um seinen Mundwinkel. »Wirklich nett. Dennoch sind wir nicht die Wohlfahrt.« Seine Miene verdüstert sich wieder, als er sich an mich wendet. »Hunter kann hier ruhig selbst auftauchen. Aber sieht ihm mal wieder ähnlich, jemand anderes vorzuschicken.«

»Was soll das denn jetzt?«, stoße ich entrüstet aus und stemme die Hände in die Hüften. »Hunter ist immerhin Ihr Sohn und Sie haben sich ihm gegenüber unmöglich verhalten. Wir wollten hier nur ein schönes Weihnachten feiern, und kaum sind wir durch die Tür reingekommen, haben Sie mit Vorwürfen um sich geworfen. Ist doch klar, dass Hunter Sie nicht selbst bitten will.« Schweiß bricht mir unter dem Anzug aus, weil mir meine Wut so unangenehm ist, aber die Worte sind allesamt wahr.

Seine Augenbrauen ziehen sich zusammen und er tritt zurück, die Hand schon wieder an der Tür. »Dann ist ja wohl alles geklärt. Einen schönen Tag noch.« Er wirft uns die Tür vor der Nase zu und ich schnaube vor Wut und Empörung.

»Wow«, murmelt Mason und zieht mich sanft von der Haustür weg, als hätte er Sorge, dass ich das so nicht auf mir sitzen lasse. »Das lief ja schlechter als erwartet.«

»Siehst du, weshalb wir im B&B übernachten?« Wütend setze ich mich auf die Veranda und ziehe die Skier wieder an. »Wenigstens haben wir es versucht. Es wird sich bestimmt eine Alternative finden.« Ich stocke und deute auffordernd auf ihn. »Erinnere mich bitte gleich daran, dass ich vor dem B&B einmal nach Hunters iPhone Ausschau halten muss. Er hat es wohl irgendwie verloren.«

Mason lacht und nickt. »Klar. Außerdem finde ich, wir haben das gut gemacht, dafür, dass wir mit dem ganzen Kram nichts zu tun haben.«

Wir gleiten nebeneinander los und bleiben dabei in den Spuren, die wir auf dem Hinweg hinterlassen haben. Noch immer schneit es und dieses Mal direkt in mein Gesicht. Ich schiebe schnell den Schal wieder ein bisschen höher. »Wieso hast du überhaupt mitgemacht? Ich meine, du hast noch weniger Bezug zu alldem hier als ich.«

Erst schweigt er. »Keine Ahnung.« Er klingt so ratlos, dass ich lache. »Na ja, ich brauchte einfach eine Pause.« Wovon braucht er eine Pause? Von der Arbeit? Oder von Ava? Ist das der Grund, weshalb sie vorhin so komisch miteinander umgegangen sind?

Ich ziehe die Nase unter dem Schal kraus, weil ich mir eindeutig zu viele Gedanken über Dinge mache, die mich nichts angehen.

»Außerdem tut frische Luft doch ganz gut und ich muss dir recht geben – ich kann nachher ein bisschen damit angeben, dass ich auf Skiern stand.«

»Ihr seid seit Tagen hier und du stehst das erste Mal auf Skiern?« Wie ist das möglich? Immerhin sind sie hier im Winterwunderland schlechthin und selbst ich habe vorher geplant, mich mindestens einmal auf eine Piste zu trauen. Für absolut feige Anfänger, aber wenn schon, denn schon.

»Hat sich einfach nicht ergeben.« Er geht nicht weiter darauf ein und ich frage mich, was er und Ava sonst den ganzen Tag gemacht haben.

Bilder von zerwühlten Bettlaken schießen durch meinen Kopf und ich verkneife mir ein Stöhnen. Nein. Einfach nur nein! Er geht mich nichts an und ich sollte definitiv nicht so viel Zeit damit verbringen, mir Gedanken über ihn zu machen. Wir sind nur zwei Erwachsene, die zusammen unterwegs sind. Egal wie gut es sich anfühlt, mich mit ihm zu unterhalten, und wie sehr mein Herz jetzt klopft, es hat nichts zu bedeuten. Mason ist vergeben und nur nett zu mir. Ich darf das unter keinen Umständen mit etwas anderem verwechseln.

Er flirtet nicht mit mir.

Er ist einfach nur nett.

Nichts hat sich jemals so gefährlich angefühlt.

Ava

Mein Laune-Barometer nähert sich langsam dem vom verkaterten Hunter heute Vormittag an. Bevor er uns unterbrochen hat, habe ich mich in Peytons Werkstatt eigentlich ziemlich wohlgefühlt. Sie hat mir erzählt, dass ihre Mom an Krebs erkrankt war. Und das Gefühl, den ausrangierten Möbeln neues Leben geben zu können, hat ihr Kraft gegeben, ihre Mom im Kampf um ihr Leben zu unterstützen. Den Gedanken finde ich traurig und tröstlich in einem. Als Peyton mir vorschlug, ihr zu helfen, habe ich sofort zugestimmt. Und dann … Ich weiß nicht. Während ich die Kanten einer Schranktür abschliff, wurde mir vor allem bewusst, welche Bedeutung diese Arbeit für Peyton hat. Ihre Ruhe und Konzentration sind auf mich übergesprungen. Aber schließlich kam Hunter reingestürmt und mit ihrer Ruhe war es vorbei. Nachdem wir Grace und Mason überredet haben, mit Hunters Dad zu reden, zog Peyton los, um sich um die anfallende Wäsche zu kümmern. Da sie meine Hilfe dankend ablehnte, setzte ich mich mit meinem Laptop in den Frühstücksraum, um Fotos zu bearbeiten. Jetzt sind Mason und Grace zurück und berichten, dass sie bei Mr Adams nichts erreicht haben. Peyton lehnt am Tresen und hört ihnen mit einer hochgezogenen Augenbraue zu. Schließlich gibt sie ein Schnauben von sich.

»Typisch Harold! Immerhin scheinst du genau die richtigen Dinge gesagt zu haben, Mason. Ich denke, es besteht noch Hoffnung, dass die in ihm arbeiten. Aber wahrscheinlich müssen wir erst mal ohne ihn planen. Ich rufe Nolan an. Danke euch beiden, dass ihr es versucht habt! Das weiß ich zu schätzen.« Sie zückt bereits ihr Telefon und gestikuliert damit in Richtung Küche. »Ich schlage übrigens vor, ihr bedient euch einfach, wenn ihr Getränke oder was zu essen wollt. Wie es aussieht, werden wir hier noch eine Weile aufeinanderhocken. Am Ende des Tages könnt ihr den ungefähren Gegenwert in die Trinkgeldkasse legen.« Dann verschwindet sie mit ihrem Handy am Ohr durch die Tür und ich höre Mason und Grace die Treppe nach oben gehen. Grace lacht hell über irgendetwas, das Mason zu ihr gesagt hat.

Seufzend versuche ich mich wieder auf meine Arbeit zu konzentrieren. Gleich darauf kommen die beiden allerdings wieder runter – diesmal mit ihren Laptops unterm Arm. Grace rückt ihre dunkel gerahmte Brille zurecht und strahlt mich an.

»Hi, Ava, dass wir leider nicht so erfolgreich waren, lag nicht an Mason. Er war wirklich toll.« Ihr Blick fliegt über ihre Schulter zu ihm. Mason nähert sich mir nur zögerlich. Seinen plötzlich etwas steifen Bewegungen ist anzusehen, dass er kein gesteigertes Interesse hat, sich zu mir zu setzen. Im schlimmsten Fall sieht er in meinem Verhalten heute Morgen einen äußerst schlecht getarnten Versuch, mich unauffällig mit Nolan zu treffen. Mit einem solchen Verdacht könnte er zwar kaum falscher liegen, aber das werde ich ihm wohl besser nicht in Grace' Beisein erklären. Am Ende artet das nur wieder in Streit aus.

Ein leises Räuspern von Grace schreckt mich auf und ich breche den Blickkontakt mit Mason ab. Sie sieht mich an. Ihre Wangen haben sich gerötet, als wäre ihr irgendetwas unangenehm. Habe ich was verpasst?

»Sorry, hast du was gesagt?«

»Nein, ich dachte nur …« Kurz wirkt es, als wollte sie sich noch einmal zu Mason umsehen. Sie hält jedoch mitten in der Bewegung inne. »Ich setze mich vielleicht zum Arbeiten an einen anderen Tisch.«

»Quatsch! Wieso das?«

»Na ja, vielleicht wollt ihr mal etwas Zeit für euch.« Grace macht eine vage Geste zwischen Mason und mir hin und her und lässt ihre Worte wie eine Frage klingen.

»Setz dich ruhig«, sage ich zu Grace. »Ich wollte sowieso gerade gehen.« Entschlossen klappe ich meinen Laptop zu. Während ich in Richtung Treppe laufe, setzt Mason sich auf meinen Platz, aber Grace bleibt mitten im Raum stehen.

»Ava?« Ich drehe mich zu ihr um und sie kommt mir ein paar Schritte nach. »Ich wollte dich nicht vertreiben.«

»Das hast du nicht.« Sie ganz bestimmt nicht. »Ich will nur meine Kamera holen.« Kurz lächle ich ihr zu. Sie kann ja nichts dafür, dass sie mitten in das eisige Brachland geraten ist, das sich derzeit zwischen Mason und mir erstreckt.

Auch Mason scheint sie beruhigen zu wollen, denn auf der Treppe nach oben höre ich ihn sagen: »Mach dir keine Sorgen. Das ist ganz normal für Ava. Ohne ihre Kamera ist sie nur ein halber Mensch – zumindest seit Neuestem. Soll ich dir irgendwas aus der Küche mitbringen?«

Das ist ganz normal für Ava. Klar.

In unserem Zimmer spähe ich forschend aus dem Fenster. Der Tag neigt sich schon wieder dem Ende zu. In das Grau der Wolken mischt sich bereits die anbrechende Dunkelheit des Nachmittags. Die Straßenlaternen werden bald angehen und hier und dort entdecke ich die zugeschneiten Leuchtpunkte einsamer Lichterketten. Aber wie es aussieht, wurde der Großteil der Weihnachtsdeko in Big Sky vom Winde verweht. Immerhin jault der Sturm nicht mehr ganz so unheilvoll ums Haus. Mason und Grace haben den Weg zu den Adams und wieder zurück offensichtlich unfallfrei geschafft und es hat endlich aufgehört zu schneien. Ich könnte die Gelegenheit nutzen, es erneut im Diner zu versuchen. Nolan wird ja wohl nicht immer noch dort herumsitzen.

Ich drehe mich zu meinem Koffer um, den ich nicht wieder ausgepackt habe, und statte mich mit langen Unterhosen und einem zweiten dicken Wollpullover aus. Dann schlüpfe ich in meine Skiklamotten, die über der Heizung getrocknet sind, stopfe meinen Laptop in meinen Rucksack und laufe die Treppe nach unten.

Mason und Grace sitzen sich einträchtig gegenüber und gucken in ihre Laptops, als wären die das Tor zur Welt. Mir ist es immer schwergefallen, neben Mason zu arbeiten. Sein Fokus auf das, was in seinem Rechner passiert, ist so intensiv, dass er sich anfühlt wie ein schwarzes Loch, das mir meine ganze Konzentrationsfähigkeit absaugt. Für Grace scheint das kein Problem zu sein. Sie starrt mit mindestens ebenso viel Entschlossenheit auf ihren Bildschirm wie er, tippt mit rasender Geschwindigkeit und hat ganz offensichtlich ihr eigenes Energiefeld errichtet.

Mason blickt auf und runzelt die Stirn. »Wohin gehst du?«

»Was essen.«

»Um die Uhrzeit?« Grace wirft einen überraschten Blick auf die Uhranzeige ihres Laptops, während Mason mich nur skeptisch mustert. »Es ist gerade mal halb vier.«

»Stimmt.« An der Tür halte ich inne. »Ich meine, ich gehe einen Kaffee trinken. Ich hatte heute noch keinen richtigen.«

»Willst du vielleicht Gesellschaft?« Grace sieht Mason an. »Wenn du möchtest, kann ich dich eine Weile vertreten. Falls dein Kundendiensttelefon klingelt, schreibe ich alles auf und du kannst dich darum kümmern, wenn du wieder da bist.«

»Das ist total nett.« Mason wirft mir einen schnellen Blick zu und lächelt dann Grace an. »Aber nicht nötig. Ava will sicher eh noch Fotos machen.« Und diesmal bin ich mir sicher: Mason sieht Grace auf eine Weise an, wie er mich sehr lange nicht angesehen hat – nicht mit seiner freundlichen Geschäftigkeit, sondern mit diesem weichen Blick, den man sich von ihm erst verdienen muss, den er für seine Familie reserviert hat. Ich glaube nicht, dass ihm das bewusst ist oder dass er es steuern kann. Aber mich hat er ewig nicht mehr so angesehen.

»Bei dem Wetter willst du Fotos machen?« Grace wirkt jetzt fast erschrocken. »Es ist echt noch ungemütlich draußen. Vorhin haben Mason und ich versucht Hunters Telefon zu finden. Das hat er gestern Nacht … Also, irgendwie hat er es draußen verloren.« Sie hebt die Schultern. »Nichts zu machen. Auf der Straße sind wir ja schon kaum vorangekommen, aber neben dem Haus türmt sich der Schnee so hoch, dass ich völlig versackt bin.«

»Das stört Ava nicht.«

Kurz sehe ich Mason unter erhobenen Augenbrauen an. Und ob Ava das stört! Aber besser, Grace hält mich für einen toughen Wind und Wetter trotzenden Badass-Storm-Chaser als für eine arme Irre. Oder jemanden, der sie nicht mag. Also atme ich tief durch, nicke den beiden noch mal zu und stemme mich gegen die Tür.

Fast fliege ich kopfüber nach draußen, weil der Sturm nicht mal annähernd so hart dagegendrückt wie heute Morgen. Ich wühle mich durch den Schnee auf der Veranda zur Straße. Anscheinend ist hier in der Zwischenzeit der ein oder andere Jeep unterwegs gewesen, denn es hat sich eine Fahrrinne in den Schnee gegraben, in der ich ganz gut vorankomme. Zwar nehmen mir die heftigen Windböen immer noch teilweise den Atem, aber da mir kein Schnee mehr an den Wimpern kleben bleibt, kann ich immerhin sehen, wohin ich laufe.

Kurz inspiziere ich die Schneewehen neben dem Mountain Hideaway, die tatsächlich ziemlich zerwühlt aussehen. Hat Hunter sein Telefon etwa im Alkoholnebel aus dem Fenster geworfen? Was stimmt eigentlich nicht mit diesem Typen?

Grinsend wende ich mich ab und stapfe los in Richtung Diner. Schließlich mache ich tatsächlich noch ein Foto die dick verschneite Dorfstraße hinunter – genau in dem Moment, als die Laternen angehen. Aufgrund der Mischung des durch die Wolken grau gefilterten Tageslichts, den Straßenlaternen und den warm leuchtenden Fenstern der Häuser ist die Aufnahme technisch anspruchsvoll. Um später noch nachbearbeiten zu können, fotografiere ich im RAW-Format, nehme mir trotz der beißenden Kälte die Zeit für einen Weißabgleich. So kann ich mir die Farbtemperatur vergegenwärtigen, bevor ich ein paar Bilder schieße. Dann flüchte ich ins Innere des Diner.

Die Wärme hüllt mich wie in eine warme Decke. Stimmengewirr und Geschirrklappern sowie der Sound von *Happy Xmas (War is over)* empfangen mich. Kurz bleibe ich an der Tür stehen und sehe mich misstrauisch um. In dem glitzernden, blinkenden Kitsch-Weihnachtsdeko-Overload haben es sich deutlich mehr Leute bequem gemacht als heute Morgen. Hudson lehnt an einer altertümlichen Jukebox und drückt daran herum, obwohl Barbs ihm zuruft: »Hudson, ich habe dir schon zigmal gesagt, du sollst aufhören, dein letztes Geld da reinzustecken. Das Ding ist kaputt.«

Agnes sitzt immer noch am Tresen – mittlerweile allerdings ganz am Ende der kurzen Seite. Mit zornerfülltem Blick starrt sie auf einen riesigen antik aussehenden Laptop. An der langen Seite der Bar ist noch genug Platz und von Nolan weit und breit nichts zu sehen. Also hänge ich meine Jacke auf, steuere auf einen der hohen Barstühle zu und klettere darauf.

»Da ist ja unser Skihase wieder.« Barbs baut sich vor mir auf, als ich gerade meinen Laptop öffne. »Und dir hat heute Morgen mein Kaffee nicht geschmeckt?«

»Äh …« Ich ziehe den Kopf ein. »Dein Kaffee ist wunderbar, Barbs. Nur auf den Huckleberry Liqueur kann ich verzichten.«

Sie seufzt tief, nickt aber. »Ihr Stadtleute wisst einfach nicht, was gut ist. Aber bitte! Möchtest du einen Kaffee?«

»Sehr gerne. Und ein Stück Christmas Fruit Cake bitte.«

Sie sieht sich zu mir um. »Da sind aber auch Blaubeeren drin.«

»Ich habe nicht generell was gegen Blaubeeren – nur in meinem Kaffee.«

»Soso. Hast du gehört, Agnes? Sie mag Blaubeeren im Kuchen, aber nicht im Kaffee. Wie meine Enkelin. Rohe Möhren knabbert sie wie ein Karnickel, aber wenn man sie ihr gekocht vorsetzt, schmeißt sie ihren Teller durch die Gegend. Meine Enkelin ist allerdings drei.« Barbs wirft mir einen bezeichnenden Blick zu und Agnes kichert los.

»Etepetete, das sind die jungen Leute heute«, verkündet sie. »Das Steak ist zu durch oder nicht durch genug, der Rosenkohl nicht bissfest genug und der Schokoladenkuchen zu trocken. Das hätten wir uns früher mal erlauben sollen. Da hätten wir eine Woche lang gar nichts zu essen gekriegt. Und dann diese verrückten Ideen in den Rezeptbüchern heutzutage ... Wusstest du, dass man Blumenkohl auch roh geraspelt als Salat essen kann?« Agnes sieht ehrlich entrüstet aus.

»Roher Blumenkohl?« Entsetzt erwidert Barbs ihren Blick.

»Ähm, soll ich euch darauf aufmerksam machen, dass roher Blumenkohlsalat genau das Gleiche ist wie gekochte Möhren – nur umgekehrt?«, schalte ich mich ein.

»Was?« Die beiden Frauen gucken mich so entgeistert an, dass ich lachen muss.

»Roher Blumenkohl soll das Gleiche sein wie gekochte Möhren?« Barbs wendet sich an Agnes. »Ich sag's ja immer: Das passiert, wenn Kinder in der Stadt groß werden. Aber auf mich hört ja niemand.«

»Ich werde dieses nichtsnutzige Ding aus dem Fenster werfen, wenn es nicht bald tut, was ich will«, schimpft Agnes in diesem Moment los. »Nicht dich«, meint sie dann beschwichtigend in meine Richtung. »Dieses Programm will einfach nicht wie ich.«

Auch Hudson haut im Hintergrund ärgerlich mit der flachen Hand auf die Jukebox. Und während aus den Lautsprechern *Carol of the Bells* sein locker fröhliches Glockengeläut über uns niedergehen lässt, singt Hudson eine völlig schräge Version von *Christmas (Baby please come home)* darüber.

Barbs seufzt, atmet kurz durch und lässt ihn gewähren. Sie schiebt mir eine dampfende Tasse Kaffee und ein wirklich großzügiges Stück Fruit Cake zu.

»Kann ich dir vielleicht irgendwie helfen, Agnes?«, biete ich an, weil sie immer noch wild auf die Tasten ihres Rechners haut.

»Ja, schau mal.« Sofort schießt sie los und hält mir einen langen Vortrag über das Programm, das ihr Sohn ihr vor Jahren installiert hat, damit sie sich gegenseitig per Videocall anrufen können. Leider erinnert sie sich nicht an den Namen. Ich suche in der Systemsteuerung nach allen gängigen Video-Telefonie-Programmen, die ich kenne, finde aber nichts. Und weil das alte Gerät zehn Minuten braucht, um eine einzige Seite zu laden, schlage ich schließlich vor, dass Agnes meinen Skype-Account benutzt. Dort finden wir allerdings keinen ihrer Söhne und keine ihrer Schwiegertöchter.

»Vielleicht solltest du sie anrufen und nach den genauen Account-Daten fragen«, sage ich, nachdem ich mich eine gute halbe Stunde mit dem Problem befasst habe.

»Ja«, brummt Agnes. »Das ist immer diese Sache mit der Technik. Man kriegt sonst was versprochen, was diese neumodischen Geräte alles leisten können, aber dann bringen sie nichts zustande.«

Ich würde ihr ja wirklich gerne helfen, aber ich stoße mit Technik aus dem vorangegangenen Jahrzehnt an meine Grenzen. Mason wäre bestimmt besser damit als ich. Er hat schließlich die Umstellung der Rechner in der Firma seiner Eltern betreut.

»Vielleicht fragst du im B&B mal nach Mason Carter«, schlage ich vor. »Der kennt sich mit so was aus. Aber den Account-Namen deines Sohnes brauchst du trotzdem. Und er muss dir sagen, welches Programm er überhaupt nutzt.«

Agnes lässt sich ungeduldig winkend ein riesiges, ebenfalls antik aussehendes Telefon von Barbs reichen und gibt umständlich eine Nummer ein. Ich greife nach meiner Kaffeetasse, die sich mittlerweile enttäuschend kalt anfühlt. Trotzdem nehme ich einen Schluck und verziehe das Gesicht.

»Barbs! Da ist ja doch wieder dieses Blaubeerzeug drin.«

»Nur ein winziges Schlückchen. Das schmeckt man doch gar nicht.«

»Offensichtlich doch.« Missmutig schiebe ich die Tasse von mir. Seufzend nimmt Barbs sie mir ab, um mir einen frischen Kaffee aufzubrühen.

»Ich sag's ja: Euch jungen Leuten kann man es einfach nicht recht machen.«

Schmunzelnd greife ich nach meiner Kamera, um das neueste Foto vom Chip auf meinen Laptop zu ziehen. Es ist ein Lichtblick, dass ich mir meine Finger nicht umsonst blau gefrorenen habe. Die Aufnahme ist super geworden. Der Schnee türmt sich so hoch auf den Straßenlaternen und Dächern, dass man quasi spürt, wie der Ort darunter zusammenrückt. Beim Fotografieren habe ich mich so zwischen den Reifenspuren positioniert, dass sie in der Ferne aufeinander zulaufen und sich in der linken oberen Ecke des Goldenen Schnitts nahezu treffen. Man erwartet, dass der Wagen, der sie gezogen hat, jederzeit zurückkommt. Die heimeligen Lichter entlang der Straße erzeugen einen gemütlichen Eindruck. Im Kontrast dazu gestalte ich die Wolken am Himmel etwas dunkler.

Glücklich lächle ich Barbs an, als sie mir einen ganz und gar unaromatisierten Kaffee serviert, und sie gibt ein Brummen von sich. »Schon gut, du guckst mich an, als wäre ich die Frau des Weihnachtsmanns.«

Genießerisch schließe ich die Augen, als mir die belebende Hitze des Kaffees in die Glieder strömt.

Draußen ist es mittlerweile dunkel geworden. Die meisten Leute ziehen sich Jacken über und machen sich auf den Heimweg. Hudson lässt sich auf eins der Sofas sinken. Sein *All I Want for Christmas Is You* wird schließlich von Schnarchen ersetzt. Barbs wischt mit einem Lappen die Theke. Agnes sitzt wieder vor ihrem Laptop.

»Bald werden die ersten Leute zum Abendessen kommen. Ich gehe mal in der Küche schauen, ob alle so weit sind.« Barbs verschwindet durch die Schwingtüren und ich konzentriere mich auf meine Arbeit.

Allerdings ertappe ich mich nach kurzer Zeit dabei, wie ich durch meine Fotos aus den Tagen vor dem Sturm klicke und schon wieder mit dem Träumen anfange. Unwillkürlich erinnere ich mich an meinen ersten vorsichtigen Spaziergang allein in die verschneite und für mich so fremdartige Umgebung von Big Sky. Wütend und enttäuscht – so habe ich mich gefühlt. Weil Mason mir gestanden hat, dass er weiter remote für den Kundendienst seiner elterlichen Firma arbeiten wird. Weil er mir sagte, ich solle schon mal zur Piste starten und er werde am Nachmittag dazukommen. Weil mir klar war, dass ihm nichts mehr an uns liegt.

Aber es hat nicht lange gedauert, bis mich die glitzernden Schneehänge, die bizarren Gipfel, der blaue Himmel, das Sonnenlicht, die Atemwolken vor meinem Gesicht, die gloriose Aussicht ins Tal mit ihrem ganz eigenen Bann belegten. Ich ließ mich von meiner Kamera leiten, suchte mir ein Motiv nach dem anderen, grub mich schließlich immer tiefer in den

Schnee, um den Gipfel des Grizzly Peak und die entfernteren des Bold-Mountain-Massivs in einem ganz bestimmten Winkel einzufangen – mit dem sanft ansteigenden Bergrücken im Vordergrund und einem perfekten, wie hineinretuschierten Wolkenausschnitt zur Auflockerung am Himmel.

Dann trat jemand beinah auf mich. Nolan. Kurz darauf zog er mich zum ersten Mal aus dem Schnee. Bei sich hatte er eine ganze Schar Kinder zwischen acht und zwölf Jahren – alle ausgestattet mit Schneeanzügen und Schneeschuhen. Alle starrten mich mit großen Augen an.

Aber ich … Keine Ahnung, warum, aber ich hatte nur Augen für Nolan.

Ich betrachte eine der Fotografien, die ich unbemerkt von ihm gemacht habe. Er ist schräg von hinten getroffen, sein Blick in die Weite gerichtet. Seine Unterlippe ist ein klein wenig voller als die Oberlippe. Ich beiße die Zähne zusammen. Verdammt, ich habe entschieden zu oft über seine Lippen nachgedacht. Aber sie waren es nicht, die mich bei unserer ersten Begegnung so gefangen genommen haben. Ich glaube, das war eher der Blick aus seinen intensiven schwarzen Augen, die von langen dunklen Wimpern umrahmt sind. Da er wissen wollte, warum ich mich wie ein Schneehase eingebuddelt hatte, zeigte ich ihm im Display meiner Kamera das Foto, das mir gerade gelungen war. Als ich ihm in die Augen sah, habe ich mich gefühlt, als würde ich hineinkippen und fallen. So furchterregend das klingt, ich habe mich einen Moment lang high davon gefühlt.

Nolan deutete auf die sich mittlerweile gegenseitig anstoßenden giggelnden Kinder und erklärte, er müsse seine Snow-Kids-on-Snowshoes-Tour beenden und die Kinder sicher wieder im Hotel abliefern.

»Kann ich vielleicht mitkommen?«, rief ich ihm nach, während er seine Gruppe schon wieder hinter sich versammelte.

»Ich kenne mich hier nicht aus und würde gerne mehr Fotos machen.«

»Klar«, antwortete er über die Schulter. »Im Augenblick findet fast jeden Tag eine Tour statt. Wir starten immer gegen zehn an der Ranger Station.«

Und weil Mason genug zu tun hatte, war das der Ort, an dem ich mich am nächsten Tag pünktlich einfand. Anfangs war es ungewohnt, mit den Schneeschuhen vorwärtszukommen. Es war anstrengend, in der kalten Luft bergauf zu stapfen. Aber schließlich gewöhnte ich mich daran, hielt mich am Ende der Gruppe, machte meine Fotos, wenn Nolan den Kindern erklärte, woran man erkennt, ob ein Schneehang sicher ist oder von Lawinenabgängen bedroht, wie die Spuren von Elchen und Bighorn-Schafen aussehen und dass Bären Winterruhe halten – keinen Winterschlaf. Ich machte Bilder von der Landschaft und von den Kindern, die ich später den Eltern schenkte. Und von Nolan. Er faszinierte mich mit der unvergleichlichen Sicherheit, mit der er sich im steilen Gelände bewegte. Mir gefiel die stumme Versunkenheit, mit der er meine Bilder betrachtete. Er bot an, mich zu noch besseren Fotospots zu führen – am nächsten Tag nach der Wanderung. Abends traf ich ihn im Diner, wo ich Essen für Mason und mich holen wollte, da Mason ein – O-Ton: wirklich dringendes – Problem zu lösen hatte. Irgendwie blieb ich bei Nolan hängen. Weil etwas so Ernsthaftes in seinem Blick lag, dass es mein Herz schneller klopfen ließ, wenn er mich anlächelte. Und als er mich mit Blick auf die beiden Burger, die ich geordert hatte, fragte, mit wem ich in Big Sky sei, sagte ich: »Mit meinem Freund, aber ehrlich gesagt glaube ich nicht, dass er das noch lange sein wird.«

Ehe ich mich's versah, saßen Nolan und ich an dem gemütlichen Platz direkt vorm Kamin, aßen Burger und ich erzählte ihm in sämtlichen Details, wie ich versuchte, Mason und mich zu retten, dass es aber einfach nicht funktionierte.

Himmel! Mit einem gequälten Laut versinke ich tiefer hinter meinem Laptop. Ich weiß nicht, was da in mich gefahren ist. Nolan hat sich einfach als guter Zuhörer erwiesen. Er hat mich ruhig angesehen, ab und zu eine Frage gestellt, mich aber ansonsten nicht unterbrochen, während ich alles offenlegte, was mir in den letzten Tagen und Wochen durch den Kopf gegangen war. Sein Helfersyndrom, das er offensichtlich hat und von dem ich zu dem Zeitpunkt nichts wusste, muss direkt Alarm geschlagen haben.

Wahrscheinlich hat er mich nur deshalb gefragt, ob ich am nächsten Tag wieder mitkommen würde. Und wahrscheinlich hat sich sein intensiver Blick nur deshalb wie eine sanfte Berührung auf meiner Haut angefühlt, weil einfach alles in mir nach dem Emotionen-Striptease so offen und durchlässig war.

Trotzdem glaubte ich, er empfinde auch etwas für mich. Denn in den nächsten Tagen trafen wir uns vormittags zu den Kinder-Schneetouren und verabschiedeten uns erst wieder voneinander, wenn sich der Diner abends leerte. Manchmal sprachen wir stundenlang kaum ein Wort miteinander. Dann fanden wir irgendwo einen Platz mit unfassbarer Aussicht, machten an einem umgestürzten Baumstamm Pause oder wärmten uns in der Ranger Station auf und konnten nicht aufhören zu reden. Und irgendwann verstand ich, warum Nolan so fasziniert von meinen Fotos war.

Er hatte mich zum Bear Paw Plateau geführt. Ich fühlte mich kribbelig, völlig high von der Anstrengung und der kalten Luft, von der überwältigenden Aussicht über die Bergwelt. Mir war schwindelig vom Blick in die endlose Tiefe jenseits der Abbruchkante nur wenige Meter vor mir. Oder vielleicht auch von Nolans dunklen Augen. Er beobachtete mich. Und je länger er mich ansah, desto mehr fühlte ich mich, als wäre ich – zumindest in diesem Moment – das absolute Zentrum seiner Welt.

»Das hier war der Lieblingsplatz meiner Mom«, sagte er leise.

Ich wusste sofort, dass irgendetwas nicht stimmte, brauchte aber einen Moment, um zu begreifen, welches Wort in seinem Satz nicht so war, wie es sein sollte. Ich ließ meine Kamera sinken.

»War?«

Er holte tief Luft, richtete den Blick in die Ferne. Dann brachen die Worte aus ihm hervor: Nolans Mom war gestorben, als er fünfzehn war. Sie war in Big Sky aufgewachsen und hatte als Tourengeherin und Bergführerin gearbeitet. Sie hatte jeden Winkel der Berge hier gekannt. Und geliebt. Aber in dem Winter vor sieben Jahren hatte sie sich von einer schweren Grippe nicht richtig erholt. Nach wenigen Schritten im Schnee war sie außer Atem. Nolans Dad, der Arzt im Ort, stellte eine Herzmuskelentzündung fest. Nolan erinnert sich noch, wie verärgert er war, weil seine Frau sich nie bremsen ließ, weil es sie fast täglich in die Berge zog, auch wenn sie krank war. Nolan erinnert sich noch an ihr Lachen, weil sie der Meinung war, die frische Luft und die Bewegung täten ihr gut. Trotzdem versprach sie Nolan und seinem Dad, sich diesmal auszukurieren, die Erkrankung ernst zu nehmen.

Ich ahnte, wie die Geschichte ausging, bevor er weitersprach. Und das Schimmern in Nolans dunklen Augen verriet mir, dass er sich nie verzeihen wird, dass er und sein Dad nicht noch besser aufgepasst haben. Denn vielleicht hat sie sich nicht so sehr geschont, wie sie versprochen hatte. Vielleicht war ihr Herz zu sehr in Mitleidenschaft gezogen. Eines Tages war Nolan aus der Schule nach Hause gekommen und hatte sie auf dem Küchenboden gefunden. Plötzlicher Herztod, hat der Gerichtsmediziner in Red Lodge diagnostiziert.

»Dabei bin ich jeden Tag rauf zu ihren Lieblingsplätzen und habe Fotos für sie gemacht«, hat Nolan erzählt und mich dabei so hilflos angesehen, dass es mir das Herz zusammenzog. »Damit ihr die Wartezeit nicht zu lang wird, bis sie selbst wieder rauskann. Damit sie sich wirklich ausruht.« Im schweren goldfarbenen Licht der Nachmittagssonne ist er auf dem Felsvorsprung plötzlich dichter an mich herangetreten. Zögernd hat er mit seiner Hand auf meine Kamera getippt und dabei einen kurzen Moment lang meine Hand berührt. Meine Finger waren so kalt, dass ich gar nichts richtig spürte. Aber plötzlich war da dieser Gedanke in meinem Kopf, den ich seitdem nicht mehr losgeworden bin: Nolans Hände auf meiner Haut … Wie würde sich das anfühlen, wenn sie nicht vom eisigen Westwind betäubt wäre?

»Sie hätte deine Bilder geliebt«, sagte Nolan. »Mir ist es nie gelungen, die Welt so einzufangen, wie meine Mom sie sah. Aber dir fällt das leicht.«

Unsere Blicke trafen sich über meiner Kamera und ich sog scharf die Luft ein. Weil ich ganz plötzlich Teil von dem Kummer und dem Schmerz war, den er mit sich herumträgt.

»Es tut mir leid«, sagte ich.

Er nickte. »Eigentlich wollte ich nur sagen, dass ich dich jederzeit mitnehme, wenn du fotografieren willst. Wir können auch mal ganz früh los – vor Sonnenaufgang.«

Vorsichtig lächelte ich ihn an. »Morgen?«

Er lachte auf und dann lächelte er zurück. »Klar. Morgen.«

Ich betrachte die Fotografie, die mir am nächsten Tag gelungen ist. Ganz früh sind Nolan und ich aufgebrochen. Mit Stirnlampen. Dabei bin ich mir sehr outdoorsey vorgekommen. Abenteuerlustig. Und dann habe ich dieses wunderschöne Licht eingefangen: weißer Schnee, dunkle Tannen, helles Gold am Himmel und zart aufsteigender rosafarbener Nebel.

Es war zauberhaft. Atemberaubend und unwirklich schön. Ich glaube … Wäre Mason nicht gewesen, vielleicht hätten Nolan und ich uns an diesem Morgen geküsst. Weil dieser Morgen so wundervoll war, dass er auf uns abfärbte, uns genauso unwirklich schön werden ließ. Ihn und mich und dieses Gefühl zwischen uns.

»Die Aufnahme finde ich auch besonders toll.« Ich zucke zusammen. Nolan setzt sich neben mich an den Tresen. »Hey.« Etwas unsicher lächelt er mich an – wahrscheinlich, weil er nach meinem Abgang heute Morgen nicht weiß, wie er sich verhalten soll. Mal wieder so zu tun, als wäre nichts passiert, ist jedenfalls nicht die richtige Entscheidung.

Ich klappe meinen Laptop zu. »Was machst du hier?«

Wenn überhaupt möglich, werden seine Augen noch dunkler. Einen Moment lang mustert er mich nur auf seine intensive Weise. »Du bist immer noch sauer auf mich. Aber ich verstehe nicht, was ich dir getan habe.«

Agnes telefoniert zwar lautstark am anderen Ende des Tresens, wobei sie immer wieder auf ihrem Computer herumhackt, winkt Nolan aber zu. Kurz hebt er die Hand in ihre Richtung.

»Du hast mir nichts getan«, gebe ich zu. »Ich weiß, das ist alles meine Schuld. Und ich hätte nichts sagen sollen. Aber ich konnte ja nicht ahnen, dass wir hier festsitzen würden.«

»Natürlich. Das ist alles gerade ziemlich viel für dich.« Nolan schiebt die Ärmel seines Flanellhemdes hoch. Unwillkürlich fällt mein Blick auf das kleine Muttermal, das ich dort schon vor Tagen entdeckt habe. Ich seufze und wende den Blick ab. »Dass die Geschichte mit der Lawine dich nicht so schnell loslässt, ist ganz natürlich. Wenn ich mich danach falsch verhalten habe, tut mir das leid. Ich wollte dir nicht noch mehr Angst machen, Ava. Und ich wollte auch nicht laut werden. Ich hatte einfach selbst eine Scheißangst.«

Er sieht mich an, als hoffte er, damit die Zeit zurückzudrehen, aber ich hebe nur die Schultern. »Du hattest recht mit allem, was du gesagt hast. Vor der Lawine bin ich kopflos weggerannt und das war dumm. Aber dass dir meine Gefühle so egal sind, dass du sie vollkommen ignorierst, das verletzt mich.«

Nolan runzelt die Stirn. Auf dem Sofa nahe dem Kamin kommt Bewegung in Hudson. Er richtet sich auf, reibt sich einige Male übers Gesicht und erhebt sich dann. Leicht torkelnd geht er an Nolan und mir vorbei und setzt sich auf einen freien Barhocker. Er zieht sich eine der laminierten Speisekarten heran, obwohl ich wette, dass er sie auswendig kennen muss.

Ich warte noch immer, aber Nolan sagt nichts, sieht mich nur ratlos an, als hoffte er, dass ihm die richtigen Worte zufliegen. Ernüchtert klappe ich meinen Laptop wieder auf und öffne Lightroom – meine Fotobearbeitungssoftware.

»Ich wollte wirklich nicht unsensibel sein«, sagt er schließlich vage.

Ich gebe ein ungläubiges Schnaufen von mir. Warum ist er es dann? Warum tut er so, als gingen ihn meine Gefühle nichts an? Warum kann er sich nicht vorstellen, dass es schwer für mich ist, ihm in die Augen zu sehen und zu wissen, dass er sie nicht erwidert? Habe ich wirklich so wenig Respekt verdient?

»Nolan, du hast sicher Hunger!« Barbs kommt aus der Küche und stürzt sich direkt auf ihn. »Was willst du essen?«

»Nolan wollte gerade wieder gehen.« Sowohl Barbs als auch Nolan starren mich entgeistert an.

»Weißt du besser über meinen Hungerstatus Bescheid als ich?« Mit einem Blick irgendwo zwischen Belustigung und Verärgerung sieht Nolan mich an.

»Sorry, aber dein Hungerstatus ist gerade echt nachrangig.« Ich gestikuliere durchs Diner, meine aber eigentlich das ganze Dorf. »Hast du irgendeine Ahnung, wie es mir gerade geht? Gestern wäre ich beinah von einer Lawine überrollt worden. Jetzt hänge ich in einem winzigen Ort in Montana fest, obwohl es hier einfach keinen Platz für mich gibt. Ich bin quasi obdachlos. Denn im B&B sitzt mein Ex und ich habe keine Ahnung, wie ich mich ihm gegenüber verhalten soll. Und hier im Diner – dem einzigen anderen Ort, an dem ich ein Dach überm Kopf habe – sitzt du und hast keine Ahnung, wie du mit mir umgehen sollst. Verstehst du?«

Nolan schüttelt den Kopf. »Kein Wort. Bin ich jetzt auf einer Stufe mit deinem Ex?«

»Nein. Doch. Keine Ahnung. Das ist alles einfach nur demütigend. Und verletzend.« Und gerade mache ich wahrscheinlich alles noch schlimmer. Irgendwo in meinem Kopf meldet sich leise die Stimme meiner Vernunft, aber der ganze Stress der letzten Tage bricht sich Bahn und verschüttet sie wie die Lawine, die mich fast unter sich begraben hätte.

»Aber, Kind, wovon redest du?« Verständnislos sieht Barbs mich aus ihren blassblauen Augen an.

»Machst du mir ein Bier, Barbs?«, fragt Hudson dazwischen, aber sie ignoriert ihn.

»Davon, dass ich nirgendwo hinkann.« Mein Blick fliegt von ihr zu Nolan. »Ich kann nicht im B&B sein und hier auch nicht. Aber irgendwo muss ich sein. Also musst du woanders hingehen.«

Okay, das war vielleicht etwas hart. Das ist mir klar, sobald ich es ausgesprochen habe. Ich beiße mir auf die Lippe. Nolan starrt mich immer noch an. Barbs wahrscheinlich auch, aber die interessiert mich gerade weniger.

»Also, ehrlich gesagt komme ich überhaupt nicht mit«, sagt Nolan endlich. »Ich bin mir auch nicht sicher, ob du mich einfach so aus diesem Diner werfen kannst. Hunter und ich haben hier schon Süßigkeiten geklaut, als Barbs noch nicht so schlecht zu Fuß war.«

»Das wart also doch ihr?« Barbs flache Hand schlägt auf den Tresen, sodass ich zusammenzucke. »Wusste ich's doch! Dass ich euch nie erwischt habe!«

Nolan kann ein kleines Grinsen in ihre Richtung nicht unterdrücken, wird aber sofort wieder ernst. »Weißt du was? Ich gehe jetzt – in der Hoffnung, dass du mal wieder runterkommst. Aber wenn wir uns in den nächsten Tagen über den Weg laufen, wäre es schön, wenn du mir dein Problem mal so erklärst, dass ich es verstehe. Ich dachte nämlich, wir wären mittlerweile so was wie Freunde. Oder falls du keinen Bock mehr auf mich hast …« Er lässt sich von seinem Barhocker rutschen. »… dann mach in Zukunft einfach einen Bogen um mich. Ich werde das nämlich nicht noch mal tun.«

Einen Moment lang bleibe ich stumm sitzen. Sogar Barbs sagt einfach mal gar nichts. Nur Hudson lacht vor sich hin. »So sind die Frauen: Entweder man tanzt nach ihrer Pfeife oder sie schmeißen einen raus. Oder lassen einen einfach sitzen.«

Erst nachdem Nolan sich seine Funktionsjacke und darüber seinen dick gefütterten Parka angezogen hat und nach draußen verschwunden ist, rührt Barbs sich wieder.

»Also, so was! Musste das sein?«

Ich gebe einen gequälten Laut von mir und lasse mich neben meinem Laptop auf den Tresen sinken. »Ich bin eine komplette Vollidiotin.« Mit dem Kopf noch auf meiner Armbeuge blinzle ich zu ihr hoch. »Stimmt's?«

»Na ja, um das zu beurteilen, müsste ich erst mal alle Hintergründe kennen.« Ein Funkeln tritt in Barbs' Augen, als sie sich auf dem Arbeitsbereich hinterm Tresen abstützt und mich neugierig ansieht. »Erzähl doch mal: Dein Freund hat sich von dir getrennt?«

»Eigentlich habe ich mich von ihm getrennt. Oder wir uns voneinander.« Seufzend richte ich mich wieder auf. »Aber jetzt ist die Stimmung total komisch. Wir brauchen erst mal Abstand voneinander, den wir hier aber nicht kriegen.« Jetzt ist es raus. Ich habe gerade der Tratschtante des Dorfes von unserer Trennung erzählt. Gut gemacht, Ava!

Agnes hat ihr Telefonat beendet und geht mit verärgerter Miene hinter mir vorbei in Richtung Toilette.

»Musst du schon wieder?«, ruft Barbs ihr nach. »Ich koche dir noch einen Blasentee.«

»Nur deswegen muss ich doch dauernd aufs Klo.« Ungeduldig winkt Agnes ab und verschwindet.

»Aber was genau hat das mit unserem Nolan zu tun?«, wendet Barbs sich wieder an mich.

Ich vergrabe mein Gesicht in den Händen. *Tu es nicht,* höre ich leise die Stimme der Vernunft in meinem Kopf. *Sitz nicht mitten im Nirgendwo in Montana in einem Diner und schütte der Klatschredaktion des Ortes dein Herz aus.* Aber wie entgehe ich dem forschenden Blick der Dorf-Inquisitorin?

Zu meiner Rettung fliegt in diesem Moment die Tür auf und eine große, ähnlich wie Nolan dick eingepackte Gestalt kommt herein. Einen Moment lang füllt sie den kompletten Rahmen aus.

»Hunter!« Dass Barbs' kräftige Stimme einen solchen Flötenton annehmen kann, habe ich nicht erwartet. Tatsächlich war ich lange nicht so erleichtert, jemanden zu sehen wie Hunter in diesem Moment. Denn auch wenn er die friedliche Stimmung heute Vormittag in der Werkstatt ziemlich zerstört hat, bedeutet sein Auftauchen jetzt vor allem eins: dass Barbs abgelenkt ist. Sie flitzt um ihre Theke herum und schwebt geradezu auf ihn zu. Von einer kaputten Hüfte merke ich nichts mehr.

Erleichtert lächle ich Hunter an und starte einen letzten Versuch, meine Aufmerksamkeit auf meine Fotosoftware zu richten. Doch erstens veranstalten Barbs und schließlich auch Agnes, die von der Toilette dazukommt, einen ziemlichen Wirbel um Hunter. Und zweitens wird mir klar, dass ich mich Nolan gegenüber wirklich mies benommen habe. Dazu hatte ich kein Recht. Und das kann nur eins bedeuten: Ich werde mich bei ihm entschuldigen müssen.

Hunter

Das neue Telefon ist ein Seniorenteil mit übergroßen Tasten und eingeschränkten Funktionen, das ich im Hardware Store meines Dads erstanden habe. Wenigstens war es billig. Und das einzige Handy, das ich auf die Schnelle auftreiben konnte. Mein Telefon habe ich natürlich nicht wiedergefunden. Ich schätze, im Frühjahr wird sich jemand über ein frei getautes iPhone im Garten freuen. Ich hoffe, es wird Peyton sein, nicht einer ihrer Gäste. Und ich hoffe, das Teil ist so robust, dass sie es auch dann noch wiederbelebt bekommt. Mit dem neuen Dinosaurierklotz dauert es ewig, eine Nachricht an Nolan zu verfassen, während ich mit einem Kaffee auf dem Gehweg stehe und mir der abgeschwächte Wind Eisluft ins Gesicht treibt.

Hab eine neue Nummer. Frag nicht. Lange Geschichte. Hast du Zeit und Lust auf ein Treffen? Im Diner. Dann können wir auch was essen. Verhungere. Hunter

Nachdem mir den halben Tag schlecht war, habe ich jetzt das Gefühl, ich müsste die gesamten Vorräte des Diner verschlingen. Es dauert nicht lange, bis seine Antwort eintrudelt.

Lass mich raten, du hast dein Telefon gekillt, weil dich dein Dad mit Anrufen bombardiert hat. Wenn ich richtigliege, geht die nächste Runde auf dich. Du müsstest allerdings zum Essen zu mir nach Hause kommen. Bin gerade aus dem Diner geflogen.

Ich runzle die Stirn und schicke ein Fragezeichen.

Lange Geschichte. Frag nicht.

Ich werde fragen. Aber erst mal besorge ich uns Kohlehydrate. *Hole uns Burger aus dem Diner. Auf keinen Fall essen wir deine merkwürdigen Überlebensriegel. Die Runde geht auf mich.*
Lagst richtig. Gib mir zehn Minuten.

Mit dem Rücken drücke ich die Tür des Diners auf, während ich die Nachricht absende. Sofort umgibt mich Wärme und die Geräuschkulisse von Gesprächsfetzen, Geschirrklappern, dem Brutzeln und Zischen aus der Küche und nostalgischer Weihnachtsmusik. Ich schüttle den Schnee von meiner Jacke.

»Hunter«, flötet Barbs und kommt mit geröteten Wangen hinterm Tresen hervor. »Ich habe schon gehört, dass du in der Stadt bist. Aber ich glaube es ja jetzt erst, wo ich dich tatsächlich sehe. Ach, ist das schön.« Sie umfasst mit ihren Fingern mein Gesicht und betrachtet mich wie ein Pferd auf einer Viehauktion. »Zu dünn. Geben sie dir in Missoula denn nichts zu essen, mein Junge?«

Ich will gerade den Mund aufmachen, als schon ein weiterer Wortschwall beginnt. »Ich weiß ja, dass du viel Sport machst. Aber dann musst du doch auch genug essen. Sonst wirst du ganz schwach und kränklich, und ehe du dich's versiehst, fällst du tot um wie eine Fliege.« Sie drückt mich auf einen Barhocker vor einen geschmacklosen Keramik-Rudolph, dessen Nase rot glitzert und der mich vom Tresen aus anglotzt. Ava hockt zwei Plätze weiter und hängt so auf dem Tresen, als hätte sie mit Hudson um die Wette gesoffen.

»Hi«, sage ich.

»Hallo.« Sie lächelt schwach.

»Ist alles okay?«

»Ja, geradezu fantastisch.« Sie vergräbt ihr Gesicht in den Armen und konzentriert sich dann auf das Fotoprogramm auf ihrem Laptop. Das Bild, das sie gerade bearbeitet, ist der Hammer. Ich will ihr genau das sagen, aber irgendwie glaube ich, dass sie ihre Ruhe will, also wende ich mich wieder Barbs zu.

»Ich wollte …«, beginne ich, aber ich habe keine Chance, meine Bestellung aufzugeben.

»… uns endlich mal besuchen kommen. Das ist so schön. Unser Junge. Wir waren alle so traurig, als du fort bist, aber, na ja, jetzt bist du ja wieder da. Und so erfolgreich. Und gut aussehend«, schwärmt sie nun Hudson vor, der nur brummt und sich am Tresen festhält. Wahrscheinlich liegt sein Promillepegel am frühen Abend schon jenseits der Grenze, bei der normale Menschen noch ihrer Muttersprache mächtig wären. Ich will gar nicht wissen, wie es für Theo sein muss, mit so einem Vater aufzuwachsen.

»Und immer noch so wohlerzogen«, wirft Agnes ein, die gerade von den Toiletten kommt und ihren Platz neben Hudson einnimmt. Ava runzelt die Stirn, sagt aber nichts. Die Reaktion ist nach meinem Ausbruch heute Morgen im Keller wohl kein Wunder.

»Hallo, Agnes.«

»Ich rede doch gerade mit ihm«, beschwert sich Barbs, als wäre ich ihr Spielzeug, das sie gegen Agnes verteidigen muss. »Also, wie geht es dir, mein Junge? Und was sagt eigentlich dein Vater dazu, dass du zurück bist? Er ist ein wahrer Sturkopf, aber bestimmt auch mächtig stolz auf dich. Verbringt ihr das Weihnachtsfest gemeinsam in der Adams-Hütte? Bestimmt. Nicht wahr? Das Fest der Liebe.« Sie sieht wehmütig aus den leicht beschlagenen Fenstern des Diners, in dem bunte Lichter blinken. »Dieses Jahr wird es durch die Lawine und den Blizzard für viele sehr einsam werden.«

Ich rutsche unbehaglich auf meinem Barhocker herum. Es ist eine Sache, Peyton zu sagen, dass ich zu stolz bin, meinen Vater um Hilfe zu bitten oder überhaupt noch mal mit ihm zu reden, bevor ich Big Sky endlich wieder verlassen kann. Mitzukriegen was das für Menschen wie Barbs bedeutet, eine ganz andere. »Wirklich schön, euch wiederzusehen«, sage ich mit belegter Stimme und weiche Avas Blick aus, den sie in mich bohrt. Natürlich erwartet sie, dass ich das Problem beseitige. Es gibt einen Plan und ihrer Meinung nach müsste ich nur zustimmen. Kein großes Ding. Sie irrt sich.

Mein Gott, ich kann doch nichts für das verdammte Wetter. Ich kann nichts dafür, dass Dad und ich keine Ebene finden, auf der wir uns nicht gegenseitig umbringen wollen. Ich kann das alles nicht ändern. Und ganz bestimmt bin ich nicht das verdammte Weihnachtswunder, auf das hier alle hoffen. »Kann ich vier Mountain Grilled Burger kriegen, Barbs? Mit Chili Cheese Fries.«

»Für Nolan und dich? Dieselbe Bestellung, seitdem ihr Kinder wart.« Sie lächelt verzückt. »Du hast ihn gerade verpasst, weil jemand …« Sie sieht Ava missbilligend an. »… ihn hier rausgeschmissen hat.«

»Das war gar nicht so gemeint«, murmelt Ava.

»Kindchen«, sagt Barbs nun sanft, während Ava hinter ihrem Laptop zu schrumpfen scheint. »So oder so, nett war das auf jeden Fall nicht.«

Mich würde echt interessieren, was zwischen Ava und meinem besten Freund vorgefallen ist.

»Du musst dich gut um den Armen kümmern. Er ist sicher ganz durcheinander nach der Aktion.« Barbs seufzt. »Ich packe euch noch ein paar Twizzlers ein.« Sie zwinkert mir zu und ich werde das Gefühl nicht los, dass sie nach all den Jahren irgendwie herausgefunden hat, dass Nolan und ich früher Süßigkeiten bei ihr im Laden stibitzt haben. »Danke. Ich glaube zwar, dass er klarkommt, aber Twizzlers können nie schaden.«

Barbs legt mir ihre Hand auf den Arm. »Eure Freundschaft hält schon so viele Jahre. Sie hat euren Streit um die kleine

Helen überstanden, in die ihr beide verliebt wart.« Das war in der dritten Klasse der Junior High und sie fand uns beide doof. Ich verdrehe die Augen und lache. »Den Tod von Nolans Mom. Sogar deinen Umzug nach Missoula.« Für den sie mich genau wie alle anderen hier verurteilt. »Sehr selten so etwas.« Sie heftet den Zettel mit der Bestellung an das Drehrad über der Durchreiche. Ganz nach vorn.

Agnes schnaubt. »Wir kennen uns seit über fünfzig Jahren.«

»Ich sprach von Freundschaft, du alte Tratschschachtel«, korrigiert Barbs Agnes, aber ihr Lächeln verrät, wie sehr sie ihre Freundin trotz ihrer Frotzelei liebt.

Ich zupfe Geld aus meiner Hosentasche und lege es auf den Tresen, aber Barbs ignoriert es und streitet stattdessen lieber weiter mit Agnes über den Status ihrer Freundschaft. Sie hat noch nie Geld von mir angenommen, was mir schon immer unangenehm war. Aber sie ist stolz und ich bin der Sohn vom Boss. Sie wird nicht nachgeben, also stopfe ich das Geld komplett in die Trinkgeldkasse. Ava entgeht das nicht, aber sie sieht sofort wieder verschlossen auf ihren Rechner.

Wenig später nehme ich die Papiertüte mit Burgern und Fritten entgegen. »Danke.«

»Du warst noch nie ein Mann vieler Worte.« Barbs sieht streng zu Agnes. »Im Gegensatz zu dir.«

Ich drücke kurz ihre Hand, winke Ava zum Abschied zu und gehe dann. Barbs' und Agnes' Frotzeln begleitet mich bis nach draußen. Die Kälte verwandelt meinen Atem in frostige Wolken. Der Schnee fällt wieder dicht vom Himmel, aber der Sturm lässt langsam nach. Ich presse die Tüte eng an meinen Körper und jogge an den weihnachtlich geschmückten Häusern vorbei, dann am Outdoorladen, auf dessen Dach ein überdimensionierter, aufblasbarer Ranger-Weihnachtsmann in einem Schlitten befestigt ist. Inklusive Schneeschuhen, einer Flinte, die sich seitlich am Rentierschlitten befindet, und einer Angelrute. Das Ding ist echt hässlich und dankenswerterweise vom Sturm ziemlich zerfetzt. Vorher hat es jedoch sicher repräsentativ für das Sortiment von Mom und Dads Laden gestanden.

Auch auf die Gefahr hin, dass die Burger kalt werden, lege ich einen Zwischenstopp ein und überquere den weitläufigen Parkplatz, der weitestgehend verwaist ist. Bis auf Moms Landrover, der neben dem Hinterausgang steht. Sie kann nichts für den Streit zwischen Dad und mir. Das weiß ich. Aber sie hat sich auch nie auf meine Seite gestellt. Sie ist wie die verfluchte Schweiz. Okay, vielleicht stimmt das nicht so ganz. Sie hat mich in Missoula besucht, und da ich nicht davon ausgehe, dass Dad sonderlich erbaut darüber gewesen ist, ist das vermutlich ihre Art, sich zu positionieren.

Ich drücke die Tür auf und sehe hoch, als die Glocke, die darüberhängt, klingelt. Daneben baumelt ein Mistelzweig – natürlich.

»Hunter.« Mom kommt hinter der Kasse vor und eilt auf mich zu. Sie trägt Jeans und einen edlen Rollkragenpullover. Dazu Uggs, die ihre Füße breit wie die von Bigfoot wirken lassen. Bevor ich etwas sagen kann, umarmt sie mich und gibt mir einen Kuss auf die Wange. Und ich erwidere die Umarmung.

»Es tut mir so leid, dass ich gestern nicht da sein konnte, als Grace und du angekommen seid. Ich wurde im Laden aufgehalten.«

Sie hätte sowieso nichts ändern können. Zum ersten Mal wird mir bewusst, wie schwer es sein muss, der Prellbock zwischen uns zwei Streithähnen zu sein. »Alles gut, Mom.«

Sie tätschelt mir den Arm. »Ist es nicht. Sonst würdest du jetzt zu Hause schlafen, nicht im B&B der Scotts.« Ein Lächeln trifft mich, aber es ist traurig. »Meinst du nicht, du könntest es noch einmal versuchen? Dein Vater würde sich auch freuen, wenn ihr zu uns in die Hütte zieht, solange ihr in Big Sky seid. Ich weiß, er ist schwierig und kann das nicht so zeigen, aber …« Sie zuckt die Schultern. »Vielleicht könntet ihr zumindest zum Weihnachtsessen vorbeikommen.«

»Ich denke nicht, Mom.« Ich bin ein Arschloch. Wieso kann ich nicht einfach Ja sagen? Wie schwer kann ein Dinner mit Dad schon sein? Grace wäre dabei. Trotzdem schüttle ich den Kopf, als müsste ich meine Aussage unterstreichen.

Sie nickt und streichelt mir verständnisvoll über die Wange. »Okay.«

Es ist nicht okay. Egal wie ätzend und manipulativ Dad ist, Mom verdient es nicht, dass ich ihr den Feiertag kaputt mache. Seufzend lenke ich ein. »Ich denke drüber nach.« Ein größeres Zugeständnis kann ich ihr gerade nicht geben. Und ich nehme mir wirklich vor, es in Betracht zu ziehen, selbst wenn alles in mir Nein schreit. »Ich muss los, sonst sind die Burger für Nolan und mich nur noch lauwarmer Matsch. Ich war auf dem Weg zu ihm, als ich deinen Wagen gesehen habe.« Ich halte die Papiertüte hoch, die bereits fettige Flecken aufweist, wo sich die Burger gegen ihr Gefängnis gepresst haben.

»Natürlich. Habt einen schönen Abend und grüß ihn von mir.« Sie streicht mir das Haar aus der Stirn. »Peyton auch.« Sie wirft mir einen langen Blick zu, als würde sie versuchen zu ergründen, ob ich noch etwas für das Mädchen empfinde, wegen dem ich vor meiner Abreise heulend in ihren Armen gelegen und alles infrage gestellt habe. Sie nickt noch einmal und geht dann zurück zur Kasse. »Es ist wirklich schön, dass du hier bist, Hunter.«

»Ist es.« Denn nicht alles in Big Sky ist scheiße. Mom ist zum Beispiel ziemlich großartig. Nolan ist mein engster Vertrauter. Der Ort und seine Bewohner sind mein Zuhause. Und Peyton ist … Peyton. Ich wäre vielleicht sogar gern hier, wäre da nicht Dad, der mich zwingen will, die Rolle zu spielen, in die ich hineingeboren wurde. Eine Rolle, in der ich immer nur an meinem Namen gemessen werden würde, daran, dass ich ein Adams bin. Nicht an dem, was ich tatsächlich leiste, wer ich als Mensch bin, wie ich mich anderen gegenüber verhalte. So ein Typ will ich nicht sein. Niemals.

Ich habe die Main Street überquert und erreiche die Praxis von Nolans Dad, in der ein Neonschild die Patienten wissen lässt, dass er der Privatarzt von Santa Claus ist und seine Praxis offen. Ich verdrehe die Augen, nehme die Holztreppe zu Nolans Apartment in drei Sätzen und klopfe.

Hinter der Tür dreht Alfie durch. Einen Einbrecher könnte er schon auseinandernehmen, aber mich kennt er. Für mich hat er ausschließlich Begeisterung und überschwängliche Liebe parat. Ich bringe mich schon mal vorsorglich in einen sicheren Stand und wie erwartet fliegt mir auf Hüfthöhe eine rötlich goldene Fellkugel entgegen. Da ist viel Zunge, jede Menge Hundesabber und ein am ganzen Körper wedelnder Hund, der mich zu Boden ringt. Ich recke die Burgertüte in der Hoffnung in die Höhe, dass Nolan unser Essen vor dieser Hunde-Naturgewalt in Sicherheit bringt, aber er lehnt nur im Türrahmen und grinst.

»Du verdienst seine Liebe nicht«, sagt er grinsend.

Ich antworte nichts darauf, rapple mich umständlich wieder auf und drücke ihm das Essen in die Hand, bevor ich ihn in die Arme schließe. Die Begrüßung, die ich vor der Lawine nicht hinbekommen habe, weil ich zu wütend war, die aber definitiv fällig gewesen wäre.

»Essen wir jetzt endlich, NFL? Wollte schon eine Vermisstenanzeige aufgeben.« Nolan tut so, als würde er keine Luft bekommen, und ich drücke noch eine Spur fester zu, hebe ihn kurz an, was ihn dazu veranlasst, mich in den Schwitzkasten zu nehmen. Rangelnd und von einem Alfie begleitet, der unbedingt bei diesem tollen Spiel der Menschen mitspielen will, betreten wir Nolans winziges Apartment Derbe Dachbalken, ein ebenso rustikaler Holzboden. Mittig im Raum steht sein Bett. Daneben ein Regal mit Büchern und eine Kommode, in der Nolan seine Klamotten aufbewahrt. Seine wetterfeste Outdoorkleidung hängt an Hufeisenhaken an der Wand. Neben der Tür befindet sich die winzige Küchenzeile. Gegenüber dem Bett Couch, Sessel und ein schmaler Tisch aus naturbelassenem Schnittholz mit Rinde. Das Bad ist nur mit einer alten Scheunenschiebetür vom Rest des Zimmers getrennt. Aber all das kenne ich schon und ist nicht, was mich mitten in der Bewegung innehalten lässt. »Was zum Henker?«, stoße ich hervor. »Ist hier drin etwa ’ne Weihnachtskugel explodiert?« Überall hängen Lichterketten und Ornamente aus Holz.

Nolan nimmt mein Entsetzen gelassen und lässt sich auf die Couch fallen. Auf dem Tisch davor stehen zwei Gläser. »Dad hat sich ausgetobt. Außerdem lass ich mich von dir nicht weihnachtsshamen.«

»Okaaay.« Diese Begeisterung für Weihnachten hat Nolan auf jeden Fall von seinem Dad. Ich reiße die Tüte auf und breite sie so aus, dass sie uns als Teller dient.

»Mountain Grilled Burger?«

Ich nicke und sehe grinsend zu, wie Nolan in Lichtgeschwindigkeit den ersten Burger auspackt. Ich mache es ihm nach und reiche Alfie bereits kauend eine Chili Cheese Frie. »Nur eine, hörst du? Sonst kriege ich Ärger mit Nolan, weil du bei euren Bergwanderungen nicht mehr mithältst.« Alfie verschlingt die Pommes, ohne zu kauen, und sieht mich dann erwartungsvoll an, ob ich Nachschub liefere. Dabei tropft ein Sabberfaden aus seiner Lefze auf den Boden.

»Er hat das echt drauf.« Wäre ich nicht so hungrig, würde mich der Mitleid heischende Dackelblick des Rüden dazu veranlassen, ihm auf der Stelle mein Essen zu überlassen. Ungesund oder nicht.

»Alfie, ab.« Nolan sieht ihn streng an, und das allein reicht aus, dass er sich mit einem beleidigten Geräusch auf seine Decke zurückzieht. Das Essen behält er aber ganz genau im Blick.

Als ich auch meinen zweiten Burger verdrückt habe und den Großteil der Fries, lehne ich mich zurück und klatsche mit den Händen auf meine Beine. »Reden wir darüber?«

Nolan sieht mich unschuldig an. »Worüber?«

Ich stoße ihn an. »Peyton hat es mir schon erzählt. Das kann nicht euer Ernst sein. Wer hat euch denn zu den Weihnachtsbeauftragten von Montana auserkoren?«

Nolan lacht leise. »Hast du dich mal in meiner Bude umgesehen?«

Ich stöhne. »Okay, ihr Weihnachtselfen seht euch bemüßigt, das Fest zu retten. Tut, was ihr nicht lassen könnt. Aber könntet ihr mich da raushalten?«

»Geht nicht.« Nolan wischt sich die Hände an seiner Serviette ab. »Um gegen die dunkle Seite zu bestehen, braucht es nun mal unsere vereinten Kräfte.«

Der Vergleich meines Dads mit Darth Vader ist ziemlich passend.

»Du weißt, dass es absoluter Quatsch ist, sich so querzustellen, oder?«, fährt er fort. »Ich meine, es wäre schon blöd, wenn du eine Alternative hättest. Aber du hast keine. Also warum nicht das Beste aus der Situation machen?«

Ich zucke die Schultern. Ist die Frage, was das Beste ist. Wenn es nach mir geht, verkrieche ich mich in meinem Zimmer, bingewatche mit Grace ihre Netflix-Watchlist oder schlafe einfach so lange, bis die Straße wieder freigegeben ist.

Nolan sieht einen Stapel Briefe durch, die er von der Rangerstation mitgebracht haben muss, während er auf eine Antwort wartet. In seinem Postfach dort landet nicht nur der dienstliche Kram, sondern auch seine private Post. Die Werbung wirft er mit einem Brummen in den Korb mit Brennholz neben dem Kamin, der sein Zimmer im Winter warm hält. Bei einem der Briefe zuckt er kurz, aber merklich irritiert zurück. Er öffnet den Umschlag, liest und blendet mich komplett aus.

»Was ist das?«, vertage ich die Weihnachtsdiskussion für den Moment und beuge mich vor. »Hallo?« Ich wedle mit meiner Hand vor seinem Gesicht herum. »Noch da?«

»Ja«, sagt er geistesabwesend. »Ich schätze, deshalb bin ich aus dem Diner geflogen.«

Ich wollte ihn ja eigentlich direkt nach meinem Eintreffen danach fragen, aber dann sind wir durch die Diskussion, ob ich zum Weihnachtsengel werden soll, davon abgekommen.

»Was ist zwischen dir und Ava passiert?«

»Keine Ahnung«, sagt er leise und noch immer nachdenklich.

»Sie schreibt dir Briefe?« Altmodisch, aber süß. »Also, was läuft da?«

Er zuckt die Schultern. »Du kannst das nicht wissen, aber sie hat sich von Mason getrennt«, sagt er dumpf und es ist unmöglich herauszuhören, ob ihn das freut oder ihn sein schlechtes Gewissen umbringt, dabei glaube ich nicht, dass er etwas damit zu tun hatte. Nicht direkt. Ich meine, er hat den verlässlichsten moralischen Kompass von uns allen.

»Was genau schreibt sie?«

Er reicht mir den Brief, damit ich lesen kann, und fährt sich mit den Händen übers Gesicht. Avas Schrift ist schnörkellos, aber schön. Nur die etwas wackligen Zeilenabstände zeigen, dass sie aufgebracht gewesen sein muss.

Lieber Nolan,
das hier fühlt sich sehr mutig an, aber eigentlich habe ich gar nichts zu verlieren. Schließlich werden wir uns wohl nie wiedersehen. Mason und ich haben uns getrennt und reisen ab. Aber ich kann nicht gehen, ohne mich von dir zu verabschieden. Dich nicht wiederzusehen erscheint mir wie eine verpasste Chance. Das hier ist wohl der berühmte falsche Zeitpunkt. Aber ich will dir zumindest deine Frage nach meinem schönsten Erlebnis beantworten. Als du sie mir vor ein paar Tagen gestellt hast, wusste ich nicht, was ich sagen sollte. Jetzt weiß ich es: Mein schönstes Erlebnis bist du. Ich habe keine Ahnung, ob du mir gegenüber ähnlich empfindest, aber das würde an meinen Gefühlen auch nichts ändern. Oder daran, dass ich gleich fahren werde und wir nicht genug Zeit hatten, uns kennenzulernen. Fakt ist, ich habe gleich gemerkt, wie umsichtig, sensibel und klug du bist. Ich konnte gar nicht anders, als mich in dich zu verlieben, Nolan. Und mir ist klar geworden, wie falsch es wäre, an Mason und mir festzuhalten, obwohl es sich schon so lange nicht mehr richtig anfühlt. Du hast mir Klarheit gegeben, was Glück für mich bedeutet, und den Mut, neu anzufangen. Dafür danke ich dir.
Deine Ava

»Das ist …« Ich verstumme und fahre mir durch die Haare, weil Nolan alles andere als glücklich aussieht. »Wann hat sie den geschrieben?«

»Keine Ahnung.« Er seufzt. »Ich bin gestern nicht dazu gekommen, die Post durchzusehen. Außer Leroy und mir ist die Ranger Station derzeit nicht besetzt. Da bleibt viel Arbeit liegen. Ich vermute, dass er schon eine Weile in meinem Postfach gelegen haben könnte. Das würde erklären, warum sie seit dem Abgang der Lawine so merkwürdig zu mir war. Sie muss denken, ich würde diesen Brief und ihre Gefühle einfach ignorieren.« Er sieht nachdenklich in das lodernde Feuer.

»Aber sie mag dich. Verdammt, das ist gut, oder nicht?« Ich

schlage ihm gegen die Brust, damit er sich endlich angemessen darüber freut, dass Ava den Arsch in der Hose hat, zu ihren Gefühlen zu stehen. Etwas, was Peyton und ich in all den Jahren nicht hinbekommen haben.

Er weicht dem Schlag nicht mal aus und ich blicke ihn kritisch an. »Du siehst aus, als hätte jemand die völlig übertriebene Weihnachtsbeleuchtung von ganz Big Sky abgehängt. Auf jeden Fall nicht so, als würdest du dich über ihre Liebeserklärung freuen.«

»Sie ist der Hammer.« Nolan legt den Kopf auf der Lehne der Couch ab.

»Aber?«

»Aber ich habe Angst.«

Nolan rennt jeden Tag durch Wälder rund um Big Sky, wo ihn jederzeit Schwarzbären oder Grizzlys attackieren könnten. Es gibt Pumas, Felsspalten, Lawinen. Das macht ihm keine Angst, aber diese Frau schon? Fuck, ihn muss es echt schwer erwischt haben.

»Sie bedeutet mir mehr als jede andere Frau bisher«, bestätigt er meine Vermutung in diesem Moment. »Und das, obwohl eigentlich nichts zwischen uns gelaufen ist.«

Ich hatte also recht, was seinen moralischen Kompass angeht. Aber nicht zu handeln bedeutet nun mal nicht zwangsläufig, dass sich das Herz raushält. Wer wüsste das besser als ich?

»Was, wenn ich mich darauf einlasse und es schiefgeht?« Er fährt sich mit den Händen über das Gesicht. »Ich meine, sie hat sich gerade erst getrennt. Sie hat ein Leben in Pasadena, was bedeutet, sie wird nicht bleiben. Wie soll das also jemals gut gehen?«

»Dir könnte auch morgen der Himmel auf den Kopf fallen. Du wirst es nur rausfinden, wenn du mit ihr sprichst und es wagst. Also schnapp sie dir, Tiger.«

»Sagt der Typ, der es zehn Jahre lang nicht geschafft hat, seiner großen Liebe seine Gefühle zu gestehen.« Er sieht mich kopfschüttelnd an. »Hunter, nimm es mir nicht übel, aber du bist echt der Letzte, von dem ich Beziehungstipps annehme.«

»Peyton ist nicht meine große Liebe«, sage ich und weiß im selben Moment, dass es nicht stimmt. Dass Nolan recht hat, was mich und sie angeht.

»Wer sagt, dass ich von Peyton rede?« Er grinst und ich werfe ihm eine Serviette an den Kopf. Es tut gut, diesen weihnachtsverrückten Idioten wieder um mich zu haben.

21. DEZEMBER

Grace

Mason sitzt heute bereits im Frühstücksraum, als ich herunterkomme. Ich lächle ihm knapp zu und mache mich dann daran, einen Teller zu beladen und mir Saft einzugießen.

Eigentlich will ich ihm nur ein kurzes Guten Morgen zurufen und mich dann so weit wie möglich von ihm wegsetzen. Doch er hat andere Pläne und winkt mich zu sich.

Mein Magen verknotet sich, als ich auf ihn zugehe. Es war gestern viel zu nett mit ihm und ich habe mich nach einem kurzen abendlichen Einkauf im Grocery Store in meinem Zimmer versteckt und bin nicht mehr runtergekommen.

Die fantastischen Cookies haben jedoch lange nicht gereicht, um mich satt zu machen. Leider war Hunter nicht aufzufinden, und obwohl er mir seine neue Nummer zugeschickt hat, habe ich ihm nicht geschrieben. Selbst schuld.

Heute Morgen habe ich das Bitte-nicht-stören-Schild an seiner Tür ignoriert und geklopft. Da er mir jedoch nicht geöffnet hat, gehe ich davon aus, dass er noch schläft. Kein Wunder um acht Uhr morgens in den Ferien.

»Guten Morgen.« Mason lächelt mich warm an und das Kribbeln in meinem Bauch wird unerträglich. »Möchtest du dich zu mir setzen? Allein ist das Frühstück echt einsam.« Sein Lachen macht Sachen mit mir, die ich lieber ignorieren möchte.

»Kommt Ava denn nicht?«, frage ich, um mich daran zu erinnern, dass er eine Freundin hat.

Er runzelt die Stirn. »Die schläft noch. Sie hat die ganze Nacht im Diner ihre Fotos bearbeitet.«

Ich zögere weiterhin, denn ihre Abwesenheit würde es nur noch schlimmer machen, wenn ich mich neben ihn setze.

»Außerdem könnte ich Hilfe gebrauchen. Meine jüngste Schwester hat Liebeskummer und hat mich um Rat gebeten.« Er zieht die Nase kraus, während er sein Handy hebt. »Ich bin kurz davor, ihr zu schreiben, dass ich den Kerl erschieße, der ihr das Herz gebrochen hat. Aber ich befürchte, dass das nicht gut ankommen wird.«

Das erweicht mein Herz dann doch und ich setze mich ihm gegenüber an den Tisch. Bei dem Blick aus dem Fenster sehe ich, dass das Schneetreiben im Gegensatz zu gestern deutlich nachgelassen hat. Dabei muss ich wieder daran denken, wie wir mit den Skiern durch den Schnee gefahren sind. Das wird für immer eine viel zu schöne Erinnerung sein.

Schnell konzentriere ich mich auf meine Waffeln, die ich mit Sirup überschüttet habe und nun klein schneide. »Okay, was genau hat deine Schwester denn geschrieben? Und wie alt ist sie?«

»Sie ist sechzehn und meiner Meinung nach viel zu jung für einen Freund.«

Ich ziehe die Augenbrauen hoch, um ihm zu signalisieren, dass ich da anderer Meinung bin, aber er hebt nur die Hände, als würde er nichts darüber hören wollen. »Auf jeden Fall hat sie mir geschrieben, dass sie bisher drei Dates hatten. Er hat sie geküsst und wollte dann wohl im Wagen fummeln.« Seine Nasenflügel beben, als er einmal tief durchatmet, und ich kann nichts dagegen machen, dass ich ihn gerade so verflucht süß finde. »Sie hat Stopp gesagt und ist ausgestiegen. Seitdem ignoriert er sie.«

Mason sieht aus, als würde er jeden Moment ausflippen, und ich kann mich nur mit Mühe davon abhalten, meine

Hand tröstend auf seine zu legen. Ich schiebe mir eine Portion Waffeln in den Mund und kaue sie gründlich, bevor ich ihm antworte. »Zunächst einmal finde ich es unglaublich stark von deiner Schwester, dass sie es ihm gesagt hat, als sie nicht weitergehen wollte. Das ist gar nicht so leicht, wenn man einen Jungen mag. Sie hat ihre Grenzen gewahrt und darauf solltest du stolz sein. Vielleicht kannst du ihr das auch sagen.«

Er nickt mehrmals und beginnt eine Nachricht zu verfassen. Sein Frühstück hat er bereits beendet, stelle ich gerade fest.

Ich esse weiter, während er tippt, und beobachte ihn dabei. Wie immer sind seine Haare perfekt gestylt. Sein Pullover ist heute hellblau und die Hose schwarz. Wie er wohl in Jogginghosen aussieht? Vermutlich ähnlich heiß.

Ich blinzle diesen Gedanken schnell weg und trinke einen großen Schluck Saft.

»Okay. Das ist echt gut. Nicht wertend, sondern unterstützend. Danke.« Er sieht wieder auf und unsere Blicke treffen sich. Mir ist sofort heiß, während er noch ein klein wenig breiter lächelt.

Schnell schaue ich auf meinen Teller. Mein Verhalten ist lächerlich.

Er. Ist. Vergeben.

Mason ist einfach ein netter Kerl.

Mehr nicht.

»Also …« Er verstummt und unterbricht sich selbst, als sein Handy vibriert. Sichtbar genervt verzieht er den Mund. »Tut mir leid. Ich muss da eben drangehen.«

»Kein Problem«, sage ich schnell und wedle mit der Hand. Als er aufsteht, kann ich ein bisschen freier atmen und vermisse ihn zugleich. Das ist so bescheuert von mir.

Mason verlässt den Raum und kommt auch während meines gesamten Frühstücks nicht zurück. Was total okay für mich ist. Mehr als okay. Es ist besser so.

Als Peyton kommt, bestelle ich mir einen Cappuccino. Ich will ihr beim Abräumen helfen, aber sie protestiert und schickt mich weg.

Lachend mache ich mich auf den Weg nach oben, wobei ich Mason an der Eingangstür entdecke, wie er mit dem Handy am Ohr hängt. Er lächelt mir zu, als ich die Treppe hochgehe.

Oben angekommen, überlege ich, ob ich mich wirklich wieder neben ihn setzen will. Aber meine Hausarbeit ist deutlich wichtiger als das Bauchkribbeln, das er mir verursacht, und das damit verbundene Schamgefühl. In ein paar Tagen trennen sich unsere Wege sowieso für immer. So lange kann ich noch durchhalten. Also straffe ich meine Schultern und gehe mit meinem Laptop wieder nach unten, wo Mason mittlerweile sein Telefonat beendet hat. Als ich mich an den Tisch setze, schaut er auf. »War wichtig, sorry.«

»Kein Problem«, versichere ich sofort und habe keine Ahnung, warum er sich noch mal deshalb entschuldigen muss. Es ist ja nicht so, als wären wir bei etwas Wichtigem unterbrochen worden.

»Bei dem Kunden ist der Server ausgefallen und ein Mitarbeiter hat zusätzlich vergessen, die Datensicherung zu machen. Ich musste versuchen, die Daten von gestern zu retten.« Er lehnt sich auf seinem Platz zurück und zieht eine Packung Cookies aus seiner Laptoptasche und öffnet sie.

»So was schaffst du von hier aus?« Ich kann nicht verhindern, beeindruckt zu klingen, versuche mich aber auf meinen hochfahrenden Laptop zu konzentrieren.

»Zum Großteil. Das hat mich die halbe Nacht gekostet und jetzt hat er mir gerade mitgeteilt, dass sie auch die restlichen fehlenden Daten noch rekonstruieren konnten.« Er schiebt die Cookies zwischen uns und sieht mich auffordernd an.

Ich kann nicht anders und nehme mir einen. »Was für ein Glück. Wäre sicher schrecklich über die Feiertage.«

»Ich würde nicht gern in seiner Haut stecken. Sein Chef ist ein Arsch.«

Der Drang loszulachen ist so stark, dass ich mir auf die Unterlippe beiße. »Dann hat er doppelt Glück gehabt.« Als ich den Cookie probiere, muss ich seufzen, weil er so unfassbar gut ist.

Auf Masons Wangen tanzen Grübchen. Shit.

»Okay, ich versuche mal ein wenig zu schaffen. Nach gestern habe ich mir vorgenommen, öfter nach draußen zu gehen.« Schnell schiebe ich mir den Rest des Cookies in den Mund und kaue ihn, ohne eine Miene zu verziehen.

»Gute Idee«, stimmt er mir zu und klingt ein wenig, als würde er sich mir dann anschließen wollen. Aber wieso sollte er das tun?

Wir arbeiten still vor uns hin und trotz seiner Anwesenheit schaffe ich es, mich auf meine Hausarbeit zu konzentrieren. Bis ich irgendwann an einer Formulierung hängen bleibe und nicht mehr weiterkomme. Dafür habe ich bereits ein Viertel der Hausarbeit geschafft und bin ein bisschen stolz auf mich, weil es bedeutet, dass ich mir im Laufe des Januars keinen Stress mehr machen muss. Ich schaue auf und bemerke den erkalteten Cappuccino neben mir, dessen Schaum sich bereits aufgelöst hat. Mir ist nicht einmal aufgefallen, dass Peyton ihn mir gebracht hat.

»Verdammter Mist!«, ertönt es in diesem Moment aus Richtung Theke, wo Peyton auf irgendwas einzuschlagen scheint. Zumindest höre ich ein Knallen, kann sie aber nirgends entdecken.

»Alles in Ordnung?«, ruft Mason herüber, der ebenfalls von seinem Laptop aufblickt.

»Schon okay.« Peytons wedelnder Arm erscheint hinter der Theke, von der sie ansonsten vollkommen verdeckt wird. »Ein

Schlauch von der Schankanlage ist gerissen und läuft aus. Macht euch keine Sorgen. Ich bekomme das schon hin.«

»Sicher?«, hake ich nach und wechsle einen Blick mit Mason. »Brauchst du einen Eimer oder Handtücher?«

»Nein, ist alles hier, aber danke. Lasst euch bloß nicht von mir stören.« Sie stöhnt, klingt aber, als hätte sie alles im Griff. Vermutlich ist sie jemand, der tatsächlich sehr gut in der Lage ist, für sich selbst zu sorgen. Die Tatsache, dass sie offenbar ganz alleine dieses B&B führt, es gleichzeitig noch renoviert und kaum älter zu sein scheint als ich, ist schon ziemlich beeindruckend.

»Sag Bescheid, wenn wir helfen können«, fügt Mason hinzu.

»Vielen Dank. Alles gut.« Sie ächzt erneut, bevor sie lacht.

Ich schaue den Laptop an, entscheide mich dann aber dagegen weiterzuarbeiten und fahre ihn herunter.

Mason scheint dies zu bemerken. »Ist es schon Zeit für deine Pause?«

»Ich hänge gerade fest und glaube, ein bisschen frische Luft könnte mir guttun.«

»Frische Luft hilft immer, wenn man nicht weiterkommt.« Er lächelt, doch stöhnt leise, als sein Handy vibriert. Dieses Mal scheint es jedoch eine Nachricht zu sein und sein Lächeln kehrt sofort zurück, als er sie liest. »Meine Schwester hat geantwortet, dass sie mich auch lieb hat und der Kerl ein Idiot ist.« Er seufzt vor Erleichterung und so total übertrieben, dass ich lachen muss. »Das schreit nach einer Pause.« Entschlossen schließt er seinen Laptop und strahlt mich an.

In diesem Moment höre ich Schritte von der Treppe und in Erwartung, Hunter zu sehen, drehe ich den Kopf. Stattdessen kommt Ava herunter. Sie schaut zu uns herüber und presst ihre Lippen zu einem höflichen Lächeln zusammen.

Sofort erstirbt mein Lächeln.

Oh mein Gott. Sie denkt sicher, dass ich mich an ihren Freund ranmache, wenn sie mitbekommt, dass wir zusammen eine Pause machen wollen.

»Hi«, zwinge ich mich zu sagen und sie erwidert es, wobei sie müde aussieht. Kein Wunder, wenn sie offenbar die halbe Nacht Fotos bearbeitet hat.

Ava grüßt auch Peyton und zieht dabei fest den Reißverschluss ihrer Jacke zu. Da erst fällt mir die Kamera auf, die sie unter ihren Arm geklemmt hatte. »Bin noch mal unterwegs«, ruft sie, aber es scheint fast, als wäre niemand Bestimmtes gemeint.

Das Herz rutscht mir in die Hose und ich öffne hilflos meinen Mund, weil ich sie ganz sicher nicht vertreiben wollte. Ich meine, sie verschwindet andauernd. Vielleicht ist ihr meine Anwesenheit unangenehm? »Willst du Ava nicht fragen, ob sie uns begleiten möchte? Ich will nicht, dass sie sich ausgeschlossen fühlt. Ich meine, ihr seid zusammen hier und ich …« Meine Worte werden leiser, weil ich mich so blöd fühle.

»Keine Sorge. Sie hat ihr Studium fürs Fotografieren geschmissen und dieser Ort scheint ein Schlaraffenland für sie zu sein. Wir würden nur stören«, beschwichtigt er mich mit einem warmen Lächeln.

Ich nicke zögernd, während sich die Tür des B&B öffnet. Eine alte Frau mit knallpinkem Wintermantel kommt hereingestürmt, genauso wie eisiger Wind. Sie klopft sich den Schnee von der orangen Mütze und stampft einmal kräftig auf der Fußmatte den Schnee von ihren Schuhen. »Peyton, Schätzchen, bist du hier?« Ihre überraschend kräftige Stimme dringt in das Innere des Gebäudes und erreicht sicher auch die oberen Stockwerke.

»Hier!«, ruft Peyton unter der Theke hervor und winkt einmal, sodass man nur ihre Hand sieht. »Was kann ich für dich tun, Agnes?«

Ava bleibt vor ihr stehen und lächelt, als würde sie diese Agnes bereits kennen. »Guten Morgen.«

»Morgen«, meint Agnes ungeduldig und hebt eine Laptoptasche. »Ich versuche immer noch meinen Laptop dazu zu bringen, dass ich mit meiner Familie telefonieren kann. Aber es klappt einfach nicht und so langsam verliere ich wirklich die Geduld. Peyton, kannst du mir vielleicht helfen?«

»Sorry, aber das hier ist gerade wichtig. Ich kann hier nicht weg«, ruft diese, ohne sich einmal blicken zu lassen.

Agnes stößt einen frustrierten Laut aus und wendet sich Ava zu. »Ava, Schätzchen, du hast mir doch gestern vorgeschwärmt, dass dein Reisebegleiter ein Technikspezialist ist.«

Ava nickt und deutet auf Mason. »Frag ihn gerne.«

Agnes dreht sich zu uns um und scheint uns erst jetzt zu bemerken. »Könntest du?« Ihre Stimme klingt fast wie ein Befehl, doch ihre Augen sind flehentlich.

»Natürlich.« Mason zögert nicht einmal.

Sofort hellt sich die Miene der alten Dame auf und sie eilt auf uns zu. »Wundervoll.«

Ava schiebt sich derweil durch die Tür. Sie und Mason wechseln noch einen einvernehmlichen Blick, der zugleich eine gewisse Distanz zwischen ihnen andeutet. Aber vielleicht sind sie einfach die Art von Pärchen, das keine liebevollen Gesten in der Öffentlichkeit austauscht? Ava ruft einen Abschiedsgruß in die Runde und verschwindet dann.

Ich lächle Agnes höflich an und mache ihr Platz, damit sie sich setzen kann, während sie sich bereits aus ihrer Jacke schält und diese über die Stuhllehne hängt.

»Wir könnten die Pause ein wenig schieben, oder?« Masons Frage klingt ganz harmlos und vielleicht ist sie das sogar. Ganz sicher ist sie das. Vielleicht bin ich mittlerweile wie eine Studienpartnerin für ihn, mit der man in der Mittagspause auch mal essen geht. Nichts Besonderes.

Also nicke ich, obwohl es dumm ist. »Sicher.«

»Ich bin übrigens Agnes«, stellt sich die Fremde vor und reicht uns nacheinander die Hand, bevor sie sich daranmacht, einen uralten Laptop aus der Tasche zu ziehen, und ihn auf den Tisch stellt. »Mein Sohn hat ein Programm installiert, mit dem ich ihn anrufen können sollte, aber es öffnet sich einfach nicht. Wegen des Schnees kann meine Familie nicht herkommen und ich habe mich so sehr auf meine Enkel gefreut. So könnte ich sie wenigstens sehen, auch wenn es nicht dasselbe ist.«

Sie klingt so traurig und mit einem Mal wünschte ich, ich hätte eine Großmutter, die genauso für mich empfinden würde. Aber ich lasse das Selbstmitleid nur kurz zu.

Bei dem Anblick, wie schrecklich lange es dauert, bis der Rechner überhaupt hochfährt, wundert mich zudem nicht, dass es nicht klappt.

Mason scheint dasselbe zu denken. »Sicher müsste der Rechner einmal überholt werden. Darf ich ihn mir genauer anschauen?«

»Natürlich.« Agnes schiebt ihn ihm zu, worauf Mason seinen eigenen Laptop abstellt und ihren zu sich zieht. Er beginnt darauf herumzutippen und Agnes nimmt dies zum Anlass sich mir zuzuwenden. »Du bist doch Hunters Freundin, von der alle sprechen? Ich meine, es gibt nicht so viele hübsche Blondinen, die hier festhängen und infrage kämen.« Sie zwinkert mir verschwörerisch zu. »Ist es was Ernstes?«

Ich stehe noch immer neben dem Tisch und halte meinen Laptop, setze mich jetzt aber auf die Sofalehne und lache angesichts ihrer Worte. »Wir sind nur Freunde und er hatte Mitleid mit mir, weil ich sonst an Weihnachten alleine in unserer WG gehockt hätte.«

Die alte Dame nickt anerkennend, als hätte sie nichts

anderes von ihm erwartet. »Er war schon immer ein guter Junge. Bei seinem Vater wundert es mich kaum, dass ihr hier im B&B übernachtet, aber ich will mich ja nicht einmischen.«

Das will sie sehr wohl und sie sieht aus, als würde sie jedes Quäntchen an Information aufsaugen, das ich ihr zuwerfe. »Es ist toll hier. Peyton macht das beste Frühstück.«

Peyton lacht etwas angestrengt unter der Theke. »Danke!«

»Der Laptop braucht einige Updates, was ein wenig dauern könnte.« Mason schaut nur kurz auf. »Zudem müsste er entmüllt werden. Der Papierkorb scheint noch nie geleert worden zu sein und die Festplatte ist überfüllt.«

»Ich habe kein Wort verstanden«, erwidert Agnes. »Aber du kannst alles machen, was nötig ist, damit ich mit meiner Familie telefonieren kann.« Sie seufzt schwer. »Dann schreibe ich meinem Sohn, dass ich jetzt noch nicht kann.« Sie holt ein uraltes, riesiges Handy heraus.

Mason tippt auf den Laptop herum. »Wenn Sie wollen, können Sie meinen Laptop benutzen. Haben Sie seine Nummer?«

»Sicher.« Agnes rattert eine Telefonnummer herunter, die uns jetzt absolut nicht weiterhilft.

»Wie wäre es, wenn Sie Ihren Sohn anrufen?«, schlage ich ihr vor.

Mason schaltet derweil seinen Laptop wieder an.

Agnes nickt eifrig und wählt eine Nummer. Sie wartet nicht lange. »Hallo, mein Schatz. Ich sitze hier gerade im B&B und Grace und Mason helfen mir beim Telefonieren und machen meinen Laptop fertig.« Sie nickt ein paarmal und verdreht dann die Augen. »Keine Sorge, ich lasse mir schon nichts verkaufen. Sie helfen mir.«

Ich beiße mir auf die Unterlippe, um nicht laut loszulachen.

»Versuch es mit Skype. Das hat fast jeder«, meint Mason und dreht uns seinen Laptop zu, auf dem das Programm bereits geöffnet ist.

»Fragen Sie Ihren Sohn nach seinem Skype-Namen«, bitte ich Agnes.

Sie wiederholt es als Frage und nickt kurz darauf. »Derekthegladiator?« Ihre Stimme ist vor Entsetzen ganz hoch.

Ich lache und tippe den Namen in das Programm ein. Kurz darauf erscheint ein Bild von einem Mann in den Vierzigern und ich zeige darauf. »Ist das Ihr Sohn?«

Sie nickt. »Das ist aber nicht dein bestes Bild.«

Ich höre nicht, was er am anderen Ende der Leitung erwidert, aber Agnes schnalzt mit der Zunge.

»Okay, die Updates laufen jetzt.« Mason rückt vom Tisch ab. »Klappt es?«

Ich drücke auf das Anrufsymbol und kurz darauf erscheint das Bild eines Mannes, der Agnes kein bisschen ähnelt, ein Handy am Ohr hält und lächelt, als er sie sieht.

»Derek!«, ruft Agnes ins Telefon und strahlt das Bild ihres Sohnes an.

»Mom, du kannst auflegen.« Er lacht und beendet das Telefonat.

Ihre Falten vertiefen sich, weil sie so sehr lächeln muss.

Mason tippt mich an und ich folge ihm, um ihr ein wenig Privatsphäre zu geben. Dabei nehme ich meine erkaltete Cappuccinotasse mit und stelle sie auf dem Tresen ab. In diesem Moment springt Peyton hinter der Theke hervor und reibt sich den Rücken. Ihr Gesicht ist rot und ihre Haare sind zerzaust, aber ihr Lächeln ist triumphierend. »Endlich!« Sie sieht zu Agnes hinüber und scheint erleichtert, dass diese bedient ist. Dann fällt ihr meine Tasse auf. »Möchtet ihr was trinken? Ich denke, ihr kommt hier nicht so schnell weg.«

»Gerne«, sagt Mason, schaut mich dann doch unsicher an. »Außer du möchtest jetzt los.«

Er wirkt, als würde er nicht wollen, dass ich gehe, und irgendwie will ich das auch nicht. Also schiebe ich mich auf einen der Barhocker. »Das geht auch später.« Ich lege den Laptop auf die Theke und wende mich Peyton zu. »Ich hätte gerne einen Cappuccino. Den letzten habe ich in meinem Arbeitswahn ganz vergessen.«

»Für mich ebenfalls einen«, bestellt Mason und wir schauen Peyton zu, wie sie in der Küche verschwindet.

Im Hintergrund prasselt der Kamin und man hört das Lachen von kleinen Kindern sowie Agnes warme Stimme.

»Ist ihr Laptop noch zu retten?«

Mason legt den Kopf zur Seite. »Er ist zu gebrauchen, aber er ist wirklich alt und die ganzen darauf gespeicherten Fotos sollte man besser auf eine externe Festplatte oder in eine Cloud schieben.«

Ich grinse. »Schlag ihr das mal vor.«

»Vielleicht gebe ich ihrem Sohn einen Tipp für ein zukünftiges Geschenk.« Er grinst zurück und mein Magen hüpft einmal. Es fühlt sich gut an, hier neben ihm zu sitzen. Und irgendwie auch gefährlich. Weil wir dieses Mal beide nicht mit Arbeiten beschäftigt sind.

Peyton kommt zurück und bringt uns die Getränke. Dabei schaut sie an uns vorbei zu Agnes. »Echt nett von euch, dass ihr Agnes geholfen habt. Sie sieht sehr glücklich aus.«

Ich folge ihrem Blick und muss ihr da recht geben.

»Ist doch klar. Außerdem steckt sie hier genauso fest wie wir, und da sollten wir einander helfen.« Mason rührt Zucker in seinen Cappuccino.

Ich nehme mir ebenfalls Zucker und lasse ihn in meine Tasse rieseln. »Schade nur, dass Hunters Dad das Diner nicht zur Verfügung stellen will.«

»Wir finden schon eine Alternative. Zur Not quetschen wir uns alle hierher und jeder bringt was mit.« Peyton klingt kein bisschen begeistert von dieser Idee, weil ihr B&B eindeutig zu klein für so viele Menschen wäre. Aber es sieht so aus, als würde sie es dennoch tun. Für diese Stadt und seine Bewohner. Dann atmet sie tief durch. »Ich bin noch mal kurz in der Werkstatt und komme zwischendurch hoch. Ruft einfach, wenn ihr noch was braucht. Und falls ihr euch später noch mal die Skier ausleihen wollt, wisst ihr ja, wo sie stehen.«

Wow. Sie ist wirklich nett. »Danke.«

Sie winkt ab. »Ich bin froh, wenn sie genutzt werden, also tut euch keinen Zwang an. Außerdem bekommt man ja fast ein schlechtes Gewissen, so viel wie ihr zwei hier arbeitet.« Sie deutet an uns vorbei zum Kamin, über dem ein Fernseher hängt. »Falls ihr wollt, könnt ihr den Fernseher auch benutzen. Die Fernbedienungen liegen hier. Und im Schrank befinden sich unzählige DVDs. Ich weiß, superalt, aber irgendwie hat es etwas Nostalgisches und meine Gäste fahren normalerweise total darauf ab.« Sie deutet auf eine Box am Ende des Tresens und dann auf den unscheinbaren Holzschrank in der Ecke des Raumes hinter dem Tisch, an dem wir sonst immer sitzen.

»Wir kommen bestimmt darauf zurück. Auf beide Angebote.«

Mein Magen hüpft, weil es ein bisschen so klingt, als würde Mason sich und mich meinen, obwohl das doch kaum sein kann.

Peyton lächelt uns an, als würde sie sich wirklich freuen, wenn wir ihr Rundumpaket nutzen würden, und verschwindet dann hinter der Tür unter der Treppe.

Ich nippe an meinem Cappuccino und sehe zu, wie Mason wieder sein Handy herauszieht und mir die neueste Nachricht seiner Schwester vorliest.

Wir lachen gemeinsam, als wir eine Antwort verfassen, und es fühlt sich total unverfänglich an.

Wären da nur nicht all diese dummen Schmetterlinge in meinem Bauch, die jedes Mal vor Entzücken jauchzen, wenn Mason in meine Richtung lächelt.

Ava

Zwei Dinge haben sich unauslöschlich auf meine Netzhaut gebrannt, als ich gegen Mittag das B&B verlasse und in die kalte klare Luft hinaustrete. Das ist zum einen Agnes' grelle Kombination aus pinkem Mantel und orangefarbener Mütze. Zum anderen Mason mit Grace. Mit ihr sieht er irgendwie anders aus. Ich meine … Habe ich das gerade richtig gesehen? Hat er seinen Laptop zugeklappt – einfach, weil sie ihren geschlossen hat? Um was zu tun? Pause zu machen, womöglich? Verdammt, ich kann mich nicht daran erinnern, dass er das für mich jemals getan hätte.

Ich atme tief die frostige Luft ein und beobachte, wie sich mein Atem als Gespinst vor mir kräuselt. Der Sturm hat sich endgültig verzogen. Die hellen Wolken wirken harmlos vor dem krassen Hintergrund des winterblauen Himmels.

Mir ist nicht entgangen, dass Mason ungewöhnlich nett zu Grace ist. Ich meine, er ist grundsätzlich ein hilfsbereiter und sogar zuvorkommender Mensch. Denjenigen gegenüber, die ihm etwas bedeuten, kann er äußerst liebevoll sein. Aber ansonsten hat seine Höflichkeit oft etwas Geschäftiges: freundlich, klar und effizient.

Nicht so Grace gegenüber. Er nimmt sich Zeit, sie anzulächeln. Das ist mehr als ein kurzes Hochziehen der Mundwinkel. Dieses Lächeln kommt inklusive seiner Grübchen und diesem typischen weichen Blick, den ich schon sehr lange nicht mehr an ihm beobachtet habe. Und deshalb glaube ich auch nicht, dass Mason nur nett zu Grace ist, um sich an mir zu rächen. Nach dem Motto: Wenn du einen anderen hast, gib mir nur eine Minute, dann habe ich mich auch getröstet.

Ha! Nicht, dass ich tatsächlich einen anderen hätte. Genau genommen sitzt mir die Härte von Nolans Abfuhr intensiver in den Knochen als die Tatsache, dass ich vor gerade mal zwei Tagen fast unter einer Lawine begraben worden wäre.

Aber in Masons Vorstellung habe ich einen anderen. Gut möglich also, dass Mason sich selbst was vormacht, dass er einfach nach einer Möglichkeit sucht, sich besser zu fühlen, und dass er deshalb mit Grace flirtet. Aber irgendwie wirkt er nicht so. Schließlich hat er sich nicht gerade darum gerissen, mit Hunters Dad zu sprechen. Bis zu dem Moment, in dem klar war, dass Grace ihn begleiten würde. Und jetzt … Jetzt hat er seinen Laptop zugeklappt. Wow! Das fühlt sich echt merkwürdig an. Nicht schlecht merkwürdig, aber anders.

Ich will schon in den noch immer tiefen Schnee auf den Stufen zur Straße steigen, als mir die Schaufel ins Auge fällt, die am Geländer der Veranda lehnt. Vielleicht hat Peyton vor, hier gleich zu räumen. Aber wenn ich schon mal da bin und mich äußerst nutzlos und fehl am Platz in diesem kleinen Ort fühle, kann ich das auch übernehmen.

Kurzerhand greife ich nach der Schaufel. Ich habe noch nie in meinem Leben Schnee geschippt. Aber wie schwer kann das sein?

Etwa eine halbe Stunde später weiß ich es. Atemlos stütze ich mich auf den Griff der Schaufel und betrachte mein Werk. Dass ich zur Sicherheit mehrere Schichten Kleidung unter meinen Skianzug gezogen habe, rächt sich nun. Mir ist der Schweiß ausgebrochen. Ich spüre meine Wangen im kalten Wind glühen. Immerhin sind die drei Stufen und der Weg zur Straße nun von den Schneemassen befreit. Meine Lunge brennt ein bisschen von der Anstrengung in der kalten Luft, aber irgendwie fühle ich mich besser. Mittlerweile sind überall vor den Zufahrten zu den Häusern Leute damit beschäftigt, neue Schneisen zur Straße zu graben, und ich habe das Gefühl, etwas Sinnvolles getan zu haben. Jetzt allerdings steht nichts mehr zwischen mir und meiner Suche nach Nolan. Immerhin ist mir beim Wühlen im Schnee eine Idee gekommen, wie wir uns in den nächsten Tagen besser aus dem Weg gehen können. Nachdem ich mich bei ihm entschuldigt habe, natürlich …

Seufzend schleppe ich die Schneeschaufel zurück auf die Veranda und lehne sie gegen das Geländer. Zuerst will ich den Weg zum Diner einschlagen, weil ich Nolan in den letzten Tagen dort am häufigsten über den Weg gelaufen bin. Aber wie wahrscheinlich ist es, dass er sich dort aufhält, nachdem der Sturm abgerückt ist? Ich wette, Nolan hat sich wieder bei Leroy zur Arbeit gemeldet. Also schreite ich durch meine freigelegte Schneise zur Straße und stapfe durch die unregelmäßigen Reifenspuren in Richtung Ranger Station. Einer der Nachbarn von schräg gegenüber, der dabei ist, sein Auto auszugraben, streckt mir einen im Fäustling aufgerichteten Daumen entgegen.

»Gute Arbeit«, ruft er mir zu und deutet auf den frei geschippten Eingang des Mountain Hideaway.

Ich muss lachen. »Danke! Das ist ein großes Lob für jemanden aus Kalifornien, der echten Schnee nur aus dem Skiurlaub kennt.«

Der Nachbar gibt ein Brummen von sich. »Es gibt Dinge, die sind eine Frage des Wollens, nicht des Könnens.«

Seine Worte klingen mir nach, während ich der Straße folge. Warum ist es eigentlich so verdammt schwer, Entschuldigung zu sagen? Das hat nicht das Geringste mit Können zu tun, sondern alles mit Wollen. Schließlich ist nichts Kompliziertes daran, das Wort zu sagen: Entschuldigung. Und trotzdem fällt es mir fast nie leicht, es zu tun. Mein Dad entschuldigt sich grundsätzlich für gar nichts. In seinen Augen macht man sich durch Schuldeingeständnisse angreifbar. Meine Mom, die Pilateslehrerin ist, sieht das völlig anders. Für die innere Balance sei es ganz entscheidend, Fehler einzugestehen und durch gegenseitiges Verzeihen aus der Welt zu räumen. In der Ehe meiner Eltern hat das dazu geführt, dass sich nach jeder Auseinandersetzung genau eine Seite maximal bemüht, das Gleichgewicht wiederherzustellen – nämlich meine Mom. Sie bittet um Verzeihung für den Streit – egal welchen Anteil mein Dad daran hatte. Vielleicht ist mein Dad deshalb oft so selbstgerecht. Er ist nie gezwungen, sich wirklich zu hinterfragen.

Ich seufze, während ich rechts und links nach Nolan Ausschau halte. Aber von den Leuten mit Schneeschaufeln ist keiner er. Das allgegenwärtige Schaben mischt sich nun auch mit den dumpfen Geräuschen von Schnee, der auf Schnee fällt. Das erinnert mich ungut an den Laut, den ich gehört habe, bevor die Lawine abgegangen ist. Ich sehe mich um und entdecke die Geräuschquelle. Manche Dächer haben einen zu geringen Neigungswinkel, sodass der Schnee nicht daran abgleiten kann. Jetzt müssen die Bewohnerinnen und Bewohner oben herumturnen und ihre Dächer von der Last befreien. Irgendwo streitet sich ein Paar, weil bei dieser Arbeit die letzten Reste der Weihnachtsdekoration zerstört wurden. Ich wette, am Ende entschuldigt sich wieder die eine Person, die sich immer entschuldigt.

Schon wieder seufze ich in meinen Schal. Wahrscheinlich war es ein Fehler, Mason zu sagen, wie leid es mir tut, weil ich mein Herz an einen anderen verloren habe. Bestimmt wertet er es als Eingeständnis, dass ich das Scheitern unserer gesamten Beziehung auf mich nehme. Was ich nicht tue! Und genau das ist auch der Grund, warum mir die Aussicht, mich bei

Nolan zu entschuldigen, Bauchschmerzen bereitet. Ich weiß, ich habe mich gestern Abend im Diner danebenbenommen. Natürlich hatte ich kein Recht, ihn rauszuschmeißen. Zumal ihn das wirklich verletzt zu haben scheint. Und deshalb will ich ihm gegenüber auch zugeben, dass ich mich falsch verhalten habe. Aber ich hatte einen Grund dazu. Und ich will, dass er den auch sieht.

Vor dem villenartigen Blockhaus am Ende der Straße, in dem – wie mir mittlerweile klar geworden ist – Hunters Familie lebt, biege ich Richtung Ranger Station ab. Nur wenige Schritte weiter entdecke ich Nolan und eine zweite Gestalt – etwas kleiner und schmaler als er – beim Schneeräumen. Unwillkürlich bleibe ich stehen. Nolan trägt wieder nur seine Winterfunktionskleidung. Neben ihm erkenne ich Theo in seinem ausgeblichenen schwarzen Parka und seiner tief über die Ohren gezogenen Mütze. Ein paar braune Locken kringeln sich darunter hervor. Er und Nolan haben gerötete Wangen, während sie mit gleichmäßigen Bewegungen die Schaufeln in den Schnee rammen. Das Dach der Ranger Station und den Zugang zur Straße haben die beiden offenbar schon frei gemacht. Jetzt sind sie dabei, einen Gehweg ins Dorf für Fußgängerinnen und Fußgänger passierbar zu machen. Denn während auf der Hauptstraße mittlerweile genug Fahrzeuge unterwegs waren, die den Neuschnee platt gedrückt haben, versinkt man hier ziemlich.

Schon wieder entweicht mir ein Seufzen – diesmal gut sichtbar in die kalte Luft. Wie kann allein Nolans Anblick beim Schneeschaufeln mein Herz schmelzen lassen? Am liebsten würde ich schon wieder meine Kamera zücken, mich hierherkauern und Nolan fotografieren. Ich liebe es, wenn er so konzentriert aussieht. Man kann den Eindruck haben, als wäre ihm im Moment nur diese eine Sache auf der Welt wichtig: die Schaufel in den Schnee graben und ihn zur Seite wuchten. Dieser Eindruck ist mir verhängnisvoll zu Kopf gestiegen. Weil er manchmal mich so konzentriert angesehen hat, als wäre ich dieses Zentrum seiner Welt, als wäre nur ich wichtig.

Das ist doch nicht normal, oder? Ich weiß, dass meine Gefühle einseitig sind, und kann trotzdem nicht anders, als mich weiter reinzusteigern. Das muss endlich aufhören, bevor ich vollends den Verstand verliere und anfange vor seiner Wohnung zu campen.

Entschlossen setze ich mich in Bewegung und überquere die Straße. Ich wünschte, ich würde dabei nicht ganz so tief einsinken. Ich könnte so viel souveräner wirken, wenn ich nicht ständig stolpern würde.

Nolan blickt auf, als ich offenbar in die Peripherie seiner Wahrnehmung gerate, und hält mitten in seiner Bewegung inne. Kurz wirkt er fast erstarrt, dann wendet er sich halb ab. Für eine Sekunde denke ich, er werde mich ignorieren. Dann stößt er jedoch seine Schaufel in eine Schneewehe und kommt mir ein paar Schritte entgegen.

»Hi, Ava.« Irgendwie sind da zu viele Emotionen gleichzeitig in seinem Gesicht. Ich kann sie nicht zuordnen. Ich weiß nur, dass mich die Ernsthaftigkeit und Tiefe in seinem dunklen Blick schwindelig werden lässt – und dass mich das aus dem Konzept bringt.

»Soll ich jetzt hier allein weitermachen, oder was?« Theo hört ebenfalls auf, Schnee zu schaufeln, und starrt unwillig zu mir herüber.

»Du kannst froh sein, dass ich dich das hier nicht von vorneherein allein machen lasse.« Nolan dreht sich halb zu ihm um. »Dir ist schon klar, dass Schneeschippen klassische Sozialstundenarbeit ist, oder?«

Theo presst die Lippen zusammen. »Bestimmt ist die dämliche Schneefräse überhaupt nicht wirklich kaputt.«

Nolan fährt sich angespannt mit der Hand durch die Haare

und wendet sich mir wieder zu. »Hi«, wiederholt er. »Sorry, ich wäre heute noch bei dir vorbeigekommen.«

»Tatsächlich?« Überrascht mustere ich ihn. »Obwohl ich gestern Abend so blöd zu dir war?«

Irritiert erwidert er meinen Blick. »Meinst du, weil du mich aus dem Diner geschmissen hast?«

»Echt?« Theo lacht hinter ihm los. »Wie das denn? Kann sie Karate, oder was?«

»Zumindest kann sie ziemlich beängstigend sein, wenn sie wütend wird.« Ein Lächeln fliegt über Nolans Gesicht, ehe er sich kurz zu Theo umdreht. »Hör mal, du bist nicht zum Quatschen hier, sondern zum Arbeiten. Also mach einfach mal eine Minute deinen Job, ohne dich einzumischen, klar?«

»Wieso? Heißt doch Sozialstunden. Ist es nicht voll unsozial, wenn ich stumpf Schnee schippe, während wir Besuch haben?«

Nolan verdreht die Augen. »Sozial wie in Mach-dich-nützlich-für-die-Allgemeinheit. Nicht wie in Spiel-die-Tratschtante-vom-Dienst. Davon gibt es in Big Sky ohnehin genug.«

Theo gibt ein unwilliges Brummen von sich, zieht seine laufende Nase hoch und arbeitet sich weiter durch den Schnee vorwärts.

»Ich wollte mich dafür entschuldigen, wie ich mich gestern Abend verhalten habe«, sage ich rasch, um Theos Schweigen zu nutzen. »Ich hatte kein Recht, dich rauszuschmeißen, und es tut mir leid.« Ich schaffe es nicht, Nolans durchdringenden Blick auszuhalten. »Und es ist in keiner Weise so, dass ich keinen Bock mehr auf dich habe. Es fällt mir nur schwer …« Ich hole tief Luft. »Es fällt mir schwer, normal mit dir zu reden, obwohl du einfach ignoriert hast, dass ich …« Dass ich mich in dich verliebt habe? Himmel, vielleicht sollte ich dieses Gespräch nicht vor Theo führen. Ich werfe einen Blick an Nolan vorbei zu dem Jungen, der lustlos Schnee schaufelt und wahrscheinlich nur darauf wartet, sich wieder in unser Gespräch einzumischen.

»Shit, Ava, es tut mir total leid. Du musst dich für gar nichts entschuldigen.« Ich sehe Nolan tief Luft holen. »Ich hätte mich an deiner Stelle auch rausgeschmissen. Gestern habe ich das nicht kapiert, aber mittlerweile verstehe ich, glaube ich, weshalb du wütend auf mich bist.«

Tatsächlich? Woher kommt seine plötzliche Einsicht? Ich frage mich, ob Hunter gestern Abend mein trüber Blick aufgefallen ist und er Nolan darauf aufmerksam gemacht hat, dass es mir nicht gut geht. Ehrlich gesagt würde mich das wundern. Bisher hat Hunter eher den Eindruck gemacht, als hätte er ganz andere Probleme als den Liebeskummer von Touristinnen im örtlichen Diner.

»Ich …« Wieder blicke ich an Nolan vorbei zu Theo und senke halbherzig die Stimme. »Ich bin ja selbst schuld. Ich hätte dir gar nicht schreiben sollen. Ich habe da offenbar einiges überinterpretiert und jetzt kommen wir beide nicht damit klar. Aber ich denke, ich habe eine Lösung.«

Nolan runzelt die Stirn. »Überinterpretiert?«

»Ja. Ich meine nicht meine Gefühle für dich. Gegen die kann ich gerade nicht viel machen. Aber ich denke, ich hätte mich nicht so tief darin verstrickt, wenn ich nicht geglaubt hätte, dass du ähnlich für mich empfindest. Gerade läuft einfach alles ziemlich mies für mich.« Zu meinem eigenen Entsetzen spüre ich Tränen in meinen Augen kribbeln und blinzle hektisch. Verdammt, was macht dieser Ort mit mir? Zu Hause in Pasadena muss ich nie heulen. »Zuerst komme ich hierher, um meinem Freund und mir noch eine Chance zu geben. Dann verliebe ich mich in einen anderen, der aber meine Gefühle nicht erwidert. Anschließend werde ich fast unter einer Lawine begraben und sitze jetzt mit beiden in einem Ort fest, der so klein ist, dass man keinem richtig aus dem Weg gehen kann. Das ist mir gerade einfach zu viel. Und deshalb schlage ich vor, dass wir den Diner aufteilen.« Ich gestikuliere in seine Richtung. »Von mir aus kannst du dir aussuchen, wann du dort sein darfst. Aber ich wäre dir dankbar, wenn du dir zu meinen Zeiten einen anderen Ort suchst. Ich brauche einfach nur eine Ecke mit WLAN, in der ich meine Ruhe habe.«

»Gibt es bei Peyton etwa kein anständiges WLAN?« Theo stützt sich auf seine Schaufel und sieht mich abschätzig an.

»Verdammt, Theo, kannst du einfach Schnee schippen?« Ungehalten dreht Nolan sich zu ihm um. »Das alles geht dich überhaupt nichts an.«

»Dann solltet ihr das vielleicht nicht auf offener Straße besprechen, oder?« Theo zuckt nur mit den Schultern. »Und ich meine ja nur ... Wenn Peyton nicht mal WLAN hat, würde ich es da keine fünf Minuten aushalten.«

»Es gibt schon WLAN«, gebe ich zu. »Also, vor allem an einem Tisch unten im Frühstücksraum. Aber da sitzt Mason und ich glaube, er flirtet mit Hunters Mitbewohnerin.«

»Mit Grace?« Nolan runzelt die Stirn. »Ernsthaft? Er will sie aber nicht für irgendeine Egotrip-Scheiße benutzen, oder? Das hat Grace nämlich nicht verdient.«

Ich schüttle den Kopf. »So ist Mason nicht. Und Grace wirkt, als könnte sie gut auf sich allein aufpassen.«

Nolan verstummt für einen Moment, mustert mich nur. Warum sieht er mich so an? Warum entdecke ich geschmolzenen Schnee in seinen Wimpern und warum versetzt mir das ein Gefühl, als würde mein Herz zerfließen? Kann Nolan es nicht wenigstens jetzt weniger schwer für mich machen?

»Pass auf, ich werde von hier verschwinden, sobald die Straße frei ist«, versuche ich es noch mal. »Es geht also nur um ein paar Tage, in denen ich gerne Nolan-freie Zeiten im Diner hätte. Wäre das möglich?«

Nolan schüttelt den Kopf. »Ich habe deinen Brief gelesen, Ava.«

»Brief?« Theo lacht auf. »Ist ja voll analog. Wer schreibt denn heute noch Briefe?«

»Klappe, Theo.« Nolan dreht sich nicht mal zu ihm um. »Gestern Abend erst. Es tut mir leid. Ich habe die ganze Zeit nicht kapiert, warum du so komisch zu mir warst. Du hast erwartet, dass ich irgendetwas dazu sage, richtig? Aber ich hatte ehrlich keine Ahnung, was los war.«

Entgeistert starre ich ihn an, spüre Hitze in meinen Wangen entflammen. Ist das jetzt der Moment, in dem Nolans ersehnte Reaktion auf meine Worte kommt? *Mein schönstes Erlebnis bist du.* Verdammt, das war echt drüber, oder? *Ich konnte gar nicht anders, als mich in dich zu verlieben.* Gott, ich war an dem Tag komplett überdreht. Unsicher winde ich mich unter seinem Blick. »Aber wieso hast du ihn erst gestern gelesen? Ich habe ihn schon vor dem Lawinenabgang geschrieben.«

In einer hilflosen Geste hebt Nolan die Schultern. »Leroy muss aufgeräumt haben. Dein Brief lag bei meiner ganzen anderen Post in meinem Fach. Und die habe ich erst gestern mit nach Hause genommen, als Hunter zum Essen kam.«

»Wow! Das ist schlimmer als in diesen Soaps, die mein Dad immer im Fernsehen guckt.«

Diesmal reagiert Nolan nicht auf Theos Kommentar. Er steht nur da und sieht mich an. Und ich ... Alles in mir kreist schnell wie ein Glücksrad. Hunderte Gedanken und Gefühle gleichzeitig. Mein ganzer Körper überhitzt, weil plötzlich wieder alles offen ist.

»Ava, ich ...« Nolan holt tief Luft. Einen winzigen Moment lang wird sein Blick sehr weich, sehr verletzlich, sehr durchlässig. Es kommt mir vor, als würde ich fallen – wie in einen Abgrund. Nolan macht eine winzige Bewegung auf mich zu. Ich frage mich … Unwillkürlich wandert mein Blick zu seinen Lippen.

Als hätte er es bemerkt, dreht Nolan sich kurz zu Theo um, berührt mich dann am Arm – ganz sacht nur, als wagte er nicht, mich richtig anzufassen. Wortlos fordert er mich auf, ein paar Schritte mehr Abstand zwischen Theo und uns zu bringen.

»Können wir vielleicht später noch reden?«, fragt er mich. Etwas schimmert in seiner dunklen Iris. Da liegt eine Anspannung in seinen Augenwinkeln und um seinen Mund. Durchs Fotografieren habe ich einen Blick für Gesichter – und ganz besonders für Nolans. Mir entgeht nicht, wie zerrissen er plötzlich wirkt. »Gerade kann ich nicht weg, weil ich die Verantwortung für Theo habe. Aber …« Wieder bricht er ab, sieht mich fragend an. »Morgen habe ich den ganzen Tag frei. Vielleicht … Willst du mir vielleicht endlich mal deine Telefonnummer geben?«

»Ja, klar.« Ich nicke, obwohl ich nicht weiß, wie ich es aushalten soll, noch länger auf Nolans Antwort zu warten, wenn sich das Glücksrad in mir weiter so schnell dreht. Das kann mir innerhalb kürzester Zeit gewaltig um die Ohren fliegen. Nolan zieht sich einen Handschuh aus und sein Smartphone aus der Jackentasche. Rasch diktiere ich ihm meine Nummer.

»Ich weiß nicht, wann ich hier heute wegkomme«, sagt Nolan zu allem Überfluss. »Nach dem Sturm fällt für uns jede Menge Arbeit an. Aber sobald ich Schluss machen kann, melde ich mich bei dir, in Ordnung?«

Wieder nicke ich nur. Am liebsten würde ich ihn anflehen, mir bitte, bitte, bitte zu sagen, ob es irgendeine Chance für uns gibt. Aber Nolan blickt sich schon wieder besorgt zu Theo um und mir ist klar, wie unangenehm ihm das hier vor dem Jungen ist. Also murmle ich nur etwas, das hoffentlich wie »Bis später« klingt. Dann stapfe ich zurück zu den Reifenspuren im Schnee.

»Und, Ava?«, hält Nolan mich noch einmal zurück. Ein leises Lächeln spielt um seine Lippen. »Ich will den Diner gar nicht aufteilen.«

Einen winzigen Moment lang blitzt so etwas wie ein zaghaftes Glücksgefühl in mir auf. Kurz scheint es, als könnte das Rad zum Stillstand kommen. Aber dann bewegt es sich doch weiter. Was genau will Nolan mir damit sagen? Das kann ja wohl alles oder nichts bedeuten.

Hunter

Es schneit nicht mehr. Der Wind ist abgeklungen. Es ist still, als würde man sich in einem schallgedämpften Raum befinden. Das ist der Schnee, der das Tal meterhoch einfasst und von der Welt da draußen isoliert. Mich isoliert.

Ich stehe im Dunkeln vor dem B&B und denke, dass mich die Stille ganz bestimmt zum Durchdrehen bringt, bevor sie das Dorf frei räumen und ich endlich hier wegkann. Aber auf Hudson ist Verlass. Er beginnt genau im richtigen Moment irgendwo nördlich auf der Main Street lauthals *Deck the Halls* in die Nacht zu brüllen, während Theos dünne Stimme bettelt, sein Vater möge bitte, bitte aufhören. Der Junge tut mir leid. Kein Kind sollte so aufwachsen und dafür sorgen müssen, dass der Vater bei den Temperaturen draußen nicht im Vollsuff erfriert. Der Junge gehört vor einen warmen Kamin, in ein echtes Zuhause mit liebevollen Eltern. Aber das Leben ist kein Wunschkonzert. Zumindest kümmert sich Nolan ein bisschen um ihn.

Trotz der dicken Winterjacke friere ich und trete auf der Stelle, um mich aufzuwärmen. Ich wollte allein sein, nachdem ich die Mail meines Trainers gelesen habe. Er hat die Aufstellung für das Spiel gegen die Cal Bears der Berkeley University verschickt. Es wird das wichtigste Spiel der Saison. Nicht, weil es punkteentscheidend sein wird, aber es werden mehrere Talentscouts großer NFL-Teams dabei sein. Die letzten Wochen habe ich geackert wie ein Tier, um einen Platz in der Startaufstellung zu ergattern. Und es hat sich ausgezahlt. Ich werde spielen. Blizzards, Lawinen, fuck, selbst mein Dad kann diesen Tag nicht mehr kaputt machen. Ich brülle meine Freude heraus und bekomme das Echo in Form von Hudsons Version von *Rudolph The Rednose Reindeer*. Ich lache und boxe gegen den Türrahmen. Ich muss Grace davon erzählen. Immerhin hat auch sie ganz schön gelitten in den letzten Wochen, weil ich zu wenig Zeit für sie hatte, nur unlustige Sachen gegessen und sie auf keine einzige Feier begleitet habe. Sie sollte wissen, dass es sich gelohnt hat. Ich bin mir sicher, dass sie diesen Erfolg mit mir feiern wird, indem sie mich zwingt, auf dem Bett herumzuhopsen. Ich grinse. Und danach könnten wir den Abend mit Fernsehen und Reden verbringen. Seitdem wir hier sind, haben wir kaum Zeit miteinander verbracht und ich habe ein schlechtes Gewissen, sie hierhergeschleppt und dann sich selbst überlassen zu haben. Auch wenn sie mir jedes Mal, wenn ich sie sehe, versichert, dass es ihr gut geht, sie den Ort zauberhaft und so weihnachtlich findet, dass es ihr eine sadistische Freude bereitet und sie die Zeit gut nutzen kann, um endlich ihre Hausarbeit zu schreiben, die sie bald abgeben muss.

Aber bevor ich die Tür aufdrücken kann, klingelt mein Telefon. Meine Nummer ist neu. Ich habe sie Nolan gegeben und der schreibt lieber Nachrichten, als anzurufen. Grace kennt sie. Und Peyton.

Mit einem ergebenen Seufzen zerre ich das Telefon aus der Jackentasche. Aber es ist nicht ihre Nummer, die auf dem Display aufleuchtet. Es ist Dads. What the fuck?

Wie hat er es bitte geschafft, nach nur zwei Tagen meine neue Nummer herauszubekommen? Ich will nicht rangehen, aber noch weniger will ich, dass er ins B&B kommt, um zu klären, was auch immer er zu bereden hat.

Mit klammkalten Fingern nehme ich den Anruf entgegen.

»Dad?«, frage ich kühl.

»Hunter.« Er atmet tief durch. »Ihr habt euch also wirklich in den Kopf gesetzt, Weihnachten zu retten?«, kommt er direkt zum Punkt.

Grace hat also schon mit ihm gesprochen. Ich reibe mir über die Stirn und nicke, obwohl ich weiß, dass er es nicht sehen kann.

»Bist du noch dran?«

»Ja.« Was die Antwort auf beide Fragen ist.

»Deine Freunde haben es ganz gut verkauft. Ich war beeindruckt.«

Ich bleibe stumm, weil es eines gibt, was ich früh gelernt habe. Gib Harold Adams so wenig Munition wie möglich. Denn er wird sie immer gegen dich verwenden.

»Und wenn man ihnen Glauben schenken darf, scheint dir und ihnen diese Sache wirklich wichtig zu sein«, fährt er gönnerhaft fort. »Natürlich rechtfertigt das nicht, was mich dieses Projekt kosten wird, sollte ich das Diner, Lebensmittel und Personal zur Verfügung stellen.« Im Hintergrund höre ich das Knacken des Kaminfeuers. Er sitzt unter Garantie auf dem edlen hellbeigen Sofa davor, auf dem Mom Wolldecken drapiert, nur damit sie gut aussehen. Ich glaube, es hat sich noch nie jemand darin eingewickelt, nur um die ganze Nacht durchzuquatschen, zu lachen und Spaß zu haben.

»Weil alles im Leben eine reine Kosten-Nutzen-Bilanz ist«, sage ich und kneife mir stöhnend in die Nasenwurzel. Seit wann verteidige ich bitte diese wahnwitzige Weihnachtsidee? Ich wollte nichts damit zu tun haben, aber auch wenn ich kein Teil der Operation Weihnachtswunder sein will, hat er kein Recht, über den Plan meiner Freunde zu reden, als wäre es die Idee idealistischer, weltfremder Idioten.

Er reagiert abgeklärt und ruhig, nicht so, als würde ihn mein Genervtsein in irgendeiner Art tangieren. »Genau. Das wirst du auch noch lernen. Womit wir zu dem Grund meines Anrufs kommen. Dein Freund Mason hatte ein Argument, das mich überzeugen könnte, dennoch mitzuziehen.«

Ich kenne Mason seit ungefähr drei Minuten. Er ist Avas Ex. Grace scheint ihn zu mögen. Und er hängt genauso oft hinter seinem Laptop wie sie. Mehr weiß ich im Grunde nicht über den Kerl. Ganz sicher ist er nicht mein Freund. Was Dad wüsste, wenn er mich kennen würde. »Und welches Argument wäre das?«

Ich kann Dads Grinsen förmlich sehen, weil er denkt, er hätte mich geködert. »Zum einen wärest du mir etwas schuldig. Wenn ich also dieses weihnachtliche Miteinander sponsore, erwarte ich dafür, dass du meine Kontaktperson bist. Du wirst zu den Besprechungen nach Hause kommen. Das ist auch wegen der Außenwirkung nicht uninteressant. Wenn du also zu uns läufst, dann möglichst so, dass alle im Dorf mitbekommen, dass der verlorene Sohn in die Arme der Familie zurückgekehrt ist. Für die Einladungen schießen wir ein Bild der glücklichen Familie. So können wir die Gerüchte um die Probleme zwischen uns ein für allemal zum Schweigen bringen.«

Das sind keine Gerüchte. Unsere Familie hat Probleme. Große.

»Im Sommer werde ich für die Wahl zum Bezirksrat antreten. Wenn wir für die Öffentlichkeit unseren Streit beiseitelegen und geschlossen als Familie auftreten könnten, wird das sicher hilfreich sein.«

Ich glaube, ich muss kotzen. »Bye, Dad.« Ich lege auf und bin absolut in der Stimmung, das nächste Telefon im Garten unter dem Schnee zu beerdigen, aber leider nicht betrunken genug, um es durchzuziehen. Ich hatte unrecht. Dad schafft es ohne Weiteres, meine gute Laune zu kippen. Mir ist absolut nicht mehr nach Feiern zumute. Und sollte ich je in Betracht gezogen haben, mit Grace auf irgendeinem Bett rumzuspringen, nope, das wird nicht mehr passieren. Weil ich vollends damit beschäftigt bin, nicht Amok zu laufen.

Ich hocke mich hin, atme. Dad ist ein Arschloch. Ein Arschloch, das für den Schein lebt. Er hat kein Interesse daran, wirklich etwas zu verändern. Kein Interesse an meinem Leben oder an mir. Das wusste ich. Also wieso macht es mich so verdammt wütend? Wieso erwarte ich immer noch, er würde vielleicht doch irgendwann und – sei es nur ein einziges Mal – aus reiner Vaterliebe einen Inch auf mich zukommen? Glaubt er wirklich, ich spiele bei diesem Theater mit und verbiege mich für seine Zwecke? Das habe ich noch nie. Werde ich nie. Aber wenn ich ihm sage, dass er sich ficken kann, werden Menschen wie Barbs, Agnes und Theo kein Weihnachten feiern. Und wer ist dann das Arschloch?

Fuck. Ich trete in eine Schneewehe neben der Tür. Dreimal, bis ich die Tür aufstoße und mit einem Schwall Schnee nach drinnen stürme. Um Mason und Grace zu fragen, was zum Henker ihnen einfällt, mich in so eine beschissene Lage zu bringen. Es war okay für mich, dass sie Dad fragen, aber was fällt ihnen bitte ein, mich da mit reinzuziehen? Dad vorzuschlagen, er solle mich als Werbeplakat für Adamsland benutzen? Aber die Sitznische, in der sie sonst immer über ihren Laptops brüten, ist verwaist. Ich will nach oben rennen, aber mein Hirn fügt in diesem Moment die fehlenden Teile zusammen. Grace und Mason wären niemals auf die Idee gekommen, Dad damit zu ködern, dass ich Teil des Deals sein könnte. Dazu wissen sie zu wenig von meiner beschissenen Familiendynamik. Und Grace hat ihm ganz sicher auch nicht meine Nummer gegeben. Das würde sie nicht tun, ohne mich vorher zu fragen oder zumindest vorzuwarnen. Peyton. Ich presse die Kiefer so fest aufeinander, dass es wehtut. Sie kennt Dad. Sie kennt mich. Sie hatte die Nummer und im Gegensatz zu Grace ist sie mir gegenüber längst nicht mehr loyal genug, um ihren Plan von einem Weihnachtswunder sterben zu lassen, um Rücksicht auf mich zu nehmen. Und das trifft mich mit einer Heftigkeit, die ich nicht spüren dürfte. Sie hätte das nicht tun dürfen. Weil es gegen jeden moralischen Kodex verstößt. Weil sie Peyton ist. Und ich Hunter. Fuck.

Leise Musik dringt aus dem Keller herauf. Ich stoße die Tür so heftig auf, dass sie von der Wand zurückknallt und mir gegen die Brust schlägt. Stolpernd stürze ich die Treppe hinunter.

»Hast du Mason und Grace gesagt, sie sollen Dad überreden, indem sie mich als Teil des Deals anpreisen?«, brülle ich sie an, noch bevor ich den Raum richtig betreten habe. Schwer atmend bleibe ich vor Peyton an der Werkbank stehen. Sie reagiert kaum auf mich oder darauf, dass ich sauwütend bin, was mich nur noch wütender macht.

»Und wenn?« Sie nickt und schleift unbeirrt die Kanten der Kommode weiter.

»Und wenn?«, stoße ich hart hervor und fahre mir durch die Haare. »Was gibt dir bitte das verfickte Recht, Grace gegen mich auszuspielen?« Mich zu verraten. Ich greife nach ihrem Arm, damit sie mich endlich ansieht.

»Sie hat angeboten zu helfen. Genau wie Mason. Was dein Vater daraus macht, können wir nicht beeinflussen.«

Sie funkelt mich an, dann meine Hand auf ihrem Arm, bis ich sie loslasse. Sie macht einen Schritt auf mich zu, sodass sie mir gefährlich nahe kommt, aber anstatt etwas zu erwidern, auf Abstand zu gehen, ihr zu sagen, wie scheiße diese Aktion ist und dass ich ihr kein Wort glaube, stehe ich einfach nur da. Wie betäubt, weil sie immer noch so riecht wie damals. Nach Holz, den Bergen und Schnee.

»Grace hat geholfen«, presst sie hervor. »Im Gegensatz zu dir geht ihr eben nicht alles am Arsch vorbei.«

Ich starre sie zornig an. Sie hat keine Ahnung, was mir wichtig ist und was nicht. »Auf jeden Fall geht mir nicht am Arsch vorbei, dass du Dad meine Telefonnummer gegeben hast.« Selbst wenn es stimmt und sie Grace nicht auf dumme Ideen gebracht hat. Allein wegen der Weitergabe meiner Nummer fühle ich mich, verdammt noch mal, von ihr verraten. Wahrscheinlich habe ich das sogar ein Stück weit verdient, aber es fühlt sich scheiße an. Wir waren mal Freunde. Mehr als das. Und auch wieder nicht. Also, wie kann sie sich gegen mich und auf seine Seite stellen?

»Irgendwie muss er dich ja erreichen können.« Peyton zuckt mit den Schultern, als wäre es deswegen weniger daneben.

»Damit ich mit ihm auf irgendwelchen verlogenen Fotos posiere?« Sie hat sich abgewendet und steht mit dem Rücken zu mir an der Wand. Als gäbe es jetzt gerade nichts Wichtigeres, als ein Schleifpapier mit der perfekten Körnung im Regal zu finden. »Und wenn schon. Es sind ein paar Fotos, Hunter. Das wird dich schon nicht umbringen.«

Es ist so viel mehr. Und das weiß sie. »Du hättest mich niemals in diese Situation bringen dürfen.«

Peyton dreht sich um und stemmt die Hände in die Seiten. »Welche Situation denn? Ich habe so die Schnauze voll. Immer geht es nur darum, was du willst oder nicht willst. Dass du Streit mit deinem ach so furchtbaren Vater hast, dass du deswegen die Stadt verlassen musstest. Newsflash: Wir alle haben Probleme. Niemandem scheint die Sonne aus dem Arsch. Aber bei dir muss natürlich jeder Verständnis haben, dass du verschwunden bist, um deinen Traum zu leben. Fuck, ich habe es satt, Verständnis dafür zu haben, dass du einfach abgehauen bist. Dass du dich nie wieder gemeldet hast. Ich meine, Missoula hat ein funktionierendes Telefonnetz und liegt auch nicht auf einem anderen Planeten, oder? Du hättest uns besuchen können, anrufen oder einfach eine verdammte Postkarte schreiben. Aber soll ich dir mal etwas verraten, das alles ist egal. Weil es nur dieses eine Mal nicht um dich geht, Hunter.«

Ich mache einen Schritt auf sie zu. »Wie kann es nicht um mich gehen, wenn du dafür gesorgt hast, dass ich nur noch als Arschloch hier rausgehen kann?« Meine Stimme bebt vor Zorn. Ich bin Peyton so nah, dass mein Atem die Worte gegen ihre Haut schlägt und die nussbraunen Haarsträhnen bewegen, die aus dem lockeren Knoten auf ihrem Kopf gerutscht sind.

Peyton streckt das Kinn vor. »Vielleicht ist das so, weil du ein Arschloch bist.« Sie sieht mich herausfordernd an. Und, fuck, plötzlich sind da all die Gefühle, die ich über die Jahre tief vergraben habe. Sie brechen auf, drängen den Zorn beiseite, lassen mich fühlen. Peytons Nähe, das Mehr, das wir so lange geleugnet haben, zu viel.

Sie schluckt und gräbt ihre Zähne in die Unterlippe, als bräuchte sie ganz dringend die Kontrolle zurück und der Schmerz wäre ein Anker. Ganz langsam strecke ich die Hand aus und berühre das ACDC-Shirt, das sie heute trägt. Es liegt eng an ihrem Körper und ist staubbedeckt.

Ihr Atem beschleunigt sich. Mein Herz rast. Mein ganzer Körper ist angespannt, als ich den Druck meiner Hand auf ihre Taille erhöhe.

Peyton könnte Nein sagen, das hier abbrechen, aber stattdessen sagt sie nur leise meinen Namen. »Hunter.«

Und dieses eine Wort setzt meine Zellen in Brand, mein Hirn aus. Sonst würde ich nicht ruckartig die letzte Distanz zwischen uns überwinden und meine Lippen auf ihre pressen. Das ist unvernünftig, waghalsig und so dumm, dass es mir den verfluchten Hals brechen wird. Und trotzdem küsse ich Peyton Scott.

Für den Bruchteil einer Sekunde lässt sie es geschehen, bevor sie ihre Hände gegen meine Brust presst. Nicht, um mich zu berühren oder mich an sich zu ziehen. Sie schiebt mich unsanft von sich.

»Bist du verrückt?«, knallt sie mir an den Kopf und legt

ihren Handrücken gegen die Lippen, als hätte sie Angst, ich würde sie sonst erneut küssen.

Ich schüttle den Kopf. »Nur stinksauer«, erwidere ich rau. Und seit der Highschool in sie verliebt.

Sie sieht mich fassungslos an, zögert und ich denke, sie wird mir eine knallen, weil mindestens genauso lang klar ist, dass niemals etwas zwischen uns laufen wird, aber dann macht sie einen hastigen Schritt auf mich zu und dieses Mal ist sie es, die ihre Lippen hungrig auf meine presst. Ich fühle ihre Zunge, die Zähne, heiße Atemstöße, ihren Körper.

Ich stöhne in Peytons Mund, weil das einfach zu viel ist. Zu gut. Zu falsch. Und zu richtig. Keine Ahnung, ob ich zu weit gehe, aber ich schiebe meine Hände unter ihren Po und hebe sie auf die Werkbank. Egal ob sie spürt, wie hart ich bin. Ob es verrät, wie lange ich mir das hier gewünscht habe.

»Das«, bringt sie zwischen zwei Küssen atemlos hervor, »ist eine«, sie keucht, »einmalige Sache.« Sie legt den Kopf in den Nacken, als ich ihre Brüste umfasse und über ihr Shirt reibe. Meine Zunge leckt hungrig über ihre Lippen. »Einmalig«, keucht sie und schiebt ihre Hand an meinem Rücken hinauf. »Keine Wiederholungen. Es hat nichts zu bedeuten.«

Ich weiß nicht, wen sie belügen will. Alles, was ich weiß, ist, dass ich Peyton will. Dass sie das Einzige ist, was ich je mehr wollte, als Football zu spielen und hier wegzukommen. Sie hätte mich aufhalten können. Und genau deswegen musste ich gehen. Deswegen sind wir hier gelandet. Auf einer staubigen Werkbank, im Begriff, bedeutungslosen Sex zu haben. Obwohl wir beide wissen, nichts zwischen uns kann je bedeutungslos sein.

»Okay«, murmle ich rau.

Peyton nickt. »Okay«, sagt sie leise und zieht sich in einer hastigen Bewegung das Top aus. Dann den BH. Ohne meinen Blick von ihr zu lösen, streife ich mir ebenfalls das Shirt vom

Oberkörper und lasse es auf den Boden fallen. Sie berührt meine Brust, die Muskeln an meinem Bauch. Ich will dasselbe tun, aber in dem Moment erreicht Peyton den Bund meiner Hose und löst den Gürtel. Holy Fuck. Ich ziehe scharf die Luft ein. Das Geräusch der Schnalle kommt mir ohrenbetäubend laut vor und ich ersticke es in einem tiefen Kuss, weil ich Angst habe, es könnte uns zurück in die Realität katapultieren, in der wir niemals eine gute Idee sind. Nicht einmal für diesen kurzen Moment, den ich so dringend will. Den ich brauche. Mit einem verzweifelten Knurren dringe ich mit meiner Zunge in die Hitze ihres Mundes vor. Ihre Zunge stößt gegen meine und Peytons Körper spannt sich unter meinen Händen an. Schwer atmend öffne ich ihre Cargohose. Ohne hinzusehen oder unsere Küsse zu unterbrechen, zerre ich sie ihr von den Beinen. Sie hilft mir und schiebt den Slip hinterher. Fuck, jetzt sitzt sie vollkommen nackt vor mir auf der Werkbank und ich kann die Hitze zwischen ihren Beinen an meiner Härte spüren, obwohl uns noch immer meine Boxershorts trennt. Irgendwie schaffe ich es, mein Portemonnaie aus der Hosentasche zu ziehen und das Notfallkondom zu ertasten. Ich schiebe meine Boxer herunter, reiße das Päckchen auf und streife es mir über, nur um im selben Moment in Peyton einzudringen. Ich habe mir zigmal ausgemalt, dass wir Sex haben würden. Aber in meiner Vorstellung waren wir immer ein Paar. Wir haben uns geliebt. Es war gefühlvoll und sinnlich. Nie so: wütend. Wild. Und schnell. Und trotzdem ist es besser als alles, was sich mein Hirn je ausgemalt hat.

Peyton stöhnt an meiner Haut, schlingt ihre Arme um meinen Nacken, ihre Beine um meine Hüften und passt sich meinem harten Rhythmus an. Vielleicht sollte ich uns Zeit lassen. Das hier mehr genießen. Denn es wird sich nicht wiederholen. Das hat Peyton sehr deutlich gemacht, aber ich kann nicht. Denn wir sind kein Paar. Wir machen keine Liebe, weil wir einander nicht lieben können, es nicht dürfen. Wir ficken. Ohne Gefühle. Das war der Deal. Ich halte es körperlich. Aber mein Herz, meine Zellen, mein verdammtes Hirn gehören nun mal auch zu meinem Körper und machen ziemlich deutlich, dass ich verloren bin. Ich stöhne, als Peyton meinen Hintern umfasst und mich auffordert, sie noch tiefer und schneller zu nehmen. Sie drückt sich an mich, ihre Muskeln spannen sich an und dann kommt sie, ihre Zähne in meiner Schulter vergraben, ihr Körper an meinem. Die Laute, die sie dabei ausstößt, machen mich dermaßen an, dass ich ihr kurz darauf folge. All die angestauten Gefühle, die Sehnsucht der vergangenen Jahre brechen auf, als ich bebend in ihr komme.

Für einen Moment verharren wir stumm. Mein Gesicht ist an Peytons Hals gepresst. Ihre Wange und eine Hand sind in meinem Haar vergraben. Ich will nicht, dass es zu Ende ist, aber im nächsten Moment löst sich Peyton von mir. Steigt von der Werkbank und zieht sich wortlos an. Ich will etwas sagen, weiß aber nicht, was. Wie damals, als ich gegangen bin, gibt es nichts, was die Situation retten könnte. Also ziehe ich nur meine Hose hoch, verschließe sie notdürftig, zwänge mich in das Shirt und gehe. An der Tür bleibe ich stehen, zögere. Zu lange, bis ich es endlich schaffe, doch die Grenze zu akzeptieren, die sie überdeutlich gezogen hat, und mich die Treppe hinaufzuschleppen. Ohne Peyton noch einmal anzusehen. Denn sonst würde ich etwas sagen, was ganz sicher nicht zwischen uns passt. Etwas wie, ich liebe dich. Oder ich will nicht, dass das hier einmalig bleibt. Ich will dich. Schon immer. Verdammte Scheiße. Ich erreiche das Erdgeschoss. Mason sitzt jetzt an seinem angestammten Platz. Er sieht auf, als ich mich zur Treppe schleppe. Sein Blick fällt auf meinen offenen Gürtel, aber er sagt nichts.

Und ich sage auch nichts. Was auch?

Grace

Ich starre die Decke an und versuche die Holzpaneele zu zählen, scheitere aber jedes Mal wegen der Balken. Wieder läuft irgendeine Soap im Fernsehen, die mich von meinen rotierenden Gedanken ablenken soll, doch es hilft nicht.

Mason verschwindet einfach nicht mehr aus meinen Gedanken. Er hat sich darin verhakt und scheint nicht wieder gehen zu wollen, egal was ich versuche. Es ist viel zu schön, mit ihm Zeit zu verbringen, und es war ein Riesenfehler, dass wir noch einmal zusammen rausgegangen sind. Erneut haben wir uns Peytons Skier ausgeliehen und sind damit durch die Gegend gefahren. Das Wetter war heute viel schöner als gestern und so konnten wir uns ungestört unterhalten. Doch mit jeder weiteren Minute, wurde mir mehr und mehr klar, wie falsch das alles ist.

Ich sollte mich nicht so wohl in seiner Nähe fühlen und ich sollte mich definitiv nicht auf den nächsten Tag freuen, an dem wir wieder zusammen am Tisch sitzen werden, um gemeinsam zu arbeiten. Aber wie soll ich das meinem Herzen erklären, das auch jetzt wieder fröhlich vor sich hin pocht und immer wieder seinen Namen zu flüstern scheint?

Genervt setze ich mich auf und fasse einen Entschluss. Morgen werde ich nicht mit ihm arbeiten. Ich gehe einfach jetzt schon runter, erfülle mein Arbeitspensum und werde den Tag morgen mit Hunter verbringen. Immerhin haben wir uns in den letzten Tagen viel zu selten gesehen und ich habe keine

Ahnung, ob er bereits die E-Mail von seinem Coach zur Startaufstellung bekommen hat. Auf dem Hinweg hat er mir die ganze Zeit damit in den Ohren gelegen, dass die Info auf jeden Fall noch vor Weihnachten ankommen sollte. Ich bin echt eine miese Freundin, weil ich keine Ahnung habe, ob er schon mehr weiß. Man muss mir aber zugutehalten, dass er sowieso die ganze Zeit unterwegs ist und sein Wiedersehen mit Big Sky offenbar deutlich besser verläuft, als es begonnen hat.

In diesem Moment höre ich Schritte auf der Treppe, die verdächtig nach meinem besten Freund klingen. Vermutlich denkt er, dass ich bereits schlafe, weil es schon so spät ist, denn er geht sofort in sein Zimmer und schließt die Tür hinter sich.

Ich ziehe eine Jogginghose und einen übergroßen Pullover an, bevor ich mir meinen Laptop schnappe und nach unten steige. Im Empfangsraum brennt noch Licht und ich höre das Tippen auf einer Tastatur erst, als ich Mason bereits am Tisch sitzen sehe und er den Kopf in meine Richtung hebt. Ein ehrliches Lächeln breitet sich auf seinem Gesicht aus und sofort schnürt das Herzklopfen mir die Kehle zu. Ich weiß nicht, was ich sagen soll, nur, dass ich nicht wieder zurück nach oben gehen kann.

Ich bin so was von am Arsch.

»Kannst du nicht schlafen?«, fragt er sanft und lehnt sich auf seinem Platz zurück.

»Nicht wirklich. Und du?« Ich setze mich an meinen üblichen Platz, und doch fühlt sich alles anders an.

Die nächtliche Stille hüllt das Haus ein, der Kamin ist fast runtergebrannt und es fühlt sich ein bisschen so an, als gäbe es hier keine anderen Menschen außer uns.

»Ich wollte noch schnell was fertig machen.«

»Ist Ava wieder unterwegs?«, frage ich, um mich erneut daran zu erinnern, dass er vergeben ist.

»Nein, sie schläft und ich würde sie nur stören.« Er macht eine abwinkende Handbewegung und geht nicht weiter darauf ein. Seine Reaktion ist seltsam und ich verstehe sie nicht. Aber der egoistische Teil in mir, der gerne Zeit mit ihm verbringt, lässt mich schweigen.

Ich fahre den Computer hoch. »War Hunter eben hier?«

»Du hast ihn knapp verpasst.«

Dann habe ich mich also tatsächlich nicht geirrt. Sicher ist er müde gewesen und hat sich deshalb nicht mehr blicken lassen. Schade eigentlich, denn er wäre die perfekte Ablenkung gewesen. Dann säße ich hier nicht mit Mason und würde mich fühlen, als würde ich etwas Verbotenes tun.

Schritte ertönen und Peyton kommt aus ihrer Werkstatt. Ihre Haare sind durcheinander und sie sieht ein wenig durch den Wind aus. Als sie uns entdeckt, weiten sich ihre Augen vor Schreck.

»Alles okay?«, frage ich besorgt, doch sie setzt sofort ein Lächeln auf. »Natürlich. Ich bin nur überrascht, dass ihr um diese Uhrzeit noch hier sitzt und arbeitet.« Sie schüttelt mit gespielter Entrüstung den Kopf und stemmt hinter der Theke die Hände in die Seiten. »Das kann ich nicht zulassen. Wir schauen uns jetzt einen Film an.« Sie wedelt mit den Händen in Richtung des Schranks. »Wählt einen Film aus und ich kümmere mich um die Snacks.« Sie wirkt ein wenig überdrehter als sonst. Vielleicht hat sie wieder mit Hunter gestritten, was mich nicht wundern würde. Immerhin wird sie genauso emotional wie er, wenn sie sich in der Nähe voneinander aufhalten. Selbst wenn sie versuchen, sich dies nicht anmerken zu lassen.

Sie verschwindet, ohne eine Antwort von uns abzuwarten. Mason lächelt ein wenig und zuckt mit den Schultern. »Sollen wir mal schauen, wie die Auswahl so ist?«

Das ist eine ganz, ganz dumme Idee. Trotzdem nicke ich.

Was ist schon dabei? Immerhin sind wir nicht allein und Peyton scheint die Ablenkung irgendwie zu brauchen.

»Ich kann mir nicht vorstellen, dass sie gut ist.« Damit klappe ich meinen Laptop wieder zu und stehe auf. Wir gehen zu dem kleinen Holzschrank in der Ecke des Raumes. Als ich die Türen öffne, bin ich erstaunt angesichts des Angebotes. Es gibt fünf doppelreihig belegte Regalbretter und selbst auf dem DVD-Player stapeln sich Filme.

Mason steht dicht neben mir, weil der Platz nichts anderes hergibt, und er ist mir zum ersten Mal so nah, dass ich seit unserem Zusammenstoß seinen Duft riechen kann. Das Parfüm steigt in meine Nase und ein Kribbeln breitet sich in meinem Körper aus. Ich habe keine Ahnung, was für ein Duft es ist, weil ich selbst nur selten Parfüm trage, weiß aber, dass er verdammt gut riecht. Unsere Schultern berühren sich, als er sich vorbeugt und die erste Reihe zur Seite schiebt, um sich die Filme dahinter anzuschauen.

Ich halte den Atem an und versuche zu ignorieren, wie empfindlich plötzlich alles an mir wird. Mit einem Mal spüre ich jedes meiner Kleidungsstücke überdeutlich und mir wird so warm, dass ich am liebsten meinen Pullover ausziehen würde. Stattdessen greife ich wahllos nach einem Film und mache einen Schritt zurück, als würde ich mir den Text auf der Rückseite durchlesen wollen.

»Also wird es ein Horrorstreifen?«

Ich blinzle, weil ich keine Ahnung habe, was für einen Film ich da in den Händen halte, und drehe die Hülle um, auf dessen Cover ein gruseliges Haus zu sehen ist, in dessen Front eine Familie steht, die sicher am Ende des Filmes tot ist. »Der klingt nicht so gut.« Ich grinse schief. »Tatsächlich schaue ich am liebsten Horrorfilme und Liebesschnulzen. Alles dazwischen finde ich einschläfernd.«

Mason lacht und dieser Klang geht mir durch und durch.

»Für Horror bin ich auch immer zu haben. Liebesschnulzen sind nicht so mein Ding.«

»Hunter sagt das auch immer, aber ich bin mir sicher, dass er schon das ein oder andere Tränchen verdrückt hat.«

»Das kann ich mir bei so einem Typen überhaupt nicht vorstellen.«

Mir entfährt ein Lachen. »So einem Typen?«

»Na ja, dein Freund ist Footballer und mit seinem Kreuz könnte er jeden umnieten. Ihr müsst sicher reihenweise Frauen bei euch in der WG haben.«

»Hunter ist manchmal wirklich ein Frauenheld, aber er macht keine leeren Versprechungen oder behandelt jemanden schlecht. Er ist eigentlich ein ziemlicher Gentleman.«

»Wie seid ihr eigentlich Freunde geworden?«

Wir stehen uns nahe gegenüber und ich stelle die DVD wieder in den Schrank, bevor ich mir die Filmrücken anschaue, nur um ihn nicht ansehen zu müssen. »Ich habe ein Zimmer gesucht und er hatte gerade eins frei. Als ich ihm bei der Besichtigung gesagt habe, dass er absolut nicht mein Typ sei und ich definitiv nicht mit ihm ins Bett steigen werde, habe ich den Zuschlag bekommen.« Es klingt so einfach, doch es war so viel mehr, denn er wurde der erste Mensch, den ich jemals so nah an mich herangelassen habe. Er weiß alles über meine verkorkste Kindheit, meine Mutter, meine Großtante und meinen Großonkel. Er kennt mich so gut wie niemand sonst und ist fast wie ein Bruder für mich.

»Also ist er nicht dein Typ?«, fragt Mason beiläufig, während er ebenfalls einen Film aus dem Regal zieht und die Rückseite der Hülle betrachtet.

Diese Frage ist so absurd, dass ich lachen muss. »Auf keinen Fall. Er ist zwar genauso zielstrebig wie ich, aber er verbringt eindeutig zu viel Zeit mit Sport. Da bekommt man Minderwertigkeitskomplexe. Es ist anstrengend genug, dass ich ständig mit ihm seine Diät einhalten muss. Das kann ich mir wirklich nicht für den Rest meines Lebens vorstellen.«

Mason öffnet den Mund, um etwas hinzuzufügen, doch in dem Moment kommt Peyton durch die Küchentür. Sie ist mit einer Schüssel Popcorn, drei Flaschen Softdrinks sowie einer Schale mit Käse überbackener Nachos beladen. Mason eilt sofort zu ihr, um ihr etwas abzunehmen und die Sachen auf dem Tisch vor dem Sofa zu verteilen.

Ich atme tief durch und bin kurz davor, mir eine Ausrede einfallen zu lassen, weil es plötzlich alles zu viel wird. Er ist zu viel. Diese Nähe ist zu viel. Doch da strahlt Peyton mich an, und obwohl sie breit lächelt, erreicht es ihre Augen nicht. »Habt ihr etwas ausgewählt?«

Mason deutet auf mich. »Es läuft auf einen Horrorfilm hinaus, falls das okay für dich ist.«

»Definitiv okay«, stößt sie aus und kommt beschwingt auf mich zu, um sich den Film anzusehen. »Blutig, gruselig und es gibt einige Schockmomente. Genau das, was ich nach diesem Tag brauche.«

Ich schaue sie fragend an, in Erwartung, dass sie weiterspricht, doch sie presst nur ihre Lippen zusammen und scheint in Gedanken versunken.

»Dann nehmen wir den«, sage ich schließlich, denn auch ich kann genau das gebrauchen, wenn ich mich gleich neben Mason auf das Sofa setzen soll.

Peyton schiebt den Film in den DVD-Player und Mason nimmt am Rand des Sofas Platz, weshalb ich mich auf die andere Seite setze, damit Peyton zwischen uns Platz hat.

Ich nehme mir einen mit Käse überbackenen Nacho und mein Kauen hört sich unnatürlich laut an, bis endlich der Fernseher läuft und Peyton sich setzt.

Ein Schrei weckt mich. Ich reiße die Augen auf und starre auf den erkalteten Kamin und sehe dann den darüberhängenden Fernseher. Die Welt ist schief und ich blinzle, weil ich so müde bin, dass ich kaum meine Augen öffnen kann. Einen Augenblick lang weiß ich nicht, wo ich bin. Dann wird mir klar, dass ich auf dem Sofa liege. Auf einem Kissen. Nein. Auf muskulösen Oberschenkeln. Ein Parfümgeruch liegt mir in der Nase.

Mason. Ich liege auf Masons Beinen. Und ich habe Sabber am Mundwinkel.

»Oh mein Gott«, stoße ich aus und richte mich ruckartig auf, während ich mir über den Mund wische.

Mason sitzt seelenruhig auf dem Sofa und lächelt mich an. »Hi.« Seine Stimme ist rau, seine Haare sind zerwühlt und seine Augen wirken müde. Er sieht aus, als wäre er ebenfalls gerade erst aufgewacht.

Mein Herz klopft mir bis zum Hals.

Das Letzte, woran ich mich erinnere, ist, wie ich immer müder geworden bin und Peyton irgendwann mitten im Film gegangen ist. Danach … Oh mein Gott, ich habe mich ins Sofa gekuschelt und bin offenbar irgendwann während des Films umgekippt und habe es mir auf Masons Schoß gemütlich gemacht.

»Es tut mir so leid«, stoße ich aus und schaffe es nicht, mich zu bewegen, weil mir bewusst wird, wie nahe wir uns sind. Mein Atem geht stoßweise, als Mason sich aufrichtet und damit die Distanz noch ein wenig verringert. In seinem Blick liegt ein Lächeln, auch wenn er seine Lippen kaum verzieht, während er mich betrachtet.

»Das ist total unangebracht«, flüstere ich und schaffe es nicht, lauter zu sprechen.

Mason sieht müde aus. Sein Blick ist verhangen. Seine sonst so perfekt gestylten Haare sind durcheinander. Er ist wunderschön.

Mein Hals wird trocken. Ich schlucke und befeuchte meine Lippen. Und mit einem Mal fühlen sie sich voller an und pochen erwartungsvoll.

Ich will ihn küssen.

Der Gedanke erschreckt mich so sehr, dass ich mich nicht mehr bewegen kann.

Mason beugt sich vor. Ein klein wenig und seine Hand landet auf meinem Oberschenkel. Hitze schießt durch mich hindurch und sammelt sich in meiner Mitte. Ich keuche und plötzlich liegt meine Hand auf seiner Brust. Ich will ihn an mich ziehen. Ich will ihn wegschieben. Ich will … ich will …

Ich beuge mich vor …

Plötzlich ertönen Schritte auf der Treppe und ich zucke zurück. Mein Kopf fährt herum und ich entdecke Ava, die gerade herunterkommt und am Treppenabsatz stockt, als sie uns beide entdeckt. Sie ist total verschlafen, trägt einen Pullover und Leggings, die ihre endlos langen Beine betonen. »Oh hi«, sagt sie und klingt ein wenig verwirrt, während sie zwischen Mason und mir hin- und herschaut. »Ich wollte mir nur ein Glas Milch holen und nachschauen, ob du beim Arbeiten eingeschlafen bist.«

Das Herz rutscht mir in die Hose und ich wage es nicht zu atmen. Oh mein Gott. Das kann nicht wahr sein. Scheiße. Scheiße. Scheiße. Mir ist heiß und kalt zugleich.

»Bin nicht eingeschlafen«, erwidert Mason und räuspert sich.

Tränen der Scham schießen mir in die Augen und ich kann Ava keine Sekunde länger ansehen. Ich hätte fast ihren Freund geküsst!

»Okay.« Avas Stimme ist ruhig und ich wette, sie ist kurz davor auszuflippen. »Ich hole mir nur kurz die Milch und bin dann wieder oben.« Ihre Schritte verklingen, als die Küchentür hinter ihr zufällt.

Sofort springe ich auf. »Scheiße!«

Mason runzelt seine Stirn und steht nun ebenfalls auf. Er hebt die Hände, als würde er mich beruhigen wollen, und lächelt dann so warm, dass die Schmetterlinge in meinem Bauch mal wieder durchdrehen. »Ich fand es eigentlich ganz schön.«

Ich starre ihn an. Entsetzen breitet sich wellenartig in mir aus.

Das hat er nicht ernsthaft gesagt!

Mein Mund öffnet sich, doch kein Ton kommt heraus.

Er hat es gesagt.

Er fand es schön? Was ist er denn für ein Arschloch? Er ist vergeben!

»Ich fasse es nicht«, stoße ich aus, gehe zum Tisch und schnappe mir meinen Laptop. »Wie kannst du das schön gefunden haben?« Wut und Entsetzen lassen meine Stimme zittern.

»Grace, was ist denn los?« Er hat die Frechheit, ernsthaft verwirrt zu klingen.

»Was los ist?«, stoße ich aus, während ich rückwärts in Richtung Treppe gehe und zur Decke zeige. »Wir hätten uns fast geküsst und Ava hat uns erwischt! Das ist los!« Ich habe keine Worte mehr, weil mir mit einem Mal Tränen in die Augen steigen. Das Schuldgefühl schnürt mir die Luft ab und ich kann ihn nicht einmal mehr ansehen. »Nacht.« Ich stürme nach oben, obwohl ich höre, wie er meinen Namen sagt, und will nur noch weg. Das Herz pocht mir bis zum Hals, als ich mein Zimmer erreiche und die Tür hinter mir schließe. Ich drücke mich mit dem Rücken dagegen und presse meine Fäuste gegen die Augen, während ich auf den Boden gleite.

Wie konnte ich nur so bescheuert sein? Ich habe Gefühle für diesen Typen entwickelt. Eine einfältige Schwärmerei, die mich genau dorthin gebracht hat, wo ich jetzt bin. Mein Herz tut weh und ich hasse Mason, weil er mich in diese Lage gebracht hat.

Ich hätte mich niemals zu ihm setzen dürfen und erst recht niemals diese kleine Arbeitsgemeinschaft auf private Ausflüge und Filmabende ausweiten dürfen.

Ich kann nicht eine Sekunde länger hierbleiben. Nicht in diesem Zimmer, in dem die Luft immer dünner wird, und erst recht nicht in diesem B&B, in dem auch Mason sich aufhält – und der jetzt mit seiner Freundin in einem Bett liegt und … Ich kann nicht weiterdenken.

Mein Laptop landet auf meinem Bett und ich streife mir meine Skisachen über, bevor ich nach unten schleiche und nach draußen trete.

Es herrscht absolute Stille.

Ich stehe vor dem B&B und mein Atem erzeugt Wölkchen in der Luft. Die Kälte brennt in meiner Lunge, nachdem ich so lange im Warmen war. Ich zittere, obwohl ich dick genug angezogen bin, und mache ein paar Schritte vom Gebäude weg, auch wenn ich keine Ahnung habe, wohin ich gehen soll.

Dann höre ich ein Fluchen.

Ich erstarre und male mir tausend Horrorszenarien aus. Weil ich eine Frau bin. Weil ich alleine bin. Weil ich total durch den Wind bin. Mein Körper spannt sich an und ich drücke mich in den Schatten des Gebäudes, dankbar, dass die Straßenlaternen mich nicht erreichen.

Da erscheint an der Ecke eine Gestalt. Ein Mann, der etwas hinter sich herzieht. Etwas Großes. Einen Menschen!

Eine Leiche. Scheiße! Es ist eine Leiche!

Dann höre ich ein leises Lallen und Erleichterung durchflutet mich so stark, dass ich beinahe in die Knie gehe. Keine Leiche. Ein Betrunkener.

»Wieso tust du mir das immer wieder an?«, sagt der Mann, der eher wie ein Junge klingt, und seine Stimme schwimmt vor Tränen und Enttäuschung.

Meine Brust zieht sich zusammen, weil sein Schmerz zu meinem wird und seine Gegenwart zu meiner Vergangenheit. Mein Großonkel ist auch ein Trinker. Ich kann nicht zählen, wie oft ich ihn aus einer Bar zerren musste. Wie knallrot vor Scham mein Kopf jedes Mal gewesen ist. Wie beschissen es war, die Großnichte des Dorftrinkers zu sein.

»Ich hasse dich«, höre ich ihn leise hinzufügen, doch er zerrt weiter an ihm, weil er ihn nicht liegen lassen wird. Nicht hier im Schnee, bei der Kälte und der Gefahr, die damit einhergeht. Er zerrt immer fester und verzweifelter. Der Betrunkene, der wohl sein Vater ist, liegt im Schnee und ist kaum fähig, sich zu bewegen. Eine Schleifspur folgt den beiden und ich frage mich, wie lange der Junge ihn schon hinter sich herzieht.

Ich kann nicht anders und mache zwei Schritte auf ihn zu. Offenbar löse ich damit einen Bewegungsmelder aus, denn mit einem Mal flutet Licht den Parkplatz des B&B.

Der Junge erstarrt wie ein Reh im Scheinwerferlicht und sein Kopf zuckt in meine Richtung.

Mein Herz zieht sich zusammen, als ich zusehe, wie er seine Schultern strafft, als würde er meine Missbilligung und Verurteilung erwarten. Stattdessen schnappe ich mir den Schlitten, den ich heute Mittag neben dem Eingang entdeckt habe, und ziehe ihn hinter mir her in Richtung Straße. »Hi. Ich bin Grace.«

Der Junge weicht zurück. »Und ich bin nicht interessiert«, erwidert er abweisend, fast wütend und versucht den Mann weiter hinter sich herzuziehen. Doch seine Kräfte scheinen ihn zu verlassen, denn er kommt kaum einen Schritt weiter.

Ich bleibe am Straßenrand stehen, mehrere Schritte von ihm entfernt und schiebe ihm den Schlitten zu. »Damit geht es besser.«

»Pffft«, erwidert der Junge und sein Blick wird feindselig. Das Licht der Straßenlaterne wirft lange Schatten auf sein so junges Gesicht. »Geh einfach.«

»Als ich meinen Großonkel das erste Mal durch den Schnee ziehen musste, hat mir der Schlitten geholfen. Immerhin war er damals doppelt so schwer wie ich und ich hatte dummerweise noch keinen Führerschein.«

Der Junge erstarrt. Seine Augen schimmern und ich sehe die Tränenspuren auf seinen Wangen glitzern. »Du verarschst mich.«

»Er hat mich am nächsten Tag krankenhausreif geprügelt, weil ich ihn derart beschämt habe.« Ich schnaube bei der Erinnerung daran, die nach all den Jahren noch immer brennende Wunden hinterlässt. »Ich hätte ihn im Schnee sterben lassen sollen«, füge ich leise hinzu und schaue auf den schlafenden Mann am Boden, dessen leises Schnarchen Wut in mir aufsteigen lässt. Wut auf jemanden, den ich längst hinter mir gelassen habe. »Ich hoffe, er …«

»Er ist harmlos«, sagt der Junge schnell. »Nur …«

»Verstehe«, murmle ich, als er verstummt, weil ich es wirklich tue. Dann nicke ich zum Schlitten zwischen uns. »Lass mich dir helfen. Es ist eiskalt.«

Der Junge atmet tief ein und wirkt, als würde er mich wieder wegschicken wollen.

»Ich bin eh in ein paar Tagen nicht mehr hier und ich werde es niemandem erzählen«, verspreche ich, weil ich genau weiß, was er denkt. »Geht niemanden was an.« Außer die Jugendhilfe, aber das sage ich nicht laut.

Er flucht leise, doch nickt dann ergeben. »Kannst du seine Beine nehmen?«

»Sicher.« Ich kann hören, wie viel Überwindung ihn diese Frage kostet, und gebe mich gelassen. Dabei schiebe ich den Schlitten zu dem Betrunkenen und gehe zu seinen Beinen, packe sie und hebe ihn auf drei hoch. Der Junge legt seinen Kopf und den Oberkörper vorsichtig auf dem Schlitten ab, nickt mir zu, worauf ich die Beine wieder ablege. Sie hängen zwar noch immer im Schnee, aber glücklicherweise ist der Schlitten lang genug, um den Mann bis zum Gesäß oben halten zu können. Der Junge nimmt das Seil des Schlittens und zieht mit einem kräftigen Ruck daran, doch er bewegt sich nur geringfügig.

»Soll ich ziehen und du schiebst?«

Er sieht aus, als würde er ablehnen wollen, doch dann wird ihm wohl bewusst, dass er den Betrunkenen nicht allein nach Hause bekommt. »Ja. Danke«, fügt er leise hinzu.

Wir wechseln die Position, und während er schiebt, ziehe ich einmal kräftig am Schlitten, der sich aufgrund des Gewichts des Mannes in den Schnee gegraben hat. Als wir einige Schritte gegangen sind, holt der Junge zu mir auf und wir teilen uns das Band, während wir gemeinsam den Schlitten hinter uns herziehen.

Der Junge schweigt und schaut sich immer wieder um, als würde er erwarten, dass jeden Moment irgendwer aus seinem Haus kommt und einen dummen Spruch zum Besten gibt. Doch es ist völlig still um uns herum mit Ausnahme des Schnarchens seines Vaters und unserer knirschenden Schritte im Schnee.

»Bei dir war es also dein Großonkel«, bricht der Junge irgendwann das Schweigen, als würde er es nicht länger ertragen.

»Ja, und es war mir unsagbar peinlich. Klar ist es nicht meine Schuld gewesen, aber man fühlt sich trotzdem immer verantwortlich. Fast so, als wäre man die Person mit dem

Problem, obwohl man nur versucht, das Beste aus einer beschissenen Situation zu machen.«

»Mhm«, macht er erstickt. Ich kenne diese Tränen, die man hinunterschluckt, um sein letztes bisschen Würde zu bewahren. Deshalb sage ich nichts Tröstendes, denn leere Worte werden nichts an seiner Situation ändern. Ich ziehe seinen Vater einfach weiter durch den Schnee und bin froh, dass es mich von allem ablenkt. Mason ist immer noch am Rande meines Bewusstseins und wartet nur darauf, dass ich wieder Zeit finde, um an ihn zu denken. Genervt packe ich das Seil ein wenig fester und hoffe darauf, dass ich nach dieser Aktion müde genug bin, um einfach in einen traumlosen Schlaf zu kippen.

Big Sky ist nicht groß und wir erreichen das heruntergekommene Haus innerhalb weniger Minuten. Der Junge schnauft und packt den Mann unter den Armen.

Ich will ihm helfen und mich nach den Füßen bücken, doch der Junge macht ein abwehrendes Geräusch. »Warte. Ab hier schaffe ich es alleine. Danke«, fügt er leise hinzu. In seinen Worten schwingt noch so viel mehr mit. Scham. Resignation. Angst. Vermutlich will er nicht, dass ich sehe, wie die beiden wohnen. Er will nicht, dass ich mir eine Meinung über ihn bilde und ihn vielleicht doch verurteile.

Das respektiere ich und trete deshalb wieder zurück. Ich würde gerne mehr für ihn tun und hoffe wirklich, dass es Menschen gibt, die auf ihn aufpassen. Nicht solche wie meine Großtante, die ihre Augen lieber vor allem verschlossen hat, statt meinen Großonkel in eine Entzugsklinik zu schicken. Ich konnte das damals nicht und zerrte ihn deshalb mehrmals die Woche nach Hause. Erst recht, als die Leute anfingen, über uns zu reden, und meine Klassenkameraden nur noch einen weiteren Grund fanden, um sich über mich lustig zu machen. Von da an bin ich nicht nur das Mädchen gewesen, dessen

Mutter sie einfach zurückgelassen hat, sondern auch dasjenige, dessen Großonkel sich fast jeden Abend in der Dorfkneipe zur Besinnungslosigkeit betrank.

Der Junge wirft mir ein angespanntes Lächeln zu und ich erwidere es. Da wird mir klar, dass ich nicht einmal seinen Namen kenne. Nicht, dass ich damit irgendeine Möglichkeit hätte, ihm zu helfen. Normalerweise wissen in solchen kleinen Dörfern immer alle, wer was treibt.

»Gute Nacht«, sage ich leise und drehe mich weg von ihm, weil ich nicht zusehen kann, wie er den großen, schweren Mann die Veranda hochschleppt.

»Nacht«, erwidert er ebenso leise und ich spüre seinen Blick in meinem Rücken, als ich mit dem Schlitten in der Hand den Rückweg antrete. Irgendwann höre ich ihn wieder schnaufen, und als ich das Ende der Straße erreicht habe, drehe ich mich noch einmal um. In dem Haus brennt nun Licht und die Haustür ist geschlossen.

In meiner Brust schmerzt es und ich schlucke gegen die Enge in meiner Kehle an.

Das arme Kind hat das nicht verdient.

Niemand hat das verdient.

22. DEZEMBER

Ava

Hinterm Fenster dämmert der Morgen herauf. Mason liegt neben mir auf seiner Betthälfte und schläft. Ich stehe auf und blicke nach draußen auf die Straße. Sonnenstrahlen haben es bisher nicht nach Big Sky geschafft, aber der Himmel leuchtet in hellem Winterblau. Die vereinzelten Wolken haben einen zarten Roséton angenommen. Zum tausendsten Mal lese ich Nolans Nachricht von gestern Abend auf meinem Telefon: *Kann hier nicht so bald weg. Morgen soll ich eine Tanne holen. Möchtest du mitkommen?*

Tanne???, habe ich zurückgeschrieben.

Einen Weihnachtsbaum. Peyton ist mit unserem Grinch beschäftigt und ich könnte Hilfe brauchen. Willst du vorher mit mir frühstücken?

Ich nehme an, mit Grinch ist Hunter gemeint. Nachdenklich drehe ich mich um und lehne mich rücklings gegen die Fensterbank. Mason liegt von mir abgewandt auf der Seite. Als mich gestern Nacht ein Lawinenalbtraum aus dem Schlaf gerissen hat, war er nicht da. Verschwitzt und mit Herzrasen konnte ich trotzdem nicht mehr einschlafen. Worauf habe ich mich nur eingelassen, als ich gestern Abend schrieb: *Ist gut, wann soll ich morgen da sein?*

Unter Frühstück versteht Nolan meinen bisherigen Erfahrungen nach, sich ein paar zähe Energieriegel reinzuschieben. Und wenn er mir erklärt, wie er sich in Bezug auf meinen Liebesbrief fühlt, will ich vielleicht nicht irgendwo nur mit ihm und einer Axt im Gebirge unterwegs sein. Je nachdem, wie seine Antwort ausfällt … Ruhelos habe ich mich schließlich von meiner Decke befreit und bin im Dunkeln aus dem Zimmer getappt, um mir ein Glas Milch zu holen. Ich war mir fast sicher, Mason an seinem angestammten Platz vorm Fenster zu finden – schlafend mit dem Kopf auf dem Tisch. Ich hätte ihn geweckt, damit er keinen steifen Hals bekommt.

Umso überraschter war ich, als ich ihn – noch von der Treppe aus – etwas versteckt von den mit Tannenzweigen geschmückten Holzbalken in der Fernsehecke entdeckte. Mit Grace. Und sie schauten nicht fern … Kurz war ich wie erstarrt. Sollte ich umkehren? Mich in die Küche schleichen? Auf mich aufmerksam machen? Das Knarzen der Stufe unter mir nahm mir die Entscheidung ab. Die beiden fuhren schlagartig auseinander. Vor allem Grace starrte mich so entsetzt an, als erwartete sie, mir würden Teufelshörner wachsen und ich würde sie direkt in die Hölle schicken. Mason fing sich zwar schnell wieder, aber garantiert war auch ihm unangenehm, dass ich sie gestört hatte. Also floh ich in die Küche. Was genau Grace drüben sagte, konnte ich nicht verstehen, während ich mir ein Glas Milch einschenkte. Nur, dass sie extrem aufgebracht klang. Meinetwegen? Ich runzelte die Stirn. Vorsichtig öffnete ich die Tür einen Spalt und lugte nach draußen. Grace stürmte bereits die Treppe nach oben. Mason stand mitten im Raum, sah kurz so aus, als wollte er ihr folgen, ging aber schließlich zum Sofa zurück und ließ sich mit einem Seufzen darauffallen. Irgendwie wirkte er überfordert, als er sich mit beiden Händen durch die Haare fuhr. Zögernd gesellte ich mich mit meinem Milchglas zu ihm.

»So viel zum Thema, ich darf nicht vor deinen Augen mit anderen rummachen?« Ich schenkte ihm ein Lächeln, um zu signalisieren, dass mein Kommentar nicht böse gemeint war – eher als Gesprächsangebot.

Mason stützte sich mit den Armen auf den Knien ab und sah zu mir auf. »Fandest du das gerade sehr daneben von mir?«

Ich setzte mich in einen der flaschengrünen Sessel ihm gegenüber. »Nein, ich war nur überrascht, dich so mit ihr zu sehen.«

In einer fast hilflosen Geste hob er die Schultern. »Grace hat etwas an sich, das ich ziemlich anziehend finde. Und ich … Es ist einfach so passiert. Ich habe das nicht geplant.«

Ich trank noch einen Schluck Milch. »Kommt mir bekannt vor.«

Seufzend lehnte er sich auf dem Sofa zurück. »Mittlerweile weiß ich das, Ava. Hunter hat mir klargemacht, dass du vor allem mein Ego verletzt hast, weil du dich in einen anderen verliebt hast. Aber mir ist bewusst, dass du es nicht darauf angelegt hast. Du hast uns mit diesem Urlaub noch eine letzte Chance gegeben und ich habe mich wirklich nicht angestrengt, uns zu retten.«

Zitternd holte ich Luft. »Auch wenn ich nichts an meinen Gefühlen für Nolan ändern konnte, habe ich Schuldgefühle deshalb. Mir tut das immer noch leid. Aber ich hatte Angst, du würdest mich deshalb allein verantwortlich dafür machen, dass es zwischen uns nicht mehr funktioniert.«

»Das tue ich nicht. Ich habe kapiert, dass mir das genauso hätte passieren können.«

»Wegen Grace? Warum ist sie denn weggelaufen?«

Wieder rieb Mason sich mit der Hand übers Gesicht. »Es war ihr unangenehm, dass du uns gesehen hast.«

Ich drehte das Milchglas in meiner Hand. »Ist ihr vielleicht gar nicht klar, dass wir getrennt sind?«

Mason hob die Schultern. »Ich dachte, sie hätte es mitbekommen. Schließlich weiß Hunter Bescheid.«

»Hunter hat, glaube ich, ganz andere Probleme. Und wenn

Grace sich zu dir hingezogen fühlt, obwohl sie denkt, dass du vergeben bist, versucht sie vermutlich ihre Gefühle nicht zuzulassen.«

»Meinst du?«

»Jedenfalls war sie mir gegenüber die ganze Zeit ziemlich angespannt. Wir beide haben uns ja eher bedeckt gehalten. Vielleicht solltest du Grace sagen, dass sie keine Angst haben muss, eine glückliche Beziehung zu zerstören?«

»Ja, vielleicht.« Fragend sah Mason mich an. »Fühlt sich das für dich gar nicht merkwürdig an, dass wir hier sitzen und du mir Tipps in Bezug auf Grace gibst?«

Unwillkürlich musste ich lachen. »Doch, das fühlt sich sogar extrem merkwürdig an. Wir waren sechs Jahre zusammen. Ich schätze, es wird noch eine Weile komisch sein, dass wir das jetzt nicht mehr sind.«

Wieder nickte Mason, beobachtete dann einen Moment lang, wie ich meine Milch trank. »Wenn Nolan dir wirklich so wichtig ist, will ich nicht länger zwischen euch stehen«, meinte er schließlich. »Meinetwegen musst du dich nicht mehr zurückhalten.«

Vor Überraschung verschluckte ich mich fast an meiner restlichen Milch. »Meinst du das ernst?«

»Ja.« Er hob die Schultern. »Ihr müsst es ja nicht übertreiben, falls ich gerade neben euch stehe.«

Mein Grinsen konnte ich mir nicht verkneifen. »Du meinst so wie Grace und du eben?«

»Sollte sich die Situation noch mal ergeben, passe ich besser auf. Ich hätte mir ja denken können, dass du wieder mitten in der Nacht Lust auf Milch kriegst.«

»Als ob mir das ständig passiert.«

»Eigentlich nur, wenn du schlecht schläfst …« Mason hielt inne und musterte mich fragend. »Du schläfst mal wieder nicht gut, oder?«

»Nach der Lawine, nach unserer Trennung … Und …« Ich senkte den Blick. »Ich komme nicht richtig zur Ruhe, wenn du neben mir liegst wie immer, obwohl jetzt alles anders ist.«

»Morgen frage ich Peyton, ob sie nicht doch irgendwo ein anderes Bett für mich hat, okay? Wenn nötig, schlafe ich auch in ihrer Werkstatt.«

Dankbar sah ich ihn an. »Das würdest du tun?«

Er nickte. »Du weißt doch: Ich schlafe überall gut. Und vielleicht solltest du das jetzt auch noch mal versuchen, oder? Du siehst echt müde aus. Wenn du willst, bleibe ich hier unten auf dem Sofa.«

»Nein, das musst du nicht.« Sofort schüttelte ich den Kopf. »Ich hätte ein schlechtes Gewissen, wenn du morgen Rückenschmerzen hast.«

»Na gut.« Mason erhob sich ebenfalls, als ich aufstand, und deutete auf den mit Snacks und Getränken vollgestellten Couchtisch. »Dann räume ich noch schnell auf und komme danach hoch.«

Ich nickte und wollte mich schon abwenden, als Mason mich aufhielt. »Ava?«

»Hm?« Ich drehte mich zu ihm um. Er stand direkt hinter mir. Der vertraute Duft seines Parfums *Creed Aventus* stieg mir in die Nase.

»Ich bin froh, dass wir noch mal geredet haben. Auch wenn alles noch merkwürdig ist, es steht nichts mehr zwischen uns, oder?«

»Nein«, antwortete ich leise. »Tut es nicht.«

In einer ungewohnt zögernden Geste breitete Mason die Arme aus und ich machte noch einen Schritt auf ihn zu. Einen Moment lang hielten wir uns gegenseitig fest.

Jetzt frage ich mich, ob Mason und ich es irgendwie schaffen können, wieder Freunde zu werden – so, wie wir es waren, bevor wir uns beim Flaschendrehen zum ersten Mal geküsst haben.

Ich wende mich vom Fenster ab und schleiche auf Zehenspitzen ins angrenzende Bad. Nach einer kurzen Dusche flechte ich meine Haare in einen unordentlichen Zopf und schlüpfe in Thermounterwäsche, ein frisches Paar Base-Layer und einen warmen Pulli. Mit meiner Skikleidung überm Arm schleiche ich mich schließlich nach draußen.

Im Ort ist es noch still. Das mittlerweile schräg einfallende Sonnenlicht färbt meine Atemwolken in blassem Gold. Zauberhafterweise entdecke ich jeden Tag neue Dinge in Big Sky, die ich fotografieren möchte. Jetzt aber hänge ich mir meine Kameratasche über die Schulter und mache mich auf den Weg zur Ranger Station. Auf der Veranda trete ich mir den Schnee von den Stiefeln – eine fast schon vertraute Handlung.

»Hi, ich bin da!« Alfie schießt auf mich zu und drückt sich wedelnd gegen mich. »Hey, Süßer.« Lachend ziehe ich meine Handschuhe aus und kraule sein seidiges Fell. Da die Blockhütte von Tannen umgeben ist, dringt nicht viel Sonnenschein nach drinnen. Im Büro ist aber die Deckenbeleuchtung eingeschaltet. Außerdem riecht es wohlig nach Kaffee. »Nolan?«

»Hi.«

Mir bleibt fast das Herz stehen, als er in der Bürotür auftaucht und mich ein bisschen verlegen angrinst. Mich überfordert die Situation genau wie ihn. Das Glücksrad in mir kommt sofort wieder auf Hochtouren.

»Ich habe Kaffee gekocht.« Nolan bittet mich mit einer einladenden Geste herein. »Ganz ohne Heidelbeeren.«

»Das klingt himmlisch.« Erleichtert trete ich auf ihn zu, wobei Alfie noch immer so um meine Füße wirbelt, dass ich fast über ihn stürze. Nolan schickt ihn auf seine Decke in einer Ecke des Büros.

»Gibt es auch Energieriegel ohne Heidelbeeren?«

»Ich dachte, du hast vielleicht mehr Appetit auf ein richtiges Frühstück.«

Überrascht bleibe ich mitten im Büro stehen. Das Kaffeearoma aus der Maschine auf der Küchenanrichte mischt sich mit dem würzigen Geruch von Eiern mit Speck und dem süßen Duft frisch aufgebackener Croissants. Auf dem etwas wackeligen Tisch mit den vier Klappstühlen vor der Küchenzeile liegt sogar eine rot-weiß karierte Tischdecke.

»Das …« Sprachlos drehe ich mich zu ihm um. »Du hast mir Frühstück gemacht?«

Nolan lacht auf. »Du dachtest nicht ernsthaft, ich speise dich mit der Clif-Bar-Mixbox ab, oder?«

»Hm … Vielleicht habe ich das.«

Er hebt die Augenbrauen. »Und du hast trotzdem zugestimmt, mit mir zu frühstücken?«

»Zum Glück hast du mich ja positiv überrascht.«

Grinsend weist Nolan zum Tisch. »Willst du dich setzen?«

»Klar.« Meine warmen Klamotten werfe ich über einen der Schreibtischstühle.

»Willst du Rührei?« Nolan nimmt die Pfanne vom Herd, als ich mich nur in der Base-Layer und meinem warmen Pulli an den Tisch setze.

»Klar.« Ich stehe wieder auf, um Kaffee in zwei Becher zu füllen. Nolan stellt zusammen mit meinem üppig beladenen Teller einen Korb mit Croissants auf den Tisch. Sofort schnappe ich mir eins.

»Wo hast du die denn aufgetrieben? Peyton hat gestern im Grocery Store keine mehr bekommen.«

»Ich war bei Barbs im Diner.« Nolan lässt sich mir gegenüber am Tisch nieder. »Ich fürchte, sie reimt sich zusammen, warum ich die Dinger unbedingt haben wollte. Aber du hast mal gesagt, dass für dich nichts über Croissants zum Frühstück geht, also …« Er zuckt mit den Schultern.

Oh mein Gott, ich muss in den Tagen vor der Lawine wirklich unfassbar viel auf ihn eingequatscht haben. »Ich fürchte,

Barbs kann sich mehr zusammenreimen als uns lieb ist.« Mit einem genießerischen Seufzen beiße ich ein knuspriges Ende des Croissants ab. »Sie weiß, dass Mason und ich getrennt sind. Und da ich so komisch zu dir war, ahnt sie bestimmt, dass du was damit zu tun hast.«

Nolan, der gerade Rührei auf seine Gabel schieben wollte, hält inne. »Habe ich das denn? Ich meine …« Er runzelt leicht die Stirn. »Ich weiß, dass es mit Mason nicht gut lief. Aber ich wollte mich nicht zwischen euch drängen.«

Ich ziehe ein Stück buttrigen Teig aus dem Croissant. »Das alles war nicht deine Schuld. Wenn ich mich nicht in dich verliebt hätte …« Shit! Hitze schießt mir in die Wangen. Gut, er weiß das mittlerweile. Aber muss ich es unbedingt wiederholen? »… dann hätte ich es wohl nicht ausgerechnet hier beendet. Unsere Beziehung wäre aber so oder so nicht zu retten gewesen.«

Ich sehe Nolan über den Tisch hinweg an. Einen Moment lang erwidert er stumm meinen Blick.

»Du bist die Erste, die mir einfach so sagt, dass sie sich in mich verliebt hat«, meint er schließlich mit einem halben Lächeln. »Ich bin noch ein bisschen überfordert davon.«

Ich lasse mein Croissant sinken. Plötzlich fühlt es sich zu schwer in meiner Hand an. »Du musst mir nichts erklären, wenn du nicht fühlst wie ich. Den Brief habe ich geschrieben, als ich dachte, ich würde dich nie wiedersehen. Sonst wäre ich wahrscheinlich nicht so forsch gewesen.«

»Es ist nicht so, dass es mir mit dir so viel anders ginge.«

Okay …? *Es ist nicht so, dass es mir mit dir so viel anders ginge.* Ist das Nolans Art, mir zu sagen, dass er sich auch in mich verliebt hat? Oder das Gegenteil? Er weicht meinem Blick aus. »Bist du dir denn sicher, dass es mit Mason endgültig vorbei ist?«

»Ja. Absolut sicher.«

Nolans Augen sind so dunkel wie die Nacht. »Das Ding ist: Ich habe schon in dem Moment, in dem ich im Schnee über dich gestolpert bin, gemerkt, dass du besonders bist. Ich meine, natürlich habe ich da noch nicht gedacht, dass ich mich in dich verlieben könnte, aber ich wusste, dass ich dich wiedersehen wollte.«

Langsam wickle ich die nächste krosse Schicht von meinem Croissant, während er fortfährt: »Im ersten Moment lag das wahrscheinlich an deinen Fotos – weil du die Welt genauso einfängst, wie meine Mom sie sah. Aber … keine Ahnung. Es lag auch daran, wie du mit mir geredet hast.«

Ich muss plötzlich lachen. »Du meinst an meinem Mein-Freund-liebt-mich-nicht-mehr-, Ich-habe-mein-Studium-geschmissen-, Ich-habe-die-Vision-von-einem-drohnengestützten-Bildband-, Ich-liebe-Croissants-zum-Frühstück-, Ich-habe-nie-was-Schöneres-gesehen-als-den-Sonnenaufgang-in-Montana-, Und-was-sonst-noch-alles-*Information-Dump*?«

Grinsend erwidert er meinen Blick. »Du hast mit mir geredet, als würden wir uns ewig kennen – ungefiltert, direkt von Herzen. Du hast nie darüber nachgedacht, wie das bei mir ankommt.«

»Doch, ehrlich gesagt schon«, gebe ich zu. »Es hat mich nur nicht abgehalten weiterzureden. Die Stimme der Vernunft ist mitunter sehr leise in meinem Kopf.«

Lachend greift Nolan nach seiner Kaffeetasse. »Siehst du? Ich mag, dass du dich selbst nicht so ernst nimmst. Und so viel hast du gar nicht geredet, Ava.«

»Stimmt, ich habe dich auch ziemlich mit Fragen gelöchert.«

»Und du hast mir zugehört. Sonst hättest du mir nicht noch mehr Fragen stellen können.«

Ich muss schon wieder lachen. »Das klingt, als wäre ich ziemlich anstrengend gewesen.«

»Nein, warst du nicht.« Wieder ernst sieht er mir in die Augen. »Ich wollte nicht, dass die Tage mit dir vorbeigehen, und habe darauf gewartet, dass du wieder hier auftauchst, sobald wir uns verabschiedet haben. Aber was mich betraf, bist du jeden Abend zu deinem Freund zurückgekehrt.«

»Und wäre Mason kein Thema gewesen?« Ich halte mich an meiner Kaffeetasse fest. »Hättest du versucht, mir näherzukommen?«

Wieder habe ich das Gefühl zu fallen. »Hätte das denn irgendeinen Sinn? Du wirst nach Pasadena zurückkehren, sobald die Straße frei ist. Und ich … Ich bleibe hier in Big Sky. Glaub mir, ich weiß, wie das läuft, wenn einer wegwill und das für den anderen nicht infrage kommt.«

Ich beobachte, wie Nolan sich wieder über seinen Teller beugt. Was genau versucht er mir zu sagen? Offensichtlich mag er mich. Und klar, die Entfernung zwischen Big Sky und Pasadena ist dieselbe wie vor ein paar Tagen. Aber bedeutet es, dass zwischen Nolan und mir im Hier und Jetzt nichts passieren darf? *Vermutlich würde euch das jedenfalls eine Menge Kummer ersparen,* erklingt die Stimme der Vernunft in meinem Kopf. Aber die kann mich mal. Denn der Kummer wird doch nicht besser, wenn ich mich die ganze Zeit frage, was gewesen wäre, wenn.

»Okay«, sage ich schließlich. »Aber man kann sich nicht jeden Moment im Leben von den Konsequenzen kaputt machen lassen, die er vielleicht mit sich bringt.«

Ein Lächeln fliegt über Nolans Gesicht. »Das kann ich mir vorstellen, Ich-gebe-meinen-Studienplatz-an-der-Caltech-auf-Ava.«

Grinsend zucke ich mit den Schultern. »Mein Dad hat mir eigentlich vorgelebt, bis ins kleinste Detail alle möglichen Folgen meiner Entscheidungen zu durchdenken. Und wenn ich etwas bereute, meinte er, meine Vorhersage sei nicht gut genug gewesen. Aber so funktioniere ich einfach nicht.«

»Das ist auch ziemlich streng, oder?«

Ich ziehe ein Knie dichter an den Körper und schiebe meine Gabel ins Rührei. »Das ist seine Art zu denken. Statt mir Geschichten vorzulesen, suchte er mit mir im Wald nach Mustern und Gesetzmäßigkeiten – zum Beispiel den geometrischen Strukturen von Blättern. Wenn wir in den Nachthimmel schauten, erklärte er mir, wie sich Umlaufbahnen von Himmelskörpern berechnen lassen. Und wenn ich ein Problem hatte, gingen wir es mathematisch an: zergliedern, in berechenbare Größen umwandeln und anhand der Datenbasis entscheiden.«

»Teilt er auch deine Leidenschaft für Fotografie?«

Ich schüttle den Kopf. »Überhaupt nicht. Ich habe mich auf unseren Ausflügen und Camping-Trips immer wohler gefühlt als in L. A. Also habe ich angefangen sie in Bildern festzuhalten. Dad konnte damit nichts anfangen.«

»Dann war er nicht begeistert, als du Fotografin geworden bist?«

»Er war nicht nur nicht begeistert.« Unwillkürlich ziehe ich die Schultern hoch. »Er hat mich angesehen, als wäre ich ein Alien. Wenn ich versuchte ihm meine Fotografie näherzubringen, diskutierte er über Strahlengänge und projektive Geometrie, mit der sich der Aufnahmeprozess beschreiben lässt. Aber ich … Für mich gibt es mehr als Mathematik. Ich will wahrnehmen, wie schön die Welt ist, und mich nicht nur über die Schönheit eines Beweises freuen.« Ich pike mehr Rührei auf. »Trotzdem fiel es mir schwer, mein Studium zu schmeißen. Niemand hat mich verstanden. Ich habe mich …« Ich muss tief Luft holen. Ich sage es ja: Big Sky ist zu viel für meine Nerven. Ich spüre es schon wieder in meinen Augen kribbeln. Oder vielleicht habe ich das einfach nie so klar ausgesprochen. »Ich habe mich sehr einsam gefühlt im letzten Jahr – ohne meinen Dad, ohne Mason, ohne meine Freunde.

Ich meine … Natürlich habe ich Freunde. Aber die meisten sind Mathematiker. Die interessieren sich nicht wirklich für die Aufnahmen, die ich von Hochzeitspaaren schieße. Und Mason hat mich auch nicht mehr gesehen. Ich war einfach … emotional einsam. Bis ich dich getroffen habe. Mit dir ist es mir ganz leichtgefallen, mich gut zu fühlen, einfach hier im Moment zu sein, ohne ständig an Konsequenzen zu denken. Können wir alle Ängste nicht einfach mal beiseiteschieben?«

Nolan legt über den Tisch hinweg eine Hand auf meine. Es ist das erste Mal, dass ich seine Haut so bewusst spüre. Seine Hand ist viel wärmer als meine.

»Es ist einfach so«, sagt er leise, »dass schon mal jemand, der mir sehr wichtig war, selten an irgendwelche Konsequenzen gedacht hat. Das hat sie das Leben gekostet.«

Mein Herz zieht sich schmerzhaft zusammen. »Ich weiß, Nolan. Es tut mir leid, dass du deine Mom verloren hast. Aber es geht nicht bei jeder Entscheidung um Leben und Tod.«

Wieder fliegt ein Lächeln über sein Gesicht. »Ich habe das Gefühl, mit dir geht es immer um Leben und Tod.« Sein Daumen streicht über meine Hand, aber dann greift er wieder nach seinem Besteck.

Ich bin mir nicht sicher, was das alles für Nolan und mich bedeutet. Offenbar hat er Gefühle für mich, auch wenn er die nicht richtig benennen kann. Und er will mehr Zeit mit mir verbringen, aber er hat Angst, dass wir uns in etwas verlieren, das keine Zukunft hat. Ich hingegen bin bereit, diese Zukunft einfach auf mich zukommen zu lassen.

Was eine gute Einstellung ist, als Nolan eine gute halbe Stunde später von mir verlangt, auf ein ziemlich gewaltig aussehendes Gefährt zu steigen. Es bewegt sich auf einer Art Kette, hat vorne zwei Kufen und hinten einen langen, flachen Schlitten. Darauf hat Nolan eine offene Kiste befestigt. Alfie, der eine warme Hundejacke und eine verspiegelte Brille trägt, springt eifrig hinein, setzt sich und sieht uns erwartungsvoll an.

»Äh … Denkst du, dass ich da mit genauso viel Enthusiasmus draufspringe wie er?«

Grinsend erwidert Nolan meinen Blick. »Wenn du mitwillst, wirst du das wohl müssen.«

»Kriege ich auch so eine coole Brille wie Alfie?«

»Logisch. Und einen Helm.«

Nolan reicht mir beides und schwingt sich völlig selbstverständlich auf den Sattel des Schneemobils, während ich noch umständlich das Kinnband schließe. Dann schiebe ich die verspiegelte Skibrille vor meine Augen. Die verschneite Landschaft bekommt einen kühlen Blaustich.

»Muss ich irgendwas beachten?«, frage ich nervös, während ich näher an das Gefährt trete.

Grinsend nickt Nolan mir zu. »Sobald du draufsitzt, schon.«

»Jaja.« Etwas umständlich schiebe ich mich hinter ihn auf den Zweisitzer.

Nolan dreht sich halb zu mir um. »Du kannst dich an mir festhalten oder an den Griffen rechts und links von dir. Deine Füße bleiben immer – und damit meine ich immer – auf der Fußschiene. Nicht, dass du an einer Wurzel oder so hängen bleibst und dir einen davon abreißt.« Rasch drücke ich meine Füße noch fester an den Körper der Maschine. »Bleib ansonsten ganz entspannt sitzen. Wenn ich eine Kurve fahre, stehe ich auf und lehne mich in die Richtung, in die wir wollen. Mach es mir einfach nach, sonst kommen wir nicht rum und geraten aus der Spur. Alles verstanden?« Ich nicke angespannt und er lächelt. »Keine Sorge. Wir fahren eine einfache Strecke. Sonst würde ich Alfie nicht auf dem Schlitten fahren lassen.« Nolan wendet sich nach vorn und befestigt ein Kabel an seinem Gürtel.

»Ist das so eine Art Sicherheitsleine?«, will ich wissen.

Er nickt. »Wenn ich abstürze, wird der Schlüssel gezogen und die Maschine schaltet sich aus.« Er wirft mir noch einen Blick über die Schulter zu. »Ich bin schon sehr lange nicht mehr abgestürzt.«

Obwohl es mich erschreckt, wie laut der unter uns erwachende Motor ist, beschließe ich, Nolan zu vertrauen. Mit Energie durchdringt das Dröhnen des Gefährts die von Schneemassen quasi schalldicht isolierte Umgebung. Wir pflügen uns zwischen den Tannen hinter der Ranger Station hindurch. Die ersten unerwarteten Buckel und Täler im Boden treffen mich hart. Dass mir ein paarmal ein erschreckter Laut entfährt, ist über dem Motorenlärm aber sicher nicht zu hören. Anfangs versuche ich mich an den Griffen festzuhalten. Nolan fährt das Schneemobil auf die Passstraße, wo wir gut vorankommen. Die Landschaft rast an uns vorbei. Ich wende den Kopf nach hinten. Alfie sitzt in seiner Transportkiste und hält sein bebrilltes Hundegesicht in den Fahrtwind. Über uns wölbt sich der tiefblaue Winterhimmel. Rechts von uns glitzert der schneebedeckte Osthang des Bold Mountain in der Sonne. Der Westhang des Grizzly Peak auf unserer linken Seite liegt im Schatten. Ich liebe die Hell- und Dunkelkontraste und ärgere mich jetzt, dass ich meine Kamera nicht mitgenommen habe. Ich wette, es werden sich noch einige gute Motive auf unserer Route bieten.

Als Nolan das Schneemobil von der Straße weg in eine Senke lenkt, wird die Fahrt deutlich unruhiger. Wir müssen mehrfach unser Gewicht verlagern. Schnee peitscht mir ins Gesicht und nimmt mir den Atem. Ich fühle mich sicherer, mich an Nolan statt an den Griffen festzuhalten, und schlinge meine Arme um ihn. Umso besser nehme ich wahr, wie er sein Gewicht einsetzt, um das Schneemobil zu lenken, aber mir ist vor allem bewusst, dass wir uns noch nie so nah waren.

Wir erreichen einen breiten präparierten Weg, der den Bold

Mountain empor- und einige hundert Meter weiter in einen Tannenwald führt. Nolan hält an und dreht sich zu mir um. »Alles in Ordnung?«

Irgendwie ertappt lasse ich ihn los und nicke.

»Du machst das super. Es ist nicht mehr weit.«

Ich will schon wieder nach den Haltevorrichtungen des Schneemobils greifen, aber Nolan nimmt meine Hand und zieht meinen Arm wieder um seine Taille. Mit klopfendem Herzen lehne ich mich gegen seinen Rücken und er beschleunigt das Fahrzeug erneut. Die rasende Fahrt trägt uns in kurzer Zeit den Hang höher hinauf und wir tauchen zwischen den Tannen ab. In lang gezogenen Serpentinen winden wir uns weiter den Berg hinauf, bis der Tannenwald wieder deutlich lichter wird. Bald säumen nur noch vereinzelte, deutlich kleinere Bäume den Weg. Mitten am Hang im grellen Sonnenlicht stoppt Nolan das Schneemobil und schaltet den Motor aus. In der schlagartigen Stille fühlen sich meine Ohren wie betäubt an. Wir nehmen Helme und Brillen ab. Mit etwas steifen Bewegungen lasse ich mich vom Schneemobil rutschen. Alfie fiept ungeduldig.

»Geht's dir gut?« Nolan mustert mich forschend.

»Ja. Abgesehen vom Lärm und der Angst, meine Füße zu verlieren, war es eigentlich ganz schön.«

Nolan lacht und gibt Alfie ein Zeichen. Mit einem Satz springt der Hund aus seiner Box und läuft aufgeregt mit der Nase am Boden hin und her.

Tief atme ich die kalte, reine Luft ein und sauge mich mit dem grandiosen Blau des Himmels voll. Erst dann drehe ich mich zu Nolan um. »Was machen wir jetzt? Fällen wir einen Baum?«

»Ganz genau. Und zwar einen von denen.« Er zeigt auf die vereinzelten Tannen, die in Grüppchen zu zweit und zu dritt, unter uns wachsen. »Die haben die richtige Größe – maximal zwei Meter. Und hier ist es nicht schlimm, wenn wir einen rausnehmen. Wir müssen allerdings ein paar Meter durch den Tiefschnee absteigen. Ist das okay?«

Ich zögere, blicke unwillkürlich den Hang hinauf. Der Gipfel des Bold Mountain streckt sich über uns in den Himmel – eine endlose weiße Fläche, nur im oberen Teil durchbrochen von schartigem Fels.

»Besteht hier keine Lawinengefahr?«

Nolan zögert. »Durch den starken Wind und den Neuschnee ist die Gefahr von Abgängen erhöht. Aber ich sehe hier keine Anzeichen. Und ich denke, dass Alfie uns warnen würde.«

»Warnen?«

»Hast du ihn nicht bellen hören, bevor die Lawine abging?«

Ich erinnere mich, dass ich dachte, er belle die Schlitten an.

»Wie kann Alfie Lawinen vorausahnen?«

»Ich denke, er kann winzige Veränderungen wahrnehmen, die uns entgehen – vielleicht Vibrationen im Boden.«

Wieder starre ich den Hang hinauf und habe kurz das schaurige Gefühl, er komme mir entgegen.

Nolan nimmt eine Säge mit zwei Griffen vom Schlitten, die er an Alfies Kiste befestigt hatte. »Ich denke, wir können uns ins Gelände wagen. Du kannst aber auch hier auf mich warten, wenn dir das lieber ist.«

Ich deute auf die Zweipersonensäge. »Und dann fällst du den Baum mit dem Ding alleine?«

Nolan grinst und hebt die Schultern. »Notfalls kriege ich das hin, aber ich gebe zu, es wäre eine Hilfe, wenn du mitkommst.«

»Ich bin dabei. Wenn ich den Baum aussuchen darf.«

Ich glaube, Nolan bereut ziemlich bald, dass er dieser Forderung zugestimmt hat, denn ich kann mich ewig nicht entscheiden, welche Tanne ich am schönsten finde, bekomme dann ein schlechtes Gewissen, als Nolan die Säge ansetzen will, und entscheide mich schließlich für einen etwas schief gewachsenen Baum, der sich an einem Felsen einen schlechten Platz zum Wachsen gesucht hat. Der Stamm ist nicht sonderlich dick. Trotzdem ist es nicht leicht, mit der Säge einen Anfang zu finden.

»Ohne viel Druck«, weist Nolan mich an. »Einfach abwechselnd ziehen.«

Als ich jedoch genau das tue, verhakt sich das Blatt und ich rutsche auf dem Untergrund weg. Mit einem Schreckenslaut lande ich rücklings im Schnee und versinke sofort. Wie oft kann man in einem Winter eigentlich in den Schnee fallen? Ich blicke in den quietschblauen Himmel, der sich über die verschneiten Tannenwipfel spannt, und muss lachen.

»Ava?« Nolans Gesicht taucht über mir auf. »Alles gut?«

»Ich bin nur immer wieder überrascht, wie schön es hier ist.« Ich deute in den stillen tiefblauen Himmel.

»Ich gewöhne mich dafür langsam daran, dich auszugraben«, erwidert Nolan grinsend. Für diesen Kommentar schleudere ich ihm eine ganze Handvoll Schnee entgegen. »Hey.« Grinsend weicht Nolan zurück. »Dir ist schon klar, dass du dich in keiner guten Ausgangslage für eine Schneeballschlacht befindest, oder?«

Hastig versuche ich mich aus meiner Schneewehe zu befreien, ehe er mich ebenfalls abwerfen kann, und will hinter einer Tanne in Deckung gehen. Nolan setzt mir nach und reißt mich von den Füßen. Lachend landen wir schließlich beide im Schnee.

Ich wische mir glitzernde Flocken aus dem Gesicht. Mir stockt der Atem, als ich Nolan in die Augen sehe und das Gefühl habe zu fallen.

»Ich war vorhin nicht ganz ehrlich.« Er ist atemlos – wie ich. »Mich haben nicht nur deine Fotos fasziniert – oder deine ehrliche Art, sondern auch dein Lächeln. Wie du die Nase krausziehst, wenn du lachst. Dass deine Augen die Farbe von Tannen haben. Und dass deine Sommersprossen dich aussehen lassen, als wärst du eben von der Sonne geküsst worden.«

Himmel! Ich will gerade nur von einem geküsst werden. Meine Lippen prickeln allein bei dem Gedanken. Und dann plötzlich … Nolans Lippen streifen meine. Eine Sekunde lang weiß ich nicht, ob das Gefühl echt ist oder ob ich es mir nur so sehr wünsche. Aber Nolan ist mir nah. Ich schmecke seinen Atem. Ich rieche diese Mischung aus Holz und Bergamotte, nach der ich längst süchtig bin. Ich komme ihm entgegen.

Nolans Lippen auf meinen sind warm. Ein Schauer überkommt mich, weil sich der Kuss im Kontrast zur kalten Luft noch intensiver anfühlt. Schon als seine Zunge meine Lippe nur antippt, entweicht mir ein Seufzen. Nolans Kuss wird fordernder. Ich schließe die Augen und schlinge meine Arme um seinen Nacken, als sich seine Zunge weiter vortastet. Hitze rauscht mir ins Herz, breitet sich in jedem Winkel meines Körpers aus. Fast verzweifelt presse ich mich gegen ihn. Warum ist da so unendlich viel Kleidung zwischen uns?

Weil ihr euch bei minus zehn Grad im Schnee wälzt, verkündet die Stimme meiner Vernunft.

Ach, halt die Klappe, bringe ich sie zum Schweigen. Ich lasse mich von dem hauchzarten Duft nach Bergamotte berauschen, von Nolans erregendem Gewicht auf mir, von der Hitze seiner Zunge in meinem Mund. Ich sauge seine Unterlippe zwischen meine Zähne und spüre, wie sein Atem stockt.

»Ava«, flüstert er mit seinem Mund noch an meinem. Seine Augen sind schwarz wie die Nacht. Dann richtet er sich über mir auf. »Fuck.«

Ich wette, ihn stören genau wie mich die verdammten Kleidungsschichten zwischen uns.

Hunter

Ich habe ein bisschen was für die Uni gemacht, meine E-Mails beantwortet, wobei die Antwort an den Coach das Wichtigste war. Danach bin ich laufen gegangen. Die Luft hier oben in den Bergen ist so klar, dass ich ein bisschen high geworden bin von all dem reinen Sauerstoff. Die anschließende Dusche hat meine Muskeln entspannt. Ich wünschte, das würde auch für meine Gedanken gelten. Fast eine halbe Stunde habe ich unter dem heißen Wasserstrahl gestanden, bevor ich mich abgetrocknet und mir frische Klamotten übergeworfen habe. Als ich jetzt aus dem Bad komme, die Haare noch nass, aber zum Glück angezogen, lehnt Peyton im Türrahmen. Als wäre es okay, in meine Privatsphäre einzudringen, wenn sie dabei nicht die Türschwelle übertritt. Meinetwegen müsste sie sich um keine dieser Grenzen Gedanken machen.

»Morgen«, sagt sie und hält mir eine Tasse entgegen. Heiße Schokolade mit bunten Minimarshmallows, die in der dunklen Flüssigkeit ertrinken. Früher war ich besessen von diesem Getränk, das Peytons Mom uns immer zubereitet hat, wenn wir von einem Tag voller Schnee, Schlittschuhlaufen und Spaß bei eisigen Temperaturen nach Hause kamen und uns bei ihr im B&B aufwärmten.

»Morgen.« Ich sehe sie nicht an, nehme ihr aber den Becher ab und stelle ihn auf die Kommode. »Und danke.« Ich nicke zu dem Getränk und meine es so. Aber mir ist auch klar, dass sie nicht hier ist, um mich mit Kalorien zu versorgen.

Peyton ist fürsorglich, aber nicht unbedingt in Bezug auf mich. Und ganz sicher nicht, nachdem wir gestern heißen Sex hatten und nichts geklärt ist. Außer dass ich es wieder tun will. Und sie das kategorisch ausschließt. Keine Ahnung, wie das gehen soll, ihr nie wieder so nah zu sein. Mich nie wieder in ihr zu verlieren. Der Gedanke, wie wir unsere Körper aneinander gepresst haben, wie ich in sie gestoßen habe und sie jeder Bewegung entgegengekommen ist, wie mein Herz in diesen Rhythmus eingestiegen ist, macht das absolut unmöglich. Ich schüttle den Kopf und reibe mir über den Nacken. Ganz beschissene Richtung, die meine Gedanken da einschlagen.

»Ich wollte mit dir reden.« Peyton knibbelt an dem Saum ihres Mighty-Oaks-Shirts herum. Ich versuche ihren Gesichtsausdruck zu deuten, aber so verschlossen, wie sie auf die Holzbohlen starrt, ist das unmöglich. Einige Haarsträhnen zittern im Takt ihres Atems und ihre Muskeln sind angespannt.

Tut ihr gestern leid? Wenn das so ist und sie es laut ausspricht, muss ich, glaube ich, irgendetwas kaputt schlagen. Am besten irgendeine Weihnachtsdeko. Oder will Peyton mir nur das Versprechen abringen, dass ich es auf keinen Fall jemandem sagen darf, weil sie mich sonst umbringen muss? Das kann sie sich abschminken. Wenn ich nicht mit Nolan oder Grace darüber spreche, wird mich diese Sache oder besser Nichtsache zwischen uns ganz sicher auffressen, bevor sie Gelegenheit dazu bekommt, mich zu töten.

»Worüber?«, frage ich, obwohl mir klar ist, worüber. Ich mache einen Schritt auf sie zu.

»Kann ich reinkommen?« Peyton sieht mich unsicher an, dann hinter sich in den Flur.

Ein Gespräch, das sie besser unter vier Augen führen will. Na großartig. Das entspannt mich wirklich. »Ist dein B&B«, erwidere ich lässig. Dabei ist nichts an mir lässig. Ganz besonders nicht mein verfluchtes Herz, das in Peytons Nähe 'nen Schrittmacher braucht.

»Das hier ist dein Zimmer. Und solange du Gast bist …« Sie bricht ab, streicht sich die Haare hinters Ohr, die sie heute offen trägt, und gibt sich einen Ruck. »Kannst du mich, verflucht noch mal, einfach reinbitten, Hunter?«

Ich trete so nah an sie heran, dass ich die Wärme ihres Körpers spüre. »Komm rein«, raune ich ihr zu und greife hinter ihr nach dem Knauf. Die Tür, die ich zuziehe, zwingt Peyton dazu, sich an mir vorbei in den Raum zu schieben, und für den Bruchteil einer Sekunde berühren sich unsere Körper. Die Luft vibriert, aber schon ist der Moment vorbei, hallt jedoch in jeder meiner Zellen nach. Ich schlucke schwer.

Was soll das bitte? *Komm rein,* äffe ich in Gedanken meine Stimme nach und kann nicht fassen, dass ich sie gezwungen habe, sich an mir vorbeizuschieben. So was läuft im Allgemeinen unter sexueller Belästigung. Was für ein peinlicher, plumper Versuch meines kotzverliebten Unterbewusstseins, sie dazu zu bringen, doch noch einmal schwach zu werden. Ich. Sollte. Das. Dringend. Lassen.

»Entschuldige«, murmle ich und deute auf Peyton, die Abstand sucht, indem sie sich aufs Bett setzt. »Das war …« Bescheuert, dumm, grenzüberschreitend? Mir würden sicher noch einige wenig schmeichelhafte, aber passende Worte einfallen, die meine Scheißaktion richtig umschreiben, wenn ich nicht zu sehr von ihrem Anblick auf meinem Bett gefesselt wäre.

Ihr fällt auf, dass ich sie anstarre, die zerwühlten Laken, in denen ich heute Nacht kaum Schlaf gefunden habe und die sich unter ihren Schenkeln falten.

Ruckartig steht sie auf und geht zum Fenster. Nicht, dass das wirklich etwas an der Vorstellung von ihr und mir in diesen Laken ändern würde, an der sich mein Verstand hartnäckig festkrallt. »Du wolltest reden?« Ich räuspere mich und lehne mich gegen die Wand, wappne mich für das Gespräch, das jetzt folgen wird.

»Ja.« Sie dreht sich um und verknotet die Hände vor ihrem Bauch. »Wegen der Weihnachtssache.«

Ist das ihr Ernst? Ich nehme den Kakao, verstecke mich sekundenlang hinter dem Becher, ohne zu trinken, und setze ihn dann viel zu hart zurück auf die Oberfläche. Fuck. Wir hatten Sex und sie will ausgerechnet über Weihnachten diskutieren?

»Dein Vater hat dich angerufen?«

Ich nicke. So weit waren wir gestern schon, als ich sie erst angeschrien und dann Sex mit ihr hatte.

»Was hat er genau gesagt?« Das erste Mal klingt sie wie Peyton. Nicht genervt oder wütend, sondern so wie damals, als wir einander so gut wie alles anvertraut haben. Bis auf die Gefühle, die wir füreinander hatten.

Ich stoße mich von der Wand ab und gehe im Zimmer auf und ab. »Dass er dabei ist, wenn ich dafür mitspiele und nach außen einen auf heile Familie mache.«

»Was du nicht möchtest.«

Ich hole Luft, aber sie schüttelt den Kopf. »Ich verstehe einfach nicht, warum das so ein großes Problem für dich ist. Ist ja nicht so, als müsstest du den ganzen Quatsch wirklich glauben. Er zwingt dich ja nicht dazu, dich mit ihm auszusöhnen oder nach Big Sky zurückzukehren.«

Sie senkt den Blick, aber ich sehe die Enttäuschung darin, dass das für mich keine Möglichkeit ist. Weswegen wir keine Option sind. Auch nicht nach gestern.

»Du musst dich nur für ein paar Fotos neben ihn stellen.«

»Ganz so einfach ist das nicht, und das weißt du.«

»Tue ich das?« Sie verschränkt die Arme vor der Brust. »Ich habe nämlich das Gefühl, gar nichts mehr zu wissen.«

Ich bin mir ziemlich sicher, dass sie nicht mehr nur von Dad redet, der selbstverständlich versuchen wird, mich bei jedem Kontakt zur Rückkehr nach Big Sky zu bewegen, und meine Entscheidungen infrage stellt, bis ich selbst an ihnen zweifle. »Er will nicht nur Fotos«, sage ich fest. »Ich soll sein Ansprechpartner sein. Und wann immer er mit dem kleinen Finger schnippt, habe ich öffentlichkeitswirksam bei ihm in der Hütte anzutanzen und brav Männchen zu machen.« Stöhnend fahre ich mir durch die Haare.

Peytons Blick flackert, aber nicht ihre Überzeugung, dass die Sache mehr wiegen sollte als mein verdammter Stolz. »Wusstest du, dass Barbs sechs Enkelkinder hat? Sie wird sie dieses Jahr nicht sehen. Und außer an Weihnachten und zu den Geburtstagen der Kinder sieht sie sie auch sonst nicht, weil sie in Chicago leben und sie sich das Ticket dahin nicht öfter leisten kann.«

»Bitte Dad, dass er vernünftige Löhne zahlt. Problem gelöst.« Ich vermute, Barbs letzte Gehalterhöhung ist im vorigen Jahrtausend erfolgt. Dad hat ihren Lohn mit Sicherheit nicht der steigenden Inflation angepasst.

Peyton sieht mich eindringlich an. »Sie hat für ihre Familie gebacken. Wenn wir das nicht machen, sitzt sie mit einem übergroßen Haufen Gebäck allein unterm Weihnachtsbaum.«

Ich will etwas sagen, aber Peyton schneidet mir das Wort ab. »Oder nimm Agnes: Sie lebt für dieses Dorf. Sie hat dir Pflaster spendiert, wenn Nolan und du beim Klettern ausgerutscht seid und mit blutigen Knien nach Hause kamt. Als du diesen Flusskiesel in deinem Nasenloch stecken hattest – und ich will gar nicht wissen, wie Nolan und du den da reinbekommen habt oder wieso –, da war es Agnes, die stundenlang mit dir bei Doc James gesessen hat, damit du es nicht deinem Dad sagen musstest. Sie hat es ihm nie gesteckt oder ihn angerufen, wenn du Mist in der Schule gebaut hast, weil sie wusste, wie er ist. Glaubst du wirklich, jemand wie sie verdient es, an Weihnachten allein zu sein?« Sie hat sich in Rage geredet. »Und was ist mit Theo? Sollte er neben seinem völlig betrunkenen Vater, der in seiner eigenen Kotze liegend am Boden einschläft, in deren kleiner Hütte feiern? Ohne Tannenbaum? Ohne Geschenke? Ohne Liebe oder zumindest ein Zusammengehörigkeitsgefühl?«

»Nein«, sage ich leise und funkle sie an. »Niemand sollte so feiern. Aber ich bin nicht die Lösung. Ich kann das nicht.«

Sie macht einen Schritt auf mich zu und steht jetzt direkt vor mir. »Oder willst du nicht?«

»Vielleicht will ich nicht. Vielleicht bin ich genau das Arschloch, für das du mich hältst. Vielleicht sind mir die Barbs Agnes und Theos dieser Welt einfach egal.«

Sie zögert, blickt zu Boden, dann wieder mich an. »Das glaube ich dir nicht.«

»Ausgerechnet du denkst, ich wäre ein guter Mensch?«

»Früher warst du das. Aber sollte ich falschliegen und es ist dir wirklich egal, dann tu es für mich«, sagt Peyton in diesem Moment leise. Nervös leckt sie sich über die Lippe. »Nicht, weil wir …« Sie macht eine Handbewegung, die wohl umfassen soll, was gestern passiert ist, es aber nicht kann. »Einfach, weil wir Freunde sind.« Sie schluckt. »Waren.«

»Sind«, murmle ich, ohne meinen Blick von ihr zu lösen. Und wir sind noch so viel mehr. Da kann ich mich wehren, wie ich will, es abstreiten, leugnen. Peyton kann das tun, aber es ist die Wahrheit. Trotzdem zögere ich, bis Peyton mich ansieht und, *bäm*. Ein Blick von ihr reicht aus und meine Abwehr verabschiedet sich. Einfach so. Langsam ziehe ich mein Telefon aus der Tasche und wähle Dads Nummer.

»Sehr retro.« Peyton grinst, als sie das Seniorenhandy sieht, und ich liebe das Geräusch, das sie dabei macht. Ein bisschen Schadenfreude, gepaart mit echtem, tiefem Lachen.

»Sag nichts gegen mein Telefon. Das ist hipp«, murmle ich und drücke auf den grünen Hörer. Noch immer sehe ich Peyton unverwandt an.

»Adams.« Dad meldet sich stets auf dieselbe Art und Weise. Bestimmt, geschäftsmäßiger Tonfall, kein Gefühl in der Stimme. Für die Arbeit ist das von Vorteil. Das sehe ich ein. Aber muss er sich echt so anhören, wenn er mit mir redet? Wenn er mit Mom spricht?

»Ich bin dabei«, bringe ich knapp heraus und lege wieder auf, bevor er etwas erwidern oder ich es mir anders überlegen kann. Ich habe das nicht für Barbs, Agnes oder Theo getan. Ich habe das auch nicht gemacht, weil mir gestern Abend leidtut und ich denke, ich müsste Wiedergutmachung leisten. Vielleicht macht es mich zu einem schlechten Menschen, aber ich habe das allein für sie getan. Peyton bedeutet mir genug, um dafür zum Weihnachtswunder zu mutieren, selbst wenn ich dafür Zeit mit Dad verbringen muss. Ich kann ihr das nicht abschlagen. Ich kann ihr nichts abschlagen. Sanft zupfe ich an einer Strähne ihres Ponys. Aus dem Grund war ich damals feige und habe mich nicht von ihr verabschiedet, bevor ich gegangen bin. Denn dann wäre ich geblieben. Ich wäre geblieben und irgendwann wie Dad geworden.

Grace

Als ich runterkomme, ist der Frühstücksraum bis auf Peyton leer. Sie räumt gerade die Reste des Buffets auf, hört meine Schritte auf der Holztreppe und blickt erwartungsvoll auf. Ihr Lächeln verrutscht nur ein wenig, als sie mich entdeckt. »Hi, du hast aber lange geschlafen. Kaffee? Ich kann dir noch einen Frühstücksteller fertig machen.«

Ich umfasse meinen Laptop ein wenig fester und versuche, nicht auf die Couch hinter ihr zu blicken, auf der ich gestern eingeschlafen bin. Mit Mason. Meine Wangen brennen und ich würde am liebsten zu Boden schauen, wenn ich nur daran denke, dass Ava uns gestern Nacht beinahe dabei erwischt hätte, wie wir … ich presse die Lippen zusammen, um das plötzliche Prickeln in ihnen zu unterdrücken.

In Wahrheit habe ich nicht geschlafen, sondern mich auf meinem Zimmer verkrochen, bis ich es vor Hunger nicht mehr ausgehalten habe. Als ich Mason dann durch das Fenster draußen habe telefonieren sehen, musste ich die Chance ergreifen und runtergehen.

»Gerne.«

Lächelnd nickt sie und verschwindet in der Küche. Mein Blick fliegt zu meinem üblichen Arbeitsplatz, an dem bereits Masons Laptop steht. Er ist noch aufgeklappt, was bedeutet, dass er jeden Moment zurückkommen wird.

Ich gebe mir einen Ruck. Weder die Couch noch der Laptop werden mich beißen. Sie haben keine Schuld an der ganzen Misere.

Er fand es schön …

Ich fand es auch schön, aber, verdammt, ich bin nicht diejenige in einer Beziehung. Selbst wenn sie diese besonders locker führen und Affären dulden würden, wäre ich da raus. Ich mache so was nicht. Egal wie sehr Mason es schafft, mir Herzklopfen zu bereiten – so was käme niemals für mich infrage.

Ich atme tief durch und straffe meine Schultern. Das alles muss ein Ende haben. Ich dachte, es wäre harmlos, doch das ist es nicht, war es vermutlich nie. Nicht, seitdem er mich im Schnee umgerannt hat und mein Herz bei jeder Begegnung mit ihm aus dem Takt gerät. Ich mag Mason, egal wie oft ich mir selbst etwas anderes einreden will.

Sobald er zurückkommt, werde ich das hier beenden. Wir werden darüber sprechen und dann wie ganz normale Menschen weitermachen.

Mein Laptop landet jedoch dieses Mal auf der Theke. Zuerst muss ich dringend etwas essen.

Es dauert eine Weile, bis Peyton zurückkommt, doch dann bringt sie mir ein Tablett mit frischem Kaffee und einem so voll beladenen Teller, dass er Hunter locker satt gemacht hätte. »Hast du gut geschlafen?«

»Ja, danke.« Spielt sie auf gestern Nacht an? Ich will gar nicht wissen, was sie von mir denkt. Zugleich hat sie mich mit ihm zurückgelassen. Aber sie ist auch nicht meine Babysitterin.

»Und du?«, füge ich hinzu und hoffe, dass ich normal wirke und sie nicht merkt, wie ich innerlich ausflippe.

Sie nickt mit einem freundlichen, ungezwungenen Lächeln. »Klar. War der Film noch gut? Ich war echt zu müde, um weiterzumachen.«

Hoffentlich kommt mein Schulterzucken locker rüber. »Viel Geschrei. Viel Blut.« Da ich eingeschlafen bin, weiß ich rein gar nichts von der Handlung des Films. Ich greife nach der Kaffeetasse, um mich daran festzuhalten. »Das Übliche.«

Peyton lacht und es klingt glockenhell und ungezwungen. Sie ist sehr viel besser drauf als gestern Nacht. »Übrigens sind die Adams dabei. Hunter hat mit seinem Vater gesprochen.«

»Wirklich?«, frage ich und vor Überraschung hebt sich mein Ton um einige Oktaven. »Ich meine, das ist toll. Aber es kommt unerwartet, nachdem sein Dad uns so hat auflaufen lassen.«

Peyton wendet sich dem Buffet zu und richtet ein paar perfekt stehende Schalen neu aus. »Er hatte wohl Bedingungen an Hunter.«

»Oh.« Natürlich hatte er die. Mich überrascht nur, dass Hunter da mitmacht. In mir macht sich wieder das schlechte Gewissen breit, weil ich gar nicht so viel Zeit für ihn habe, wie ich sollte. »Trotzdem schön. Dann steht einem Weihnachtsfest für Big Sky nichts mehr im Weg.« Mir fällt der Junge von gestern Nacht ein. Ob ich ihn und seinen Vater da wiedersehen werde? Möglicherweise. Nicht, dass ich ihn ansprechen würde. Sicher wäre ihm das unendlich peinlich und ich will ihn nicht beschämen. Ich würde nur gerne wissen, ob es ihm gut geht.

Peytons Gesicht leuchtet vor Freude. »Allerdings. Nur bedeutet es auch, dass wir innerhalb von zwei Tagen ein Fest für die ganze Stadt organisieren müssen.« Sie macht eine wegwerfende Handbewegung. »Aber das wird schon klappen. Es erwartet sicher niemand, dass es perfekt wird.«

Sie nickt und deutet auf das Tablett. »Guten Appetit. Ich bin noch mal kurz unten in der Werkstatt, um ein bisschen Dekoration zu holen. Ruf mich gerne, wenn du noch was brauchst.«

Ich bedanke mich bei ihr und schaue zu, wie sie nach unten geht, bevor ich meinen ersten Schluck Kaffee nehme. Er ist heiß und stark. Ich stelle ihn ab, um Zucker unterzurühren, als Schritte auf der Treppe ertönen. Sofort versteife ich mich, obwohl ich weiß, dass es nicht Mason sein kann.

»Gracie«, ruft Hunter und sofort entspanne ich mich. Mein bester Freund schaut sich unauffällig um, als würde er nach jemandem Ausschau halten, und schiebt sich auf den Barhocker neben mir. »Wie geht's dir? Kommst du mit deiner Hausarbeit voran?« Sein Blick bleibt mit einem Stirnrunzeln an dem Tablett vor mir hängen. »Frühstückst du jetzt erst?«

»Es läuft gut und, ja, ich habe lange geschlafen.« Ich kann ihm jetzt definitiv nicht von gestern Nacht erzählen, nicht, wenn Mason jeden Moment zurückkommen könnte. »Und bei dir? Ich habe gerade von Peyton gehört, dass dein Dad nun doch mit im Weihnachtspartyboot ist.«

Er seufzt und greift nach meinem Kaffee, um einen Schluck daraus zu nehmen. »Jap, da hast du richtig gehört.«

Ich nehme mir einen Bagel und schneide ihn auf. »Was genau waren seine Bedingungen?«

Hunter schnaubt und trinkt erneut einen Schluck von meinem Kaffee. Den bekomme ich wohl nicht mehr zurück, aber er sieht auch aus, als hätte er ihn dringender nötig. Kein Wunder, zwischen unserem Abgang aus seinem Elternhaus und dieser Weihnachtssache liegt ein Riesenschritt. »Ich soll einen auf heimgekehrten Sohn machen, glücklich ins Familienfoto grinsen und was sonst noch für verlogener Scheiß anfällt.«

Es klingt nach nichts, und doch weiß ich, wie schwer ihm das fallen muss. Er hat seine Familie so viele Jahre auf Abstand gehalten, und nachdem er es dieses Weihnachtsfest wieder versuchen wollte, ist ihm die ganze Sache um die Ohren geflogen, kaum dass wir durch deren Tür gekommen sind. Hunter ist kein Heuchler, kein Schauspieler und schon gar kein Lügner. Aber er verbiegt sich und irgendwie glaube ich nicht, dass er das für uns alle macht, sondern für eine ganz bestimmte Person.

Bedächtig lege ich Käse auf meinen Bagel und beiße ein großes Stück ab, bevor ich langsam kaue. »Meinst du, das wird gut gehen?«

Er stößt ein tiefes Seufzen aus. »Keine Ahnung. Aber ich versuche es. Und wenn es schiefgeht, komme ich einfach nie wieder zurück. Falls es ganz schlecht läuft und ich ihn umbringe, flüchte ich einfach über die Grenze nach Kanada.« Sein Lachen ist hohl und er trinkt den Kaffee gedankenversunken leer. Dann sieht er die Tasse an und flucht leise. »Sorry.«

»Kein Problem. Peyton macht mir sicher einen neuen.«

Bei der Erwähnung ihres Namens, schaut er weg und beißt sich auf die Unterlippe. Eine unbewusste Reaktion, die jedoch so viel aussagt. Irgendwas ist da doch.

Da öffnet sich die Tür zum Keller und Peyton kommt heraus. Ihre Augen weiten sich kurz bei seinem Anblick, bevor sie zu mir schaut und versucht, sich nicht anmerken zu lassen, dass sie ein bisschen rot geworden ist. »Kann ich dir noch was bringen?«

»Ein Kaffee wäre toll«, sage ich langsam und schaue zwischen den beiden hin und her. Da ist definitiv etwas.

Peyton nickt und verschwindet in der Küche, worauf ich Hunter mit erhobenen Augenbrauen ansehe. »Also, erzählst du mir jetzt, was hier abgeht, oder soll ich raten?«

Er räuspert sich und schiebt sich von dem Barhocker. »Ähm, ein anderes Mal, okay? Ich sollte mich nämlich dringend auf das Erpressungstreffen mit meinen Eltern vorbereiten. Sonst bringe ich das nicht lebend hinter mich.«

Ich grinse und lasse ihn davonkommen. »Okay, aber nur, wenn du mir erzählst, was da zwischen euch ist, sobald du nachher zurück bist.«

Er verdreht die Augen und verschwindet wieder nach oben. Obwohl er genervt tut, ist da ein Leuchten in seinen Augen, das nicht dazu passt, dass er gleich seinem Dad gegenübertreten muss. Und ich gehe jede Wette ein, dass es an Peyton liegt.

Ich schaue ihm hinterher und sofort sackt mein Herz in die Hose, weil ihm Mason entgegenkommt. Sie nicken einander zu und er hält auf mich zu.

Sofort schnürt sich mein Hals zu. Ich schaue schnell auf meinen Teller und den nur halb aufgegessenen Bagel in meiner Hand. Mit einem Mal liegt mir der Rest davon so schwer im Magen, dass ich keinen weiteren Bissen mehr machen kann.

Peyton kommt wieder und lässt sich nicht anmerken, ob sie Hunters Verschwinden stört. »Hier, dein Kaffee. Hi, Mason, kann ich etwas für dich tun?«

Seine Schritte kommen näher. Ich kann mich nicht zu ihm umdrehen. Es ist lächerlich, aber ich bin wie festgefroren. Ich sehe im Augenwinkel, wie er neben mir stehen bleibt.

»Ehrlich gesagt schon. Die Schlafsituation geht einfach nicht mehr. Ava flieht andauernd vor mir und ich fühle mich auch nicht wohl, mit meiner Ex in einem Zimmer zu schlafen. Vielleicht könnte man ein Klappbett irgendwo aufstellen. Ich habe eins im Grocery Store gesehen und würde das kurzfristig kaufen, wenn du irgendwo einen Platz dafür hast. Zur Not auch in der Werkstatt.« Er lacht trocken.

Es dauert einen langen Moment, bis seine Worte zu mir durchdringen. Ava ist seine Ex? Aber wann haben sie sich getrennt? Gestern? Wegen mir? Mir wird ganz schlecht.

Peyton zögert und ihre Augenbrauen heben sich kurz überrascht, bevor sie wieder ein professionelles Lächeln aufsetzt. »Oh. Nun, im ersten Stock gibt es noch freie Zimmer. Aber die sind alle noch nicht fertig renoviert und werden daher eigentlich nicht vermietet.«

»Kein Problem für mich«, versichert Mason sofort. »Das wäre perfekt. Danke.«

»Super, Kaffee?«

»Sehr gern.«

Und plötzlich sind wir allein. Mason steht direkt neben mir. Das Herz schlägt mir bis zum Hals und ich fühle mich wie eine Idiotin, auch wenn ich keinen Grund dazu habe.

»Ich fand gestern Abend wirklich schön«, raunt er mir zu, ohne näher zu kommen. Dennoch scheint der Abstand zwischen uns zu schrumpfen.

Langsam schaue ich zu ihm auf und Schmetterlinge tanzen in meinem Bauch. »Ich weiß nicht, was ich sagen soll.« Der Bagel ist ein Klumpen in meinem Magen. »Ich ... ich wollte eure Beziehung nie zerstören.«

»Ich würde es dir gerne erklären«, bittet er und deutet auf den Stuhl neben mir.

Weil ich unmöglich Nein sagen kann, nicke ich.

Er lässt sich daraufgleiten, ohne auch nur einmal seinen Blick von mir zu nehmen. »Du warst nicht der Grund. Wir haben uns getrennt, bevor wir nach Hause fahren wollten. Es lief schon länger nicht mehr gut zwischen uns, aber in diesem Urlaub ist uns beiden klar geworden, dass es keinen Sinn hat, an etwas festzuhalten, das uns beiden nicht guttut.«

»Okay«, sage ich langsam und lasse seine Worte sacken. »Also seid ihr die ganze Zeit schon getrennt?« Das würde auf jeden Fall einige seltsame Situationen zwischen ihnen erklären.

Er nickt mit halbem Lächeln. »Ja. Irgendwie war uns beiden klar, dass unsere Leben nicht mehr vereinbar sind. Ava hat sich verändert und ich bin derselbe wie früher.« Er stockt und zuckt mit den Schultern. »Keine Ahnung, das ist sicher nicht der einzige Grund, aber wir sind uns einfach fremd geworden. Wir wollen nicht mehr dasselbe vom Leben – und das ist okay. Obwohl ich ein paar Tage gebraucht habe, mir das einzugestehen.«

»Ist das nicht seltsam? Also, diese ganze Situation hier?«

Sein Lachen fährt mir bis in den Bauch. »Und wie. Ich habe auch nicht damit gerechnet, sofort jemanden kennenzulernen, den ich mögen könnte.« Bei diesen Worten wird der Ausdruck in seinem Gesicht weicher.

Mein Herz taumelt. Dennoch. »Ich … ich weiß nicht, was ich sagen soll.«

»Es tut mir leid, wenn ich dich überrumpelt habe«, gesteht er leise und beugt sich ein wenig zu mir vor. »Ich hatte nie die Absicht, dich anzubaggern, oder so was. Ich wollte nur arbeiten, aber dann kamst du und du bist so …« Er unterbricht sich selbst und seine Augen leuchten, als würde die Sonne aufgehen.

Mir wird ganz heiß und ich muss wegschauen, weil ich sonst unter seinen Worten dahinschmelze. Aber das kann ich nicht. Ich meine, er hat sich gerade erst von seiner Freundin getrennt. Sie wohnt hier im B&B und diese ganze Situation ist jetzt schon total seltsam.

»Ich habe keine Ahnung, was ich will, aber ich weiß, dass ich gerne Zeit mit dir verbringe und dich weiter kennenlernen will.«

Mir entfährt ein zurückhaltendes Lächeln, weil er genau weiß, was er sagen muss, weil diese Worte so guttun und mir all den Druck nehmen, das zwischen uns benennen zu müssen.

Ich höre Schritte aus der Küche, kurz darauf öffnet sich die Tür und Peyton kommt mit einem Kaffee für Mason herein und ahnt gar nichts von unserem Gespräch, das mir einen halben Herzinfarkt beschert. »Übrigens hat Agnes allen in der Stadt erzählt, dass ihr ein Telefonat mit ihren Enkeln möglich gemacht habt. Deshalb hat Barbs gebeten, ob ihr nicht bei ihr im Diner vorbeischauen könntet, damit sie ebenfalls mit ihrer Familie sprechen kann.« Sie beginnt wie beiläufig ein paar Sachen hinter der Theke zu sortieren, aber ich höre ihren erwartungsvollen Tonfall. Sicher hat sie auch Hunter so dazu bekommen, mit seinem Vater zusammenzuarbeiten. Peyton ist einer dieser Menschen, die einen mit ihrer Hartnäckigkeit zu allem bringen könnten.

»Sicher.« Mason nickt und schaut mich dann abwartend an. »Würdest du mich begleiten?«

Ich öffne den Mund und weiß schon wieder nicht, was ich sagen soll. Ist das ein Date? Nein. Quatsch. Dennoch … Ich weiß nicht, ob ich noch mehr Zeit mit ihm verbringen oder jetzt eine Grenze ziehen sollte, wie ich es geplant habe.

»Das ist eine tolle Idee. Die alten Damen würden Mason sonst noch an die nächste Enkelin verschachern.« Peyton kichert und deutet auf meinen Teller. »Du solltest im Diner dringend den Apple Pie von Barbs probieren. Der ist der beste im ganzen County.«

»Okay, mich hast du überzeugt.« Mason lacht, und doch höre ich eine leise Anspannung in seinem Lachen. Wegen mir. Weil er eine Antwort erwartet.

Ich hole tief Luft und entscheide aus dem Bauch heraus. »Gerne. Zu Apple Pie würde ich niemals nein sagen, schon gar nicht, wenn er mir so gut verkauft wird.«

Peyton strahlt von einem Ohr zum anderen. »Möchtet ihr wieder mit den Skiern fahren? Die Straßen sind noch immer zugeschneit und ich bin fast sicher, dass ihr damit besser vorankommt als zu Fuß.«

»Gerne«, entscheide ich einfach für uns, weil die Skier einen Abstand ermöglichen, den ich jetzt dringend brauche. Ein Teil von mir freut sich gerade viel zu sehr, dass er Single ist und auch noch Interesse an mir hat. Doch der andere Teil, der verletzte und zurückhaltende, warnt mich, jetzt bloß nichts zu überstürzen. Vielleicht mag er mich wirklich. Doch weshalb? Was sagt mir, dass er mich nicht dafür benutzt, sein angeknackstes Ego aufzupolieren? Selbst wenn er es unabsichtlich tut und sich dessen gar nicht bewusst ist, würde es mir wehtun. Und ich weiß nicht, ob ich das Risiko wirklich eingehen will.

»Da die Weihnachtsfeier nun stattfinden wird, habe ich mir überlegt, ob wir nicht am Tag vorher mit dem Dekorieren anfangen könnten. Also, falls ihr morgen nichts vorhabt, könnt ihr euch gerne anschließen.« Peyton grinst breit, weil sie genau weiß, dass wir nichts anderes vorhaben.

»Klar«, antworte ich also, während Mason ebenfalls seine Zustimmung gibt.

Zwanzig Minuten später fahren wir mit den geliehenen Skiern durch das verschneite Big Sky. Es gab über Nacht keinen Neuschnee, weshalb man deutlich die Spuren des Jungen und seiner Last sieht, deren Richtung wir folgen. Ich hoffe, es geht ihm gut.

Mason und ich schweigen, während wir unter strahlendem Sonnenschein an reich geschmückten Schaufenstern vorbeifahren. Er hat seinen Laptop mitgenommen, während meiner sicher verstaut im B&B liegt. Sicher komme ich im Diner sowieso nicht zum Arbeiten, weshalb es sinnlos wäre, ihn mitzuschleppen. Außerdem würde er in meiner abgetragenen Laptoptasche einen Sturz in den Schnee niemals überleben.

Das Diner ist nur einen kurzen Weg die Straße runter und wir verbrauchen vermutlich mehr Zeit damit, unsere Skier und Schneeschuhe in der Vorrichtung an der Hauswand zu befestigen, als wir für einen kurzen Fußmarsch gebraucht hätten.

Im Diner ist alles mit grellbunten Lichterketten und kitschigen Weihnachtswichteln geschmückt. Rechts gibt es Tische und Bänke, während sich links Sitzecken vor einem offenen

Kamin befinden. Außer uns ist noch eine Familie mit zwei kleinen Kindern da, die an einem Tisch Platz genommen hat, sowie ein Paar, das eng aneinandergekuschelt vor dem Kamin sitzt.

Rechts befindet sich eine Theke, hinter der eine rundliche Frau steht und uns freundlich zulächelt. Das ist sicher Barbs, von der Peyton vorhin erzählt hat. »Willkommen.«

Ihr gegenüber an der Theke sitzt Agnes. Ihre Dauerwelle ist ein wenig durcheinander, was sicher an der Mütze liegt, die sich auf den Tresen vor ihr befindet. Sie nippt gerade an einem Kaffee, lässt ihn aber sinken, als sie uns entdeckt. »Mason und Grace, meine Weihnachtsretter.«

»Ach, das sind die beiden?« Barbs winkt uns heran, während wir noch dabei sind, uns aus unserer dicken Skiausrüstung zu schälen. »Hat Peyton euch ausgerichtet, dass ich ebenfalls Hilfe brauche?«

»Richtig«, antwortet Mason und hängt seinen Overall an einen Jackenständer, bevor er mir meine Jacke abnimmt und wartet, bis ich mich aus der Hose gequält habe, unter der ich dicke Leggings trage. Seine Augen sind auf meine Beine gerichtet und plötzlich liegt darin etwas Hungriges. Seine Stimme ist heiser, als er weiterspricht, und meine Muskeln werden zu Wackelpudding. »Deshalb sind wir hier.« Er klopft auf seine Laptoptasche, lässt mir aber den Vortritt zur Theke. Ich bin mir jeder meiner Schritte nur zu deutlich bewusst und jetzt, da ich weiß, dass er Single ist, fühlt sich das alles hier anders an. Nach mehr. Obwohl sich nichts seit gestern Nacht verändert hat. Außer, dass wir uns beinahe geküsst hätten.

»Hallo«, begrüße ich Agnes, deren Falten sich um die Augen vertiefen, als sie lächelt. »Außerdem wurde uns gesagt, hier gäbe es den besten Apple Pie des ganzen Countys.«

»Und den besten Kaffee«, fügt Barbs hinzu und deutet auf die beiden Plätze an der Theke direkt vor sich. »Kommt, setzt euch. Erst das Vergnügen und dann die Arbeit.« Sie schenkt uns Kaffee in zwei Tassen, bevor sie sich daranmacht, zwei Stück Kuchen aus der Vitrine auf der Theke zu nehmen.

Während wir Platz nehmen, holt Mason bereits seinen Laptop heraus und startet ihn.

Agnes beugt sich ein wenig zu uns vor. »Und? Wie ist euer Zwangsurlaub in Big Sky so?«

Ich spüre Masons Blick auf mir. »Besser als erwartet.«

Sofort werde ich rot, weil Agnes wissend die Augenbrauen hochzieht und mich angrinst. »Es ist echt schön hier. Also, der Urlaub. Der Ort natürlich auch.« Ich presse meine Lippen zusammen und sende ein Stoßgebet zum Himmel, dass sich der Boden auftut. Natürlich passiert nichts. Außer, dass Agnes' Lächeln immer breiter wird. »Ein fantastischer Ort, allerdings.« Muss sie dabei so anzüglich klingen?

Mason räuspert sich und ich meine ein unterdrücktes Lachen zu hören. Glücklicherweise stellt Barbs nun Kaffee und Kuchen vor uns ab. »Bitte schön.«

Ich bedanke mich brav und nehme sofort einen Schluck Kaffee, nur um beschäftigt tun zu können. Den darin enthaltenen Likör schmecke ich sofort heraus, auch wenn ich nicht sagen kann, was genau das für eine Geschmacksrichtung ist. Blaubeere? Johannisbeere? Irgendwas Fruchtiges. Meine Güte, es ist viel zu früh für Alkohol. Trotzdem nehme ich noch einen großen Schluck, weil ich genau das jetzt gebrauchen kann. »Der ist super.«

Barbs zwinkert mir zu. »Sag ich doch.« Dann wendet sie ihre Aufmerksamkeit Mason zu, weil sein Laptop hochgefahren ist und er nur noch den Kontakt ihrer Familie braucht. Während er alles einrichtet, stupst Agnes mich an. »Man mag mich alt nennen, aber ich sehe, wenn die Funken fliegen, und hier knistert gerade ein Feuer.«

Ich werde knallrot, was aber auch am Alkohol liegt. »Stimmt, hinter uns brennt ja auch ein Feuer.« Entschieden greife ich zur Gabel und nehme den ersten Bissen vom Kuchen. Er zergeht mir auf der Zunge und ich stöhne leise. Sofort fliegt Masons Blick zu mir. Dunkel und überrascht. Er schluckt sichtlich und wendet sich dann wieder Barbs zu.

Mein Herz klopft so sehr, dass ich sicher bin, in den nächsten Tagen einen Herzinfarkt zu bekommen.

Agnes kichert neben mir. »Schon gut, Kindchen, zu so einem schmucken Mann würde ich auch nicht Nein sagen können. Schau ihn dir nur an. Heiß bis auf die Knochen und sicher ist er im Bett …«

»Hmpf!«, mache ich und verschlucke mich prompt, worauf Agnes mir lachend auf den Rücken schlägt.

Mason wirft uns einen amüsiert verwirrten Blick zu, bevor er seinen Laptop an Barbs übergibt, die damit ans andere Ende der Theke geht. Kurz darauf telefoniert sie schon lautstark.

Er lässt sich wieder neben mich sinken. »Also, was ist hier so lustig?«

»Nichts«, rufe ich sofort und werfe Agnes einen warnenden Blick zu. Sie tut so, als würde sie ihren Mund versiegeln, und zwinkert mir zu, bevor sie sich ihrem Kaffee widmet.

Mason macht ein fragendes Geräusch und ich deute auf den Kuchen. »Den musst du unbedingt probieren. Er ist fantastisch.«

Er lächelt mich an, als er genau das tut, und ich greife schnell zu meinem Kaffee.

»Ich habe noch ein paar Freundinnen, die ebenfalls nicht so gut mit der Technik klarkommen. Was haltet ihr davon, wenn ihr bei der Weihnachtsfeier eine Telefonecke für alle einrichtet, von der aus man seine Familie anrufen kann?«, fragt Agnes und beugt sich vor, um Mason besser sehen zu können.

Dieser nickt sofort. »Gerne. Vielleicht hat Barbs ja einen Stehtisch. Den könnte man in irgendeiner Ecke aufbauen, sodass man ein wenig Privatsphäre hat. Ich weiß ja nicht, wie laut es hier wird.«

Gott, er ist so verdammt nett.

Hinter uns ertönt ein Klingeln, als sich die Tür zum Diner öffnet. Kalter Wind zieht einmal an uns vorbei und die Tür knallt wieder zu. »Hat jemand Nolan gesehen?« Eine tiefe Stimme dröhnt durch den großen Raum und sofort drehen sich alle danach um.

Vor der geschlossenen Tür steht ein Mann mit riesigem Mantel, den er gerade auszieht. Darunter steckt er in der Uniform eines Sheriffs. Und neben ihm steht ein junger Mann, der mir schmerzlich bekannt vorkommt. Der Junge von gestern Nacht. Er hat den Kopf gesenkt und starrt zu Boden, die Augenbrauen wütend zusammengezogen. Der Sheriff hängt seinen Mantel auf und schiebt den Jungen dann vor sich her in Richtung Theke.

»Nolan ist nicht hier«, antwortet Agnes ihm laut, während ich die neugierigen Blicke der anderen Gäste sehe, die die Szene verstohlen beobachten.

Der Sheriff rümpft die Nase und deutet auf einen der Hocker neben uns. »Setz dich, Theo.«

Der Junge tut, was der Sheriff verlangt, schaut aber niemanden an, als er sich auf den Hocker schiebt.

Mein Herz verkrampft sich bei seinem Anblick. Seine Wangen sind gerötet und unter seiner schwarzen Mütze schauen braune Locken hervor. Er trägt noch immer seinen Mantel, auch wenn es viel zu warm hier drin dafür ist.

»Warum schiebst du den Jungen wie einen Schwerverbrecher vor dir her?«, will Agnes wissen, worauf der Sheriff mit der Zunge schnalzt und sich ebenfalls einen Platz an der Theke sucht.

»Weil er gerade im Grocery Store dabei erwischt wurde, wie er Milch und Toastbrot geklaut hat.«

Einen Moment lang ist es still, während ich höre, wie mein Herz bricht. Er hat Milch und Toast geklaut? Alles in mir verkrampft sich. Scheiße. Wer Milch und Toast klaut, tut es nicht für den Kick. Das ist uns allen hier bewusst.

Mason schnauft neben mir und ich sehe im Augenwinkel, wie er Theo möglichst unauffällig seinen kaum angerührten Kuchen zuschiebt. »Hier, der ist mir eh zu süß«, raunt er ihm zu.

Ich beiße mir auf die Unterlippe, weil Mason mich gleich zum Schmelzen bringt.

Theo starrt auf den Teller. Es scheint ewig zu dauern. Doch dann dankt er Mason leise und beginnt zu essen.

Verdammt, es tut weh, ihn so zu sehen.

»Ich rufe jetzt jedenfalls Nolan an«, schimpft der Sheriff weiter und winkt Barbs zu, die von ihrem Gespräch aufschaut. »Bring mir doch mal bitte einen Kaffee.«

Barbs nickt, nimmt dann aber das Gespräch am anderen Ende der Theke wieder auf.

»Und so was kurz vor Weihnachten«, grummelt der Sheriff.

»Ist ja nicht so, als würde der Junge das tun, weil er eine andere Wahl hätte«, erwidert Agnes und wirft Theo über die Theke hinweg ein aufmunterndes Lächeln zu.

Als er flüchtig aufschaut, bleibt sein Blick an mir hängen und ich sehe das Aufblitzen des Erkennens in seinen Augen. Schnell schaut er wieder weg und stopft schweigend den Kuchen in sich hinein.

Im Hintergrund läuft Weihnachtsmusik und ich trinke den Rest meines Kaffees in einem Zug leer, weil ich die Schwermut in meiner Brust kaum mehr aushalten kann.

Ava

Einen Weihnachtsbaum zu fällen, ihn einen Hang hochzuschleppen und auf einem Schlitten festzuzurren ist Schwerstarbeit. Atemlos lehne ich mich gegen das Schneemobil. Jetzt würde ich einiges für so einen Energieriegel tun – von mir aus auch mit Blaubeeren.

Anders als ich wirkt Nolan kaum erschöpft. Klar, so oder so ähnlich sieht wahrscheinlich sein normaler Arbeitsalltag aus. Ich beobachte ihn, wie er sich Schnee von der Kleidung klopft. Dann nimmt er zwei Finger in den Mund und stößt einen schrillen Pfiff aus. Wenig später kämpft Alfie sich mit hohen Sprüngen durch den Schnee auf uns zu. Mit einem Satz springt er in seine Transportkiste und sieht uns hechelnd an. Nolan zieht sein Telefon aus der Tasche und checkt anscheinend eine Nachricht.

»Sehr gut. Peyton hat Hunter offenbar doch noch dazu gebracht, mit seinem Dad zu reden. Wir dürfen die Feier im Diner abhalten. Also bringen wir den Baum direkt dorthin und nicht ins B&B.« Während Nolan eine kurze Antwort tippt, setze ich mich nach hinten aufs Schneemobil. Unwillkürlich frage ich mich, ob Peyton Hunter mit irgendeiner Geschichte aus Schulzeiten erpresst hat – so abgeneigt er gegenüber dieser Weihnachtsrettungsaktion war.

Nolan will gerade sein Telefon wegstecken, als es einen Anruf anzeigt. Das Geräusch wirkt hier draußen am Berg wie aus einer anderen Welt – irgendwie unwirklich.

»Sheriff, was gibt's?« Während Nolan zuhört, lasse ich meinen Blick über den von uns zerwühlten Hang gleiten. Obwohl mein Magen knurrt, habe ich keine Lust, schon wieder nach Big Sky zurückzukehren.

»Das kann nicht dein Ernst sein, Simon.« Nolan wendet sich leicht von mir ab, sodass ich sein Gesicht nicht sehe. »Wenn du ihm deswegen auch noch Stress machst, triffst du den Falschen. … Ja, das kann ich mir denken, aber ich habe ihm so wenig zu sagen wie jeder andere in diesem Ort. … Okay, Simon, stopp!« Nolans Stimme nimmt einen schärferen Ton an. »Ich mache dir einen Vorschlag: Du vergisst diese Geschichte einfach mal. Dafür rede ich mit ihm und kümmere mich darum, dass es nicht noch mal passiert. Haben wir einen Deal? … Ja, gut, von mir aus. Bring ihn zu meinem Dad in die Praxis. Ich bin gerade noch auf dem Cedar Trail am Bold Mountain. Aber ich habe ein Schneemobil und kann gleich da sein.«

Nolan beendet das Gespräch und sieht sich zu mir um. »Sorry, Theo hat mal wieder Mist gebaut. Ich muss kurz nach Hause, bevor wir den Baum abliefern.«

»Okay.« Ich nicke und mache ihm mehr Platz auf dem Schneemobil, damit er aufsteigen kann.

»Willst du mitkommen oder soll ich dich vorher bei Peyton absetzen?«

»Wenn du willst, komme ich mit. Dann helfe ich dir noch mit dem Baum.«

Ich habe nicht den geringsten Zweifel, dass Nolan den Baum auch ohne mich ins Diner bringen könnte. Aber was sollte ich um die Mittagszeit im B&B, wenn ich eigentlich viel lieber bei ihm sein will? *Wie wäre es damit, im B&B etwas zu essen?*, nervt mich die Stimme meiner Vernunft aus dem Hintergrund. Aber die Nadel des Glücksrades ist gerade bei Jackpot eingerastet und deshalb werde ich mir von meiner Vernunft jetzt ganz sicher nichts sagen lassen.

Obwohl mir die Rückfahrt nach Big Sky noch ein bisschen rasanter vorkommt als die Hinfahrt, kann ich sie mehr genießen. Ich halte mich an Nolan fest, lasse die schneeverträumte Glitzerlandschaft an mir vorbeifliegen und irgendwie … Unser Kuss klingt in mir nach – vielleicht einfach, weil ich Nolan immer noch so nah bin.

Viel zu schnell brausen wir die Main Street hinunter Richtung Ortsausgang. Bisher habe ich keine Ahnung, wo Nolan wohnt, und bin überrascht, als er vor einem kleinen, aber äußerst schmucken alleinstehenden Haus anhält, das ich sogar schon fotografiert habe. Mit der weißen Veranda und den Balken, auf die sich der Dachüberhang stützt, sieht es bezaubernd aus. Die Holzverkleidung ist grün gestrichen, die Fensterläden sind rot.

»Hier wohnst du?«, frage ich beeindruckt.

Nolan nimmt Helm und Brille ab und wirft mir ein schiefes Lächeln zu. »Mein Dad hat hier seine Praxis. Ich habe mir oben ein Zimmer eingerichtet. Also, ich wohne zwar hier, aber meine Wohnung macht nicht so viel her, wie das Haus vermuten ließe.«

Erst als wir mit Alfie im Schlepptau auf die Veranda treten, fällt mir die unscheinbare Plakette über der Türklingel auf: *Doctor's Practice, Dr. Quentin James*. Viel größer ist das Blechschild, das unter einem üppigen Türkranz aus Stechpalmzweigen an der Tür baumelt und das Dr. Quentin James als den Privatarzt von Santa Claus ausweist. Schmunzelnd trete ich hinter Nolan in einen Holzdielenflur. Alfie quetscht sich an uns vorbei und stößt eine nur angelehnte Tür auf. Dahinter befindet sich eine Art Wartezimmer, in dem ein paar Leute sitzen, von denen Alfie sich eine Runde Streicheleinheiten abholt. Nolan grüßt kurz in die Runde, als gerade die gegenüberliegende Tür aufgeht.

»Keine Ursache, alles Gute.« Der Mann im weißen Kittel

muss Nolans Dad sein. Er sieht ihm ähnlich. Seine dunklen Haare sind von grauen Strähnen durchwirkt und um seine Augen haben sich zahlreiche Fältchen gebildet. Als er Nolan sieht und erfreut lächelt, wird die Ähnlichkeit aber noch deutlicher. Zumal sein Dreitagebart die Grübchen in seinen Wangen nicht verbirgt. »Nolan, schön, dich zu sehen.« Er begleitet seine Patientin, die sich etwas umständlich auf zwei Krücken stützt, an uns vorbei zur Tür. »Bis zum nächsten Mal, Sarah.« Dann richtet sich sein Blick ein wenig fragend auf mich. »Willst du zu mir?«

»Das ist Ava, Dad. Sie hat mir geholfen, den Weihnachtsbaum zu besorgen«, erklärt Nolan.

»Ach so.« Er reicht mir die Hand, aber sein fragender Gesichtsausdruck bleibt. Ich schätze, es kommt nicht häufig vor, dass Nolan mit Frauen hier auftaucht, die er nicht kennt. »Freut mich. Quentin.«

»Hi, mich auch.«

»Ach!« Seine Miene hellt sich plötzlich auf. »Bist du nicht das Lawinenmädchen? Das hat sich rumgesprochen.«

Ich muss lachen. »Das kann ich mir vorstellen. Aber ehrlich gesagt wäre mir ein harmloserer Titel lieber.«

»Verständlich. Gut, dass Nolan da war.«

Unwillkürlich sehe ich zu Nolan auf. »Das stimmt.«

Schmunzelnd schließt Quentin die Tür zum Wartezimmer und wendet sich an seinen Sohn. »Der Sheriff hat Theo vorbeigebracht. Er wollte ihn ins Wartezimmer setzen, aber ich habe ihn hoch in deine Wohnung geschickt, sonst steckt er sich nur an. Die Grippe geht um.«

Nolan nickt ergeben. »Deshalb bin ich hier. Simon hat mich angerufen.«

Sichtlich verärgert schüttelt Quentin den Kopf. »Simon tut, als wärst du Theos Vormund.«

Nolan hebt die Schultern. »Das habe ich mir nicht ausgesucht. Aber irgendjemand muss sich um ihn kümmern. Es wird immer schlimmer mit Hudson.«

»Wie immer an Weihnachten. Um diese Zeit ist seine Frau damals abgehauen. Ich werde heute nach Feierabend nach ihm sehen.«

Nolan nickt ihm zu. »Danke, Dad.«

Ich habe das unbestimmte Gefühl, dass Nolan etwas ganz anderes mit diesen Worten meint – etwas, das niemand ausgesprochen hat. Einen Moment lang sehen die beiden sich nur stumm an. Dann macht Quentin einen Schritt vor und zieht Nolan kurz in seinen Arm.

»Ich muss wieder rein«, sagt er dann. »Gib mir Bescheid, wenn Simon dir zu viel zumutet.«

Mit einem Grinsen wendet Nolan sich ab. »Ich habe gerade einen Adams dazu gebracht, eine Anzeige wegen Diebstahls fallen zu lassen. Diese Schuld wird mir ewig nachhängen. Dagegen bist auch du machtlos, Dad.«

Quentin öffnet die Tür zum Wartezimmer. »Das fürchte ich auch.«

»Der Sheriff ist auch ein Adams?«, frage ich überrascht, während ich Nolan eine knarrende Holztreppe in die erste Etage folge.

»Alle, die in diesem Ort was zu sagen haben, heißen Adams mit Nachnamen. Simon ist Hunters Onkel. Und die meisten Adams sind nicht gerade gnädig im Umgang mit ihren Mitmenschen. Deshalb hat Hunter es hier nicht mehr ausgehalten. Er hat Angst, so zu werden wie der Rest seiner Familie.«

»Sind die so furchtbar?«

»Nicht direkt eigentlich. Die Adams sind durchaus respektiert. Aber es geht ihnen eben vor allem um ihr Ansehen und ihr Geld. Als mein Dad nach dem Tod meiner Mom seine Praxis schloss, sah Harold Adams sich das genau drei Tage an, ehe er anfing, Druck zu machen. Mein Dad ist nicht nur für den

Ort hier zuständig, sondern auch für die Urlauberinnen und Urlauber, die zum größten Teil im Hotel oder auf dem Campground der Adams wohnen. Harold drohte, er werde sich für die einen anderen Arzt suchen, wenn mein Dad die Praxis nicht bald wieder öffne. Das war der Moment, in dem Hunter mir versprach, ich dürfe ihn offiziell erschießen, wenn er mal so werde wie sein Alter.«

Er dreht den Griff einer einfachen Holztür und ich folge ihm neugierig in seine Wohnung. Viel Holz, rustikale Deckenbalken und jede Menge Weihnachtsdekoration aus Holz, Lichtgirlanden und Tannenzweigen, die einen leicht ätherischen Duft verströmen. Die Einrichtung hat in ihrer Einfachheit durchaus einen gewissen Charme. Alfie stürmt wedelnd auf Theo zu, der ihn zwar streichelt, aber Nolan zerknirscht entgegenblickt. Als er mich sieht, verdüstert sich seine Miene. Darüber habe ich nicht nachgedacht, aber meine Anwesenheit macht diese Sache für Theo sicher noch unangenehmer.

»Hi.« Nolan zieht seine Stiefel aus und hängt seine Jacke an einen Hufeisenhaken neben der Tür. Um den beiden etwas Raum zu geben, zerre ich mir ebenfalls die Stiefel von den Füßen und setze mich an den schmalen Tisch vor Nolans winziger Küchenzeile, während Nolan sich neben Theo auf der Couch niederlässt.

»Du musst mir gar keinen Vortrag halten.« Theo klingt defensiv. »Ich weiß, dass ich Mist gebaut habe. Und ich habe nicht darum gebeten, hierhergebracht zu werden.«

»Ich habe Simon gesagt, dass du hier auf mich warten sollst.« Nolan stützt sich mit den Unterarmen auf den Knien ab und sieht Theo eindringlich an. »Und sorry, aber einen Vortrag kriegst du trotzdem.«

Theo verdreht die Augen, wirft sich auf der Couch zurück und verschränkt die Arme vor der Brust. Nolan lässt sich nicht aus der Ruhe bringen. »Ich bin nicht blöd. Ich weiß, dass du geklaut hast, weil du Hunger hattest. Und Hunger ist scheiße, aber Klauen ein No-Go. Damit wird deine Akte nur dicker und deine Zukunft dünner.«

Theo lacht trocken auf. »Was für eine Zukunft? Sobald ich alt genug bin, kann ich in die Fußstapfen meines Dads treten und die Stelle als Dorftrinker antreten.«

»Hör auf, so einen Schwachsinn zu reden.« Eine Falte erscheint zwischen Nolans Augenbrauen. »Genau das wirst du nicht tun. Aber wenn du noch mal was mitgehen lässt, kriegst du nicht mehr nur ein paar Sozialstunden aufgebrummt.«

Theos Wangen röten sich gestresst. »Dafür ist es jetzt ja wohl zu spät.«

»Ist es nicht. Ich habe Simon überredet, die Sache im Grocery Store zu vergessen. Und ich habe ihm versprochen, dass so was nicht noch mal vorkommt. Wenn du also wieder irgendwo was mitgehen lässt, fällt das auf mich zurück. Verstanden?«

Theo runzelt die Stirn. »Warum hast du das gemacht?«

»Weil ich an dich glaube«, sagt Nolan fest. »Wenn du das nächste Mal Hunger hast, kommst du zu mir in die Station.«

»Und dann kriege ich ein paar Riegel? Ich mag nur die mit Schokolade.«

»Besser als Milch und Toastbrot ist das allemal.«

»Jaja, schon gut.«

»Von mir aus kannst du auch im Diner oder im Grocery Store auf meinen Namen anschreiben lassen. Ich kläre das mit Barbs und Lyonel.«

Vollkommen entgeistert starrt Theo Nolan an. »Aber … warum solltest du das tun?«

Nolan zuckt mit den Schultern. »Weil ich es will. Aber das ist nur eine Übergangslösung, bis wir dir einen Job oder irgendwas besorgt haben. Also ruh dich nicht darauf aus.«

Theo schüttelt den Kopf. »Ich kann dir nicht auf der Tasche

liegen. Dann wäre ich doch auch nicht besser als mein Dad, der sich mit Almosen und seinen verdammten Gelegenheitsjobs durchschummelt.«

»Du bist aber erst fünfzehn, Theo. Es ist nicht deine Aufgabe, allein klarzukommen. Das hätte ich mit fünfzehn auch nicht geschafft. Ich hatte einfach mehr Glück als du. Also nimm mein Angebot an. Als Gegenleistung erwarte ich, dass du deine Sozialstunden vorbildlich ableistest, einen Job findest und, verdammt noch mal, was aus deinem Leben machst, verstanden?«

Theo nickt – noch immer perplex. Ich frage mich, ob schon mal irgendjemand einfach so etwas Nettes für ihn gemacht hat. Unwillkürlich muss ich an meine eigenen Eltern denken, die mir immer etwas zu viel Druck gemacht haben. Im Nachhinein scheint mir das vergleichsweise ein Luxusproblem zu sein.

Theo hat plötzlich Tränen in den Augen. »Ich weiß nicht, wie ich das wiedergutmachen soll.«

»Wie ich gesagt habe.« Nolan hält ihm eine Faust hin. »Nutz die Chance.«

Theo nickt langsam und stößt seine Hand gegen Nolans.

»Wie sieht es jetzt mit dem Hunger aus?«, fragt Nolan. »Hat dir mittlerweile irgendwer was zu essen gegeben?«

»Ja, so ein Typ im Diner hat mir seinen Kuchen überlassen.«

»Immerhin ein Anfang.« Nolan steht auf und geht zu seiner Jacke. Aus der Tasche zieht er ein schmales Portemonnaie und hält Theo zwei Geldscheine hin. »Lass dir ein Omelett von Barbs machen. Dann kriegst du bis morgen früh keinen Bissen mehr runter.«

Etwas unbeholfen steht Theo auf, grinst aber. Er wirkt schlaksig – wie viele Jungs in seinem Alter. Er greift nach dem Geld. »Danke.«

Nolan klopft ihm kameradschaftlich auf die Schulter. Während Theo zur Tür geht, wirft er mir noch einen kurzen Blick zu. Ich schenke ihm ein vorsichtiges Lächeln, aber er wendet rasch den Blick ab. »Tschüss«, murmelt er noch, ehe er die Wohnung verlässt.

Seufzend fährt Nolan sich mit der Hand durch die Haare und dreht sich zu mir um. »Der Junge hat es echt schwer.«

»Ja, das ist nicht zu übersehen.« Fragend sehe ich Nolan an, als er sich auf den Stuhl neben meinem sinken lässt. »Was ist mit seinem Dad los? Warum ist der immer besoffen, wenn ich ihn sehe?«

»Er ist eben ein Trinker. Süchtig. Überfordert mit seinem Kummer, seinem Leben – und mit Theo.« Nolans dunkle Augen ruhen auf mir. Er spricht leise. »In der Weihnachtszeit ist es besonders schlimm. Seine Frau hat Theo und ihn vor fünf Jahren kurz vor den Feiertagen verlassen. Hudson hat schon immer zu viel getrunken, sich nicht in der Familie eingebracht, hatte keinen verlässlichen Job. Er hat sich einfach nie sehr viel Mühe gegeben. Und das, obwohl seine Frau für ihn nach Big Sky gezogen ist.« Sein Satz klingt zwischen uns aus.

»Und dann ist sie gegangen?«, frage ich schließlich.

Nolan senkt den Blick. »Niemand bleibt in Big Sky, der nicht hier geboren wurde. Das weiß jeder.«

Seine Worte versetzen mir einen Stich. Irgendwie … Ich weiß nicht genau, was passiert, aber die Verbundenheit mit ihm, die ich am Bold Mountain so intensiv empfunden habe, weicht einer merkwürdigen Distanz. Ich will das irgendwie verhindern und rücke näher mit meinem Stuhl an seinen. Unsere Knie berühren sich – genauer gesagt berühren sich die Synthetikstoffe unserer Outdoorhosen.

»Und Theo hat sie hier bei Hudson gelassen?«

Nolan hebt die Schultern. »Theo war zehn. Er wollte nicht

weg von hier. Ich glaube, er dachte, seine Mom würde bleiben, wenn er sich weigert mitzugehen.«

»Aber das tat sie nicht.«

»Ich weiß nicht, wie oft Theo seine Entscheidung bereut hat. Statt sich zusammenzureißen und für Theo da zu sein, stürzte Hudson sich in sein Unglück. Das Jahr über verdient er sich das Nötigste zusammen, indem er bei den Adams Hausmeisterarbeiten verrichtet. Abends versäuft er aber das meiste. Theo hat nur noch ihn und fühlt sich verantwortlich.«

»Das heißt, eigentlich hat Hudson nur noch Theo.«

»So gesehen ja.«

»Und Theo hat dich?«

Nolan seufzt tief. »Als Theos Mom verschwand, hängte er sich bald an mich. Ich war da gerade achtzehn und arbeitete schon eine Weile bei Leroy. In dem Sommer durfte ich meine erste Jugendfreizeit leiten. Theo war von da an immer mit dabei. Hudson bezahlte natürlich keinen Cent für ihn, aber ich ließ ihn mitmachen. Ehrlich gesagt nervte es manchmal, weil er mir überallhin folgte. Aber er tat mir auch leid.«

»Er hat sich dich ausgesucht, weil du auch deine Mom verloren hast.«

Nolans Arm liegt auf dem Tisch. Ich ergreife seine Hand. Vorsichtig lasse ich meinen Daumen über seine Haut streichen. »Mir ist erst durch Theo klar geworden, was mein Dad geleistet hat.« Er dreht seine Hand, sodass sich unsere Finger miteinander verschränken. »Er hat um meine Mom getrauert und sich Vorwürfe gemacht. Ich glaube, ihn hat lange der Gedanke gequält, dass er irgendetwas übersehen hat und sie hätte retten können. Aber er hat mich das nie merken lassen. Er war für mich da – egal ob ich verzweifelt war, heulte oder die ganze Welt hasste, nicht mehr zur Schule gehen wollte oder tagelang in der Wildnis verschwand.« Nolans Griff wird fester. »Theo hält mir vor Augen, wie mein Leben hätte verlaufen können, wenn mein Dad etwas mehr wie Hudson gewesen wäre.«

»Dafür bist du jetzt für Theo da.«

Nolan hebt die Schultern. »Seit etwa einem Jahr hat Theo nicht mehr viel Wert darauf gelegt. Ich glaube, er schämt sich für seinen Dad. Und für die Jugendfreizeiten fühlt er sich zu cool. Keine Kids on Snowshoes mehr. Und ich … Keine Ahnung. Ich bin nun mal wirklich nicht sein Erziehungsberechtigter. Ich will diese Verantwortung nicht. Aber ich schätze, irgendjemand muss sie übernehmen.«

»Theo hat Glück, dass du das so siehst«, sage ich leise. Tatsächlich ist irgendetwas mit meinem Herzen passiert, während Nolan mit Theo gesprochen hat. Ich glaube, es ist größer geworden. Die Stimme meiner Vernunft hat zwar eine Meinung dazu und will mich darauf hinweisen, dass Herzmuskel nicht zu spontaner isotroper Größenänderung fähig sind. Aber es tut mir leid, so fühlt es sich nun mal an. Nolan hat für Theo genau die richtigen Worte gefunden. Ich glaube, er weiß einfach, wie er mit ihm umzugehen hat.

Anders als mit mir …

Denn als ich sacht an Nolans Hand ziehe, gibt er dem Druck fast sofort nach und kommt mir entgegen, unterbricht unseren Kuss aber schneller wieder, als ich mir wünsche. Zuerst treiben mir seine Lippen auf meinen Hitze durch den Körper. Meine Haut wird unter den Skiklamotten überempfindlich. Als Nolan mit beiden Händen mein Gesicht umfasst, als seine Zunge über meine Lippen streicht und dann an meiner Zunge reibt, schlagen sämtliche Nervenfasern in meinem Körper Alarm.

Nolan kommt mir sogar noch weiter entgegen. Ich schlinge meine Arme um seine Taille, will ihn einatmen und schmecken und spüren. Ich will meine Beine um ihn schlingen, ihn an mich ziehen.

Doch bevor ich irgendetwas davon so richtig wahr werden lassen kann, schiebt Nolan mich ein Stück von sich. Ein frustrierter Laut entfährt mir, als er aufhört, mich zu küssen. Seine Lippen berühren meine Schläfe. Einen Moment verharrt er mit seinem Gesicht an meinem. Sein schneller, flacher Atem trifft mein Ohr.

»Wir …« Er richtet sich auf, räuspert sich. Ein schweres pochendes Gefühl zieht sich in meiner Körpermitte zusammen. Irgendetwas in mir hat noch nicht kapiert, was für meinen Kopf bereits klar ist: Mehr als dieser Kuss wird zwischen Nolan und mir nicht passieren – nicht jetzt, nicht hier. »Wir müssen den Tannenbaum noch ins Diner bringen.«

Nolan geht auf die Tür zu und greift nach seiner Jacke. Ein bisschen wacklig komme ich auf die Füße. Ich weiß ja, dass er Bedenken hat. In gewisser Weise kann ich sie sogar verstehen. Wenn er glaubt, es tue ihm nicht gut, sich auf mich einzulassen, darf ich das nicht übergehen. Trotzdem fühlt sich das hier an, als hätte Nolan mir einen ganzen Eimer Schnee ins Gesicht gekippt.

Hunter

Ich habe meine Laufsachen angezogen. Lange schwarze Tights, Thermoshirt und einen dicken Kapuzenpulli, Neoprenhandschuhe und einen Lycraschal, den ich mir bis über den Mund ziehen kann, um die Kälte anzuwärmen, bevor ich sie einatme. Sonst macht man sich durch körperliche Anstrengung bei den Temperaturen schnell die Lunge kaputt. Dazu trage ich eine Sportjacke, die der Kälte zwar nicht wirklich trotzt, aber warm genug ist, wenn ich später renne. Und ich werde laufen. Vermutlich zu schnell und zu weit, nachdem ich meinen ersten Termin zur Operation Weihnachtswunder mit meinem Dad hinter mich gebracht habe.

Ich springe die Verandastufen des B&B hinunter und pralle mit Ava zusammen, die mit ihrer Kamera mitten auf dem Weg hockt, um eine Gabelantilope abzulichten, die sich zu nah ans Haus gewagt hat.

Ich halte sie fest, damit sie nach meinem Bodycheck nicht samt Kamera im Schnee landet. »Sorry«, sage ich und deute auf die Antilope, die mit wenigen Sprüngen im Unterholz verschwindet. »Ich wollte dir nicht das Foto versauen, aber ich habe dich nicht rechtzeitig gesehen.«

Ava rappelt sich mit meiner Hilfe auf und pustet sich die Haare aus der Stirn. »Schon gut. Ich hatte schon ein paar Fotos geschossen, bevor du sie vertrieben hast.«

Ich nicke und will gehen. Ich sollte wirklich nicht zu spät

kommen und Dad damit einen Grund zur Diskussion geben, aber ein »Hunter?« aus Avas Richtung hält mich zurück.

»Kann ich dich mal was fragen?« Sie kaut auf ihrer Lippe herum und weicht meinem Blick aus.

»Wenn es um das Weihnachtsfest geht, sage ich pauschal Nein. Bin gerade auf dem Weg zu meinen Eltern, um die Details zu besprechen, und glaub mir, mit diesem Besuch habe ich mein Soll mehr als erfüllt. Die passende Tanne oder was immer sonst anliegt, müsst ihr schon selbst aussuchen.«

»Haben wir schon.« Sie schüttelt den Kopf. »Die Tanne ausgesucht, meine ich. Es geht um Nolan. Ich bräuchte einen Rat und du bist sein bester Freund, also …«

»Schieß los.«

»Hat er irgendetwas zu dir gesagt? Ich meine, über uns? Ich würde nicht fragen, wenn es nicht wichtig wäre … Wir haben uns geküsst und ich weiß, dass er Gefühle für mich hat, aber immer, wenn ich denke, wir nähern uns an, zieht er sich zurück. Ich weiß einfach nicht, was ich davon halten soll.« Sie zuckt resigniert die Schultern.

Ich schwöre, wenn die Mädels nicht auf Nolans Ranger-Uniform und seine stille Art abfahren würden, wäre der Kerl immer noch Jungfrau. »Okay, dann spiele ich jetzt mal seinen Wingman, weil ich, verdammt noch mal, nicht will, dass er das mit dir versaut, nur weil er zu rücksichtsvoll ist oder sich selbst im Weg steht. Er mag dich, Ava. Sehr. Daran besteht kein Zweifel.«

Fragend sieht sie mich an. »Sehr?«

»So sehr, dass er es mir gegenüber erwähnt hat. Und zwar nachdem ich keine drei Sekunden hier war. Und, glaub mir, das ist sonst nicht seine Art. Wenn er sich zurückzieht, dann nicht, weil du ihm nicht genug bedeutest. Eher das Gegenteil. Er macht sich Sorgen, dass es zu früh ist und er dich zu etwas drängen könnte, wofür du noch gar nicht bereit bist. Immerhin hast du dich gerade erst getrennt. Und die Erfahrung, dass alle Menschen, die ihm etwas bedeutet haben, über kurz oder lang hier abhauen, hilft sicher auch nicht dabei, sich kopfüber in die Sache zwischen euch zu stürzen. Er hat einfach Angst, dass ihr keine Zukunft habt, wenn du wieder gehst und er hierbleibt.« Mir entgeht die Parallele zu Peyton und mir nicht und ich fahre mir durch die Haare. »Also, wenn er dir wirklich etwas bedeutet, solltest du ihm die Sicherheit geben, dass ihr das hinbekommen könnt. Sonst wird das nichts.« Ich sehe auf mein Handy. »Fuck, ich will dich nicht stehen lassen, aber ich muss los, sonst killt Dad mich. Wir sehen uns, okay?«

Sie nickt und spielt gedankenverloren an ihrer Kamera herum, während ich die Main Street hochhetze und dann die Veranda der Adams-Hütte mit zwei Sprüngen erklimme. Der Schnee auf den verglasten Teilen der Hütte reflektiert das Sonnenlicht. An der Haustür hängt ein geschmackvoll gesteckter Weihnachtskranz. Ich klingle, versuche meinen Atem nach dem kurzen Sprint wieder unter Kontrolle zu bringen und zupfe die roten Beeren der Stechpalme vom Kranz, bis ich Schritte hinter der Tür höre. Hastig wische ich die am Boden liegenden Beeren mit dem Fuß zur Seite. Was natürlich nichts bringt, außer, dass die blöden Dinger sich über die komplette Veranda verteilen.

Dad öffnet mir und runzelt pikiert die Stirn, sagt aber nichts. Braucht er auch gar nicht, anhand seines Blicks kann ich sehen, dass ihm die Scheißbeeren und das makellose Aussehen seines Türkranzes wichtiger sind als ich.

»Hunter«, sagt er und hält mir die Hand hin.

Ist das sein Ernst? Soll ich ihm jetzt etwa die Hand schütteln wie einem seiner Geschäftspartner?

»Dad«, murmle ich, klopfe ihm gegen den Arm und schiebe mich dann an ihm vorbei ins Haus. Hinter der Tür streife ich mir die Laufschuhe von den Füßen. Der Schnee schmilzt bereits, fließt an dem wasserdichten Stoff hinab und bildet kleine Pfützen auf den Fliesen des Eingangsbereichs.

Mom kommt aus der Küche, durchquert die Eingangshalle mit der riesigen, kitschigen glitterverseuchten Tanne und schließt mich fest in ihre Arme. »Hunter, wie schön, dass du hier bist. Und dass du diese Sache mit deinem Vater machst.«

Als hätte ich mich freiwillig dazu entschlossen. Ich verdrehe die Augen, solange sie es nicht sehen kann, weil sie mich noch immer an sich drückt. Ich will sie nicht verletzen. Mom versucht nur die Situation so positiv darzustellen wie möglich. Und das tut sie im Gegensatz zu Dad nicht, weil sie damit irgendwen beeindrucken will. Sie wünscht sich einfach, es wäre wahr.

»Es ist so schön, dich endlich wieder im Arm zu halten, dich nach all der Zeit endlich wieder zu Hause zu haben.« Sie schiebt mich von sich, mustert mich von oben bis unten und hat Tränen in den Augen.

Ich könnte auch heulen, wenn ich daran denke, in was für ein Schlamassel ich mich da reingeritten habe. Und gleichzeitig frage ich mich, warum sie so tut, als hätten wir uns nicht neulich im Laden schon begrüßt. »Hi, Mom.« Ich mache mich sanft los.

»Küche? Oder lieber vor den Kamin?« Dad deutet einladend auf den Wohnbereich, wo ein Feuer knistert.

»Küche.« Keine Ahnung, warum ich das sage. Vielleicht versuche ich nur, ihn auf die Palme zu bringen, damit er die Sache abbläst. Das ist kindisch und nicht besonders sozial, also füge ich etwas versöhnlicher hinzu. »Vielleicht können wir eine heiße Schokolade trinken, während wir alles besprechen?«

»Das ist eine hervorragende Idee.« Mom läuft voraus und setzt Milch auf. Dad und ich folgen ihr.

»Oh«, bemerke ich, als ich die Küche betrete. Hier sind alle Tannengirlanden mit künstlichem Schnee bezuckert und aus jeder Ecke blicken einem Kristallschneemänner entgegen. Sehen teuer aus, aber nicht besonders geschmackvoll. Vielleicht sollte ich fragen, ob wir die Besprechung auf die Toilette verlagern können. Die Chance besteht, dass das auch in diesem Haus der einzige Raum ist, in dem sich keiner weihnachtlich ausgetobt hat.

»Gefällt es dir?«

Ich nicke und Mom sieht sich ganz verzückt um. Sie war schon in meiner Kindheit besessen von Weihnachten und hat die Dekoration der Läden selbst in die Hand genommen. Nur bei Barbs hat sie sich die Zähne ausgebissen. Die wirklich gewöhnungsbedürftige und in die Jahre gekommene Dekoration des Diners hat sich die alte Dame nie aus der Hand nehmen lassen und Mom hat irgendwann aufgegeben. Zumal das Restaurant mittlerweile bis über die Grenzen von Big Sky bekannt für das außergewöhnliche Inventar ist. Egal ob es sich dabei um die Einrichtung handelt, die an ein Diner der Fünfziger erinnert, die Dekoration, die Barbs aus den Achtzigern aufgehoben hat, oder die Stammkunden und das Personal, die eigen, aber liebenswert sind.

»Seit wann stehst du selbst am Herd?« Ich deute auf Moms teuren Hosenanzug, der null zu dem Kochlöffel passt, den sie durch die sich aufwärmende Milch zieht.

Sie lacht und streicht mir über die Wange. »Ich kann kochen. Ich tue es nur selten, weil es andere Menschen gibt, die das wesentlich besser können und ich in der Zeit Dinge tun kann, die ich deutlich besser beherrsche. Aber keine Sorge, einen Kakao bekomme ich hin.«

Dad schiebt sich auf einen der Stühle, die die Kücheninsel umgeben. »Unsere Haushälterin ist von der Lawine ausgeschlossen worden. Wir werden also über die Feiertage ohne sie auskommen müssen.« Er räuspert sich und zeigt auf den Stuhl neben sich. »Du bist gekommen.«

Er war sich also nicht sicher, dass ich es durchziehen würde. Das passt nicht zu ihm. Überhaupt nicht. Weder, dass er daran zweifelt, alles und jeden in der Hand zu haben. Noch, dass es ihn tatsächlich bewegt. Oder dass er heute so handzahm ist.

»Klar.« Ich könnte noch *Kein Ding* hinzufügen, aber das wäre vielleicht zu dick aufgetragen. »Was genau willst du?«

Er lehnt sich zurück und mustert mich herausfordernd. »Ihr wollt etwas von mir, wenn ich mich nicht irre. Also sag du es mir.«

Da ist er wieder. Der alte Dad, der das hier auf eine sadistische Art genießt. Ich stoße die Luft aus und verschränke die Arme vor der Brust. »Wir brauchen das Diner.«

»Deine Freunde sagten so etwas.« Er lacht kurz auf. »Na, wenn es sonst nichts ist.«

»Es ist der einzige Ort mit genügend Platz für alle aus dem Ort, die kommen wollen.«

»Alle?« Dad grinst. »Also sind wir auch eingeladen?«

Ich stelle mir vor, wie es wohl aussieht, wenn Dad zwischen Barbs und Hudson an der Tafel sitzt, eingehüllt in den neuesten Tratsch und gelallte Weihnachtslieder. »Ich glaube, das ist nicht ganz deine Art von Veranstaltung.«

»Meinst du?« Er zieht eine Augenbraue hoch, nickt aber.

»Ich habe mit den beiden Köchen gesprochen, die du im Diner angestellt hast. Sie würden das Kochen übernehmen, jetzt, wo sie sowieso gezwungen sind, in Big Sky zu bleiben. Allerdings würde ihre Arbeitszeit an einem Feiertag Extrakosten verursachen.«

»Das ist kein Problem.« Mom stellt die Schokolade vor mir ab. Riecht irgendwie nicht so, wie heiße Schokolade riechen sollte.

Ich nippe daran und schaffe es mit viel schauspielerischem Geschick, nicht das Gesicht zu verziehen. Schmeckt bitter und irgendwie angebrannt. »Danke, Mom«, sage ich trotzdem. Sie hat sich Mühe gegeben, aber es gibt einen Grund, aus dem Dad Mrs Garreth, die Haushälterin, eingestellt hat, und der ist nicht ausschließlich Moms berufliche Karriere, sondern eher sein Überlebensdrang.

»Kein Problem würde ich es nicht nennen, aber da ich die Ausgaben als Spende von der Steuer absetzen kann, bin ich bereit, dem zuzustimmen. Was noch?«

»Einen Baum haben wir schon, aber wir bräuchten noch Schmuck dafür.« Ich verlagere mein Gewicht, weil das nicht die Bitte ist, die ich eigentlich vorbringen muss. Schmuck für den Weihnachtsbaum lässt sich überall auftreiben. Und wenn ich richtig gesehen habe, hat Peyton schon einige Kisten mit Dekoration aus dem Keller nach oben geschleppt. »Und wir bräuchten Geschenke. Zumindest für die Alten und Kinder.« Ich schiebe ihm eine Liste zu. »Ich hatte an Dinnergutscheine für das Redlodge Palisades gedacht.« Dads völlig überteuertes Hotel mit angeschlossenem Restaurant, das außerhalb von Big Sky direkt am Skigebiet liegt. »Ein paar Sachen aus dem Outdoorladen, dem Hardwarestore und …« Ich atme tief durch. »Für Theo ein Platz für das Sommercamp am Adams Kookoo Lake Campground.«

Dad sagt nichts, setzt sich seine Brille auf, liest. Provozierend langsam und bedächtig geht er die Liste durch, auf der ich Menschen und Geschenke vermerkt habe. Dann zieht er sich die Brille wieder von der Nase, wirft das Papier auf den Tresen der Kücheninsel und sieht mich an. »Machbar.«

Aber? Er spricht es nicht aus, doch dieses Aber steht zwischen uns. Schwer und unüberwindbar wie ein rosa karierter Elefant.

Er wippt mit dem Fuß und mustert mich. »Ich bin bereit, den Weihnachtsmann zu spielen und die Geschenke bereitzustellen, wenn du im Gegenzug morgens und abends zum Essen zu uns kommst, bis du wieder abreist.«

Ist das sein fucking Ernst? Ich lache tonlos auf, weil das nur ein verdammter Witz sein kann. Wenn ich dem zustimme, bringen wir uns gegenseitig um, bevor dieses verfluchte Weihnachtsdinner im Diner stattfinden kann. »Das willst du nicht wirklich.«

»Das sind meine Bedingungen.« Er sieht Mom an, in deren Augen Hoffnung schimmert. Er tut das für sie. Was unerwartet … menschlich ist. »Akzeptier sie oder bastele die guten Gaben für diese Mutter-Theresa-Sache einfach selbst. Das würde doch sehr gut zu deiner Hippie-Lebenseinstellung passen, bei der du dich nur auf dem Spielfeld vergnügst, anstatt deinen Verpflichtungen nachzukommen.«

Ich bin kein Hippie. Ich spiele Football und studiere Sportmanagement. Das liegt in etwa so weit entfernt voneinander wie Dad davon, ein Philanthrop zu sein. »So gerne ich auch bastle, dafür reicht die Zeit nicht.« Meine Kiefer mahlen, meine Hände sind zu Fäusten geballt, aber ich reiße mich zusammen. Ich habe A gesagt, also ist B die Konsequenz. Ich ziehe das durch. »Also gut. Dinner und Frühstück. Schreib mir die Uhrzeiten und ich bin da.« Mit den Worten drehe ich mich abrupt um, murmle noch ein »Bis heute Abend, Mom« und verlasse die Küche, schlüpfe vor der Tür in meine Laufschuhe, natürlich nicht, ohne vorher in die Pfütze aus geschmolzenem Schnee zu treten und meine Socken zu durchweichen. Fluchend verlasse ich das Haus, während ich Mom aufgebracht mit Dad reden höre. Sie macht ihm Vorwürfe, dass er sich immer so aufführen muss. Dabei hat sie ihn gebeten, sich zusammenzureißen, damit ich nicht wieder drei Jahre fortbleibe. Ich ziehe die Tür hinter mir zu und atme tief durch, jetzt, wo ich die Stimmen meiner Eltern nur noch undeutlich im Inneren des Hauses höre. Ich blicke auf meine Schuhe, bewege die Zehen in den feuchten Socken. Nasse Füße bei diesen Temperaturen sind gefährlich, aber ich bin wütend genug, Erfrierungen zu riskieren, und sprinte los.

Nolan steht vor der Ranger Station. Auch in Sportklamotten. »Hey«, ruft er mir zu. »Wenn das kein Zufall ist. Laufen wir zusammen?«

Früher, als wir noch in derselben Highschool-Footballmannschaft waren, haben wir das immer getan. Ich verlangsame das Tempo und nicke verbissen.

»Oh, läufst du etwa vor deiner guten Laune weg?« Er lacht leise auf und fällt neben mir in einen gleichmäßigen Trott.

»Eher vor deinen schlechten Witzen«, brumme ich.

»Bist ja heute ein echter Sonnenschein.« Er spannt die Muskeln an, um zu mir aufzuschließen, weil ich das Tempo anziehe. »Wer ist schuld? Grace? Peyton? Harold?« Er atmet Wolken aus. »Oder die Lawine?«, bietet er an, als ich nicht antworte.

»Dad.«

»Und du willst nicht drüber reden.«

»Sonst hätte ich mich zum Kaffeeklatsch bei dir eingeladen.«

Nolan lacht. »Okay, schon gut.« Er will in den Wanderweg einbiegen, der das Dorf umrundet und fast ebenerdig verläuft, aber ich schüttle den Kopf und zeige auf die Passstraße, die steil vor uns ansteigt.

»Ernsthaft?«

»Keiner zwingt dich mitzukommen. Du könntest stattdessen zu Ava laufen und einfach mal auf Risiko gehen.« Ich werde ihm nicht stecken, dass sie mir von dem Kuss erzählt hat, aber anschubsen kann ich ihn ja.

»Immer noch. Du und Beziehungstipps gleich No-Go«, japst er und folgt mir die immer steiler werdende Straße hinauf. »Außerdem habe ich Angst um die Wildtiere. Nicht, dass du einem Grizzly anstelle von deinem Dad den Kopf abreißt.«

Ich gehe nicht auf seinen Spruch ein, erhöhe aber das Tempo, bis Nolan immer weiter zurückfällt.

»Alter«, keucht er wenig später, bleibt stehen und stemmt sich die Hände in die Hüften. »Du spinnst doch.«

Ich drehe mich für mehrere Schritte zu ihm um und laufe rückwärts, aber als er abwinkt und damit signalisiert, dass er tatsächlich aufgibt, sprinte ich die restliche Strecke bis zur Sperrung des Passes auf zwei Drittel der Straße allein hinauf. Meine Lunge ist kurz vorm Kollabieren und mein Hirn nur noch damit beschäftigt, an Sauerstoff zu kommen. Aber wenigstens ist da kein Platz mehr für den Gedanken in meinem Kopf, meinen Vater mit einem Kristallschneemann zu erschlagen. Und bis ich es zurück zum B&B schaffe, werde ich hoffentlich körperlich kaputt genug sein, um das Essen heute Abend irgendwie hinter mich zu bringen. Mein Gesicht ist halb erfroren. Ich spüre die Oberseite meiner Schenkel nicht mehr und meine Hände sind trotz der Handschuhe eiskalt und steif, aber ich fühle mich besser, als ich schließlich die Veranda des B&B hinaufspringe und die Schuhe von den Füßen strample. Ich schreibe Nolan eine Nachricht, in der ich mich dafür entschuldige, dass ich mich so asozial verhalten habe.

Du wurdest eben geharoldet. Passiert. Dahinter setzt er einen Emoji. Er ist mir nicht böse und ich nehme mir fest vor, die Aktion wiedergutzumachen, bevor ich nach drinnen gehe. Grace und Mason sitzen an einem der Tische und starren auf ihre Laptops. Ich stelle die feuchten Schuhe zum Trocknen an den Kamin und gebe Grace einen Kuss aufs Haar.

»Hi, Hunter«, murmelt sie ohne aufzusehen, und verscheucht mich dann mit einer wedelnden Handbewegung. »Du bist total verschwitzt, geh ja duschen, bevor du mir noch mal zu nahe kommst.«

»Okay«, erwidere ich grinsend und drücke sie noch einmal fest an mich, einfach weil ich es mag, sie zu ärgern. Und weil ich mag, wer ich mit Grace bin. Den Typen finde ich deutlich erträglicher als den Hunter, der ich mit Dad bin. »Ich bin oben.« Ich ziehe die feuchten Oberteile aus und werfe sie in die Waschmaschine, die sich in einem kleinen separaten Raum neben dem Eingang befindet und es den Gästen des B&B gegen Abgabe von acht Viertel-Dollar-Münzen erlaubt, die eigene Wäsche zu waschen. Wenn ich geduscht habe, werde ich noch die restliche Schmutzwäsche dazuwerfen und die Maschine anstellen. Mit einem letzten Blick auf Mason und Grace laufe ich die Treppe hinauf. Sie sitzen noch immer unbeweglich vor ihren Rechnern, schieben sich aber gerade gegenseitig Kekse zu, als wären sie ein eingespieltes Team, was mich irgendwie stutzig macht. Ich muss dringend mit Grace sprechen, was da läuft. Und ich muss ihr von Dad erzählen und der Mail vom Coach. Aber erst werde ich duschen. Vielleicht können wir uns danach vor den Kamin setzen und in Ruhe reden.

Oben angekommen, stoße ich fast mit Peyton zusammen, die, mit einem Korb voll schmutziger Handtüchern unter dem Arm, aus Grace' Zimmer kommt.

»Hey, warst du laufen?«

Ich lache leise. »Nein, ich saß nur so rum, aber meine Schweißdrüsen sind völlig außer Kontrolle und machen einfach, was sie wollen.«

Jetzt lacht Peyton ebenfalls.

Ich reibe mir über den Nacken. Verdammt, ich stehe halb nackt vor ihr und sie bemüht sich noch nicht einmal zu verbergen, dass ihr gefällt, was sie sieht. »Ich war oben an der Sperrung zum Beartooth Pass«, rede ich weiter. Einfach nur, um die verdammte Stille zu killen, die es unmöglich macht, mich nicht in dem Gefühl zu verrennen, ihr nahe sein zu wollen.

»Ist das Teil deines Trainingsplans?« Sie stellt den Wäschekorb auf den Boden und sieht mich an. »Ich meine, hast du Ferien oder musst du auch über die Feiertage trainieren?«

»Eigentlich habe ich nur versucht den Besuch bei meinen Eltern loszuwerden.« Ich reibe mir über den Nacken. »Aber mein Coach wäre sicher schwer entzückt, wenn er wüsste, wie fleißig ich bin. Brauchst du die Handtücher aus meinem Zimmer auch?«

Sie nickt und folgt mir.

»War es wirklich so schlimm?«, fragt sie und stellt den Wäschekorb auf meinem Bett ab.

Ich sehe sie irritiert an.

»Du bist nach dem Besuch bei deinen Eltern sieben Meilen bergauf gelaufen, oder nicht?« Sie zuckt mit den Schultern, als würde das genug sagen. Und vielleicht tut es das.

Ich nicke und bin ehrlich. »Es war beschissen. Und ich hasse euch wirklich sehr dafür, dass ihr mich da reingezwungen habt.« Ich wische mir den Schweiß mit dem Unterarm von der Schläfe. »Aber er hat zugestimmt, uns das Diner zu überlassen und die Köche zu bezahlen. Wir bekommen Dekokram und die Sache mit den Geschenken geht auch klar.« Ich ziehe siegessicher die Augenbrauen hoch.

»Das ist …« Peyton schlägt sich die Hand vor den Mund.

»Ziemlich großartig«, biete ich an. Sie nickt und drückt meinen Arm. »Er zahlt auch einen Feiertagszuschlag für die Köche und die kompletten Lebensmittel«, flüstere ich, als wäre das irgendeine verdrehte Form von Dirty Talk. Peyton lacht und das Geräusch zupft an meinen Mundwinkeln. Das ist tausendmal effektiver, als den gesamten Beartooth hinaufzurennen. »Sieht so aus, als könntet ihr jetzt die Einladungen verschicken.«

Sie beißt sich auf die Unterlippe und runzelt die Stirn. »Dafür fehlt noch eine Kleinigkeit, oder nicht? Das Fotoshooting«, erinnert sie mich.

Mit einem Stöhnen verberge ich mein Gesicht in den Händen. »Du machst mich fertig, Peyton Scott. Das hatte ich erfolgreich verdrängt.«

»Ups, ich wusste gar nicht, dass du das vergessen wolltest. Deine Signale waren da nicht wirklich eindeutig.« Sie grinst breit und ich kann nicht anders. Strafe muss sein. Ich packe sie an der Hüfte und ziehe sie an mich, um sie durchzukitzeln.

»Hunter, igitt, du bist total verschwitzt, lass mich sofort los«, gackert sie, wehrt sich aber nur mit halber Kraft.

»Ich versuche nur, die Signale deutlicher zu machen«, pruste ich. »Weil sieben Meilen ja offenbar nicht ausgereicht haben.«

Irgendwie schafft sie es, eine Hand zu befreien, und stützt sich damit an meiner Brust ab. Aber dieses Mal schiebt sie mich nicht von sich. Ihr Gesichtsausdruck wird ernst. Sie schluckt, starrt auf ihre Hand. »Danke.« Sie sieht wieder auf. »Ich weiß, dass er es dir nicht gerade leicht macht. Dass du dir deinen Besuch hier anders vorgestellt hast. Deswegen ...« Sie zuckt ein wenig hilflos die Schultern.

Ich würde gern sagen, dass es nicht der Rede wert ist, aber das wäre gelogen. Deswegen stehe ich einfach nur stumm da und sehe sie an. Eine gefühlte Ewigkeit, bis Peyton sich abwendet und hastig die schmutzigen Handtücher vom Boden aufliest.

Ich wünschte, ich hätte sie aufgehängt und es ihr damit leichter gemacht.

»Ich hole dir eben frische«, murmelt sie und vermeidet es, mich anzusehen.

»Okay. Dann gehe ich mal duschen.« Aber erst als ich sie nicht mehr sehe, drehe ich mich um und verschwinde im Bad. Ich ziehe mich aus und schiebe mich unter den Wasserstrahl, der meine von der Kälte steifen Muskeln massiert. Mit der Hand stütze ich mich an der Wand ab und versuche zu verstehen, was da zwischen mir und Peyton ist. Was ich tun soll. Denn eins ist klar, ich verheddere mich mit jeder Sekunde, die wir miteinander verbringen, mehr in meinen Gefühlen für sie. Und ihr geht es genauso. Sie wollte, dass der Sex im Keller eine einmalige Sache ist, aber wenn das wirklich noch gälte, würde sie dann tatsächlich ins Zimmer kommen, wenn ich nackt unter der Dusche stehe und uns nur eine verfluchte Zimmertür trennt? Ich höre sie, und das ist ganz sicher nichts, was sie bei einem anderen Gast tun würde. Ich schließe die Augen, atme den Gedanken weg, dass ich die Dusche verlassen, die Tür aufreißen und sie in meine Arme schließen will. Aber mich nackt auf sie zu stürzen, während sie auf der anderen Seite der Tür gerade die frischen Handtücher auf das Bett legt, wäre definitiv zu krass. Und ein Handtuch, um mich zumindest notdürftig zu bedecken, habe ich nicht. Ich hätte ihr eben sagen sollen, dass sie keine einmalige Sache für mich ist. Dass sie das nie war. Dass ich wieder mit ihr schlafen will. Dass ich sie lieben will und nicht ficken.

Aber das würde jede Grenze überschreiten, die Peyton je gezogen hat. Und ich will nicht das Arschloch sein, das alles falsch macht. Nicht schon wieder.

Ich lehne die Stirn an die Wand, spüre die raue Granitfliese und schlage meinen Kopf leicht dagegen. Was für ein verdammtes Chaos.

Das noch größer wird, als sich die Tür öffnet. Ich höre nur das Geräusch, sehe nicht auf. Sekundenlang ist es bis auf das Rauschen des Wassers absolut still. Ich habe aufgehört zu atmen. Mein Herz hämmert. Dann höre ich, wie sie zögerlich näher kommt. Ich presse meine Hand gegen die Wand, als Peyton sich hinter mir unter den Wasserstrahl schiebt. Sie schlingt ihre Arme um meine Mitte und schmiegt ihren nackten Körper an meinen Rücken. Und ich atme wieder. Als hätte ich sie gebraucht, damit meine Körperfunktionen wieder einsetzen. Ich löse meinen Kopf von der Wand, drehe mich um und küsse sie. Hungrig, verloren, tief. Egal was wir sind, wir sind nicht einmalig. Und ich werde es genießen, solange es anhält. Weil das vielleicht alles ist, was ich erwarten kann. Träume kann man nicht festhalten. Sie lösen sich auf, sobald man aufwacht. Vielleicht sind wir wie einer dieser Träume. Einer, den ich seit der Highschool geträumt habe. Und vielleicht werden wir uns tatsächlich in nichts auflösen, aber deswegen werde ich Peyton, verdammt noch mal, trotzdem lieben, solange sie mich lässt.

Grace

Nachdem Mason und ich uns knapp eine Stunde im Diner aufgehalten hatten, machten wir uns auf den Weg zurück zum B&B. Ich ging hoch, schaffte es, noch eine Stunde mit ihm zu arbeiten, bevor ich mich mit einer fadenscheinigen Ausrede nach oben verabschiedete und nicht wieder runterkam. Wie ein Feigling setzte ich mich aufs Bett und beschäftigte mich mit den Unterlagen, die ich auch ohne Internetverbindung bearbeiten konnte.

Als es an meiner Tür klopft, ist es bereits früher Abend. Meine Augen brennen, weil ich sie kaum eine Sekunde vom Bildschirm gelöst habe. Dafür bin ich ein gutes Stück mit meiner Hausarbeit vorangekommen.

Während ich zur Tür gehe, strecke ich mich einmal ausgiebig und fühle mich, als hätte ich mich während der Arbeit wie eine Zeitung zusammengefaltet. Sicher ist es Hunter, der mir von dem Besuch bei seinen Eltern erzählen will. Hoffentlich ist der besser gelaufen als das letzte Mal.

Ich öffne die Tür und erstarre. Vor mir steht nicht Hunter, sondern Mason.

Er lächelt, auch wenn es vorsichtig wirkt. »Halte mich jetzt bitte nicht für einen Stalker.«

Mir entfährt ein Lachen und ich lehne mich gegen den Türrahmen. »Sind das nicht genau die Worte, die ein Stalker benutzen würde?«

Seine Haltung entspannt sich ein wenig und er fährt sich

durch sein Haar, das zerzaust wirkt, als hätte er das in den letzten Minuten schon öfter gemacht. »Könnte sein. Aber mir ist aufgefallen, dass du nichts gegessen hast. Also nicht, dass ich auf die Treppe geachtet hätte, aber – na ja, unten sieht man, ob jemand kommt oder geht, und ich …« Er stößt Luft aus und lacht. »Okay, das klingt wirklich nach einem Stalker.«

Ich beiße mir auf die Innenseite meiner Wange. Er hat sich so viele Gedanken über mich gemacht, dass er auf die Treppe geachtet hat? »Dir ist also aufgefallen, dass ich nichts gegessen habe?«

Er kratzt sich am Hinterkopf. »Nun ja, ich habe auch nichts gegessen und dann dachte ich mir, wir könnten zusammen …« Er unterbricht sich selbst und verzieht das Gesicht auf eine total süße Weise, die mich ganz weich werden lässt.

»Bittest du mich gerade darum, mit dir essen zu gehen?«

Er stößt Luft aus, während er sich selbst belächelt. »Ja, genau das versuche ich gerade auf eine total jämmerliche Art und Weise. Es ist einfach schön, mit dir Zeit zu verbringen.«

Ich finde es auch schön, Zeit mit ihm zu verbringen, und ich habe keine Ahnung, wohin das hier führen soll, aber vielleicht muss ich auch einfach mal mutig sein und alles auf mich zukommen lassen. Wir gehen nur essen, nicht mehr und nicht weniger. Ein Essen wird das Ganze wohl nicht noch weiter verkomplizieren. »Na ja«, sage ich langsam. »Ich bin ziemlich hungrig.«

Ein Grinsen breitet sich auf seinem Gesicht aus, das ihn noch attraktiver macht. »Es gibt leider nicht viel Auswahl. Eigentlich nur das Diner. Oder ich könnte uns was kochen. Peyton hat mir angeboten, ihre Küche zu benutzen, nachdem ich mich beschwert habe, dass ich die Speisekarte des Diners mittlerweile auswendig kann.«

»Du kannst kochen?« Ich höre selbst, wie überrascht ich klinge.

Mason richtet sich ein wenig auf, als hätte ich ihn, in seinem Stolz gekränkt. »Sicher, traust du mir das etwa nicht zu?«

Ich möchte ihm nicht sagen, dass er damit offiziell der erste Typ aus meinem Bekanntenkreis wäre, der für eine Frau kocht. Deshalb zucke ich mit den Schultern. »Du scheinst einfach viele Talente zu haben.« Prompt werden meine Wangen angesichts der Zweideutigkeit meiner Worte rot.

Masons Grinsen wird ein wenig schief und er deutet mit dem Daumen hinter sich in Richtung Treppe. »Ich bin in der Küche, komm runter, sobald du so weit bist.«

»Bis gleich.« Ich gehe wieder in mein Zimmer und versuche das plötzliche Beben in meiner Brust zu beruhigen. Es ist nur ein Essen. Wir gehen dafür nicht einmal weg. Ich meine, das ist total ungefährlich, oder?

Als ich wenig später runterkomme, trage ich noch dieselben Sachen wie zuvor. Erst kam mir der Gedanke, dass ich mich umziehen sollte. Doch meine Auswahl an Kleidungsstücken neigt sich langsam dem Ende zu und ich will auch nicht den Eindruck erwecken, als würde ich mir irgendwie Mühe geben wollen. Ich trage eine Jogginghose und einen engen Pullover. Das muss reichen.

Mason steht in der Küche und es fühlt sich seltsam an, diesen Raum alleine zu betreten, ohne dass Peyton da ist.

Mason holt gerade Lebensmittel aus einer Tüte heraus und mir wird klar, dass er extra dafür eingekauft haben muss. Natürlich, es wäre ja auch irgendwie dreist, sich an Peytons Vorräten zu bedienen. Dennoch … Er ist extra einkaufen gegangen, ohne zu wissen, ob ich einem Essen mit ihm zustimme. Das ist schon ziemlich süß.

Er schaut auf und seine Augen leuchten, fast, als hätte er sich doch gesorgt, dass ich einen Rückzieher mache. »Gibt es etwas, das du nicht isst?«

»Nein, keine Abneigungen oder irgendwelche Unverträglichkeiten.«

»Das höre ich gerne.«

Eine Weile schaue ich ihm zu, bevor ich meine Hilfe anbiete und das Gemüseschneiden übernehme.

»Wollen wir morgen nach dem Frühstück zusammen ins Diner gehen?«

Ich hebe fragend die Augenbrauen. »Hm?«

»Zum Dekorieren. Für die Weihnachtsfeier«, hilft er mir auf die Sprünge.

»Oh«, mache ich, weil ich das fast wieder vergessen hätte, und nicke, da ich keinen Grund habe, Nein zu sagen. »Sicher. Gerne.«

Aber alles, woran ich denken kann, ist, dass Ava uns dann zusammen sehen wird und ob sie das stört. Es ist nichts dabei, wenn wir zusammen über die Straße dorthin gehen. Der Weg ist für uns beide derselbe. Aber dennoch ist es jetzt anders. Was ist, wenn sie bemerkt, dass es anders ist? Ist das okay für sie? Natürlich sind die beiden getrennt, aber ich weiß nicht, ob ich es cool fände, meinen Ex-Freund sofort mit einer Neuen sehen zu müssen. Nicht, dass ich seine Neue wäre … puh, das wird jetzt wirklich kompliziert.

Die ganze Zeit über bin ich angespannt und alles Ungezwungene zwischen uns scheint wie weggeblasen zu sein. Was machen wir hier eigentlich? Wir kennen uns doch kaum. Klar, ich weiß ein bisschen was über ihn, aber das reicht lange nicht, um ihn als Freund bezeichnen zu können.

»Das ist komisch, oder?«, fragt er plötzlich und ich lache, weil er meine Gedanken zu lesen scheint.

»Total. Nicht, dass es deine Schuld wäre, oder so …« Den Rest des Satzes lasse ich offen, weil ich selbst nicht weiß, was ich sagen will.

»Dates sind auch für mich ziemlich neu«, sagt er in Richtung Schneidebrett gerichtet und ich erstarre. Ein Date? Habe ich etwa nicht gemerkt, dass wir uns auf einem Date befinden? Das ist schlecht, oder?

»Ich habe da diesen Freund, der sich ein wenig besser damit auskennt.«

Mein Lächeln wird fragend. »Und?«

Mason bemerkt es nicht, weil er so in seiner Arbeit vertieft ist. »Auf jeden Fall hat er diese Lieblingsfrage, die er jedem Date stellt, und er hat verdammt viele Dates.«

»Was ist das für ein Kumpel, der so viele Dates hat? Findet er nicht die Richtige oder sind das so Dates, die nicht darauf hinauslaufen, dass es ein zweites Date gibt?« Und in welche Kategorie kann ich das hier einordnen? Ich starre auf das Schneidebrett vor mir und bin so konzentriert auf das Zerteilen des Gemüses, als wäre es eine Wissenschaft.

»Beides, schätze ich. Er möchte schon eine Beziehung, aber seine Ansprüche sind ziemlich hoch.«

Hat Mason dann niedrige Ansprüche, wenn er die erstbeste Frau um ein Date bittet, nachdem er sich von seiner Freundin getrennt hat? Ich erschrecke mich so sehr vor diesem Gedanken, dass ich zu ihm aufschaue. Seine grauen Augen treffen mich und mein Hals wird so trocken, dass ich schlucken muss, bevor ich etwas sagen kann. »Und was ist seine Lieblingsfrage?«

»Wenn du nur noch ein Dessert für den Rest deines Lebens essen könntest, welches wäre das?« Er verzieht keine Miene, als wäre die Antwort darauf lebenswichtig, und ich muss lachen. Sofort breitet sich wieder dieses atemberaubende Lächeln auf seinem Gesicht aus. »Ernsthaft. Ich finde die Frage echt schwer.«

Ich beiße mir auf die Unterlippe und lege den Kopf in den Nacken, um besser nachdenken zu können und mich nicht in seinen Augen zu verlieren. »Das ist leicht. Kuchen. Ich würde für den Rest meines Lebens Kuchen essen wollen.«

»Das ging echt schnell. Wieso Kuchen?«

»Weil es ihn in allen Varianten gibt und er das Erste war, was ich selbstständig in der Küche zubereiten konnte. Langweiliger, trockener Schokoladenkuchen. Aber es war meiner.« Ich lache. »Und was wäre dein Dessert, wenn du dich entscheiden müsstest?«

Seine Augen sind dunkel und seine Lippen geöffnet, als würde er sich vorstellen, ich wäre sein Dessert. Schlagartig wird mir heiß. »Pudding.«

»Pudding?« Ich blinzle und die Hitze verpufft. »Wieso Pudding?«

»Weil der einfach immer geht. Außerdem macht meine Großmutter einen Pudding, der zum Niederknien ist. Irgendwann solltest du …« Er verstummt und schüttelt den Kopf. »Entschuldige. Ich habe keine Ahnung, was mit mir los ist.«

»Na ja«, sage ich lang gezogen, weil ein Stechen in meiner Brust einsetzt und die Stille sich zwischen uns ausdehnt, bevor ich mich wieder dem Schneidebrett zuwende. »Ich kann ganz passablen Pudding kochen. Als Nachtisch. Falls du möchtest.«

»Gerne.« Er räuspert sich, und doch habe ich das Gefühl, dass er näher rückt.

Mir wird heiß, doch ich gehe nicht auf Abstand, sondern schaue wieder zu ihm hoch. »Okay.«

Mason lächelt mir zugewandt und sein Blick fliegt zu meinen Lippen. Ich will ihn küssen. Der Gedanke zuckt durch meinen Kopf, und sobald er einmal raus ist, kann ich ihn nicht mehr zurücknehmen. Ich will ihn küssen. So dringend, dass mein gesamter Körper bebt und ich mich an der Arbeitsplatte vor mir festhalten muss.

Das kann nicht richtig sein. Das Flüstern in meinem Kopf ist leise, und doch bringt es mich dazu, wegzusehen. Meine Hände schwitzen und ich stoße mich von der Arbeitsplatte ab, um ein wenig Abstand zwischen uns zu bringen. Ich gehe zu den Schränken und suche nach einem Glas, bevor ich mir Wasser eingieße. »Also, du bist an der Caltech? Ist Ava auch dort?«

»Ja. Also, das war sie, bis sie vor einem Jahr ihr Mathestudium geschmissen hat.« Er zögert. »Ehrlich gesagt würde ich jetzt nicht so gerne über sie sprechen. Nicht, dass mir das unangenehm wäre. Aber sie und ich sind kein Paar mehr. Wir werden sicher Freunde bleiben, aber mehr nicht.« Mason klingt, als würde er mich davon überzeugen wollen, und zugleich so sicher, dass ich ihm glaube.

Ich trinke einen großen Schluck und schlendere zu ihm zurück, darauf bedacht, etwas mehr Abstand zu halten. »Stimmt. Sorry.«

»Das muss dir nicht leidtun. Das ist eine ziemlich seltsame Situation.« Mason wendet sich ab und schiebt das klein geschnittene Fleisch in die bereits heiße Pfanne, worauf ein zischendes Brutzeln ertönt. »Ich hätte mir was anderes für unser erstes Date aussuchen sollen, oder? Das hier ist doch unentspannter, als ich mir vorgestellt habe. Nicht, dass ich finde, du wärst unentspannt.«

Ich lache, weil er vor Verlegenheit verstummt. »Dann machen wir daraus ein Speed-Date. Jeder stellt eine Frage und der andere darf nur mit einem Wort darauf antworten. Ich fange an und mache es dir leicht. Was ist dein Lieblingsfilm?«

Er grinst. »Star Trek.«

»Welcher?« Das überrascht mich dann doch. Ich hätte ihn auf keinen Fall für einen Star-Trek-Fan gehalten. Sind das nicht alles Typen, die noch im Keller ihrer Eltern wohnen und den ganzen Tag Videospiele spielen? Vielleicht projiziere ich auch gerade nur das Bild von Frederik Dempsey aus der Highschool auf Mason, der ständig Klingonisch gesprochen hat.

»Wie viel Zeit hast du?«, erwidert er mit einem schiefen Grinsen, worauf ich lache.

»Verschone mich bitte«, stoße ich zwischen noch lauteren Lachern aus.

Als wäre er diese Reaktion gewöhnt, bekomme ich ein Schmunzeln. »Dass du Liebesfilme und Horrorfilme am liebsten magst, weiß ich ja schon. Ich kenne dein Lieblingsdessert und weiß ein bisschen was über deine Familie«, fasst er zusammen, während er sich mit der freien Hand an die Unterlippe tippt und mit der anderen in der Pfanne rührt. »Hast du ein Hobby?«

»Nein«, erwidere ich und fühle mich sofort total langweilig, weil ich meine ganze Zeit dafür aufwende zu arbeiten. »Und du?«

»Arbeitstier«, erwidert er und schiebt das geschnittene Gemüse in die Pfanne. Seine Antwort klingt deutlich besser als meine. Immerhin arbeite ich auch mehr, statt mich irgendwelchen anderen Dingen zu widmen. »Welches Buch hast du als Letztes gelesen?«

»Fifty Shades of Grey.« Mal wieder erröte ich, als er mich anschaut, und ich weiß sofort, was er denkt. »Aber nur die ersten hundert Seiten. Dann ist Hunter aufgetaucht und hat mich wegen meines zweifelhaften Buchgeschmacks aufgezogen. Danach hat es irgendwie seinen Reiz verloren.«

Mason lacht so laut, dass der Klang sicher durch das ganze Hotel hallen muss und ich einstimme. »Ja, das war echt fies von ihm.«

»Hast du denn die Filme gesehen?«

Ich schüttle den Kopf und beobachte, wie er nun Reis in die Pfanne gibt, alles anbrät und es dann mit Wasser ablöscht, bevor er den Deckel schließt. »Nein. Ich gehe nicht so gerne ins Kino. Ist mir zu laut.« Und zu teuer, aber das spreche ich nicht aus.

Mason nickt, als würde das absolut Sinn ergeben und keine langweilige Antwort sein. »Der Reis braucht noch zwanzig Minuten, würde ich sagen.«

»Dann decke ich den Tisch.« Ich runzle die Stirn und deute auf die Küchentür. »Im Frühstücksbereich?«

»Die Alternative wäre der Fußboden.«

Ich verdrehe die Augen, muss aber lächeln und hole uns Geschirr und Besteck, bevor ich die Küche verlasse. Erst bleibe ich stehen, dann entscheide ich mich für den Tisch, an dem wir immer sitzen. Mit einem Feuerzeug von der Theke zünde ich die dort immer stehenden Kerzen an und rücke den Weihnachtsstern ein wenig zur Seite.

Ich gehe noch einmal zurück in die Küche, um Servietten zu holen. Dabei öffne ich die Tür und renne voll in Mason hinein, der gerade das Gewürzregal betrachtet. »Oh.« Ich stolpere zurück und er packt mich, damit ich nicht falle.

Seine Hände liegen auf meinen Armen. Ich öffne den Mund und schaue zu ihm hoch. Und plötzlich sind wir uns ganz nah.

Seine Augen werden dunkel vor Verlangen und sein Griff um meine Arme wird ein wenig fester.

Ein Kribbeln durchzuckt mich und ich bekomme am ganzen Körper Gänsehaut. Weil ich ihn küssen will. Weil ich nicht sicher bin, ob es richtig ist. Weil ich es tun muss.

Ohne den Zweifel zuzulassen, stelle ich mich auf die Zehenspitzen und strecke mich ihm entgegen. Gleichzeitig beugt er sich zu mir herunter.

Und dann berühren sich unsere Lippen.

Hitze jagt durch meinen Körper und sammelt sich in meiner Mitte. Meine Hand landet auf seinem Pullover und gräbt sich in den Stoff, um ihn noch näher zu ziehen. Mit der anderen greife ich in seinen Nacken und gleite in sein perfekt gestyltes Haar.

Ein Knurren entfährt ihm und er presst uns so fest aneinander, dass ich fühlen kann, wie sehr er mich will. Meine Knie geben nach, als sich unsere Zungen berühren, und ich klammere mich an ihm fest. Unser Kuss wird stürmischer und er dreht mich, greift unter meine Oberschenkel und hebt mich hoch. Ich lande auf der Arbeitsplatte. Er schiebt sich zwischen meine Beine und – oh mein Gott, ich halte das nicht aus.

Ich höre draußen ein Geräusch, Schritte, die die Treppe hinuntereilen, und weiche zurück, als mir klar wird, was wir hier tun. Schwer atmend schaue ich zu ihm hoch. Wir dürfen uns küssen. Er ist Single. Aber erst seit Kurzem. Was ist, wenn er das hier nur tut, um Bestätigung zu bekommen?

Er macht einen Schritt zurück, als ich meine Hand an seine Brust lege und von der Arbeitsplatte gleite. »Ich will kein Lückenfüller sein.« Ich lasse ihm keine Möglichkeit zu antworten und laufe aus der Küche. Luft. Ich brauche dringend Luft. Schwer atmend stoße ich die Tür nach draußen auf und stehe kurz darauf vor dem B&B. Es ist eiskalt. Um mich herum liegt Schnee und feine Schneeflocken rieseln auf mich herunter.

Sofort ist mir schrecklich kalt und ich schlinge die Arme um mich, während ich nach Luft ringe. Ich höre ein Lallen und plötzlich sehe ich einen Mann die Straße heruntertorkeln. Verwirrt ziehe ich mich in die Schatten des Hauses zurück und schaue einem Betrunkenen dabei zu, wie er weiterläuft und eine schiefe Version von *Jingle Bells* von sich gibt. Hinter mir wird die Tür wieder aufgestoßen und ich muss mich nicht umdrehen, um zu sehen, dass es Mason ist. »Ich kann das nicht«, sage ich leise und schlinge die Arme fester um mich. »Ich will kein Trostpflaster sein.« Weil es sich zu schön anfühlt, mit ihm zusammen zu sein. Weil ich ihn ewig küssen könnte. Weil es mir das Herz bräche, wenn er mich wieder von sich stößt.

»Es tut mir leid. Ich …« Er flucht leise, doch bleibt hinter mir stehen. »Ich habe keine Ahnung, was ich fühle. Aber du bist einfach ständig in meinem Kopf und ich weiß, dass ich gerne in deiner Nähe bin. Ich überdenke jeden meiner Schritte dreimal, aber dieses Mal, mit dir, handle ich einfach und ich bin wohl übers Ziel hinausgeschossen.«

Seine Worte lassen mich dahinschmelzen und langsam drehe ich mich zu ihm um. Er steht vor mir, ein wenig verloren und doch unerschütterlich. »Ich mag dich, Grace. Ich weiß nicht, was das hier ist, aber ich bin gerne in deiner Nähe.«

»Und ich in deiner«, erwidere ich leise und mache einen Schritt vor, weil der Abstand zwischen uns sich mit einem Mal so falsch anfühlt. Ich zögere, dann greife ich nach seiner Hand und verschränke unsere Finger ineinander. »Vermutlich bin ich diejenige, die gerade alles einmal zu oft überdenkt.«

»Du bist kein Trostpflaster«, versichert er mir leise und lehnt seine Stirn an meine. »Du bist einzigartig, lustig, klug und wunderschön.« Er haucht die Worte und jedes einzelne geht mir unter die Haut, wo es ein wohliges Gefühl hinterlässt. »Du bist viel zu besonders, als dass man dich anders behandeln dürfte.«

Meine Kehle verengt sich. Jetzt bereue ich es, dass ich unseren Kuss unterbrochen habe, aber es war wichtig, ihn genau das sagen zu hören. Jetzt will ich ihn erneut an mich ziehen und küssen, bis meine Lippen wund sind. Aber es ist eiskalt und dort drin brennt sonst noch unser Essen an. »Und du bist ziemlich romantisch.«

»Sag das bloß niemandem.« Er lacht leise und das Geräusch lässt mein Herz flattern. »Sonst ruinierst du noch meinen Ruf als Eisklotz.«

Ich lächle und beiße mir auf die Unterlippe, weil ich befürchte, dass ich gerade dabei bin, mich in ihn zu verlieben.

Ava

»Wir haben übrigens Neumond«, hat Nolan gesagt, nachdem wir den Weihnachtsbaum im Diner abgeliefert haben. Barbs ist aufgeregt um uns herumgewirbelt, weil wir ihre Tische verschieben mussten, um Platz zu machen. Dann beschwerte sie sich, weil wir ein so krummes Exemplar gewählt hatten. Dafür musste ich mich rechtfertigen, ehe sie uns endlich zwei Burger servierte. Zu dem Zeitpunkt war ich schon ganz schwach vor Hunger und Nolan musste sich beeilen, weil Leroy ihn erwartete. Also dauerte unser Mittagessen kaum eine Viertelstunde. Dann waren wir aus dem Diner getreten und Nolan hatte mich auf den Neumond hingewiesen. »Wenn du Sternenfotos machen willst, wäre heute Abend ein perfekter Zeitpunkt. Du meintest, Mondlicht sei schlecht für Sternenbilder, oder?«

Ich erinnerte mich, dass ich mit Nolan darüber gesprochen hatte. Zwar habe ich meine Ausbildung abgeschlossen, aber Sterne habe ich erst einmal mehr schlecht als recht aufgenommen, weil es rund um L. A. zu hell dafür ist. Nolan hatte angeboten, mich zu begleiten, sobald der Mond abgenommen hat. Allerdings waren uns dann die Lawine, die Trennung von Mason und mein Liebesbrief dazwischengekommen. Insofern versetzte mich die Aussicht, ein paar Probeaufnahmen zu versuchen, in Aufregung. Wir verabredeten uns für neun Uhr an der Ranger Station und ich kehrte ins B&B zurück. Zwischen den Häusern entdeckte ich eine Gabelantilope, die nach Futter suchte. Natürlich hatte ich meine Kamera sofort im Anschlag. Und entweder habe ich ziemlich coole Tarnfähigkeiten oder das Tier interessierte sich einfach nicht für mich. Jedenfalls gelangen mir einige geradezu spektakuläre Aufnahmen, bis Hunter in mich hineinrannte. Ihn fand die Gabelantilope nicht so toll und sie ergriff die Flucht. Hunters Worte in Bezug auf Nolan haben mich ziemlich nachdenklich gemacht. *Wenn er sich zurückzieht dann nicht, weil du ihm nicht genug bedeutest. Eher das Gegenteil,* hat er gesagt. *Du solltest ihm die Sicherheit geben, dass ihr das hinbekommen könnt.* Die Frage ist nur, wie ich das anstellen soll. Ich glaube nicht, dass ich an den Tatsachen etwas ändern kann. Bleibt mir also nur, Nolans Ängste zu akzeptieren?

Mit so vielen Fragezeichen im Kopf dauerte es ziemlich lange, meinen Plan umzusetzen und ein bisschen Schlaf nachzuholen – jetzt, da ich mir das Zimmer nicht mehr mit Mason teilen muss. Nachdem ich gegen sechs wieder aufgewacht bin, machte ich mir noch ziemlich benommen ein Omelett in der Küche und fragte mich, wo Mason untergekommen ist. Nicht, dass er jetzt in irgendeiner Besenkammer campt und Rückenschmerzen kriegt. Es wäre nicht fair, wenn er das in Kauf nimmt, während ich durch die Nacht marschiere, um Sterne zu fotografieren.

Jetzt checke ich aber erst mal meine Kameraausrüstung, ziehe mich warm an und mache mich schwer beladen auf den Weg nach unten. Das Gewicht meiner Vollformatkamera, des Weitwinkelobjektivs, des Stativs und der Lampen zum Ausleuchten des Vordergrunds zerrt ganz schön an mir. Im Rucksack trage ich weiteren Krimskrams wie den Selbstauslöser und die Karten zum Weißabgleich. Keine Ahnung, wie ich das ganze Zeug im Dunkeln auf einen Berg schleppen soll – oder auch nur bis zur Ranger Station. Als ich mit dem Stativ gegen die Wand rumpelnd in den Empfangsraum taumele, sehen

Mason und Grace überrascht auf. Sie sitzen bei Kerzenlicht an ihrem angestammten Platz am Fenster.

Kurz bin ich irritiert. Klar, die Kerzen in ihren bunten Glashalterungen gehen auch als Weihnachtsdeko durch. Aber irgendwie wirkt die Szene so romantisch, wie ich es nicht von Mason kenne. Hat er das gemeint, als er sagte, er habe sich keine Mühe mehr gegeben?

»Hey, ich gehe noch mal los«, sage ich angesichts meines Outfits vollkommen überflüssigerweise.

»Es ist schon dunkel.« Mason deutet Richtung Fenster.

»Zum Glück! Ich will Sterne fotografieren.« Ich lächle den beiden zu und schleppe meine Ausrüstung Richtung Tür.

»Allein?«

Ich werfe Mason einen schiefen Blick zu. »Nein. Nicht allein.«

Er grinst etwas verlegen. »Dann ist ja gut. Hätte ich dir nämlich zugetraut.«

Grace' Blick fliegt ein bisschen fragend zwischen Mason und mir hin und her und ich hoffe, sie fühlt sich durch mein Auftauchen nicht wieder so unwohl wie gestern.

»Habt noch einen schönen Abend.«

»Du auch«, ruft sie mir nach, während ich mich durch die Tür quetsche.

Bis ich bei der Ranger Station ankomme, bin ich völlig außer Atem. Nolan steht mit einer dampfenden Tasse vor der Veranda und beobachtet den Himmel. Alfie bellt mich erst an, kommt aber wedelnd auf mich zu, als er mich erkennt.

»Was hast du denn da alles?« Nolan läuft mir entgegen.

»Niemand hat behauptet, es sei leicht, Sterne zu fotografieren«, gebe ich keuchend zurück.

Ich überlasse ihm die Lampen. In der Dunkelheit vor der Ranger Station ist er nicht mehr als eine Silhouette. Und doch bemerke ich, dass er kurz zögert. »Okay, Plan B. Die dicken

Jacken, die ich mitnehmen wollte, können wir nicht auch noch schleppen. Ich hole uns ein paar Rettungsdecken, falls uns kalt wird.«

Wenig später machen wir uns mit Stirnlampen, Rucksäcken und meinem Equipment auf den Weg. Ich muss mir meinen Schal über Mund und Nase ziehen, weil es so kalt ist, dass die Luft in meiner Lunge sticht. Nolan führt mich einen steilen Pfad am Westhang des Grizzly Mountain empor. Obwohl er jetzt die Hälfte meiner Ausrüstung trägt und ich eigentlich eine ganz gute Kondition habe, ist die Anstrengung durch das zusätzliche Gewicht und die dünne Luft extrem. Zumal der Pfad zwar präpariert und an den steilsten Stellen mit in den Schnee gehauenen Treppenstufen versehen, aber trotzdem ziemlich rutschig ist. Wir haben Big Sky schon lange hinter uns gelassen, als Nolan auf einem flacheren Wegstück anhält und sich zu mir umsieht.

»Kannst du noch?« Warum ist er eigentlich kaum außer Atem? Mir läuft die Nase, die kalte Luft beißt mir ins Gesicht, während ich unter meinen Klamotten langsam überhitze.

»Eigentlich nicht«, gebe ich zu. »Aber ich will diese Fotos machen, also schaffe ich das auch.«

Er lacht leise. »Die Hälfte haben wir geschafft. Kurze Pause?«

Wir schalten unsere Stirnlampen aus und die Dunkelheit umschließt uns von allen Seiten. Ich blicke nach oben. Myriaden Leuchtpunkte spannen sich über uns – in wirren Haufen, lang gezogenen Linien und vereinzelten Konstellationen, die ich erkenne. Je länger ich schaue, desto mehr Ebenen von weniger hellen Sternen werden sichtbar. Ich frage mich, ob ich jemals zuvor so viele gesehen habe. Ich weiß noch, wie mein Dad mit Sternenkarten hantierend Muster im Chaos zu entdecken versuchte. Jetzt tut es mir gut, einfach über das Wunder zu staunen, so winzig zu sein.

»Weiter?«, erkundigt Nolan sich nach einem Moment. Ihm ist schneller als mir aufgefallen, dass sich mein Atem beruhigt hat. »Soll ich dir noch was abnehmen?«

Nach kurzem Zögern überlasse ich ihm das Stativ. Ein bisschen widerspricht das meinem Ehrgefühl, aber ich muss zugeben, dass Nolan vom Anstieg deutlich weniger angestrengt ist als ich. Wir schalten die Stirnlampen wieder ein und nehmen mit gleichmäßigen Schritten die zweite Hälfte des Wegs in Angriff.

Eine gute Viertelstunde später erklimmen wir endlich eine Art Hochebene. Zuerst ist kaum etwas zu erkennen, aber nachdem sich unsere Augen an die Dunkelheit gewöhnt haben, schälen sich im silbrigen Sternenlicht immer mehr Konturen aus der Dunkelheit. Das Schneefeld glänzt ganz matt. Darauf verteilen sich vereinzelte Tannen. Im Hintergrund erheben sich die steilen Gipfel anderer Berge als noch dunklere Schatten. Und über allem spannt sich der Himmel – gar nicht mehr schwarz, sondern voller Funkellicht. Als helles Gebilde zieht sich die Milchstraße direkt über uns hinweg.

»Ich war schon viel zu lange nicht mehr nachts hier draußen.« Nolan spricht leise, wie um die Ruhe nicht zu stören.

»Ich dachte, du gehst regelmäßig auf deine Touren?«

»Aber so eine gestochene Sicht auf den Nachthimmel wie hier oben im Winter hat man selten. Eigentlich habe ich Hunter überredet, nach Weihnachten wieder mit mir losziehen, aber ich denke, jetzt will er einfach nur weg, sobald die Straße frei ist.«

»Verstehe«, sage ich und denke so viel mehr. Dass ich länger bleiben könnte. Dass wir zusammen auf Tour gehen könnten. Dass ich das tausendmal lieber täte, als nach Pasadena zurückzukehren. Big Sky wieder zu verlassen kommt mir fast absurd vor, während ich hier mitten in der eisigen Kälte stehe, die Nacht einatme und mir sicher bin, noch nie etwas so Schönes, so Überwältigendes gesehen zu haben. Fast etwas erschrocken von meinen eigenen Gedanken stelle ich endlich meine Ausrüstung ab und beginne mit dem Aufbau. Einige Male ziehe ich mit meinem ganzen Equipment wieder um, bis ich eine Stelle finde, von der aus ich mit dem Blickwinkel zufrieden bin. Meine Hände sind steif gefroren, bevor ich meine Kamera richtig vorbereiten kann, aber ich ignoriere den stechenden Schmerz.

»Was genau machst du da?« Nolan tritt neben mich.

»Ich muss im manuellen Modus fotografieren und deshalb die Einstellungen berechnen. Wegen des geringen Umgebungslichts will ich die Blende so groß wie möglich stellen. Bei der Sternenfotografie gibt es da aber eine natürliche Grenze. Würde ich länger als dreißig Sekunden belichten, fange ich bereits die Drehung der Erde ein. Die Sterne verwischen dann.«

»Kein Wunder, dass ich noch nie gute Sternenfotos hinbekommen habe«, bemerkt Nolan. »Ich habe davon keine Ahnung.«

»Es ist eigentlich nicht schwer, wenn man die Technik ein bisschen versteht. An den Rest muss man sich rantasten. In einer so lichtarmen Umgebung muss ich zum Beispiel einen hohen ISO-Wert einstellen – der bestimmt die Lichtempfindlichkeit der Kamera und steigert daher auch das Bildrauschen. Ich fange mit achthundert an, werde aber wahrscheinlich höher gehen müssen. Kannst du mir helfen, die schneebedeckten Bäume dort anzuleuchten?«

»Ich dachte: kein Licht.«

»Fast kein Licht ist der Trick. Sonst werden die Details im Vordergrund nur Silhouetten. Das kann reichen, wenn ich einen besonders tollen Blickfang im Vordergrund habe. Aber für die Reihe von Tannen da drüben kommt ein bisschen Streulicht wahrscheinlich ganz gut.«

Irgendwie bin ich nervös vor meinen ersten Aufnahmen. Nochmals führe ich einen Weißabgleich durch und schieße dann per Fernbedienung mein erstes Bild. Zwanzig Sekunden lang harren wir schweigend in der vollkommenen Stille neben der arbeitenden Kamera aus. Dann blicke ich erwartungsvoll auf den LCD-Bildschirm. Das Ergebnis ist nicht schlecht. Immerhin funktioniert mein Bildaufbau, wie ich ihn mir vorgestellt habe. Die von Nolans Licht angestrahlte Tannenreihe bildet eine leicht schräg zur Milchstraße verlaufende Gerade. Doch Nolan muss den Lichtstrahl noch etwas weiter außerhalb der Bildkante halten. Und beim Hereinzoomen stelle ich fest, dass die Sterne noch nicht hundertprozentig scharf sind. Also nehme ich nochmals Anpassungen in den Kameraeinstellungen vor.

Ich gehe so in meiner Arbeit auf, dass ich kaum merke, wie mir die Kälte immer weiter unter die Kleidung kriecht. Erst als Nolan mich fragt, ob ich einen heißen Tee trinken will, spüre ich das Zittern in meinen Muskeln. Die ersten vorsichtigen Schlucke aus dem Thermobecher breiten sich angenehm wärmend in meinem Bauch aus. Nolan wickelt zusätzlich eine Rettungsdecke um mich und ich muss lachen.

»Jetzt komme ich mir wie eine Außerirdische vor.«

»Ein bisschen fühlt man sich wirklich so, oder?« Wieder richtet Nolan den Blick nach oben. »Wenn es scheinbar nichts um einen herum gibt als Sterne.«

»Ich könnte süchtig nach diesem Gefühl werden.«

»Ja«, erwidert Nolan. »Ja, ich auch.«

Einen Moment lang versinken wir beide in dem Anblick. Alfie hat die Umgebung zu Genüge erkundet und setzt sich in seiner Schneeausrüstung zu unseren Füßen.

»Sollten wir zurückgehen?«, frage ich mit Blick auf den Hund. »Nicht, dass ihm kalt wird.«

»Bist du denn zufrieden mit deinen Bildern?«

»Das werde ich erst wissen, wenn ich sie bearbeitet habe. Aber ich schätze, für meinen ersten richtigen Versuch habe ich ganz gute Ergebnisse bekommen.«

Nolan hilft mir, alles wieder zusammenzupacken, und wir machen uns auf den Rückweg. Obwohl ich das gleiche Gewicht wie zuvor tragen muss und es beim Abstieg schwieriger ist, nicht zu stürzen, bin ich noch voller Euphorie.

»Danke, dass du so geduldig warst«, sage ich, als wir schließlich nebeneinander die Straße ins Dorf erreichen.

»Ich fand es schön«, sagt er einfach. »Und faszinierend, dir bei der Arbeit zuzusehen.« Mein Herz hüpft ein bisschen bei seinen Worten. »Ich hoffe nur, du hast dir deine Finger nicht abgefroren«, bemerkt Nolan, als wir in die Main Street einbiegen.

»Meine Hände schmerzen saumäßig«, gebe ich zurück. »Nur meine Füße habe ich schon länger nicht mehr gefühlt.«

»Ernsthaft?«

»Ähm …« Fragend sehe ich ihn an. »Ist das schlimm?«

»Wir waren einige Stunden draußen. Lokale Erfrierungen an den Zehen würde ich nicht komplett ausschließen.«

»Was?!«

»Keine Sorge. Das hatte ich auch schon. Bestimmt ist es nicht dramatisch. Aber ansehen sollten wir uns das. Willst du mit zu mir kommen? Ich kann dir ein Fußbad machen und mehr heißen Tee zum Aufwärmen geben.«

»Okay.« Hätte er mir vorgeschlagen, mich für den Rest der Nacht in einer Sauna einzusperren, hätte ich ebenfalls zugestimmt. Ich sehe schon eine Selbsthilfegruppe voll knorriger Bergsteiger vor mir, die stolz verkünden, welche Bergbezwingungen ihnen welche Gliedmaßen abverlangt haben. Und dann erkläre ich, so in meine Sternbeobachtung vertieft gewesen zu sein, dass ich gar nicht merkte, wie mir die Zehen abfroren? Bitte nicht.

Wenig später schleppen wir meine Ausrüstung in Nolans Wohnung. Ich habe nicht mal meine Jacke ausgezogen, als Alfie schon zu seinem Wassernapf läuft und sich nach einigen schlabbernden Trinkzügen seufzend auf seinem Kissen zusammenrollt.

Rasch ziehe ich meine Stiefel aus. Ein bisschen versetzt es mich in Panik, dass ich auch beim Bewegen der Zehen keinerlei Gefühl darin habe – kein Kribbeln, kein Brennen, kein Stechen. Der Rest meines Körpers hingegen wirkt relativ gut gewärmt. Abgesehen von meinen Fingern fühlt sich meine Haut nicht mal sonderlich kühl an.

»Du kannst dich aufs Sofa setzen«, schlägt Nolan vor. »Dann sehe ich mal nach.«

In meiner Base-Layer und meinem warmen Pulli laufe ich ohne Umwege zur Couch. Nolan hebt meine Füße auf seinen Schoß. Unwillkürlich halte ich die Luft an, als er mir erst die Wollstrümpfe abstreift und dann sacht die Sportsocken abzieht. Und das nicht nur – wie ich zu meiner Schande gestehen muss –, weil ich nervös über den Zustand meiner Zehen bin, sondern auch, weil das hier irgendwie intim ist. Weil der Rest meines Körpers voll empfindungsfähig ist und in bester Erinnerung hat, wie sich Nolans Nähe anfühlt. *Das darf ja wohl nicht wahr sein.* Meine Vernunft hat natürlich kein Verständnis dafür. Machtlos ist sie trotzdem.

»Ist es sehr schlimm?«

Nolan dreht meinen rechten Fuß ein bisschen, streicht sacht über die Sohle, den Spann und schließlich die Zehen. Scharf ringe ich nach Luft und beiße mir auf die Lippe, um ja kein weiteres Geräusch von mir zu geben. Fuck. Hier geht es um das Leben meiner Zehen! Amputation oder keine Amputation.

»Wo genau hast du kein Gefühl?« Nolan streicht weiter über meinen Fuß und ich versuche zu ignorieren, dass eine direkte Verbindung zu … anderen Teilen meines Körpers besteht.

»Nur in den Zehen«, gebe ich gepresst zurück.

»Da ist die Haut ziemlich blass und eiskalt, aber das ist kein Grund, meinen Dad zu wecken. Ein Fußbad reicht.« Nolan untersucht auch den zweiten Fuß und versorgt mich dann mit Tee und einer Salatschüssel voll lauwarmem Wasser, in die ich meine Füße quetsche.

Von Zeit zu Zeit schüttet Nolan immer heißeres Wasser nach. Das Gefühl kehrt mit schmerzhaftem Stechen in meine Zehen zurück.

»Oh, verdammt«, fluche ich, als es so unangenehm wird, dass ich jetzt doch für eine Amputation bin. »Das tut scheiße weh.«

»Sorry.« Nolan grinst mich an. »Aber Schmerzen sind ein gutes Zeichen, glaub mir.«

»Shit.« Ich lehne mich auf dem Sofa zurück, schließe die Augen und versuche das Stechen auszuhalten.

»Wird es langsam besser?« Nolan kippt schließlich den Rest heißen Wassers in die Schüssel.

Ich blinzle in seine Richtung. »Das Stechen ist jetzt eher ein Brennen, also, ich schätze schon.«

»Dann hole ich mal ein Handtuch.« Nolan steht auf und verschwindet hinter einer Schiebetür, die mich verdächtig an ein Scheunentor erinnert. Gleich darauf lässt er sich mit einem Handtuch wieder neben mich auf die Couch sinken.

»Soll ich?« Fragend sieht er mich an und ich hebe meinen ersten tropfenden Fuß in seinen Schoß. Sacht tupft er die Nässe ab und sieht sich noch einmal die Haut an. Die ist mittlerweile nicht nur knallrot, sondern auch schrumpelig. In den zurückeroberten Gefäßen meiner Zehen pocht mein Herzschlag.

»Normalerweise habe ich nicht so hässliche Füße.«

»Immerhin sind noch alle Zehen dran.« Grinsend rubbelt Nolan die Haut trocken und fährt mit langsam kreisenden Bewegungen erneut über meine Haut. Gott im Himmel!

»Spürst du wieder überall was?«

»Ja, alles wieder super.«

Ich entreiße ihm meinen Fuß und trockne meinen zweiten eher schlecht als recht selbst ab. Dann schnappe ich mir meine Socken und springe auf. Ich sollte schleunigst von hier verschwinden, sonst falle ich noch über Nolan her. Und angesichts seiner Bedenken geht das irgendwie nicht. Verdammt! Warum habe ich mich eigentlich so schlecht im Griff? Das muss eine Kombination aus Nolan und dieser überwältigenden, beängstigenden, unfassbar schönen und tief emotionalen Grenzerfahrung in der winterlichen Bergwelt Montanas sein.

Ich stehe schon an der Tür, als mir klar wird, dass Nolan mir gefolgt ist.

»Ava.« Seine Augen sind dunkler als die Nacht – eine Schwärze, die mich endgültig verschlingt. Die Socken fallen mir aus der Hand. Das Pochen in meinen Zehen dehnt sich auf meinen ganzen sehnsüchtigen Körper aus. Ich fühle jeden Herzschlag von jeder Zelle myriadenfach verstärkt.

Du solltest jetzt nichts …

Was immer die Stimme der Vernunft sagen wollte, ich höre sie nicht mehr. Ich fasse Nolan an seinem Hemd und ziehe ihn zu mir. Mein Mund trifft seinen heftiger als erwartet. Irgendwo in mir ist eine Sicherung durchgeknallt und ich falle doch über Nolan her.

»Ava.« Er schiebt mich nur einen Millimeter von sich. Ich fühle mich wie eine Supernova im Dunkel seiner Augen.

»Entschuldigung.« Ich will mich zwingen, einen Schritt zurückzutreten, aber ich kann nicht. Nolan ist wie der andere Pol eines Magneten. In meinem Kopf beginnt irgendwas zu rechnen. Welche Kraft müsste auf mich wirken, um die Stärke unserer Anziehung zu überwinden? Verdammt, da muss noch etwas durchgeknallt sein.

Dann entweicht mir ein überraschter Laut. Nolan drückt mich mit seinem ganzen Körper gegen die Wand. Mit beiden Händen umfasst er mein Gesicht. Sein Mund ist auf meinem, an meinem Kinn, an meinem Hals, wieder auf meinen Lippen. Ich keuche, als alles in mir überhitzt, meine Haut hypersensibel wird, sich das Pochen schlagartig auf meine südlicheren Körperregionen konzentriert. Ich schlinge meine Arme um Nolans Nacken, keuche in seinen Mund. Seine Hände streichen an mir abwärts, reiben über meine Brüste, umfassen meine Taille und dann meinen Po. Er hebt mich ein Stück an, hält mich zwischen sich und der Wand gefangen. Ich fühle seine Erregung – seinen stoßweisen Atem, die fast schmerzhafte Dringlichkeit seiner Berührungen, seine Erektion.

Ich zerre an seiner Kleidung, streife ihm das Hemd ab. Ich sauge an seinen Lippen, reibe meine Zunge an seiner, keuche hilflos, als seine Hände ihren Weg unter meine Kleidung finden, meine erwartungsvolle Haut erkunden.

Er weicht nur einen Zentimeter von mir zurück, um mir den Pullover über den Kopf zu ziehen. Seine Daumen streichen über meine Brüste und ich fühle, wie die Spitzen unter dem Thermohemd und BH gierig nach mehr kribbeln. Ich ziehe mir selbst das sowieso eher unerotische graue Unterhemd aus, dann Nolan sein T-Shirt. Eine Sekunde verharren wir voreinander. Sein Oberkörper ist schlank, aber muskulös. Sein Brustkorb hebt und senkt sich schnell. Hier und dort entdecke ich ein winziges Muttermal auf seiner Haut. Ohne nachzudenken, ziehe ich ihn wieder an mich, drücke ihn nun meinerseits gegen die Wand, küsse die Stellen. Nolans Hände streichen an meinem bloßen Rücken aufwärts, öffnen den Verschluss meines BHs.

Ich sehe zu ihm auf, als er plötzlich fast zögernd die Träger zur Seite streicht. Er küsst mich, ehe erst seine Finger ihren Weg zu meinen Brüsten finden, dann sein Blick. Ich erschauere, höre auf zu atmen, als sich meine Brustwarzen unter seinen Berührungen fast schmerzhaft verhärten. Irgendwann kann ich ein Aufseufzen nicht mehr unterdrücken und Nolans Lippen treffen erneut meine. Ich taumele rückwärts in den Raum, greife nach seinem Gürtel, schaffe es irgendwie, ihn aufzubekommen, ehe ich rücklings aufs Bett falle. Nolan streift sich selbst Jeans und Socken ab, lässt sich dann über mich sinken. Ich stöhne auf, als seine Erektion genau gegen meine empfindlichste Stelle drückt. Er erforscht meinen Körper mit den Lippen, schmeckt mich, atmet mich ein, reizt mich fast bis in den Wahnsinn. Es kostet ihn einige Mühe, mir meine Hose auszuziehen, und ich glaube, sie hat uncharmante Abdrücke an meiner Hüfte hinterlassen, aber wen von uns beiden kümmert das gerade wirklich?

Nolan befreit mich vom letzten Stoffstück und ich will schon nach seiner Boxershorts fassen, als seine Finger zwischen meine Beine gleiten und ich mich mit einem Aufstöhnen zurück auf die Matratze fallen lasse. Oh – sein Finger findet den genau richtigen Punkt – verdammt! Ich ringe nach Luft.

»Nolan«, flüstere ich. »Ich … kann nicht mehr.«

Sein Gesicht taucht über meinem auf. Wieder küsst er mich, diesmal langsamer, tiefer, versunkener.

Kurz verschwindet er über mir. Er zieht sich seine Boxershorts aus und nimmt ein Kondom aus dem Nachtschrank. Mein Atem stockt, als er nur wenig später sacht in mich gleitet, mein übererregtes Nervengeflecht pulsieren lässt. Ich schlinge meine Arme um seine Taille, presse ihn an mich. Sämtliche Muskeln in meinem Körper sind angespannt, alles in mir hat genau ein Ziel: Nolan.

Er bewegt sich in mir, küsst mich, streichelt meinen Kopf, fährt mit der Hand durch meine Haare. In mir wird alles sehr schwer und ich habe trotzdem das Gefühl zu fliegen. Es ergibt keinen Sinn, aber genauso war es mit uns von Anfang an. Alles sehr tief und trotzdem ein Höhenflug. Alles sehr nah, ohne dass wir je richtig zusammen waren. Alles sehr viel, obwohl es nie genug war.

Ich stöhne auf, als Nolan diesen Punkt in mir trifft, der nur auf ihn wartet. Sein Keuchen klingt fast verzweifelt. Vielleicht, weil er nicht weiß, was er hier eigentlich tut.

Aber ich … Ich komme gerade an. Genau an diesem Ort. Bei Nolan.

Wir bewegen uns gemeinsam. Das hier ist wie auf einen hohen Berg steigen – nur schöner. Es ist wie an einem Abgrund stehen – nur intensiver. Und dann – als Nolan diesen Punkt wieder trifft und sich alles in mir und um ihn zusammenzieht – ist es wie springen und fliegen.

Ich reiße Nolan mit mir. Er stöhnt in meine Haare, als er kommt. Und dann – als wir atemlos ineinander verharren, mit unserer Hitze und unserem rasenden Herzschlag, mit unserer überreizten Haut und den Nachbeben darunter – vergrabe ich mein Gesicht in seiner Halsbeuge. Ich schließe die Augen. Ich atme ein – seinen Duft nach Bergamotte, Holz und frischer Bergluft. Es riecht nach zu Hause sein.

23. DEZEMBER

Hunter

»Wie ist es gestern gelaufen?« Grace wirft sich auf mein Bett und stellt die Beine auf, während sie mir zusieht, wie ich in einen Hoodie schlüpfe.

»Dir auch einen guten Morgen«, erwidere ich und setze mich zu ihr. »Und um auf deine Frage zu antworten, es war der Horror, aber Dad hat sich immerhin zurückgehalten. Vermutlich, weil Mom ihm den Kopf zurechtgerückt hat.«

»Hört sich nach einem Teilsieg an. Als hättest du zumindest ein First-Down erreicht.« Grace schiebt ihre Brille zurecht, als wäre sie sehr zufrieden mit ihrem Football-Vergleich, und dreht eine ihrer blonden Haarsträhnen um den Finger.

»Ich wäre tausendmal lieber bei dir gewesen und hätte mir irgendeinen total sinnfreien Horrorfilm angesehen«, brumme ich. »Wir haben während des gesamten Essens keine drei Worte gewechselt. Ich schwöre, man hätte ’ne verdammte Nähnadel fallen hören können.«

»Stecknadel«, murmelt Grace gedankenverloren. »Richtig heißt es, man hört eine Stecknadel fallen.«

»Oh, entschuldige, wusste nicht, dass du die Sprichwort-Polizei bist.« Ich lache leise, aber sie reagiert gar nicht auf meine Frotzelei. »Ist alles klar bei dir?«

Sie nickt, starrt aber vollkommen in Gedanken versunken an die Zimmerdecke.

»Was ist los?« Ich drehe mich auf den Bauch und liege jetzt genau neben Grace. »Hat es was mit dem Laptoptypen zu tun?«

»Er hat einen Namen.«

»Hat es etwas mit Mason zu tun?«, formuliere ich meine Frage um. Ich hoffe für ihn, dass er ihr nicht irgendwie wehgetan hat. Nicht, weil ich meine beste Freundin sonst rächen würde. Das hat Grace nicht nötig. Sondern, weil er mir in dem Fall leidtäte. Sie würde ihm höchstselbst die Meinung geigen, sollte er ein Arsch gewesen sein. Aber anstatt Wut legt sich ein verklärter Ausdruck auf ihr Gesicht. »Er hat mich geküsst.«

»Er hat was?« Der Typ ist gerade mal fünf Minuten von seiner Freundin getrennt und ich habe echt Sorge, dass er nur sein angeknackstes Ego aufpolieren will. Das hat Gracie nicht verdient.

»Er hat mich geküsst.« Grace dreht den Kopf zu mir und sieht mich das erste Mal, seitdem sie mein Zimmer geentert hat, an. »Ich weiß, dass das Timing beschissen ist. Wegen Ava und der erst kürzlichen Trennung. Und wir sollten wahrscheinlich nichts überstürzen. Aber da ist etwas. Das zwischen uns … ich habe so etwas noch nie erlebt. Und er hat mir versichert, dass ich kein Trostpflaster bin, das er nutzt, um über sie hinwegzukommen.« Sie atmet geräuschvoll aus. »Scheiße, ich habe keine Ahnung. Wäre ich eine Freundin, würde ich mir selbst den Rat geben, einfach Spaß zu haben und mir nicht so viele Gedanken zu machen. Aber ich mache mir Gedanken. Ständig. Weil es zu früh ist, oder?«

»Für was genau?« Ich befürchte, ich weiß genau, was sie sagen will, obwohl sie es selbst noch nicht zu begreifen scheint.

Sie sieht mich irritiert an.

»Du redest sicher von den Gefühlen, die du für ihn entwickelt hast, oder?«

Sie verbirgt das Gesicht in ihren Händen und stöhnt. »Ich fürchte, ja, obwohl ich ihn ja kaum kenne. Du darfst mich also offiziell für emotional gestört halten.«

»Willkommen im Club.« Ich nehme Grace' Hand und

drücke ihr einen knappen Kuss darauf. »Ich hatte Sex mit Peyton.«

Ruckartig setzt Grace sich auf. »Du hattest was?«

Ich muss lachen, weil das exakt meine Worte sind. »Wir sind wohl beide emotional gestört.« Ich grinse, umkreise uns beide mit dem Finger. »Hat ’nen Grund, dass wir Freunde sind.«

Grace braucht einen Moment, um zu verarbeiten, dass ich tatsächlich Sex mit Peyton hatte, aber dann sprudeln die Fragen nur so aus ihrem Mund. »Wie soll das mit euch denn jetzt weitergehen? Willst du überhaupt, dass es weitergeht? Ich meine, kann ja sein, dass deine Jugendfantasie endlich erfüllt wurde. So ist es doch, oder? Ich habe mir schon gedacht, dass da noch irgendeine alte Geschichte zwischen euch ist. Haken dran, und das war es. Das wäre okay. Ich urteile nicht.« Sie sieht mich forschend an. »Oder ist da mehr? Da ist mehr, oder?« Sie quietscht begeistert. »Gibt es einen Plan? Habt ihr miteinander gesprochen?« Grace ist aus dem Häuschen, besorgt, zerdenkt, was mich schon seit dem Abend im Keller zermürbt.

»Keine Ahnung. Keine Ahnung. Es ist nicht nur eine Fantasie, die ich abhaken und vergessen kann, obwohl das bedeutend einfacher wäre«, beantworte ich ihre Fragen der Reihe nach. »Es gibt keinen Plan. Und wir haben nicht geredet.« Ich seufze. »Vielleicht werden wir das auch nicht. Was sollte das schon bringen? Sobald die Straßen wieder frei sind, fahre ich zurück nach Missoula. Und sie bleibt hier.« Klingt einfach, aber mir zieht es schon jetzt die Beine weg.

Grace macht eine Grimasse. »Das klingt nicht gerade nach einem Happy End.«

»Vielleicht bin ich nicht der Typ für ein Happy End.«

Sie schnaubt und sieht mich vorwurfsvoll an. »Hast du denn gar nichts von all den Liebesfilmen gelernt, die ich dich gezwungen habe anzusehen?« Grace stößt mir unsanft gegen die Schulter. »Ein Happy End bekommt man nicht geschenkt, Hunter. Das muss man sich erarbeiten. Wenn sie dir nur halb so wichtig ist, wie ich denke, überleg dir, verdammt noch mal, etwas. Finde einen Weg, wie das Ganze funktionieren kann. Sprich mit ihr. Nur tu eins nicht, fahr nicht einfach weg und lass sie noch mal zurück, weil du zu verbohrt oder zu stolz oder was weiß ich bist.«

»Vielleicht wäre das aber für uns beide das Beste.«

Energisch schüttelt Grace den Kopf und setzt sich auf. »Das ist nicht das Beste. Es ist nur der einfachste Weg. Und der bringt einen nie ans Ziel. Sollte dir vom Football bekannt sein. Also, streng dich gefälligst ein bisschen an.« Sie schlägt mir sachte gegen die Stirn. »Dir wird etwas einfallen, denn ich werde mir ganz sicher nicht das komplette Abschlussjahr dein Gejammer anhören, weil du dir selbst dein Herz brichst.«

»Ich jammere nie wegen irgendwelcher Frauen«, verteidige ich mich.

»Stimmt.« Grace steht auf und geht zur Tür. »Aber hier geht es auch nicht um irgendwelche Frauen. Es geht um Peyton. Und ich habe dich noch nie so mit jemandem erlebt wie mit ihr. Du liebst sie, oder?«

Ich antworte nicht. Was sollte ich auch sagen? Immer schon? Das macht die Situation nicht leichter.

»Okay, Romeo, wenn du nicht reden willst, ich gehe jetzt frühstücken«, reißt mich Grace aus meinen Gedanken und schaut mich mit einem wissenden Lächeln an. Sie hat mich längst durchschaut. »Kommst du mit?«

»Geht nicht.« Ich stehe ebenfalls auf und schnappe mir meine Jacke vom Haken an der Tür. »Irgendwer hat mich zu so einer bescheuerten Weihnachtsrettungsaktion genötigt, was bedeutet, ich muss zum Frühstück zu meinen Eltern. Und im Anschluss findet das Fotoshooting für die Einladungen und die Presse statt. Dad will die Operation Weihnachtswunder ausschlachten und die Story an alle Sender und Radiostationen des Countys schicken.«

»Oh, shit.« Grace sieht mich schuldbewusst an, weil sie und die anderen mich da reingeritten haben. »Soll ich dich vielleicht begleiten? Das wäre wohl das Mindeste.«

Ich schüttle den Kopf, öffne die Tür und schiebe Grace vor mir her aus dem Zimmer und zur Treppe, die wir gemeinsam hinuntergehen. »Du bleibst schön hier und folgst deinen eigenen Tipps.«

Ich nicke in Masons Richtung, der sich mit einem Becher Kaffee hinter seinem Laptop verschanzt hat. »An einem Happy End muss man arbeiten«, flüstere ich leise und schiebe Grace in seine Richtung.

»Wir sehen uns später«, sage ich, drücke sie noch kurz an mich und gehe dann zur Haustür. Aus den Augenwinkeln sehe ich, wie Mason seinen Laptop zuklappt, als er Grace bemerkt, und bis über beide Ohren grinst, als sie sich zu ihm setzt.

Ich trete auf die Veranda und atme tief durch. Die Luft ist klar und frisch. Die Sonne strahlt schwach von einem blassblauen Himmel. Sie ist zwar nicht stark genug, um tatsächlich Wärme zu spenden, aber ich schließe dennoch für einen Moment die Augen und recke das Gesicht gen Himmel. Als ich sie wieder öffne, schlüpft Peyton durch die Tür und stellt sich neben mich.

»Guten Morgen«, flüstert sie in die Stille.

Ich nicke ihr zu. »Morgen«, murmle ich, unsicher, ob es okay ist, sie zu küssen, immerhin befinden wir uns für jeden, der vorbeikommt, gut sichtbar auf der vorderen Veranda. Und es würde uns irgendwie einen offiziellen Charakter geben, wenn wir uns plötzlich so verhalten würden wie ein Paar. Wahrscheinlich keine gute Idee, also zupfe ich nur an ihrem Pony, der unter der Mütze hervorlugt. Ihre Haare sind noch feucht und riechen nach Blumen. »Hast du gut geschlafen?«

Sie nickt. »Gehst du zu deinen Eltern?«

Jetzt bin ich es, der nickt. »Frühstück in Mordor.«

Peyton lacht. »Komm schon, so schlimm wird es schon nicht werden.« Sie kennt Dad, unsere ständigen Streitereien, bei denen wir beide so tief sinken, dass sich keiner von uns mit Ruhm bekleckert. Peyton ist eine der wenigen Personen, die sich mehr als einmal im Epizentrum solcher Auseinandersetzungen befunden hat. Sie weiß es besser.

»Ich sollte los.« Nachdem ich noch einmal an einer der Haarsträhnen gezupft habe, die ihr in die Stirn fallen, drehe ich mich um, lasse die Veranda hinter mir und gehe den Weg hinauf. Der Schnee unter meinen Schuhen knirscht. Und es knirscht hinter mir, weil Peyton zu mir aufschließt. Sie zerrt die Mütze tiefer über die Ohren und passt sich meinen Schritten an.

»Was wird das?« Ich bleibe stehen und sehe von ihr zum B&B und zurück zu ihr.

Peyton lächelt. »Ich begleite dich.«

»Warum?«

»Weil die Hobbits auch zu zweit waren, als sie nach Mordor gegangen sind.« Sie lächelt und stapft unbeirrt weiter. »Außerdem ist es ja irgendwie meine Schuld, dass du das machen musst«, fügt sie hinzu, während sie sich halb zu mir umdreht und grinst.

Ich setze mich wieder in Bewegung. Wahrscheinlich sollte ich sie davon abhalten, den Morgen bei Mom und Dad zu verplempern. Ganz sicher sollte ich ihr nicht zeigen, dass ich noch immer auf jede Spitze meines Dads anspringe. Aber, fuck, ich will, dass sie mich begleitet. Es wird dieses verfluchte Frühstück vielleicht erträglich machen. Deswegen schweige ich, als wir nebeneinander auf die Adams-Hütte mit ihrer beeindruckenden Größe, den massiven Holzelementen und riesigen Glasflächen zulaufen. Vorbei an Leroys Vorgarten, in dem ein Buchsbaum steht, den er in die Form eines Rentieres getrimmt hat. Ich schüttle lachend den Kopf. »Das ganze Dorf ist total weihnachtsverrückt.«

Peyton stößt mich grinsend an. »Es gibt nun mal Menschen, die Weihnachten mögen.«

»Komische Menschen«, brumme ich und genieße, dass Peyton so nah neben mir läuft, dass sich unsere Arme berühren, unsere Finger. Ich schlinge meinen kleinen Finger um ihren. Wie damals bei unserem Campingtrip. Und wie damals klopft mein Herz deswegen zu schnell.

»Hey, ich bin auch einer dieser Menschen«, bemerkt Peyton gespielt entrüstet und lässt den Umstand unkommentiert, dass wir unsere Finger miteinander verschränkt haben.

»Ich sage ja, alle komisch.« Es gelingt mir gerade noch, der Ladung Schnee auszuweichen, die Peyton von einem Briefkasten schöpft und nach mir wirft.

»Na, warte.« Auch wenn ich sie nicht loslassen will, das schreit nach Rache. Ich forme einen Schneeball, ziele und treffe. Innerhalb von Sekunden ist eine wilde Schneeballschlacht im Gange, die andauert, bis wir japsend und lachend nebeneinander im Vorgarten der Adams-Hütte in den Schnee fallen. Peytons Wangen sind gerötet. Ihre Jacke und Mütze sitzen schief. Sie sieht perfekt aus.

»Was?«, fragt sie lachend.

Ich starre sie an. Das ist mir bewusst, aber ich kann auch nicht damit aufhören. Nicht sagen, was mit mir los ist, ohne den Boden unter den Füßen zu verlieren und Gefahr zu laufen, abzustürzen. Wortlos beuge ich mich vor und schiebe meine Hand an ihrem Kiefer entlang bis in ihren Nacken. Ihr Lachen verstummt, sie erschaudert, und das liegt sicher nicht nur daran, dass meine Hände eiskalt sind.

Ich schlucke, nähere mich ihren Lippen und im Gegensatz zu vorhin ist es mir scheißegal, dass jeder sehen könnte, wie ich sie jetzt küsse.

»Guten Morgen.«

»Dad.« Ruckartig weiche ich zurück und korrigiere den Gedanken. Jeder außer Dad. Ganz sicher werde ich nicht vor ihm mit Peyton rumknutschen.

»Mr Adams.« Peytons Wangen werden noch eine Spur röter, aber sie hält Dads Blick und der einzelnen hochgezogenen Augenbraue stand.

»Ich wollte nicht stören, aber vielleicht solltest du nicht im Schnee spielen. Sonst siehst du später auf den Fotos aus wie ein nasser Straßenköter.« Er tippt sich mit der Zeitung gegen die Schläfe, dreht sich um, geht. »In fünf Minuten, drinnen, Hunter.«

»Wieso fühle ich mich, als wäre ich wieder fünfzehn?« Peyton lacht leise und rappelt sich auf.

Ich helfe ihr. »Weil es ihm Macht verleiht, so zu tun, als wären wir noch immer Kinder«, beantworte ich ihre Frage. Auch wenn ich denke, dass sie keine Antwort erwartet hat.

Ich klopfe ihr den Schnee von den Klamotten und Peyton tut dasselbe bei mir. »Begleite mich.«

»Habe ich doch.« Sie deutet auf mein Elternhaus, vor dem wir stehen.

»Nicht nur bis vor das Haus. Komm mit rein.« Ich sehe auf meine Fußspitzen, dann wieder sie an. »Ich hätte dich gern beim Frühstück dabei, wenn du magst und Zeit hast.« Auch wenn es einen viel zu offiziellen Charakter hat, sie zu einem Frühstück mit meinen Eltern einzuladen. Ich weiß ja nicht einmal, was das mit uns überhaupt ist.

»Okay«, erwidert sie, ohne zu zögern, nickt und ich kann nicht anders. Im Schutz unserer Kapuzen ziehe ich sie in meine Arme und lege meine Lippen auf ihre. Atme sie, schmecke Peyton, und das ist … wie nach Hause kommen. »Lass uns reingehen«, flüstere ich an ihren Lippen. Und dieses Mal begnüge ich mich nicht mit einem kleinen Finger.

Ich umschlinge ihre Hand und ziehe Peyton hinter mir her ins Innere der Hütte.

Sie war schon hier. Aber das ist Jahre her, weswegen sie sich in der Eingangshalle dreimal um die eigene Achse dreht, bevor sie sich aus ihrer Jacke schält.

»Bereit?«, frage ich leise.

Peyton nickt und lächelt mich an, was mir irgendwie Zuversicht schenkt.

Mom hat den Tisch im Esszimmer gedeckt. Fast so reichhaltig wie Peytons Buffet, das sie jeden Morgen im Mountain Hideaway herrichtet und das vollkommen übertrieben ist, aber im Internet in jeder Bewertung des B&B in den höchsten Tönen gelobt wird.

»Peyton. Was für eine nette Überraschung.« Mom steht auf und begrüßt sie wie eine alte Freundin, indem sie sie in die Arme schließt und mir erspart zu erklären, warum ich sie mitgebracht habe. Weil sie meine Freundin ist, eine Freundin mit gewissen Vorzügen, mein Notfallplan, sollte es mit Dad zu schlimm werden.

Mom zieht auch mich in ihre Arme. »Setzt euch doch. Ich besorge noch schnell ein weiteres Gedeck.«

»Ich kann Ihnen helfen.«

Mom winkt ab, während Dad noch immer stumm seine Zeitung liest. »Das musst du nicht, Liebes. Setz dich einfach neben Hunter. Wir freuen uns, dass du ihn begleitest.«

Dad legt die Zeitung beiseite, sagt aber seinerseits nichts, was Peyton irgendwie willkommen heißen würde.

»Warum wundert es mich nicht, dass du ausgerechnet etwas mit der Konkurrenz anfängst, um mich zu ärgern?«, richtet er sich plötzlich an mich. Nicht wütend, sondern so, als wäre Peyton lediglich eine Schachfigur auf unserem Spielbrett. Ein Bauer, den ich opfere, um Dad hoffentlich in einigen Zügen schachmatt zu setzen.

»Harold«, geht Mom dazwischen. »Wir hatten uns auf etwas geeinigt.« Sie sieht ihn streng an und dann entschuldigend von mir zu Peyton und zurück.

»Ich sollte nett sein, damit unser Sohn zurückkommt. Aber ich denke, die Chancen dafür stehen schlecht, habe ich recht, Hunter? Egal wie nett ich bin, du lässt dich lieber auf irgendeinem Spielfeld umhauen, als hier zu sein und das Leben zu führen, das vor dir ausgerollt liegt wie ein roter Teppich.«

Ich presse die Kiefer aufeinander, aber bevor ich etwas sagen kann, drückt Peyton unter dem Tisch meine Hand und wendet sich an meinen Vater.

»Ich glaube, bei der NFL gibt es auch rote Teppiche. Und sie haben Tom Brady. Da können wir nun mal nicht mithalten. Und zum Thema Konkurrenz: Schon gut.« Peyton grinst. Wieso lächelt sie bitte, wenn Dad sich benimmt wie ein Arschloch? »Ich verstehe, warum es Ihnen Sorge bereitet, dass ich in Ihrem Esszimmer sitze. Ich könnte immerhin spionieren und so dafür sorgen, dass mein B&B dem Redlodge Palisades seinen Rang als Topluxusherberge abläuft.« Sie bleibt todernst. »Aber keine Sorge, ich renoviere zwar, habe aber nicht vor, allzu bald die Herrschaft über das Tal zu übernehmen.«

Dad sieht Peyton vollkommen verdattert an, während ich das Lachen nicht mehr unterdrücken kann und hinter vorgehaltener Hand lospruste.

Und dann passiert etwas, das ich nie erwartet und noch weniger geglaubt hätte, wenn ich es nicht mit eigenen Augen sehen würde. Dad stimmt in unser Lachen ein. Er lacht. Tief aus dem Bauch heraus. Als wäre er tatsächlich menschlich. Und in seinem Blick liegt so etwas wie Respekt, als er Peyton frisch gepressten Orangensaft aus der Kristallkaraffe mit Weihnachtsschliff eingießt und ihr zuprostet.

Was war das bitte gerade? Wie hat Peyton es innerhalb von fünf Minuten geschafft, das Eis zu brechen, das seit Jahren zwischen Dad und mir knirscht? Ich kapiere es nicht, aber sie übernimmt das Gespräch, redet mit Mom über die beste Weihnachtsdekoration, die Gruppe Engländer, die sie neulich in den Outdoorladen geschickt hat, damit sie sich die nötige Ausrüstung zum Schneewandern zulegen, und über verschiedene Einrichtungsstile. Mit Dad tauscht sie sich über den immer stärker werdenden Tourismus und die Auswirkungen auf die Natur aus, das neue Gesetz zur Mülltrennung, mit dem so etwas wie ein Recyclingkreislauf in Big Sky entstehen soll, und wie man die Räumung der Straßen nach einem Lawinenabgang zukünftig effektiver und schneller voranbringen könnte. Ich sehe die Leidenschaft, mit der sie sich für Big Sky einsetzt, bin fasziniert von der Lebendigkeit und Ehrlichkeit, mit der sie argumentiert und ihre Meinung verteidigt, wenn Dad versucht, ihr seine überzustülpen. Ich sage nicht viel, aber das erste Mal seit Jahren fühlt es sich gut an, zu Hause zu sein. Wir beenden das Frühstück, ohne dass Dad und ich uns an die Gurgel gegangen sind oder ich mir gewünscht hätte, woanders zu sein. Ich stehe auf, um den Tisch abzuräumen, aber Mom nimmt mir das Geschirr aus der Hand. »Ich mache das schon. Wenn du dich noch umziehen willst, in deinem Zimmer sind noch deine alten Sachen.«

Alles, was ich nicht mit nach Missoula genommen habe. Vornehmlich Anzüge, Hemden und Stoffhosen. Vermutlich genau die Outfits, die heute gefragt sind und die ich allein deswegen nicht habe tragen wollen. Aber meine Hose ist noch immer feucht, vor allem am Hintern und im Bereich der Oberschenkel, wo eine von Peytons Schneeladungen geschmolzen ist, während sie versucht hat, mir das Zeug unter die Jacke zu schieben.

Ich nicke. Das wird wohl das Beste sein, wenn ich nicht countyweit mit undefinierbaren Flecken im Schritt abgedruckt werden will.

»Oliver kommt in einer Viertelstunde.« Dads Angestellter aus dem Hardware Store und Hobbyfotograf, der immer mal wieder auch Bilder für die Big Sky Gazette macht und den heutigen Job allein der Tatsache zu verdanken hat, dass Dads üblicher Pressefotograf wegen der Lawine nicht in die Stadt kommen kann. Dad sieht auf seine Uhr und nickt. »Ich will ihn nicht warten lassen.«

Was so viel bedeutet wie, wenn wir wegen dir warten müssen, wird das Konsequenzen haben. Vermutlich nicht für mich direkt, aber für die Menschen, denen das Fest etwas bedeutet und die ohne unser Weihnachtswunder allein wären.

Ich brumme etwas Unverständliches und gehe in Richtung Treppe.

Peyton stellt die Aufschnittplatte, die sie bereits in der Hand hat, in der Küche ab, spricht kurz mit Mom und flitzt dann hinter mir her die Treppe hinauf. Sie überholt mich, tippt mich kurz an und rast dann an mir vorbei. »Wer zuerst in deinem Zimmer ist.« Ein Lachen entfährt ihr, als ich hinter ihr herjage und meine schlechte Laune irgendwo auf der Treppe zurückbleibt.

Kurz vor meiner Zimmertür hole ich Peyton ein, packe sie und gemeinsam taumeln wir in mein Zimmer. Dieselben dunkelgrünen Wände, dieselben karierten Gardinen und die dazupassende Tagesdecke. Ich fühle mich, als wäre ich durch ein Wurmloch in der Zeit zurückgefallen. Ich lasse Peyton los, gehe zu der Kommode hinüber und nehme den Football, der daraufliegt. Gedankenverloren drehe ich ihn in meiner Hand.

»Erinnerungen?« Peyton setzt sich auf mein Bett und gibt mir die Zeit, die ich brauche.

Ich fische ein schlichtes graues Hemd und eine Jeans aus dem Schrank und ziehe mich um. »Dad ist damals ausgeflippt, als Nolan und ich unsere Initialen in die Kommode geritzt haben«, sage ich, während ich die Beine in der Hose versenke und sie verschließe. Ich tippe auf die ausgefransten Ränder der Buchstaben, schlüpfe in das Hemd, schließe die Knöpfe und drehe mich dann zu ihr um. »Danke«, murmle ich.

Peyton ist aufgestanden, richtet meinen Kragen, schlingt ihre Arme um meine Mitte und lächelt mich an. »Wofür?«

Ich lehne meine Stirn an ihre. »Ich kann mich an kein Essen mit Dad erinnern, bei dem wir uns nicht fast umgebracht hätten.«

»Es ist nicht leicht für ihn.« Sie zuckt mit einem halben Lächeln die Schultern.

Dass sie Partei für ihn ergreift, habe ich nicht erwartet und es stört mich irgendwie.

»Sieh mich nicht an, als würde ich Hochverrat begehen. Ich sage ja nicht, dass sein Verhalten okay ist, aber ich kann verstehen, wieso er ist, wie er ist. Er und seine Familie haben über Generationen dieses Dorf aufgebaut. Du bist sein einziger Sohn. Wenn du dieses Erbe nicht antrittst, ist es verloren. Und das ist nicht alles. Er hat Angst, dich zu verlieren.« Sie schlingt ihre Arme um meinen Nacken. »Und je weiter du dich entfernst, umso verbissener versucht er dagegenzuhalten.«

»Er verliert mich nur, weil er sich so verhält.«

Sie sieht mich ernst an. »Wärst du geblieben, wenn du ein besseres Verhältnis zu ihm hättest? Wenn er dich unterstützt hätte?«

Ich schüttle den Kopf und atme schwer aus. »Nein«, gebe ich zu und presse die Kiefer aufeinander. »Ich wäre in jedem Fall gegangen.« Um nicht für immer zu denken, alles, was ich bin und sein werde, hätte ich allein meinem Namen zu verdanken. Weil ich wissen musste, wer ich ohne diesen Namen bin. Wer zum Henker ich bin. Und um Football zu spielen.

»Aber ich wäre irgendwann wiedergekommen.« Ich lege meine Lippen auf Peytons, küsse sie sanft und streiche den Konjunktiv. Für sie werde ich zurückkommen. Wenn sie das will. Wenn sie mich lässt.

Grace

Ich habe geglaubt, es gäbe nichts Unangenehmeres als die Phase, in der Logan Barns mich zu seinem offiziellen Schwarm in der zehnten Klasse ernannt hat. Ständig hatte er mir kleine Liebesbriefe oder irgendwelche seltsamen Geschenke in den Spind oder auf meinen Tisch gelegt. Er schrieb Gedichte an die Tafel, die sich zwanghaft reimten, und sang sogar zwischendurch Lieder für mich.

Es ist unschwer zu erraten, dass er mich und natürlich auch sich damit zum Gespött des gesamten Jahrgangs machte. Ich war zuvor schon eine Außenseiterin, die kaum Freunde hatte und eigentlich nur die Highschool überstehen wollte, aber er setzte all dem eine Krone auf. Plötzlich bemerkten mich auch die anderen, auf eine Weise, die mir wirklich hätte erspart bleiben können. Sie rezitierten laut die Gedichte auf dem Flur oder warfen mir Luftküsse zu, die im allgemeinen Gelächter endeten. So machte mir Logan Barns die letzten Monate der Highschool zur Qual, auch weil ich damals noch nicht das Selbstbewusstsein besaß, über all dem zu stehen. Ich wollte am liebsten vor Scham im Boden versinken.

So ungefähr fühle ich mich gerade, während ich in einer Ecke des Diners stehe und versuche möglichst unscheinbar zu wirken. Es sind alle Gäste des B&B sowie ein paar Einheimische hier und bereiten alles für das morgige Weihnachtsfest vor. Das bedeutet, auch Ava ist hier, und ich warte nur auf den Moment, in dem sie mich fragt, was da genau zwischen mir und ihrem Ex läuft. Nicht, dass ich ihr eine Erklärung schulde, aber, verdammt, das hier ist schon ziemlich seltsam. Sie selbst war schon vor uns da, wohingegen Hunter und Peyton die Letzten gewesen sind, die auftauchten.

Draußen hat leichter Schneefall eingesetzt und neben der bereits vorhandenen Dekoration trumpfen wir mit noch mehr Kitsch auf. Ein riesiger Weihnachtsbaum steht in der Ecke des Diners und Hunter hat bereits ein paar Sprüche in Richtung Nolan und Ava abgelassen, weil er etwas krumm geraten ist. Offenbar haben die beiden den gestern besorgt.

Ich selbst versuche gerade eine verhedderte Lichterkette zu entwirren. Neben mir stehen Nolan und Mason, die ein Banner entrollen, auf dem in fetten Buchstaben *Merry Christmas* steht. Es ist weiß mit roter Glitzerschrift und grünen Mistelzweigen darauf.

»Wenn ich noch einen Mistelzweig sehe, muss ich kotzen«, stößt Hunter mit einem übertriebenen Stöhnen aus, was Nolan dazu bringt, mit den Augen zu rollen. Seit unserer Ankunft vor einer halben Stunde kann Hunter nicht aufhören, sich über die Sinnlosigkeit all dieses Krams auszulassen. Doch dann zuckt Hunters Blick kurz zu Peyton. »Wobei die Dinger wenigstens nützlich sind, wenn man den ein oder anderen Kuss abbekommen will.«

Ich pruste los und versuche das Wirrwarr aus Lämpchen und Kabeln in meinen Händen zu entzerren, scheitere aber kläglich. »Als bräuchtest du dafür Mistelzweige.«

»Du aber wohl auch nicht.« Verschlagen wackeln seine Augenbrauen und er nickt in Richtung Mason, der in der anderen Ecke des Raumes steht und gerade einen Stehtisch aufbaut, auf dem morgen sein Laptop stehen wird. Damit wird er den Gästen helfen, mit ihren Familien in Kontakt zu treten, wenn sie Interesse daran haben sollten.

Er sieht verdammt heiß aus in der dunkelgrünen Hose und dem beigen Pullover, der sich um seine sportlich schlanke Figur schmiegt. Die Hose betont seine Oberschenkel und den Hintern und ich muss wirklich aufpassen, dass ich ihn nicht so offensichtlich anstarre. Wie kann ein so schlichtes Outfit nur so heiß aussehen? Sein Haar ist perfekt frisiert und es zuckt mir in den Fingern, hineinzugreifen und es so zu zerzausen, wie ich es gestern Abend getan habe.

Hunter lacht neben mir, weil er eindeutig meine Gedanken lesen kann, und ich werfe ihm einen finsteren Blick zu, bevor ich auf Nolan deute, der bereits am anderen Ende des Raumes steht und darauf wartet, dass Hunter endlich in die Gänge kommt. »Kümmere dich bloß um deinen eigenen Kram.«

»Kommt schon oder wollt ihr ewig rumstehen und quatschen?«, ruft Nolan, worauf Hunter ihm den Mittelfinger zeigt. Die beiden positionieren sich an dem jeweils anderen Ende des Banners und diskutieren dann darüber, wie sie es am besten befestigen.

Wieder wandert mein Blick zu Mason, der sich mit Agnes unterhält, die gerade die Theke abwischt. Hinter ihnen steht die Küchentür offen und ich sehe Theo und Barbs, die gemeinsam Plätzchen backen, obwohl sich bereits diverse Plätzchendosen von Barbs auf der Theke stapeln. Mir wird ganz warm ums Herz, als ich Theo lachen sehe, und ich bin froh, dass er ebenfalls hier ist.

Dennoch muss ich erneut Mason ansehen. Immer wieder Mason. Es ist, als wäre er ein Magnet, dem ich einfach nicht entkommen kann.

Ich beiße mir auf die Unterlippe und wieder überkommt mich Unbehagen, weshalb ich einen schnellen Blick in Richtung Peyton und Ava werfe, die gerade dabei sind, das Diner mit Girlanden zu dekorieren. Ava hat ihre Kamera um den Hals hängen und schießt hin und wieder Fotos. Als sie in

Masons Nähe kommt, sehen sie einander an und lächeln. Es ist höflich, zurückhaltend und irgendwie vorsichtig. Es sticht in meiner Brust und ich wende mich von den beiden ab, während ich so tue, als würde ich weiter mit der Lichterkette kämpfen.

Wann immer Mason mich sieht und mich allein erwischt, zieht er mich in eine Ecke und küsst mich, als könnte er nicht genug von mir kriegen. Meine Lippen pochen noch immer seit dem Kuss von heute Morgen und ich schaue über meine Schulter zu ihm, als er sich im selben Moment zu mir umdreht und mir ein schiefes Grinsen zuwirft, als wüsste er genau, woran ich gerade denke.

Meine Gefühle für ihn sind viel zu impulsiv für jemanden, der so vorsichtig ist wie ich. Und doch sind sie da. Ich habe nur keine Ahnung, wie ich damit umgehen soll, wenn sich unsere Wege trennen, sobald die Straßen wieder frei geräumt sind. Mason wird dann mit Ava in den Wagen steigen und mit ihr nach Hause fahren, genauso wie Hunter und ich.

Wieder schaue ich zu Ava, die ganz ungezwungen wirkt. Bei ihr scheint es so leicht zu sein, sich mit ihrem Ex in einem Raum aufzuhalten. Vielleicht ist es das auch. Doch ich habe keine Ahnung, wie sie reagieren wird, sobald sie mitbekommt, dass Mason und ich … Ich habe keine Ahnung, was da zwischen uns ist, außer dass es sich verdammt gut anfühlt und gleichzeitig wehtut. Auf eine bittersüße Weise, die einem unter die Haut fährt und Angst davor macht, dass es zu schnell wieder endet.

»Plätzchentest«, ruft Barbs plötzlich laut und zieht damit sämtliche Aufmerksamkeit auf sich.

Ich zögere, weil Ava und Peyton näher an der Theke sind und bereits dorthin schlendern, doch Hunter zieht mich einfach mit sich. »Sag nicht, du willst dir Plätzchen entgehen lassen.«

»Auf keinen Fall«, entgegne ich und lächle, als ich sehe, wie Theo mit hochrotem Gesicht und betont gelangweilter Haltung zwischen Barbs und Agnes steht, die seine selbst gebackenen Plätzchen an die Helfer verteilen.

Ich nehme mir eins mit Zuckerglasur und bunten Streuseln drauf und beiße hinein. Süße explodiert auf meiner Zunge und ich seufzte, weil sie so gut sind. »Fanfafisch«, rufe ich ihm zu und lege schnell die Hand vor den vollen Mund.

Theo wird noch röter, während um mich herum gelacht wird.

»Wow, die sind toll«, sagt auch Ava, die plötzlich direkt neben mir steht.

Sofort versteife ich mich, obwohl ich absolut nichts falsch gemacht habe. Ich wische mir Zuckerglasur vom Mundwinkel und spüre, dass sie mich ansieht. Verdammt.

Sie deutet um uns herum und verliert dabei ein paar Krümel ihres angebissenen Plätzchens. »Das wird toll, oder?«

Oh nein. Sie will Small Talk machen. »Ähm. Ja. Bestimmt.« Ich wische meine nun klebrigen Finger aneinander und lächle sie entschuldigend an. »Ich muss mir eben die Hände waschen.«

Sie runzelt die Stirn und ich spüre, dass sie mir hinterherschaut, als ich in Richtung Toiletten eile.

Mason taucht plötzlich vor mir auf und streckt seine Hand nach mir aus, doch ich weiche ihm aus und hebe mit zusammengepressten Lippen die Hände. »Bin gleich wieder da.«

»Ich wäre dir gern behilflich«, erwidert er und ein Kribbeln durchzuckt mich, als ich mir vorstelle, wie er den Zuckerguss von meinen Fingern leckt. Mein Atem beschleunigt sich und ich mache noch einen Schritt von ihm weg. »Nicht hier, okay?«

Er zieht die Augenbrauen zusammen und sieht ein wenig verletzt aus, doch ich eile schon weiter.

Ich schaffe es, die Tür aufzubekommen, ohne sie mit Zuckerguss zu beschmieren, und atme laut aus, als sie wieder hinter mir zufällt. Ich gehe an der Reihe aus Kabinen entlang und stelle mich vor die Waschbecken. Die weißen Fliesen, das Holz und die kitschige Deko auf dem Fensterbrett passen sich dem Erscheinungsbild dort draußen an, und dennoch sieht man, dass dieser Raum vermutlich seit dem Bau des Gebäudes nicht mehr renoviert wurde.

Ich lasse mir Wasser über die Hände fließen und starre mich selbst im Spiegel an. Meine Brille hat einen kaum sichtbaren Fleck und ich bilde mir ein, dass er von Masons Nasenspitze kommen könnte. Sofort wird mir warm im Bauch.

Vielleicht sollte ich besser gehen. Ich bin sowieso keine große Hilfe. Außerdem fühle ich mich unwohl. Mason wird sicher gleich fertig sein, und wenn er zu mir herüberkommt, dann – ja, was dann? Wird er mich vor allen küssen wollen? Möglicherweise. Es wird sicher unangenehm werden. Das will ich nicht. Nicht jetzt, da wir uns in dieser aufregenden Schwebe aus Herzrasen und Vorfreude befinden.

Die Tür öffnet sich und ich stelle das Wasser aus, bevor ich mir Papiertücher aus dem Spender ziehe.

»Hi.«

Avas Stimme lässt mich erstarren. Ich schließe kurz die Augen, bevor ich mich zu ihr umdrehe und hoffentlich möglichst ungezwungen wirke. »Hi.« Jetzt ist es so weit. Sie wird mich konfrontieren und ich hasse echt nichts mehr, als mich mit jemandem zu streiten. Ich kann das einfach nicht. »Ähm …«

»Entschuldige.« Sie macht einen Schritt auf mich zu und verschränkt ihre Hände ineinander. »Ich weiß, dass da was ist. Zwischen Mason und dir.« Sie lächelt schief. »Und natürlich verstehe ich auch deine Reaktion auf mich.« Sie verzieht entschuldigend den Mund, als wäre ihr dieses Gespräch ebenfalls ein wenig unangenehm. Dann strafft sie ihre Schultern. »Ich möchte dir nur sagen, dass es dazu keinen Grund gibt.«

Verwirrt runzle ich die Stirn. »Wie meinst du das?«

Sie stößt Luft aus und schaut zur Decke, bevor sie mich wieder ansieht. »Ich weiß nicht, wie viel Mason dir erzählt hat. Und ich will mich nicht einmischen, sondern dir nur sagen, dass du dir wegen mir keine Gedanken machen musst. Es lief schon lange nicht gut zwischen uns. Die Trennung war das einzig Richtige, weil wir emotional schon lange nicht mehr auf einer Ebene waren. Da sind keine Gefühle, keine Verletzungen.«

Diese Worte aus ihrem Mund zu hören lässt eine Last von meiner Brust fallen, der ich mir zuvor in dem Ausmaß nicht bewusst gewesen bin. »Oh.«

Avas Gesichtsausdruck wird warm. »Weißt du, ich habe noch nie gesehen, dass Mason für irgendwen seinen Laptop zugeklappt oder freiwillig eine Pause gemacht hat. Er mag dich. Und das ist völlig okay für mich.«

Sie meint jedes Wort ernst. Das sehe ich. Dennoch. »Warum sagst du mir das?«

»Weil Mason dich anschaut, als würde er nie wieder jemand anderes ansehen wollen.« Sie lacht leise. »Ich will, dass er glücklich ist, und du scheinst wirklich nett zu sein. Natürlich verstehe ich total, wenn du dich in meiner Nähe unwohl fühlst. Aber das brauchst du nicht. Ich liebe Mason nicht mehr. Ich wünsche mir, dass wir Freunde sein können, und bin dankbar für die Zeit mit ihm, aber das mit uns ist vorbei. Für immer.«

»Du scheinst auch echt nett zu sein«, antworte ich und ziehe die Nase kraus, weil sich das total dumm anhört. »Danke. Das erleichtert mich wirklich. Nicht, dass wir – also, ich habe keine Ahnung, was wir sind. Ob ich sein Trostpflaster bin, oder so was.« Ich klappe den Mund zu, weil ich zu viel gesagt habe, und will am liebsten vor Scham im Boden versinken.

Doch Ava lacht. »Keine Angst. Mason nimmt sich keine Trostpflaster. Er verschwendet seine Zeit nicht, sondern geht immer aufs Ganze. Glaub mir. Wenn er entschieden hat, dass er dich will, wird er seine Meinung nicht so schnell ändern.«

Ihre Worte schnüren mir die Kehle zu. »Warum bist du so nett zu mir?«

»Weil man manchmal einen Schubser in die richtige Richtung braucht.« Ihr Blick geht an mir vorbei und sie verzieht kurz den Mund. Es ist eine unbewusste Geste, die sie noch damit unterstreicht, dass sie ihre Unterlippe kurz einsaugt und darauf herumkaut.

»Sag Bescheid, wenn ich irgendwen für dich schubsen soll«, erwidere ich und hätte mir am liebsten vor die Stirn geschlagen. Wieso rede ich bloß solchen Unsinn?

Sie nickt in Richtung Tür und seufzt leise. »Mache ich, wenn ich das Gefühl hätte, es würde etwas bringen.« Ihre Schultern verspannen sich. »Und jetzt sollten wir zusehen, dass wir noch ein paar Plätzchen abbekommen. Ich wette, Mason hat schon die Hälfte aufgefuttert. Er würde es nicht zugeben, aber er ist ein totaler Zuckerjunkie, und wenn es was Süßes gibt, kann er nur schwer widerstehen.«

»Und ich dachte, das hätte ich mir eingebildet.« Mir fällt ein, wie er Theo den Kuchen zugeschoben hat, und ich muss mich zusammenreißen. Das ist so süß.

Wir grinsen einander an und ein zartes Band spannt sich zwischen uns. Es ist noch keine Freundschaft. Aber es fühlt sich kameradschaftlich an.

Als wir raustreten, steht Mason in der Nähe der Tür. Seine Miene wirkt sorgenvoll, auch wenn er versucht es zu überspielen. In seinen Händen hält er zwei Plätzchen.

Ava geht auf ihn zu und nimmt ihm eins ab. »Danke.« Dann lächelt sie mir noch ein letztes Mal zu und geht zu den anderen, die wieder ihre Arbeiten aufgenommen haben. Dabei fällt mir auf, dass ihr Blick suchend wird. Als sie Nolan an der Tür sieht, wie er sich seine Schneejacke überzieht, werden ihre Lippen zu einer dünnen Linie.

Moment mal, sie und Nolan?

»Alles klar?«, fragt Mason und reicht mir das Plätzchen.

Ich schaue ihn an, spüre, wie der Zuckerguss unter meinen Fingern weich wird, und kann nicht anders, als mich zu ihm hochzulehnen und ihm einen Kuss auf den Mundwinkel zu drücken. »Ja. Alles klar.« Ich schiebe mir das Plätzchen in den Mund und grinse wie blöd vor mich hin.

Masons Gesicht erhellt sich und er legt einen Arm um mich, während er mich fest an sich zieht. Seine Lippen berühren mein Ohr und es kitzelt, als er zu flüstern beginnt. »Du bist wunderschön.«

Mein Herz flattert und einen Moment lang versinke ich in seinen Augen, die stürmisch zu mir herunterblicken.

Dann werde ich angestupst.

»Aufhören zu flirten, mehr arbeiten.« Hunter lacht und lässt eine Kiste vor uns fallen, während er mit geweiteten Augen darauf deutet. »Wo diese verdammte Deko herkommt, gibt es noch mehr und ich lasse nicht zu, dass ihr abhaut und euch vergnügt, nachdem Nolan sich schon aus dem Staub machen will.« Er legt Mason seine Hand in den Nacken und drückt kurz zu. »Du. Mitkommen. Ich brauche Hilfe.«

Lachend gebe ich Hunter einen Klaps auf den Oberarm und unterdrücke ein Seufzen, als Mason mir einen Kuss auf das Haar gibt und Hunter dann folgt, um noch mehr Deko zu holen.

Besser hätte Hunter sein Einverständnis für Mason nicht geben können, und das bedeutet mir viel.

»Grace, kannst du kurz kommen?«, ruft Peyton, die mit Ava gerade beginnt Tische zu verrücken. »Wir brauchen noch eine zweite Meinung.«

»Sicher.«

Ava kann ihren Blick nur schwer von Nolan nehmen, der noch einmal zum Tresen gegangen ist und sich mit Theo unterhält.

Läuft da etwas zwischen ihnen oder schwärmt Ava nur für ihn? Mir ist nicht aufgefallen, dass Nolan sie irgendwie großartig beachtet hätte. Aber ich sollte wirklich nicht so neugierig sein. Also konzentriere ich mich auf Peyton, die gerade auf die Tische deutet. »Ich fände eine große Tafel gut, aber je nachdem, wie viele Leute kommen, könnte das zu eng werden.«

Wir diskutieren über verschiedene Möglichkeiten und zum ersten Mal seit unserer Ankunft, fühle ich mich angekommen und ein bisschen, als würde ich dazugehören.

Das fühlt sich verdammt gut an.

Irgendwann lege ich eine Pause ein und setze mich an die Theke, wo Barbs mir einen Kaffee reicht. Sie und Agnes gehen dann zu den geschmückten Tischen, um diese zu inspizieren, als wären sie die Weihnachtsdeko-Polizei.

Theo, den ich die ganze Zeit durch die offene Küchentür gesehen habe, kommt zu mir heraus. In einer Hand hält er noch immer den Lappen, mit dem er die Küchentheke abgewischt hat.

Ich lächle ihn an und puste in meinen Kaffee, während er sich mir gegenüber hinter der Theke hinstellt. Sein Blick ist unstet auf die anderen gerichtet. Doch keiner achtet auf uns. »Danke übrigens«, stößt er aus. »Für neulich.«

»Kein Problem«, erwidere ich und zucke mit den Schultern, während ich darauf warte, ob er weiterspricht.

»Ich wollte nur«, er unterbricht sich und beginnt nun die Theke vor sich abzuwischen, bevor er ruckartig aufhört. »Ich will nicht, dass du schlecht von meinem Dad denkst.«

»Tue ich nicht.«

Er hebt die Augenbrauen.

Ich schmunzle. »Ein bisschen. Aber nur, weil er mich an alte Zeiten erinnert. Solche, die wehtun.«

Theo atmet hörbar ein und nickt. »Meine Mom hat uns um Weihnachten herum verlassen. Da ist das alles besonders schwer für ihn.«

»Du musst ihn nicht in Schutz nehmen«, sage ich langsam und blicke ihm fest in die Augen. »Nicht vor mir, nicht vor anderen. Er ist erwachsen. Er weiß, was er tut. Du lebst mit seinen Entscheidungen.«

Theo presst die Lippen zu einer dünnen Linie und weicht meinem Blick aus. »Ich ... ich ...«

»Tu das nicht. Mach dich nicht zum Verantwortlichen. Jeder weiß, dass du der Leidtragende bist. Deshalb hat der Sheriff gestern Nolan angerufen und nicht deinen Dad.«

Er wird ein bisschen rot und es tut mir leid, dass ich das alles nur noch unangenehmer für ihn mache. Sofort lasse ich meine Stimme sanfter werden. »Du bist zu jung, um die Verantwortung für einen Erwachsenen tragen zu müssen. Das wissen wir beide. Bitte hab nicht das Gefühl, du müsstest die Entscheidungen deiner Eltern rechtfertigen. Kein Kind sollte das.«

Theo presst die Lippen aufeinander und nickt knapp. Und ich glaube, ich mache es gerade nur noch schlimmer, weshalb ich einfach weiterspreche. »Meine Mutter hat mich nach meiner Geburt bei Verwandten abgeladen und ist nun eine Tänzerin in Vegas. Sie hat sich entschieden zu gehen, und das kann ich nicht schönreden. Und es hat lange gedauert, bis ich akzeptieren konnte, dass es ihre Entscheidung war, an der ich keine Schuld trage.«

Theos Augen weiten sich und seine Finger krampfen sich um das Tuch in seiner Hand. »Deine Mom ... sie ist auch gegangen?«

Ich schenke ihm ein trauriges Nasekräuseln und proste ihm mit dem Kaffee zu. »Wir könnten einen Club gründen.«

Er ist ganz starr, dann zupft ein Lächeln an seinen Mundwinkeln und ich fühle die Verbundenheit, die sich zwischen uns ausbreitet. »Okay.«

»Vergiss das bitte nicht. Du bist nicht verantwortlich für die Entscheidungen deiner Eltern. Aber du hast dein eigenes Leben in der Hand.«

Er schmunzelt und nickt, während er unter der Theke nach einer Plätzchendose greift, sie öffnet und mir hinhält, als wäre er um jedes weitere Wort verlegen.

Ich lache und beiße in einen grün gezuckerten Tannenbaum. »Die Plätzchen sind übrigens verdammt gut geworden.«

»Danke«, bringt er leise heraus und nimmt sich ebenfalls eine Tanne und stößt sie gegen meine, als wäre das unser geheimes Clubzeichen. Wir nicken einander zu, bevor wir wieder zu den anderen sehen, die in den letzten Zügen der Vorbereitungen sind. Hunter bricht gerade verzweifelt auf einem der Tische zusammen, weil Barbs darauf besteht, die Farbe des Weihnachtsbaumschmucks noch einmal zu ändern. Mason pflichtet ihr bei und lacht aus vollem Hals, während Peyton noch mehr Kisten anschleppt und Agnes alle mit einem beseelten Seufzen beobachtet.

Und ich glaube, dass dieses Weihnachten noch viel besser, kitschiger und schöner wird, als Hunter es mir versprochen hat.

Ava

Es war still, als ich heute Morgen aufgewacht bin. Nolan lag nicht mehr neben mir. Obwohl wir in der Nacht fest ineinander verschlungen eingeschlafen sind, habe ich nicht mitbekommen, wie er aufgestanden ist. Oder wie er die Wohnung verlassen hat. Helles Tageslicht fiel durch die Fenster. Wie spät war es denn? Suchend sah ich mich nach meinem Telefon um und fand stattdessen einen Zettel auf dem Nachttisch.

Hey, ich wollte dich nicht wecken.
Du hast so tief geschlafen.
Aber die anderen treffen sich
zum Schmücken im Diner. Nimm dir zu essen,
was du magst. Bis später.

Keine Ahnung, wie lange ich diesen Zettel angestarrt habe. Es war nichts falsch an den Worten, die darauf standen – eher mit denen, die nicht darauf standen. Nichts Liebevolles, nichts Verbindliches, kein Hinweis, dass ihm die Nacht nur ansatzweise so viel bedeutet hat wie mir.

Ich stand auf und fand mein Telefon in meiner Jackentasche. Es war schon nach zehn Uhr. Wann hatte ich zuletzt so lange geschlafen?

In Nolans kleinem, mit Holz verkleidetem Badezimmer machte ich mich nur etwas frisch. Irgendwie wollte ich mich ohne ihn nicht länger als nötig in seiner Wohnung aufhalten.

Nicht, solange ich mir nicht sicher bin, dass er mich genau hier haben will. Ich belud mich mit meiner Kameraausrüstung und machte mich zu Fuß auf den Weg ins B&B. Dort aß ich eine riesige Portion Cornflakes mit jeder Menge aufgetauter Blaubeeren, zog mir frische Kleidung an, schnappte mir meine Lieblingsallroundkamera und ging rüber zum Diner.

Bei meinem Eintreten begrüßte Alfie mich überschwänglich, ehe er versuchte, sich in die Küche zu schleichen, aus der Barbs ihn ärgerlich wieder verjagte. Suchend sah ich mich um und entdeckte Nolan am Weihnachtsbaum – in einer Hand ein paar winterliche Tierornamente aus Holz, in der anderen jede Menge bunter Kugeln. Selbst, als ich zu ihm rüberging, um ihn zu fragen, womit ich helfen könne, antwortete er zwar freundlich, aber auch ziemlich distanziert. Ich wette, wenn man uns so zusammen sah, hätte man uns für zwei junge Leute gehalten, die sich schon ein paarmal in einem eingeschneiten Dorf über den Weg gelaufen sind, aber nicht für zwei Menschen, die gerade erst miteinander geschlafen hatten – und das auf eine Weise, die sich in jeden Kubikmillimeter meines Körpergedächtnisses eingespeichert hat. So wie Nolan – mit so viel Notwendigkeit – hat mich noch nie jemand berührt. Doch vorhin verriet nur das verletzliche Schimmern in seinen Augen, diese plötzliche Weichheit in seinem Blick, dass ich vielleicht mehr als eine Touristin bin, mit der er sich vergnügt hat. Wohl um das zu überspielen, blödelte er aber den ganzen Vormittag lieber mit Hunter herum, der seine Abneigung gegenüber Weihnachten vielleicht aus Gewohnheit in regelmäßigen Abständen zum Ausdruck brachte. Die beiden turnten über die Theke, um ein riesiges Merry-Christmas-Banner an der Wand zu befestigen.

Ich versuchte mir nichts anmerken zu lassen. Aber jeder Blick, den Nolan mir nicht zuwarf, jedes Lächeln, das er mir vorenthielt, jede Berührung, der er auswich, verursachte ein

Stechen in meinem Herzen. Ich lenkte mich mit meiner Kamera ab, machte Fotos von allen und liebte es, die allseits fröhlichen Gesichter im Moment festzuhalten. Während ich mich hinter der Kamera verschanzte, fiel hoffentlich niemandem auf, wie sehr ich Nolan zur Rede stellen wollte. Durch den Sucher nahm ich wahr, wie glücklich und ungezwungen Hunter und Peyton auf einmal wirkten. Keine Ahnung, wie sich ihre Wut aufeinander so plötzlich ins Gegenteil verkehrt hat, aber dass Gefühle hier in Big Sky mitunter so wechselhaft sein können wie das Wetter, sollte mich vielleicht nicht mehr wundern.

Vor allem nicht angesichts der Tatsache, dass Nolan dir von Beginn an gesagt hat, er halte es für keine gute Idee, sich auf dich einzulassen, schaltete sich schlagartig die Stimme meiner Vernunft ein. *Ja,* wollte ich zurückgeben und musste mir auf die Lippe beißen, um es nicht laut auszusprechen. Aber er hat es trotzdem getan. Das muss doch erst recht etwas zu bedeuten haben.

Oder er hatte einfach Lust auf Sex und du warst nun mal da, argumentierte meine Vernunft, was ich echt ätzend von ihr fand.

Zum Glück riss Mason mich aus meinen Gedanken, indem er fragte, wie meine Sternenfotos gelungen waren. Etwas, das er, glaube ich, noch nie gemacht hat. Anders als ich wirkte er ziemlich entspannt. Da scheint gerade kein Platz für Gedanken an seinen Laptop oder sein Diensttelefon in seinem Kopf zu sein. Und ich weiß, woran das liegt, wenn ich die Blicke richtig gedeutet habe, die er immer wieder in Grace' Richtung fliegen ließ. Die schien allerdings mindestens so unentspannt zu sein, wie ich mich fühlte. Als ich Mason und sie aufnahm, während sie lachend angesichts eines besonders kitschigen Weihnachtsengels zusammenstanden, sah sie mich wie ertappt an. Von da an spürte ich immer deutlicher, wie sie erstarrte, wenn ich in ihre Nähe kam.

Eigentlich war mir klar, dass ich gerade ganz andere Probleme habe. Und eigentlich war mir auch klar, dass ich mich nicht einmischen sollte. Wer mutiert schon innerhalb weniger Tage von einer Ex-Freundin zu einem persönlichen Amor? Aber irgendwie machte es mich ganz verrückt, dass nicht nur Nolan, sondern auch Grace so um mich herumschlich. Und ganz ehrlich … Wann habe ich, seit ich in Big Sky angekommen bin, zuletzt getan, wozu meine Vernunft mir riet?

Also bin ich Grace kurz entschlossen gefolgt, als sie vor einer eigentlich harmlosen Bemerkung von mir zu den Toiletten floh – einfach, um ihr zu sagen, dass sie sich keine Sorgen machen müsse, sie könnte meine Gefühle verletzen. Dass Grace sich so viele Gedanken um mich macht, rechne ich ihr hoch an, aber es ist nicht notwendig. Jemand anders sollte sich diese Gedanken machen – jemand, der gerade dabei ist, seine verdammte Jacke anzuziehen und einfach zu gehen, als ich aus dem Waschraum zurückkomme.

Ich kann nicht glauben, dass Nolan das wirklich durchzieht. Ich weiß, als ich dachte, er ignoriere meine Gefühle, obwohl er meinen Brief noch gar nicht gelesen hatte, habe ich ihm unrecht getan. Aber jetzt … Jetzt tut er mir unrecht.

Ich will schon auf ihn zustürmen, aber was die Stimme meiner Vernunft selten schafft, gelingt Peyton umso besser: Sie bremst mich in meinem Vorhaben, indem sie mich zu sich ruft, um noch mehr Tische zusammenzuschieben. Obwohl wir gemeinsam mit Grace bald in eine komplizierte Überlegung bezüglich der Sitzordnung verwickelt sind, entgeht mir nicht, dass Nolan doch noch mal zur Theke zurückgeht, um ein paar Worte mit Theo zu wechseln. Als er schließlich Alfie zu sich ruft, halte ich es nicht mehr aus. »Sorry. Ich muss kurz weg.«

Peyton zieht überrascht eine Augenbraue hoch, aber ich drehe mich einfach um und laufe zur Tür, durch die Nolan gerade nach draußen verschwindet.

»Nolan!« Die Luft dringt unerbittlich kalt auf mich ein. Seit meiner Ankunft hier bin ich, glaube ich, nie ohne volle Schneemontur rausgegangen. Jetzt aber halte ich meine Jacke nur mit den Armen vor meinem Körper zusammen und den Schal habe ich lediglich locker um meinen Hals geschlungen. Ich habe jedoch keine Zeit, mich richtig anzuziehen, denn Nolan geht mit Alfie an seiner Seite bereits die Main Street hinauf. »Nolan, kannst du mal eine Sekunde warten?«

Ich renne ihm nach und er dreht sich zu mir um – seine Augen dunkel und irgendwie abweisend diesmal. Als wüsste er schon, was kommt, und als wäre es ihm lieber, ich würde ihm nicht folgen.

»Leroy hat mich angerufen. Wir bekommen endlich Informationen zur Räumung der Straße.«

Verunsichert bleibe ich mehrere Schritte vor ihm stehen. »Okay. Aber wolltest du ernsthaft einfach abhauen, ohne mit mir zu reden? Nach allem, was passiert ist?«

Ich sehe Nolan tief Luft holen. Die Kälte malt seinen ganzen Frust zwischen uns in den Tag. Alfie kommt zu mir und stupst mich mit seiner Schnauze an, bis ich ihn abwesend streichle.

»Was genau ist denn passiert?«

Ungläubig richte ich mich auf. Fragt er mich das gerade wirklich? »Wir haben miteinander geschlafen. Und ich dachte …« Fuck. Ist mir hier gerade einfach die Stimme weggebrochen? Jetzt bloß nicht sentimental werden. Nicht, solange Nolan mich so auf Abstand hält. »Ich dachte, das hat was bedeutet.«

Vorsichtig suche ich seinen Blick. Nolan fährt sich mit einer Hand in den Nacken. »Ava …« Irgendwie ergeben schüttelt er den Kopf. »Ich habe dir von Anfang an gesagt, dass ich Angst habe, mit dir zu tief zu fallen. Aber ich bin trotzdem gefallen. Das gestern hätte nicht passieren dürfen. Ich war einfach … überwältigt von dir?«

Er lässt es wie eine Frage klingen. Mein Herz klopft gegen die Kälte an, die in meinen Körper kriecht.

»Aber ist das schlimm? Bereust du, was passiert ist?«

»Nein.« Er macht ein paar Schritte auf mich zu, lässt den Abstand zwischen uns schmelzen. »Ich kann das nicht bereuen, weil das so … Fuck!« Er ringt nach Worten. »Ich habe noch nie ansatzweise für irgendjemanden so viel empfunden wie für dich. Ich konnte auch nicht anders, als mich in dich zu verlieben. Aber du weißt, dass ich mich nicht zwischen dich und Mason drängen wollte, dass ich versucht habe, gegen das Gefühl zu kämpfen. Dann schreibst du mir diesen Brief und ich … Woher soll ich da noch wissen, was richtig und falsch ist?«

»Aber …« Diesmal mache ich einen Schritt auf ihn zu. Auf der Main Street ist deutlich mehr los als in den letzten Tagen. Die Leute gehen einkaufen, stehen hier und dort zu kleinen Pläuschen zusammen und eine Gruppe Kinder und Jugendlicher läuft mit Schlitten an uns vorbei. Ich senke die Stimme. »Warum wehrst du dich jetzt noch so gegen uns?«

»Weil ich nicht damit klarkommen werde, wenn du wieder gehst. Verstehst du nicht?« Anders als ich bemüht er sich kein bisschen, die Stimme zu senken. Da sind offensichtlich gerade zu viele Emotionen in ihm, die sich Bahn brechen und die mir zu meiner Überraschung Tränen in die Augen treiben.

Ich denke an Hunters Worte: *Du solltest ihm die Sicherheit geben, dass ihr das hinbekommt.* Aber wie?

»Glaubst du etwa, dass es mir leichterfallen wird, dich zu vergessen, wenn ich weiß, wie du schmeckst und wie du dich anfühlst, wenn ich dein Lachen höre, auch wenn du gar nicht da bist, und du einfach … alles für mich bist?«

Ich will etwas sagen, aber meine Kehle ist wie zugeschnürt. So hat noch nie jemand mit mir gesprochen. Noch nie hat jemand so aus tiefstem Herzen vor mir ausgebreitet, wie er sich fühlt.

»Ich hätte es zwischen uns nicht so weit kommen lassen dürfen. Aber ich wollte dich mindestens so sehr, wie ich Angst davor hatte. Und jetzt … weiß ich nur, dass wir das nicht wiederholen dürfen.«

Er wendet sich halb ab, aber ich halte ihn am Arm fest. »Aber warum, Nolan? Ich will mich so wenig von dir trennen wie du dich von mir. Nichts kann verhindern, dass wir zusammen sind, wenn es das ist, was wir beide wollen.«

Nolan gibt ein Schnauben von sich. »Abgesehen von den tausend Meilen zwischen Pasadena und Big Sky. Denn ich werde nicht von hier weggehen, Ava. Ich kann das nicht. Ich habe versucht, mit Hunter in Missoula zu studieren, aber ich bin da eingegangen. Ich habe alles auf Fernlehrgänge umgestellt, um hier sein zu können. Ohne die Wälder, die Täler, die Wasserfälle und Seen, die Aussichten bin ich gar nichts. Das hier …« Er macht eine vage Geste, um wahrscheinlich nicht nur Big Sky, sondern die gesamte Bergwelt zu beschreiben. »Das macht mich aus. So, wie es meine Mom ausgemacht hat.« Den letzten Satz sagt er leise und in mir zieht sich alles zusammen. »Ich glaube nicht, dass ich jemals irgendwo anders glücklich sein könnte.«

Nicht mal mit mir? Obwohl ich den Gedanken nicht ausspreche, sieht Nolan ihn mir vielleicht an, denn er weicht wie zur Bestätigung weiter von mir zurück.

»Und ich würde niemals versuchen, dich hier festzuhalten.«

»Warum nicht?« Ich schüttle den Kopf. »Warum nicht, Nolan? Warum tust du nicht genau das?«

Er zieht die Schultern hoch. Ich brenne im Fokus seiner

dunklen Augen. »Wie sollte ich von dir etwas verlangen, was ich selbst nicht bereit bin zu tun – dein Zuhause aufzugeben? Zumal … Niemand bleibt in Big Sky, der nicht hier geboren wurde. Selbst viele von denen, die hier geboren worden sind, gehen. Hunter, Chrissy …«

»Wer ist Chrissy?«, frage ich dazwischen.

Er macht eine abwiegelnde Handbewegung. »Wir waren Freunde und irgendwann während der Schulzeit eine Weile zusammen. Es war mehr Gelegenheit als echte Liebe – für uns beide. Es hätte nicht so wehtun dürfen, als sie wegzog. Tat es aber. Weil alle früher oder später gehen. Big Sky ist das Ende der Welt. Selbst wenn du nicht sofort wieder verschwindest … Irgendwann wirst du es tun und dann ende ich wahrscheinlich wie Hudson.«

Fassungslos schüttle ich den Kopf. Ich habe nicht die geringste Ahnung, was ich darauf erwidern soll. Nolan wirkt ernsthaft verzweifelt. Er entfernt sich noch einen Schritt von mir. »Und so kurz, wie du von Mason getrennt bist, wäre es sowieso viel zu früh für so eine Entscheidung.«

Auch darauf kann ich nichts erwidern. Denn wahrscheinlich hat Nolan recht. Frierend schlinge ich die Arme fester um meinen Oberkörper. Ich habe keine Hand frei, um die einzelne Träne wegzuwischen, die über meine Wange rinnt. Noch einmal sehe ich Nolan schwer atmen.

»Es tut mir leid, Ava. Aber ich bin nicht … keine Ahnung … nicht unbeschwert genug, um mich in irgendetwas zu stürzen, ohne an die Konsequenzen zu denken. Ich wünschte, ich wäre mehr wie du. Aber das bin ich nun mal nicht.«

Er bleibt noch einen Moment stehen, sieht mich aus seinen unergründlich dunklen Augen an, wie um mir Gelegenheit zu geben, den einen Satz zu sagen, der uns eine Chance gibt – irgendetwas, das uns rettet. Aber in mir ist das Glücksrad bei Niete hängen geblieben. Und in meinem Kopf steigen lauter

Blubberblasen sinnloser Satzanfänge auf. Sie zerplatzen wirkungslos.

Schließlich nickt Nolan nur. Er wendet sich ab. Und ich … ich bleibe stehen – mitten auf der Main Street – und sehe ihm stumm nach.

Hunter

Nachdem wir den ganzen Vormittag das Diner dekoriert haben, traf ich mich mit Nolan in der Ranger Station, um zu trainieren. Er lagert seine Sportgeräte da, weil in seiner Bude einfach nicht genug Platz ist. Leroy mault zwar ständig rum, dass ihm das winzige Kabuff, das Nolan in einen Sportraum umfunktioniert hat, zu unaufgeräumt ist, aber er hat zugestimmt, dass Nolan das Zimmer nutzen darf.

»Was willst du jetzt machen?«, fragte Nolan mich, während er die Gewichte über seiner Brust in die Höhe stemmte.

Ich sah ihn verständnislos an. »Was meinst du?«

»Alter, ernsthaft?«, stieß er zwischen zwei angestrengten Atemzügen hervor und verfrachtete die Langhantel in die Halterung zurück. »Willst du mir echt erzählen, dass nichts zwischen dir und Peyton passiert ist?« Er schlug mir mit dem Handtuch gegen den Oberschenkel. »Wahrscheinlich ein Weihnachtswunder.«

Ich stöhnte unterdrückt. Natürlich denkt er, es hätte was mit dem Zauber von Weihnachten zu tun, dass Peyton und ich uns nach all den Jahren aufeinander eingelassen haben.

»Ich hoffe, du machst denselben Fehler nicht noch mal und haust einfach ab und machst das kaputt. Rede mit ihr.« Er zwinkerte mir zu. »Glücklich zu sein steht dir nämlich.«

Seine Worte drehen selbst jetzt noch Kreise in meinem Kopf, setzen Gedanken in Gang, die noch vor einer Woche unvorstellbar gewesen wären. Von mir hier. Mit Peyton. In Big

Sky. Was irgendwie selbstmörderisch ist, weil ich nicht mal weiß, ob ihr das Ganze genauso viel bedeutet wie mir. Ob ich mich in etwas verrenne, ob es klug ist, mich herzüber in diese Sache zu stürzen. Das überforderte mich so, dass ich lieber einen Satz Gewichte drückte, bevor ich darauf mit einem Angriff-ist-die-beste-Verteidigung-Konter antwortete. »Und wann genau redest du mit Ava, weiser Jedi?«

»Habe ich schon.« Nolan nahm einen Schluck Wasser aus seiner Sportflasche und senkte den Blick. »Wir haben geredet, aber sie hatte keine Antworten für mich. Was vermutlich Antwort genug ist.« Er zuckte lässig die Schultern, obwohl selbst Leroy mit seinem mickrigen Empathiezentrum gesehen hätte, dass es ihm nicht gleichgültig war. Eher das Gegenteil.

»Und was fangen wir jetzt damit an?«, fragte er und sah dabei so verzweifelt aus, wie ich mich fühlte.

»Was sollen wir schon tun?« Ich grinste schief. »Wir trainieren den Mist weg.« Nolan und ich müssen die Stille nicht immer mit Worten füllen. Wir wissen auch so, dass wir beide in derselben beschissenen Situation feststecken. Nur in unterschiedlicher Konstellation. Ava und ich werden gehen – und er und Peyton werden in Big Sky bleiben.

Danach bin ich ins B&B zurückgekehrt und habe mir die Weihnachtsüberdosis zusammen mit dem Schweiß von der Haut geduscht, während meine Gedanken weiter Amok gelaufen sind. Bis Peyton zu mir ins Zimmer gekommen ist und sie zum Stillstehen gebracht hat. Dieses Mal ist sie nach dem Sex nicht gegangen und wir sind nackt und eng umschlungen eingeschlafen.

Ihr Atem geht noch immer ruhig und regelmäßig. Ich würde sie gern berühren, meine Fingerspitzen über ihre Haut wandern lassen, aber ich will sie nicht wecken. Ich sehe sie nur an, das Licht, das auf ihrer Haut tanzt, das Laken, das über ihrer Taille liegt und um ihr Bein geschlungen ist. Irgendwann halte ich es nicht mehr aus und presse meine Lippen auf ihren Nacken.

Peyton seufzt und streckt sich wohlig wie eine Katze, bevor sie sich in meinen Armen zu mir umdreht.

»Hi«, sagt sie und lächelt mit geschlossenen Augen.

»Hi.« Ich küsse ihre Augenlider, ihre Wangen, ihre Nase und erobere dann ihren Mund.

»Ich muss arbeiten«, sagt sie und seufzt in unseren Kuss. Klingt nicht so, als würde sie wirklich gehen wollen.

»Du hast Weihnachten gerettet, du kannst dir bestimmt eine Pause gönnen.«

Sie lacht leise und legt dabei ihr Gesicht an meine Brust. Ihr Atem streift meine Haut, ihre Haare kitzeln meine Schultern. Mit ihr einzuschlafen und so aufzuwachen fühlt sich weitaus intimer an, als mit ihr zu schlafen. Ich umschlinge sie fester und Peyton schmiegt sich in diese Umarmung, verteilt winzige Küsse auf meiner Brust und ihre Hände fahren sanft und gleichmäßig durch meine Haare, während wir stumm daliegen.

»Woran denkst du?«, fragt sie flüsternd.

Daran, wie schön sie ist, dass ich sie nicht verlieren will, dass ich sie liebe. Mehr, als ich je irgendwas oder irgendwen geliebt habe. Solange ich mir verboten habe, sie in mein Leben zu lassen, konnte ich mir einreden, dass sie lediglich das Potenzial hatte, mit Football und meinem Wunsch nach Unabhängigkeit gleichzuziehen. Jetzt weiß ich, das ist Quatsch. Ich würde das alles für ein Leben mit ihr aufgeben, ohne auch nur darüber nachzudenken. Aber würde uns das auf Dauer glücklich machen? Peyton würde sich vermutlich immer fragen, ob sie mir meine Chancen genommen hat. Und ich würde sie vielleicht irgendwann tatsächlich dafür verantwortlich machen. Es muss anders gehen. »Über uns«, antworte ich rau.

Sie legt ihre Hand an meine Wange und zwingt mich, sie anzusehen, aber anstatt etwas zu sagen, küsst sie mich. Tief und schwer. Sie saugt an meiner Lippe und schiebt sich über mich.

Ich liebe es, wie sich ihr Körper auf meinem anfühlt. Die Hitze ihrer Haut, die mich mit in Brand setzt. Sie leckt an meiner Haut, streicht über meine Leiste, bis sie meinen Penis umfasst und ihre Hand sanft auf- und abgleitet. Ich stöhne tief, kralle eine Hand in das Laken, die andere schiebe ich in ihren Nacken und ziehe sie zu mir nach unten. Mein Atem geht schwer und stoßweise.

Sie angelt, ohne hinzusehen, ein Kondom vom Nachtschrank und streift es mir über. Dann senkt sie sich auf mich herab. Heiser keuche ich, als sie mich tief in sich aufnimmt und dann verharrt.

Ich lege ihr meinen Daumen an die Lippen, übe leichten Druck aus, bis sie den Mund öffnet und daran saugt. Als er feucht ist, schiebe ich ihn zwischen unsere Körper und reize ihren sensibelsten Punkt, bis sie beginnt, sich auf mir zu bewegen.

Ich schlinge meine Arme um ihre Mitte, umklammere sie, sehe sie an. Und sie mich. Alles in mir rückt in diesem Moment an seinen Platz. Ich fühle mich zu Hause. Obwohl ich in Big Sky bin, ein Ort, an dem ich niemals mit diesem Gefühl gerechnet hätte. Mein Herz rast. Ich will das hier. Peyton. Den Sex. Einfach neben ihr liegen, sie halten, mit ihr lachen, ihr nahe sein. Mit ihr streiten. Mich versöhnen. Vollkommen übertrieben Weihnachten feiern, ihr beim Restaurieren der Möbel helfen oder während eines verfluchten Blizzards einfach nur mit ihr im Bett liegen. »Fuck«, stöhne ich, weil das mehr ist als gut sein kann. Aber alle Zweifel fallen von mir ab, als sich Peyton zitternd an mich presst und kommt. Stumm und so intensiv, dass sich meine Muskeln im selben Moment anspannen und ich mitten in ihren Höhepunkt explodiere.

Peyton lacht leise und etwas ungläubig. Ich weiß, was sie meint. Das war der Wahnsinn. Sie ist der Wahnsinn.

Träge streiche ich über ihren Rücken, vergrabe mein Gesicht an ihrem Hals, atme ihren Duft ein. Wir bleiben genauso liegen, während sich unser Herzschlag und Atem langsam wieder beruhigt.

»Gehst du mit mir spazieren?«, frage ich schließlich sanft und meine Worte bewegen ihr Haar. Ich kann die Gedanken, die Nolan angestoßen hat, nicht mehr länger ignorieren.

Sie lacht und stützt ihren Arm auf meinem Brustkorb ab. »Du willst mit mir spazieren gehen?« Sie runzelt die Stirn. »Ich dachte, du wärst eher der Typ, der bergauf rennt, anstatt gemütlich zu schlendern.«

»Das habe ich schon hinter mir. Training mit Nolan.« Ich löse mich von ihr, stehe auf und schlüpfe in meine Hose.

»Oh, du meinst jetzt?«

Ich nicke. »Ich würde gern mit dir reden. Ungestört«, bemerke ich und deute mit dem Kinn zur Tür, hinter der Mason und Grace die Treppe hinunterpoltern.

Peyton sieht mich ernst an und nickt. »Gib mir zwei Minuten. Ich ziehe mir nur schnell was Warmes an. Sie schlüpft in ihre Hose und das Shirt, das sie getragen hat, als sie in mein Zimmer gekommen ist, und verlässt den Raum.

Ich nehme meine Jacke und gehe schon nach unten. Dort ziehe ich meine Schuhe über und begrüße Grace mit einer Umarmung, wuschle ihre Haare durch, als könnte das meine Anspannung verringern.

»Wir können«, verkündet Peyton kurz darauf. Sie hat sich eine Strickmütze übergezogen, ihre Skihose und dieselbe Outdoorjacke, die Nolan auch bei der Arbeit trägt. Mom und Dad verkaufen die Dinger in ihrem Laden.

»Zum Glück.« Grace pustet sich die Haare aus der Stirn und schiebt ihre Brille zurecht. »Hunter ist gerade unerträglich nervig.«

»Jeder braucht eine Kernkompetenz«, entgegne ich und gebe ihr einen Schubs. Peyton ist bereits an der Tür.

»Was hast du vor?«, flüstert Grace mir zu. »Du benimmst dich total merkwürdig.«

»Ich arbeite an meinem Happy End.«

Sie macht einen Schritt rückwärts und ich sehe Tränen in ihren Augen aufsteigen.

»Wenn du jetzt vor Rührung heulst, halte ich nie wieder deine Hand, wenn du bei einem dieser unlogischen Horrorstreifen Angst bekommst«, warne ich sie leise und mir entgeht Masons breites Grinsen nicht. Verräter.

»Das ist einfach so … süß.«

»Grace«, stöhne ich. »Hör auf.«

»Womit soll Grace aufhören?« Peyton ist zurückgekommen, weil ich mich immer noch nicht zur Tür bequemt habe.

»Damit, ihre Nase in Sachen zu stecken, die sie nichts angehen.« Ich hoffe, das war kryptisch genug, damit ich das Gespräch nicht direkt hier im Hausflur mit Publikum führen muss. »Lass uns gehen.«

Grace seufzt ergriffen und ich schwöre, ich drehe ihr den Hals um, wenn sie nicht augenblicklich aufhört.

Mason hat netterweise ein Einsehen, umfasst Grace' Hand und zieht sie von mir weg und aus Peytons Sichtfeld.

Ich nehme Peytons Hand und wir schlendern vom B&B aus über den schmalen Wanderweg, den Nolan neulich bei unserer Joggingrunde anstatt der Passstraße nehmen wollte, bis zum Kookoo Lake hinunter. Der See ist zugefroren. Aber im Sommer reflektiert die dunkle Wasseroberfläche die Berggipfel des Red Lodge Mountain und des Grizzly Peak.

Früher waren wir oft hier. Im Sommer zum Baden. Wir sind von diesem Steg aus ins Wasser gesprungen, haben die Mädchen in das kalte Seewasser geworfen. Wir haben Lagerfeuer gemacht, getrunken, gefeiert und uns Unsinn überlegt.

Manchmal hat Peyton sich am Feuer gegen meine Beine gelehnt und ich habe mich den ganzen Abend nicht bewegt, weil ich nicht wollte, dass sie sich woanders hinsetzt. Im Winter haben wir Schneeballschlachten veranstaltet und sind auf der Eisdecke Schlittschuh gelaufen.

Mit den Händen wische ich den gröbsten Schnee vom Holzsteg und wir setzen uns an den Rand. Unsere Beine baumeln über dem Eis am Ufer. Ab und an berühren sich unsere Knie.

»Du wolltest reden.« Peyton beißt sich auf die Unterlippe, als hätte sie Angst, ich könnte uns noch einmal beenden. »Was ist los? Es klang wichtig.«

»Ist es.« Ich räuspere mich. Die Kälte des Untergrunds frisst sich durch meine Jeans. Peyton dürfte in ihrer Skihose nicht halb so kalt sein. »Ich wollte mich dafür bedanken, dass du mich dazu gedrängt hast, bei dieser Weihnachtssache mitzumachen.«

Sie lacht leise und fast erleichtert. »Und das vom Grinch. Wirst du etwa doch noch zum Weihnachtsfan?«

»Eher nicht.« Ich fahre mir durch die Haare. »Aber ich begreife so langsam, wie wichtig diese Sache ist. Nicht nur für dich, sondern für alle Bewohner von Big Sky. Und es geht nicht nur um die Menschen, die ohne das Fest allein wären. Es hilft dem ganzen Ort. Es hat Dad und mir geholfen.« Und Peyton und mich zusammengebracht.

»Dann sage ich hiermit offiziell bitte schön.« Sie hält mir die Hand hin, und als ich sie ergreife, schüttelt sie sie.

Ich zögere. Einen Herzschlag lang. Zwei. »Was ist das mit uns?«, stoße ich dann hervor. Ich muss wissen, wie sie zu uns steht, bevor ich all das sage, was sich in meinem Kopf stapelt und das ich nicht mehr länger zurückhalten will.

Sie antwortet mir nicht, sieht über die Eisdecke des Sees und mir wird kotzübel.

»Als wir … als wir das erste Mal Sex hatten, wolltest du, dass es eine einmalige Sache bleibt.« Ich halte noch immer ihre

Hand in meiner und mir ist bewusst, dass ich vollkommen manisch mit meinem Daumen über die Kuhle zwischen ihrem Daumen und Zeigefinger reibe. »Aber das ist es schon lange nicht mehr.«

Sie seufzt. »Nein, und genau davor hatte ich Angst. Dass wir uns zu tief darin verstricken.«

Mir kann es gar nicht tief genug sein. »Warum?«, frage ich leise und hoffe inständig, dass sie uns nicht bereut.

»Weil du wieder gehst. Es wiederholt sich alles und ich habe damals echt lange gebraucht, um …« Sie zögert. »… um dich zu vergessen.«

»Hast du das denn? Mich vergessen? Ich habe das nämlich nicht hingekriegt«, gestehe ich leise.

Eine Weile ist es still. Nur das Knacken des Eises unter uns ist zu hören. »Warum hast du dich vor meinem Dad für mich eingesetzt? Ich bin immer davon ausgegangen, dass du genauso wenig verstehst wie er, warum ich weg bin. Dass du meinen Weg scheiße findest.«

Sie schüttelt den Kopf. »Ich finde es gut, wenn jemand tut, was er liebt und unbedingt will. Das ist bewundernswert. Zu viele Menschen trauen sich das nicht und hinken ihren Träumen ewig hinterher, fragen sich am Ende ihres Lebens, was gewesen wäre, wenn.« Sie atmet tief ein und geräuschvoll wieder aus. »Ich hasse nur, dass dein Weg immer zwischen uns steht.«

»Es gibt also ein uns?«, frage ich vorsichtig.

»Gab es das nicht schon immer?« Peyton schenkt mir ein halbes Lächeln und ich nicke.

Sie war schon als Kind mein Lieblingsmensch. Und ich ihrer. Nolan ist auch ihr Freund, aber als die erste Diagnose ihrer Mom kam, hat sie mich angerufen und in meinen Armen geweint. Und ich habe sie spätestens seit der Pubertät geliebt, war so verknallt, dass ich in ihrer Nähe kaum atmen konnte und meine Hormone verrücktgespielt haben. Ich habe jede Frau, die ich in Missoula kennengelernt habe, an ihr gemessen. Und keine konnte mein Herz erobern, weil Peyton bereits vor Jahren eine Scheißflagge hineingerammt hat. »Immer.« Ich sage das Wort so leise, dass es nicht viel lauter ist als das Knacken des Eises unter uns.

»Und was fangen wir jetzt damit an?«

Ich lege meinen Arm um Peyton und ziehe sie an mich, küsse sie. »Ich studiere zu Ende. In der Zeit werden wir uns selten sehen können, aber ich komme her, wenn die Vorbereitungen auf die Abschlussprüfungen es zulassen. Und du kannst zu mir nach Missoula kommen, wenn nicht so viel los ist und deine Mom das B&B allein gehandelt bekommt.«

»Eine Fernbeziehung?«

»Es wäre nur für ein halbes Jahr.«

»Und dann?« Sie zuckt die Schultern. »Ich kann hier nicht weg. Alles, was mir etwas bedeutet, ist hier. Ich bin in Big Sky zu Hause. Ich kann mir einfach nicht vorstellen, jemals hier wegzuziehen.«

Und genau für dieses tief verwurzelt sein liebe ich sie. »Egal ob ich es in die NFL schaffe oder mit meinem Studium ins Sportmanagement einsteige, ich werde viel reisen, aber ich muss irgendwo eine Basis einrichten.« Und ich will bei ihr zu Hause sein.

Sie sieht mich mit großen Augen an. Hoffnung flackert darin auf und erstirbt dann. »Nur nicht hier. Du wolltest immer aus Adamsland raus. Egal wohin, nur weg.«

Ich hebe ihr Kinn an und küsse sie. Tief und lange, wische die Träne, die sich über ihre Wange stiehlt, mit dem Daumen weg. »Für die richtige Person würde ich überallhin gehen.«

Sie schluchzt. »Sogar nach Adamsland?«

»Sogar nach Adamsland«, flüstere ich leise, zupfe an einer Haarsträhne, die ihr in die Augen fällt, und küsse sie sanft. Für sie würde ich überallhin gehen.

Grace

Nervös zwirble ich an meinen Haarspitzen, während ich die braune Masse anstarre, die ein Pudding hätte werden sollen.

Peyton steht neben mir und lacht. Sie bekommt sich gar nicht mehr ein, hat aber wenigstens den Anstand, die Hand auf den Mund zu pressen, um nicht noch lauter zu lachen. »Entschuldige, ich lache viel heftiger als nötig und habe keine Ahnung, wieso.«

Ich weiß genau, wieso sie so sehr lacht, wieso ihre Augen so strahlen und sie aussieht, als hätte sie gerade eine verdammt gute Zeit. Immerhin habe ich sie und Hunter heute Morgen gehört, als ich an seinem Zimmer vorbeigegangen bin, und sie haben definitiv mehr gemacht, als nur zu reden. Was hoffentlich bedeutet, dass Hunter erfolgreich an seinem Happy End gearbeitet hat.

Und auch mir ist heute im Diner bewusst geworden, dass ich mehr will. Ich will einen Schritt weiter gehen und irgendwie dachte ich, einen Pudding für Mason zu kochen wäre der richtige Weg dorthin. Stattdessen habe ich es voll vermasselt. Nur weil ich vor mich hin geträumt habe, ist der Pudding angebrannt und Peyton kam gerade noch rechtzeitig, um mich darauf hinzuweisen, bevor ich das ganze B&B abfackle. »Sorry, dass es so fürchterlich riecht.« Ich deute auf das geöffnete Fenster, durch das kalte Luft hereinkommt, und bilde mir ein, dass es nicht mehr so stinkt. »Das ist mir echt noch nie passiert.«

Peytons Mundwinkel heben sich wissend. »Schon okay.«

Ich verziehe missmutig den Mund.

»War der Pudding für Mason?«

Nachdem uns heute Vormittag schon alle gesehen haben, macht es keinen Sinn, das zu verheimlichen, also nicke ich, werde aber dennoch ein bisschen rot. »Eigentlich schon.«

»Barbs hat mir eine große Dose mit Plätzchen mitgegeben und ich habe gesehen, dass Mason total auf die abfährt.« Sie läuft zu ihrem Vorratsraum und holt tatsächlich eine Dose mit kitschigen kleinen Engeln darauf heraus. Sie ähneln sehr jenen, die ich heute Morgen auf der Theke des B&B gesehen habe. »Wenn du willst, kannst du sie haben.«

Ich nehme sie entgegen und muss lachen. »Danke, das rettet mir den Abend.«

Nach dem Dekorieren sind Mason und ich noch eine ganze Weile durch Big Sky spaziert. Danach haben wir uns vor dem Kamin im B&B wieder aufgewärmt und Pizza gegessen, die wir auf dem Rückweg im Diner geholt haben. Jetzt sind wir zum Filmgucken verabredet. Die Schmetterlinge flattern fröhlich in meinem Bauch, als ich daran denke, wie ich mich gleich an ihn kuscheln werde.

Ich danke ihr und gehe in den Frühstücksraum, wo Mason bereits vor dem DVD-Schrank steht und den Film des Abends aussucht. Er dreht sich sofort um, als er mich hört, und ein fantastisches Lächeln breitet sich auf seinem Gesicht aus. Es ist jene Art von Lächeln, die alles in mir zum Fliegen bringt. Ein Lächeln, das von ganz tief innen kommt und niemand vorspielen könnte.

Ich glaube, Ava hat recht. Ich glaube, Mason mag mich wirklich.

Ich schlendere zu ihm hinüber und sehe natürlich sofort seinen gierigen Blick. Dieser gilt der Plätzchendose, die ich aber schön bei mir behalte. »Hast du dir schon was ausgesucht?«

»Ja. Und du bist dir sicher, dass ich entscheiden soll, was wir heute schauen sollen?«

Ich nicke tapfer, weil er mir schon angedroht hat, dass es kein Horrorfilm sein wird. Da ich mir nicht vorstellen kann, dass er einen Liebesfilm für uns aussucht, muss ich das Schlimmste befürchten. »Natürlich. Ich werde schon damit klarkommen.«

Er lacht und hält mir eine DVD entgegen. Star Trek. Der Film.

Mit aller Mühe kann ich mich davon abhalten, nicht das Gesicht zu verziehen. »Was für eine Überraschung, dass Peyton den hier rumliegen hat.«

Mit einem verschlagenen Grinsen schließt er die Türen des Schranks und kommt auf mich zu. »Ich würde mich noch auf einen Handel einlassen, falls du es dir doch anders überlegen möchtest.«

Bilder von seinen Fingern auf meiner Haut ziehen durch meinen Kopf und ich beiße mir auf die Unterlippe. »Ich hätte da tatsächlich eine Idee.«

Er hebt mit einem fragenden Grinsen die Augenbrauen. »Ach ja?«

Ich nicke langsam und fühle mich total dämlich, weil ich nicht weiß, wie ich sagen soll, was ich will. Wortlos starre ich ihn an und nehme all meinen Mut zusammen, obwohl das gar nicht nötig ist. Das hier ist Mason. Ich kenne ihn erst seit ein paar Tagen, aber ich weiß, dass er ein gutes Herz hat. Er ist ein fürsorglicher Bruder. Ein engagierter Sohn. Er ist sogar ein netter Ex. Er ist Mason und ich will ihn so sehr, wie ich noch nie zuvor etwas in meinem Leben gewollt habe.

Ich stelle die Plätzchendose ab, gehe auf ihn zu, lege meine Hand in seinen Nacken und ziehe ihn zu mir herunter.

Sein Atem stockt, als meine Finger sich in sein Haar graben und ich meine Lippen auf seine lege. Sein Daumen streicht über meine Wange. Er schluckt mein Keuchen, als er sich gegen mich drückt und mein Becken auf seins trifft.

Meine Knie geben beinahe nach, als ich seine Erektion durch seine Hose wahrnehme. Rasend schnell breitet sich Hitze in meinem Körper aus und ich fühle mich, als stünde ich in Flammen. Ich kann keine Sekunde länger warten und mache mich von ihm los. Schwer atmend starre ich zu ihm hoch. Sein Lächeln ist wie fortgewischt. Seine Augen sind dunkel. Seine Hände an meiner Taille graben sich in meinen Pullover, in meine Haut. Ich beiße mir auf die Unterlippe und meine Lider flattern, während mir ein hilfloses Stöhnen entfährt. Als hätte er nur darauf gewartet, hebt er mich mit einem Ruck hoch. Meine Beine schlingen sich um seine Taille und ich lache, als er mich die Treppe hochträgt. »Mein Zimmer«, bringe ich nur heraus, weil seine Hände auf meinen Oberschenkeln zu viel sind, weil meine Mitte gegen seinen Bauch reibt und die Hitze sich in mir immer weiter hochschraubt, bis ich glaube, nie wieder einen klaren Gedanken fassen zu können.

Mason bringt uns bis vor meine Tür und ich habe Mühe, den Schlüssel aus meiner Hosentasche zu fischen, weil sein Mund auf meinem Hals liegt. Seine Lippen hinterlassen ein Brennen auf meiner Haut und ich umfasse Mason so fest mit meinen Beinen, dass wir beide keuchen.

Irgendwie schaffe ich es, die Tür zu öffnen, und dann sind wir drin. Die Tür fällt hinter uns zu. Im Zimmer ist es dunkel. Draußen glitzert der Schnee im Licht der Straßenlaternen.

Mason drückt mich gegen die Wand neben der Tür. Der Schlüssel fällt zu Boden. Ich grabe meine Hände wieder in sein Haar, als wir uns schwindelig küssen. Seine Lippen teilen sich, meine Zunge dringt in seinen Mund und Masons Stöhnen fährt direkt in mich hinein. Seine Zunge trifft meine, ein aufregender Schauder überläuft meinen Körper und ich wimmere. Mason lacht leise an meinen Lippen und ich ziehe ihn an mich, weil ich keinen Atemzug verschwenden will. Er trägt mich im Halbdunkel zu meinem Bett und legt mich so sorgsam ab, dass mein Herz beinahe überquillt vor Zuneigung.

Ich will nicht länger warten. Nicht eine Sekunde.

Unruhig fahren meine Hände zum Saum seines Pullovers. Der Stoff landet auf dem Boden und meine Hände fahren über seine heiße Haut, unter denen seine Muskeln sich im Spiel unseres Kusses bewegen. Dann fühle ich seine Hände an meinem Pullover und dränge mich ihm entgegen, damit ich mich aufsetzen kann. Er zögert keine Sekunde, hebt mich an und zieht mir mein Oberteil mit einem Ruck aus. Wir knien voreinander und ich will unseren Kuss fortsetzen, doch dann legt er seine Lippen an meinen Hals und ich schmelze. Er küsst eine brennende Spur über meinen Hals und mein Dekolleté. Meine Brustwarzen richten sich unter meinem BH auf und seine Zähne finden sie durch den dünnen Stoff hindurch. Ich keuche vor Lust und Schreck, als er mich sanft zwickt. Meine Augen weiten sich und ich sehe, wie er an meiner Haut lächelt, während er mit einer Hand über meinen Rücken fährt und den Verschluss meines BHs berührt. Sein Lächeln verrutscht, als der Verschluss nicht reagiert, und die Anspannung bricht mit einem heiseren Lachen aus mir heraus. Ich schubse ihn sanft, sodass er mit dem Rücken direkt auf den zerwühlten Laken meines ungemachten Bettes landet. Seine Augen funkeln im Halbdunkeln, als er mir zuschaut, wie ich langsam meine Hände hinter meinen Rücken wandern lasse und dann mein BH zu Boden fällt. Sein Mund öffnet sich und er schluckt sichtlich, während er jeden Zoll meiner nackten Haut betrachtet, als hätte er nie etwas Schöneres gesehen.

Ich habe mich noch nie so sexy gefühlt. Oder so mutig.

Meine Hände streichen über seine Beine, bevor ich mit meinen Fingern den obersten Knopf seiner Jeans öffne. Mason stöhnt und seine Hände graben sich in das Bettlaken. Ganz langsam öffne ich auch den Reißverschluss und er hebt das Becken, damit ich die Hose ausziehen kann. Meine Finger streichen über seine Boxershorts, über die ganze Länge seines Schafts. Langsam. Sanft. Dann fester. Ein leises »Verdammt« kommt über seine Lippen und ich erschaudere angesichts seiner unverhohlenen Lust. Ich umfasse ihn und Masons Augen öffnen sich. Er erhebt sich ruckartig, lächelt absolut heiß und schüttelt den Kopf. »Oh nein. So nicht.« Seine Lippen treffen auf meine, während er mich nach hinten drückt und zwingt, mich hinzulegen. Eine Hand schiebt sich in meinen Nacken, die andere streicht über meine Seite und schiebt sich in den Bund meiner Jogginghose. Ein Schauder durchfährt mich und mein Körper zittert vor Erwartung, als er meinen Slip beiseiteschiebt und ich seine Finger plötzlich in mir spüre. Ich stöhne laut, als er mich küsst und seine Finger bewegt.

»Oh Mann …«, hauche ich und fühle an meinen Lippen, wie er lacht, bevor er mich fester küsst. Wenn er so weitermacht … Ich keuche, als sich ein Pochen ankündigt, und drücke ihn von mir.

Er zieht sich sofort zurück und stellt sich neben das Bett. »Habe ich was falsch gemacht?«

»Nein«, bringe ich raus, erhebe mich ebenfalls und ziehe mir die Jogginghose samt Slip von den Beinen, während ich ihn hungrig ansehe. »Zieh dich aus.« Ich beuge mich vor und fische nach meiner Tasche neben dem Bett, in der ich immer ein Kondom dabeihabe. Nicht, weil ich so oft Gebrauch davon mache, sondern, weil es besser ist, vorbereitet zu sein, als später irgendwas zu bereuen.

Einer seiner Mundwinkel hebt sich und er streift seine Boxershorts runter. Und plötzlich stehen wir einander vollkommen nackt gegenüber. Doch nur Sekunden bevor wir wie Magnete aufeinander zusteuern und uns überall berühren.

»Du machst mich wahnsinnig«, flüstert er an meinen Lippen.

Ich stoße einen tiefen, kehligen Laut aus, weil ich nicht mehr zu Worten fähig bin, und dränge mich fester an ihn. Die Kondomverpackung knistert in meinen Händen, als ich sie aufreiße. Dann sinken wir aufs Bett. Ich schiebe mich über ihn. Meine Augen finden seine, warten auf ein Zeichen, dass das hier okay für ihn ist, und er grinst, was mich ganz irre macht. Als ich das Kondom über ihm ausrolle, stöhnt er hilflos. Ich lasse mich auf ihn sinken.

»Oh verdammt«, murmelt er und richtet sich abrupt auf. Im selben Moment, als ich meine Hüfte bewege, finden seine Lippen meine. Mit den Nägeln kratze ich sanft über seine Oberarme und er erschaudert. Mein Körper brennt und ich kann nicht aufhören, mich zu bewegen. Unsere Körper wölben sich aneinander, als wir einen gemeinsamen Rhythmus finden. Er stöhnt rau, während sich seine Hüften meinen entgegendrängen. »Du fühlst dich so gut an.«

Mein Atem ist abgehackt und ich spüre bereits, wie sich ein köstlich süßer Druck in mir aufbaut. »Oh, Mason.«

Ihm entfährt ein Grollen und seine Hände umfassen meine Hüften mit hartem Griff. Ich klammere mich an ihn und spüre sein Pulsieren in mir, während sein Stöhnen unkontrollierbar über uns hereinbricht. Ein weiterer fester Stoß und im nächsten Moment überrollt mich eine Welle aus heißer Lust und erschüttert meinen gesamten Körper. Meine Stirn landet in der Kuhle seines Halses. Unser Atem geht stoßweise, während wir uns heiß und schwitzend aneinanderklammern und die Nachbeben durch unsere Körper gehen.

Es dauert ewig, bis mein Puls sich wieder zu beruhigen

scheint. Ich spüre Masons Herzschlag und lächle, weil er genauso schnell ist wie meiner.

Er ist noch in mir, als seine Finger federleicht über meinen Rücken streichen. »Das war …«

Er hat keine Worte und ich auch nicht. »Ich weiß.«

Mir entfährt ein leises Lachen, und als ich meinen Kopf hebe, küsst er mich. Sanft, langsam und so innig, dass es sich nach so viel mehr als körperlicher Anziehung anfühlt. Nach all dem, was sich in den letzten Tagen in mir für ihn aufgestaut hat, und mit einem Mal halte ich es nicht mehr aus. Es ist zu viel. Alles ist zu viel. Meine Gefühle. Das Jetzt. Das, was unweigerlich kommen wird.

Ich löse mich von ihm, gleite von seinen Hüften und greife nach meiner Bettdecke. Fest schlinge ich sie um meinen Körper und weiche Masons verwirrtem Blick aus. »Ähm … also …«

Er erhebt sich, bevor er das Kondom wegwirft und auf mich zukommt. Seine Hand legt sich zart an meine Wange und zwingt mich, ihn anzusehen. »Was ist los?«

»Ich mag dich«, platze ich heraus. Es hört sich verzweifelt und ein wenig atemlos an und ich spüre, wie mir ein zentnerschwerer Brocken von den Schultern fällt. »Sehr sogar. Und das hier … das ist … wow. Aber du wirst nach Hause gehen. Und ich auch und dann …« Ich verliere mich in meiner Verzweiflung, die so plötzlich da ist, dass es mich erschreckt.

Einer seiner Mundwinkel hebt sich und lässt ein Grübchen tanzen. »Weißt du, ich habe erst vorhin nachgeschaut, was die beste Verbindung zwischen Pasadena und Missoula ist. Und vielleicht habe ich schon einen Flug gebucht.«

»Was?« Ich kann das Wort nur hauchen, weil er das nicht ernst meint. Er kann nicht – oder doch? »Wirklich?«

»Ich will dich wiedersehen.« Er sagt es, als wäre das völlig offensichtlich. »Ich hoffe, das war nicht übergriffig.«

Meine Lippen pressen sich auf seine und ich schüttle immer wieder den Kopf, während ich mich an ihn klammere. Ich kann nicht fassen, dass er das ernst meint. »Ich will dich auch wiedersehen«, bringe ich zwischen unseren Küssen hervor und lache, als ich spüre, wie seine Mundwinkel zucken. »Lach mich nicht aus.«

Er packt mich und hebt mich aufs Bett. Dort zieht er sanft die Bettdecke von meinem Körper und breitet sie über uns aus. Es ist warm und wunderschön. »Ich bin nur glücklich. Das hier fühlt sich gut an. Richtig gut.«

»Finde ich auch.« Das alles hier ging schnell und irgendwie überstürzt und ich bin froh, dass wir doch eine Chance haben, um uns noch besser kennenzulernen.

Ich weiß, dass ich Mason mag. Sehr mag. Und obwohl ich keine Ahnung habe, ob das mit uns eine Zukunft hat, fühlt es sich richtig an, genau so, wie es ist.

Ich bin verliebt in ihn, aber das kann ich noch nicht aussprechen. Dafür ist es zu früh. Für dieses Wort, das so groß ist. Ich werde es ihm sagen. Irgendwann. Aber jetzt reichen diese drei Worte. Ich mag dich. Und er mag mich auch.

Wir drücken uns aneinander und unsere Glieder schlingen sich fest. Seine Lippen streifen meine Stirn, während seine Hand sanft durch mein Haar fährt und mir wohlige Schauder beschert. »Was wirst du als Erstes tun, wenn du zu Hause bist?«

»Keine Ahnung«, gestehe ich und mein Herz zieht sich ein wenig zusammen, weil es sich plötzlich anfühlt, als würde ich ihn verlieren.

»Wir könnten zusammen was essen. Und skypen«, fügt er hinzu. »Oder telefonieren, falls du schon im Bett liegst, wenn ich zu Hause ankomme.«

»Willst du mir etwa beim Schlafen zuhören?« Ich beiße mir auf die Unterlippe, weil es so zweideutig klingt, und innerlich tanzen tausend Schmetterlinge in meinem Bauch.

»Am liebsten jede Nacht«, haucht er und küsst mich so sanft, dass ich glaube zu schmelzen.

Ich habe keine Ahnung, wohin das hier führt. Aber es fühlt sich gut an. Richtig. Es fühlt sich an wie der Anfang von etwas Neuem und ich will keine Angst davor haben, dass es zerbrechen könnte. Wir wohnen knapp tausend Meilen voneinander entfernt, aber ich fühle mich ihm näher als sonst einem anderen Mann zuvor.

Ich will mutig sein und es probieren. Mit ihm gemeinsam. Mit dem Mann, der mich bei unserer ersten Begegnung wortwörtlich umgehauen hat und in dessen sturmgrauen Augen ich versunken bin, während wir in einem Schneeberg lagen.

Ich lächle, küsse ihn und spüre, wie er es erwidert. Verdammt, ich bin so süchtig nach seinem Lächeln.

»Glaub aber bloß nicht, dass du mich von dem Film abgelenkt hast, den wir gucken wollten«, murmelt er mit rauer Stimme an meinen Lippen und ich breche in schallendes Gelächter aus.

Er stimmt mit ein und das dunkle Zimmer ist voller Lachen. Draußen hat es wieder zu schneien begonnen und wir liegen fest aneinandergepresst unter der warmen Bettdecke.

Das hier. Genau dieser Moment. Er ist perfekt.

24. DEZEMBER

Ava

24. Dezember! Heute am Nachmittag soll die große Weihnachtsfeier stattfinden, bevor morgen alle in ihren Familien Bescherung machen oder zu einem offenen Buffet ins Diner kommen. Ich liege in meinem Bett und fühle mich elend. Vielleicht könnte Peyton mir noch mehr Tee bringen? Gerade habe ich keine Ahnung, wie ich aus dem Bett kommen soll. Oder heute Abend bei der Feier so tun, als wäre ich okay. Oder wie ich Big Sky endgültig verlassen soll, wenn die Straße nach Weihnachten wirklich geräumt wird.

Seit Nolan mich auf der Main Street hat stehen lassen, weil ich nicht wusste, wie ich ihm seine Ängste nehmen soll, kreisen meine Gedanken um nichts anderes. Nach und nach kommen mir immer mehr Antworten in den Sinn, die ich ihm hätte geben können. Unwillkürlich frage ich mich, ob ich noch ein letztes Mal das Gespräch mit ihm suchen sollte. Aber würde ihn irgendetwas von dem überzeugen, was ich zu sagen habe? Oder würde ich ihn einfach nur anflehen und das alles für uns beide noch schwerer machen?

Verdammt! Langsam mischt sich mein Kummer mit Wut. Warum kann er kein Risiko für mich eingehen? Mich haben meine Gefühle für ihn genauso überrollt. Ich weiß, wie verwirrend – und, ja, beängstigend – das sein kann. Aber warum kann er nicht ein bisschen mehr an uns glauben, wenn er wirklich so tiefe Gefühle für mich hegt?

Weil er schon zu oft jemanden verloren hat, der ihm wichtig war, flüstert meine Vernunft mir ein. *Weil er umsichtig und vorsichtig ist – wahrscheinlich umso mehr nach dem Verlust seiner Mom.*

Ärgerlich werfe ich meine Bettdecke beiseite. Ich will mich jetzt nicht von mir selbst belehren lassen. Und diese Mischung aus Schmerz und Ärger gibt mir immerhin genug Energie, zu duschen und frische Klamotten anzuziehen – enge Jeans und sogar meinen scheußlichen Weihnachtspullover. Kurz zögere ich. In Masons Familie sind verrückte Weihnachtsoutfits Tradition. In meiner gab es so was nie, also habe ich nur Mason zuliebe dabei mitgemacht. Doch jetzt, entscheide ich, gehören die Dinger irgendwie auch zu mir. Zumal ich mir dieses Jahr einen besonders furchtbaren gekauft habe, auf den ich sehr stolz bin – mit einem Santa drauf, der auf einem bunten Einhorn über einen paillettenfunkelden Sternenhimmel reitet. Es wäre schade, den Mason und dem Rest von Big Sky vorzuenthalten. Also ziehe ich ihn über, föhne meine Haare ordentlich trocken, statt sie nur in einen losen Zopf zu flechten, und versuche mir die Curtain Bangs aus den Augen zu frisieren. Danach habe ich allerdings keine Ahnung, wie ich den Tag herumkriegen soll.

Vielleicht erst mal mit Frühstück. Ziemlich lustlos gehe ich die Treppe in den gemütlichen Frühstücksraum des B&B hinunter, wo Mason und Grace an ihrem Platz am Fenster sitzen. Ihre Hände berühren sich auf dem Tisch. Sie sehen sich lächelnd in die Augen. Und mir wird schlagartig klar, dass ich gerade keine glücklichen Menschen ertragen kann. Es ist nicht so, dass ich es Mason nicht gönne, glücklich zu sein. Im Gegenteil! Dieser Urlaub ist gerade für ihn so schiefgelaufen, dass er alles Glück verdient, das er von hier mitnehmen kann. Aber ich … Für mich fühlt es sich nach Elektroschocks auf meiner Haut an, wenn ich Masons und Grace' Glücksblase zu nahe komme.

»Hi.« Die beiden drehen sich zu mir um. Grace' Augen weiten sich – wahrscheinlich angesichts des Pullovers. Mason grinst breit.

»Schickes Outfit. Ich ziehe mich nachher auch noch um.«

»Ich bin gespannt.« Unschlüssig bleibe ich am Treppenabgang stehen und verschränke meine Hände ineinander.

Mason rückt zur Seite und klopft einladend auf den Platz neben sich. »Setz dich ruhig zu uns.«

»Danke. Aber ich habe nicht viel Hunger. Ich wollte mir nur was zu trinken holen.« Um überhaupt irgendwas zu machen, trete ich an das auf dem Tresen aufgebaute Buffet, schnappe mir eine Tasse und schenke mir aus irgendeiner Kanne ein, ohne darauf zu achten, ob ich Tee oder Kaffee erwische. Dann greife ich wahllos nach einem Bagel und drehe mich wieder zur Treppe um. Ich bringe ein unverbindliches Lächeln in Masons und Grace' Richtung zustande. »Bis nachher.«

»Ava?« Ich bin schon halb die Stufen hinauf, als ich Masons Schritte hinter mir höre. »Ist alles in Ordnung mit dir?« Sein Blick fliegt forschend über mein Gesicht und ich presse meine Lippen zusammen. »Du hast schon gestern Abend kaum was gegessen.«

Klar, dass ihm das auffällt. Sowenig ich mich im letzten Jahr von ihm beachtet und wertgeschätzt gefühlt habe, solche Dinge hat er im Blick. Und überhaupt … Er kennt mich einfach zu gut. Vielleicht sollte ich also gar nicht versuchen, ihm etwas vorzumachen. Wozu auch? Andererseits will ich ihm nicht mit meinen Problemen den Weihnachtstag versauen.

»Es ging mir schon besser«, antworte ich vage. »Aber mach dir keine Sorgen. Ich komme zurecht.«

Er nickt zögernd. »Ich weiß. Du kommst immer zurecht. Aber wenn ich irgendetwas tun kann …« Er lässt seinen Satz verklingen, aber ich weiß, dass er es ernst meint. Ich könnte jederzeit mit ihm reden oder eine Umarmung von ihm bekommen. Oder einen Tee. Zwar bin ich mir sicher, dass sich das bald ändern wird, wenn wir wieder in Pasadena sind und ich aus unserer Wohnung ausgezogen bin. Aber gerade ist ihm wahrscheinlich so bewusst wie mir, dass ich hier niemanden so kenne wie ihn. Und deshalb wird er für mich da sein, wenn ich das will. Aber will ich das?

»Danke.« Unentschieden bleibe ich im Flur stehen, nippe an meinem Getränk. Tee. Natürlich! »Wie läuft es denn mit Grace? Ihr seht ziemlich glücklich aus.«

»Ja.« Wahrscheinlich vollkommen unwillkürlich breitet sich ein Lächeln über sein Gesicht aus. »Wir haben beschlossen, dass wir uns wiedersehen wollen. Pasadena und Missoula sind zwar nicht gerade um die Ecke. Aber wir werden uns regelmäßig besuchen.«

Irgendwie wird mir bei seinen Worten schon wieder übel. Weil Nolan nicht bereit ist, es zu versuchen. Dabei … Für uns wäre es so viel leichter. Grace hat ihr Studium in Missoula und Mason die Firma seiner Eltern in L. A. Für die beiden wird es wirklich schwierig, Zeit für regelmäßige Treffen zu finden. Aber ich … Mich hält doch überhaupt nichts in Pasadena. Ich habe keinen echten Grund dortzubleiben. Natürlich könnte ich mir mein Leben hier nicht mit Hochzeitsshootings finanzieren, aber das wollte ich sowieso nicht ewig machen. Ich will die Natur einfangen. Und die Sterne. Und von mir aus verdiene ich mir was durch Naturshootings dazu. Im fancy Hotel der Adams gibt es bestimmt genug Leute, die auf so was stehen. Aber Nolan hat mir nicht mal eine Chance gegeben, ihm so etwas vorzuschlagen. Wahrscheinlich würde er sowieso nur auf den falschen Zeitpunkt hinweisen. Oder darauf, dass niemand in Big Sky bleibt, der nicht hier geboren wurde. Nicht mal diese Chrissy.

»Ava, was ist denn los?« Erst bei Masons besorgter Frage wird mir klar, wie fest ich meine Tasse umklammere – und den Bagel, den ich schon vollkommen zerdrückt habe.

»Nichts.« Ich versuche die angestauten Gefühle vor Mason zu verbergen, und puste mir zum tausendsten Mal die Curtain Bangs zur Seite. »Das freut mich für euch – für dich und für Grace.«

Er nickt und lächelt mir zu. »Die Frisur steht dir übrigens.«

»Ich dachte, die wäre dir gar nicht aufgefallen.«

Seufzend vergräbt er die Hände in seinen Taschen. »Doch schon …« Anscheinend sind meine Bemühungen, das Ausmaß meines Kummers zu verbergen, umsonst. Denn Mason betrachtet mich noch immer forschend. »Mit Nolan ist es nicht so gut gelaufen?«

Obwohl mein zerdrückter Bagel wahrscheinlich Antwort genug ist, schüttle ich den Kopf. Wieder presse ich die Lippen zusammen. Ich werde jetzt nicht vor meinem Ex in Tränen ausbrechen und mich trösten lassen, weil der Typ, wegen dem ich ihn verlassen habe, mich nicht will. Das wäre dann an Schrägheit gar nicht mehr zu überbieten.

»Das tut mir leid«, sagt Mason – noch immer nicht gewillt, mich mir selbst zu überlassen. »Wirklich, Ava. Natürlich war ich nicht begeistert, als du zugegeben hast, dass du Gefühle für ihn hast. Aber ich weiß, dass dir das nicht passiert wäre, wenn er dir nicht wirklich was bedeuten würde. So impulsiv du manchmal bist, du bist nicht wankelmütig. Deshalb war mir auch sofort klar, dass diese Gefühle nicht einfach wieder verfliegen würden. Ich hätte dir gewünscht, dass es besser für dich ausgeht.«

Das ist ziemlich süß von Mason, aber ich bringe nur ein sprödes Nicken zustande. Meine Gedanken sind irgendwo bei seinen Worten hängen geblieben.

»Hunter hat mir gesagt, dass Nolan ein extrem anständiger Mensch ist. Also hoffe ich, er hat dich zumindest gut behandelt?«

Äußerlich stehe ich noch immer vollkommen stumm vor Mason. Innerlich passiert dafür umso mehr. Das Glücksrad setzt sich wieder in Bewegung. Gedankenblasen steigen immer schneller auf. Irgendwo im Hintergrund warnt mich die Stimme der Vernunft, nicht schon wieder etwas Unüberlegtes zu tun.

»Hat er?« Mason runzelt die Stirn.

»Ja, natürlich. Er will nur nicht weg von hier. Und ohne Perspektive ist es schwierig mit der Entfernung zwischen hier und der Westküste.«

Mason nickt. »Das stimmt. Wenn er sicher ist, dass er nie aus Big Sky rauswill, macht das alles noch komplizierter. Schließlich findet dein ganzes Leben in L.A. statt. Da hast du alle Möglichkeiten. Hier hingegen …« Er hebt die Schultern. »Hier ist einfach nichts.«

Ein Gedanke manifestiert sich in meinem Kopf: Mason hat unrecht.

»Kannst du denn …?« Er senkt kurz den Blick und formuliert seine Worte dann offenbar mit Bedacht: »Kannst du seine Entscheidung denn akzeptieren? Ich weiß ja, dass du so gut wie nie aufgibst, wenn du erst mal weißt, was du willst.«

Noch ein Gedanke ploppt in meinen Kopf: Diesmal hat Mason recht. Ich drücke ihm meine Tasse und meinen Bagel in die Hand. »Sorry, kannst du das für mich halten? Ich muss noch mal los.«

»Schon wieder?«

»Du hast mir sehr geholfen«, rufe ich ihm noch zu. »Danke!«

In meinem Zimmer werfe ich mich in Jacke und Stiefel, schnappe mir Mütze und Schal. Denn, ja, in einem Punkt hat

Mason absolut recht: Ich gebe nicht so schnell auf. Um ihn und mich habe ich ein Jahr lang gekämpft. Und jetzt werde ich um Nolan kämpfen. Es ist mir völlig egal, wenn es so aussieht, als würde ich ihn anflehen. Oder wenn es alles noch schwerer für uns macht.

Als ich in den Frühstücksraum poltere, setzt Mason sich gerade wieder zu Grace, aber ich stürme an den beiden vorbei nach draußen, rutsche auf der Veranda halb aus und frage mich kurz, in welche Richtung ich laufen soll: Ranger Station, Nolans Wohnung, das Diner?

Die Frage erübrigt sich von selbst, als Alfie auf mich zustürmt und japsend um meine Füße springt. Sofort fliegt mein Blick auf der Suche nach Nolan hoch. Nur wenige Schritte von mir entfernt bleibt er stehen. Kleine Fältchen haben sich um seine Augen gebildet. Er zieht leicht die Schultern hoch. »Hey. Wo willst du denn hin?«

»Zu dir«, gebe ich unumwunden zu, rechne fast damit, dass sich seine Miene verschließt. Aber er hätte ja nicht fragen müssen.

Er holt tief Luft. »Und ich wollte zu dir.«

»Echt?«

»Ich kann das von gestern nicht so stehen lassen. Wollen wir …?« Kurz blickt er um sich. Die Main Street liegt ziemlich ruhig da. Der Schnee auf der Fahrbahn hat sich zum Teil schmutzig verfärbt. Fast überall sonst glitzert aber die Sonne darauf und gibt dem Ort ein friedlich verträumtes Aussehen. »Wollen wir ein paar Schritte gehen?«, fragt er trotzdem.

Ich nicke fast erleichtert. Nolan ist am liebsten an der frischen Luft und in Bewegung. Wenn wir reden wollen, tun wir das am besten draußen – nicht eingesperrt in einem Zimmer. Auch wenn das ungestörter wäre.

Ich falle in seinen Schritt ein und wir folgen ein Stück der Main Street, ehe wir in einen schmalen Pfad zwischen zwei

Häusern einbiegen. Hinter den Grundstücken treffen wir auf einen von Ski- und Schlittenspuren ausgeweiteten Weg, der hinter den Gebäuden verläuft. Vor uns erstreckt sich ein leicht abfallendes zerfurchtes Schneefeld, hinter dem die Liftanlagen des Skigebiets zu erkennen sind. An einem etwas steileren Stück spielen Kinder mit ihren Schlitten. Hin und wieder dringen ihr Kreischen und Lachen zu uns. Nolan hat noch immer nichts gesagt, und da wir hier wohl ungestört genug sind, verlangsame ich meine Schritte und bleibe stehen.

Nolan versteht den Hinweis. »Es tut mir leid, wie ich mich gestern verhalten habe.« Er fährt sich mit der Hand durch seine dunklen Haare und dreht sich zu mir um. »Ich war vollkommen überfordert von meinen Gefühlen, als ich am Morgen neben dir aufgewacht bin. Dann sagte Leroy mir, dass ich gegen Mittag in die Ranger Station kommen soll, weil wir konkrete Termine für die Räumung kriegen. Auf einmal war alles so endgültig: Ich wusste, dass du abreisen würdest, und hatte keine Ahnung, wie ich damit klarkommen soll.«

Ich schüttle den Kopf, will etwas sagen, aber Nolan spricht schon weiter: »Trotzdem hätte ich nicht einfach gehen sollen. Ich hätte dir gleich am Morgen in Ruhe erklären müssen, wie es mir geht. Es tut mir leid, dass ich das verpasst habe.«

Seine Augen schimmern, sodass ich sofort spüre, wie sehr er das bereut. Kurz lenkt Alfie mich ab, der aufgeregt im Schnee zu buddeln beginnt. Vielleicht hat er irgendein Tier gewittert. Als ich Nolan wieder ansehe, falle ich direkt in seinen dunklen Blick. Dennoch versuche ich, nicht den Boden unter den Füßen zu verlieren.

»Ehrlich gesagt weiß ich nicht, ob ich das morgens nach dem Aufstehen so viel besser verarbeitet hätte als später auf der Straße.« Ich hole tief Luft, spüre die längst vertraute klare Kälte in meiner Lunge. »Ich wollte hören, dass du dich in mich verliebt hast. Und dass du es mit mir versuchen willst –

egal wie schwer es wird. Nicht, dass du uns nicht mal eine Chance gibst.«

»Ich weiß.« Kurz beobachtet Nolan Alfie, der sich mit der Nase durch den Schnee wühlt. »Ich habe deshalb die ganze Nacht nicht geschlafen. Immerhin sind mir dabei ein paar Dinge klar geworden.« Er sieht mich an und lächelt ein wenig verlegen. »Erstens: Es kann nicht noch schwerer werden, dich gehen zu lassen, als es jetzt schon ist. Zweitens: Ich bin dabei, den gleichen Fehler zu machen wie Hunter, der geglaubt hat, er könne seine Gefühle für Peyton irgendwann vergessen. Aber so was klappt nicht, wenn die Gefühle echt sind. Und drittens: Wenn es eh längst zu spät ist, um dich nicht verdammt zu vermissen, sobald du gehst, würde ich das lieber tun, wenn eine Chance besteht, dass du zurückkehrst.« Er kommt mir ein bisschen näher. Hitze steigt mir in die Wangen. Ein Hauch von Bergamotte mischt sich mit der frischen Luft. »Ich weiß, es ist unfair, wenn ich nicht bereit bin, von hier wegzugehen. Aber das heißt nicht, dass ich dich nicht mal in L. A. besuchen würde.«

Mein Lächeln ist so plötzlich da, dass Nolan überrascht innehält. Aber ich kann nichts dagegen tun. Ich bin schon so viel weiter als er. »Du kannst mich gerne nach L. A. begleiten, wenn du meine Eltern kennenlernen oder herausfinden willst, wo ich aufgewachsen bin. Aber ansonsten wirst du mich nicht lange vermissen müssen, wenn du das nicht willst.«

Sein Blick wird fragend.

»Nolan.« Jetzt trete ich dichter an ihn heran. Kaum eine Handbreit trennt uns noch. »Du hast mir die ganze Zeit erzählt, dass du nur hier in Big Sky glücklich bist. Aber du hast mich nie gefragt, wo ich glücklich bin. Das ist nicht in Pasadena oder sonst wo in L. A. Ich habe mich immer bei Menschen zu Hause gefühlt, nicht an Orten – erst bei meinen Eltern, dann bei Mason. Bis das irgendwann nicht mehr so war und ich furchtbar ruhelos wurde. Ich kann dir unmöglich versprechen, dass du für immer derjenige sein wirst, bei dem ich mich am meisten zu Hause fühle. Aber ich verspreche dir, dass ich mich noch nie so angekommen gefühlt habe wie jetzt hier bei dir. Und ich kann dir versprechen, dass es sich lohnt, sein Leben nicht immer vom Ende her zu denken. Das hält einen nur davon ab, es wirklich zu leben.«

»Moment«, unterbricht Nolan meinen Redestrom. »Was versuchst du mir gerade zu sagen?«

»Ich bleibe hier. Wenn du willst. Ich kann erst mal meinen Urlaub verlängern. Irgendwann muss ich natürlich aus Masons Wohnung ausziehen, aber warum soll ich weiter in Pasadena Hochzeitspaare fotografieren, wenn ich auch hier die Berge aufnehmen kann?«

»Meinst du … Meinst du das ernst? Einfach so?« Ich sehe die Hoffnung wie einen Schatten in seinem Blick. Und seine Zweifel. »Das wäre vollkommen verrückt. Und ich kann das nicht von dir verlangen.«

Ich weiß, es ist überstürzt. Aber so bin ich eben. Bauchgefühl. Volles Risiko. Die Stimme der Vernunft versucht nicht mal mich aufzuhalten. Das hier ist einfach genau das, was ich will.

»Nicht einfach so«, sage ich. »Big Sky war von Beginn an eine Grenzerfahrung nach der anderen für mich. Mein Herz an dich zu verlieren, Mason zu verlassen, kopflos in eine Lawine zu rennen, mich wie eine Außerirdische zu fühlen, fast meine Zehen einzubüßen … Aber all das ist mir einen Neuanfang wert. Denn, ja, ich habe dir geschrieben, es sei der falsche Zeitpunkt. Aber ich habe dir auch geschrieben, dass du mein schönstes Erlebnis bist. Du, Big Sky, die Berge und alle Grenzerfahrungen zusammen – abgesehen vielleicht von der Lawine. Aber, hey! Ohne die wäre ich längst zu Hause und hätte nicht mal deine Nummer. Was interessiert mich da noch der verdammte Zeitpunkt?«

Nolan schlingt so plötzlich seine Arme um meine Taille, dass mir ein überraschter Laut entfährt. Er zieht mich an sich, hält mich fest. »Mein Dad hat heute beim Frühstück zu mir gesagt, meine Mom sei jede Sekunde Schmerz, den er ihretwegen durchlitten hat, wert gewesen.« Seine Stimme ist leise an meinem Ohr. »Und deshalb bin ich bereit, das Risiko einzugehen.« Er streicht mir eine Ponysträhne zurück, die sich unter meiner Mütze gelöst hat. »Das war ich schon, als ich hinter dir her in die Lawine gerannt bin. Ich habe es nur nicht rechtzeitig kapiert.«

Schlagartig kribbelt es in meinen Augen. »Doch.« Ich stelle mich auf Zehenspitzen, streiche mit meinen Lippen über Nolans. »War gerade noch rechtzeitig.«

Als Nolan meinen Kuss erwidert, ist er fest und intensiv, treibt mir Hitze ins Herz, in meinen ganzen Körper und in meine Wangen. Seine Zunge an meiner lässt mich high werden.

»Du bist verrückt, weißt du das?« Er spricht in unseren Kuss hinein, ohne mich richtig loszulassen. Ich atme seinen Duft ein – nach Bergamotte, Holz und dieser unfassbar klaren Bergluft über Big Sky. »Du bist vollkommen verrückt.«

»Auf eine gute Weise?«

»Auf die beste.«

Ich schlinge meine Arme um seinen Hals, vergrabe mein Gesicht an seiner Halsbeuge und er hält mich fest. Irgendetwas in mir wird ganz ruhig. Das Glücksrad hält an. Wir lauschen unseren Herzschlägen, atmen irgendwann im gleichen Rhythmus, genießen die Aussicht: Ich werde bleiben.

Der Gedanke macht mir keine Angst. Meine Eltern und Freunde werden mich für verrückt halten – nicht auf die gute Weise. Aber sie mussten schon ganz andere Entscheidungen von mir akzeptieren. Und mit dieser bin ich mir besonders sicher. Denn Nolan hat mir klargemacht, was Glück für mich bedeutet: die Schönheit der Welt einzufangen, mich auf der

Suche danach lebendig zu fühlen, jemanden bei mir zu haben, mit dem ich über alles reden oder genauso gut schweigen kann, der mich sieht, wie ich bin. Und Nolan hat mir den Mut gegeben, neu anzufangen.

»Ich kann das noch nicht so richtig glauben«, höre ich ihn leise sagen.

»Das kommt noch.« Ich muss lachen, als ich an Nolans aufgeräumte Wohnung denke. »Spätestens wenn meine Sachen überall bei dir verstreut liegen.«

Ich spüre seine Lippen an meiner Stirn, aber das Klingeln seines Telefons reißt uns aus dem Moment. Nolan lässt mich los, zieht sein Handy aus der Jackentasche und wirft einen Blick aufs Display.

»Leroy«, stößt er mit einem Seufzen hervor. »Es ist fast Weihnachten, verdammt.«

»Kannst du ihn einfach ignorieren?«, schlage ich vor. »Du könntest gerade irgendwo in den Bergen sein und keinen Empfang haben.«

Kurzerhand schiebt Nolan sein Telefon wieder in die Tasche und legt seinen Arm um meine Schultern. »Ich darf mich nur nicht von ihm erwischen lassen.«

Er pfeift kurz nach Alfie, dann schlendern wir in Richtung des unteren Dorfausgangs davon.

»Wir könnten wirklich irgendwohin wandern«, schlage ich vor. »Bis es heute Nachmittag losgeht, meine ich. Oder wir trinken einen Kaffee ohne Blaubeerlikör.«

»Oder wir gehen Schlitten fahren«, sagt Nolan mit Blick auf die spielenden Kinder. »Das habe ich ewig nicht gemacht. Du?«

Grinsend schüttle ich den Kopf und deute auf mich. »California-Girl. Wakeboarderin. Gelegenheitssurferin. Skifahren habe ich im Urlaub gelernt, aber auf einem Schlitten saß ich, glaube ich, noch nie.«

Ungläubig erwidert Nolan meinen Blick. »Dann sollten wir das nachholen.«

»Ich hatte aber noch kein Frühstück.«

»Was hast du denn den ganzen Morgen gemacht?«

»An dich gedacht.« Ich stoße ihn leicht mit der Schulter an. »Gerade würde ich mich aber auch mit der Clif-Bar-Mixbox zufriedengeben.«

Lachend zieht Nolan mich weiter mit sich. »Ich habe zwar keine Croissants mehr, aber ich hoffe, was Besseres als Energieriegel für dich aufzutreiben.«

»Und danach gehen wir Schlittenfahren?«

»Auf jeden Fall.«

Ich lege meinen Arm um Nolans Taille und lasse meinen Blick in die Ferne fliegen. Nach Osten hin geben die Bergmassive den Blick auf die Tiefebene frei. Eine dünne Wolkendecke kriecht über den Himmel und streut das Sonnenlicht in einen Fächer. Ich glaube, es wird mir gar nicht so schwerfallen, in Big Sky nicht mehr nur einen romantischen Urlaubsort zu sehen, sondern so etwas wie mein Zuhause. Denn in diesem Punkt hatte Mason unrecht: Hier ist nicht nichts. Hier ist Nolan.

Hunter

Das hier muss die Weihnachtsvorhölle sein. Und ich stecke mittendrin. Barbs und Agnes streiten sich in der Ecke des Diners darum, wie man Skype in Gang setzt, um ihre Familien zu erreichen. Mason hat es ihnen gefühlte vierhundertmal in den letzten Tagen erklärt, aber sie sind sich trotzdem uneinig, wie es richtig ist, und Peytons Mom ist vollkommen überfordert, die Streithähne auseinanderzuhalten. Sie ist fröhlich wie immer, aber schwach und ihr ist ständig kalt, weswegen sie eine dicke Stola um ihre Schultern gelegt hat. Obwohl ihr Haus nur ein Stück die Straße rauf liegt, keine zwei Gehminuten vom Diner und dem B&B entfernt, haben Peyton und ich sie mit dem Wagen abgeholt, damit sie länger beim Essen durchhält und nicht schon sämtliche Kräfte für den Weg aufbraucht. Es nimmt mich mit, sie so zu sehen. Zu sehen, wie sehr ihr Gesundheitszustand Peyton belastet, auch wenn es derzeit bergauf geht.

Hudson singt vollkommen schief gegen die Weihnachtsplaylist an, die Ava von ihrem Handy über eine Bluetoothbox abspielt. Und ich bin mir sicher, dass ich in den nächsten fünf Minuten entweder ihm oder der Playlist den Saft abdrehen werde. Das ist echt nicht auszuhalten.

Theo versucht uns und den Rest des Dorfes, der heute hier im Diner mit uns feiert, mit Plätzchen zu mästen, die zu gut schmecken, um sie abzulehnen, und das Diner ist so festlich geschmückt, dass ein Coca-Cola-Weihnachtstruck-Umzug ein

Scheiß dagegen ist. Und trotzdem möchte ich gerade an keinem anderen Ort sein.

Das liegt nicht nur an Peyton, die ihre Hand unter mein Shirt geschoben hat und sanft über meinen Rücken streicht, während sie sich mit Nolan, Ava, Mason und Grace unterhält, sondern auch an den Menschen, mit denen ich diesen Moment teile.

»Was sagst du dazu, Hunter? Rette mich doch mal.« Nolan tut so, als würde er auf dem Tisch zusammenbrechen.

Keinen Schimmer, worüber sie gerade sprechen. Das hier ist die totale, vollkommen irre, aber familiäre Reizüberflutung, die ich mir immer gewünscht habe. Vielleicht mochte ich Weihnachten nur deswegen nie, weil in unserem Haus alles so perfekt sein musste, dass es absolut fake war. Das hier ist echt. So echt, dass es in den Ohren wehtut, mich überfordert und von innen wärmt. »Sorry, habe nicht zugehört. War abgelenkt.« Von Peytons Hand, die noch immer auf meiner Haut ruht, aber das werde ich ganz sicher nicht in der Öffentlichkeit breittreten.

»Alter«, lacht Nolan und ich frage mich ernsthaft, wieso er plötzlich so gut drauf ist, nachdem er gestern unausstehlich war. Ist er echt so ein Weihnachtsvictim, dass ein Haufen kitschiger Dekoration seinen Gemütszustand um hundertachtzig Grad drehen kann?

Ava legt ihm ihre Hand auf den Arm und sieht ihn total verliebt an, wartet ab, bis er nickt, und blickt uns dann mit einem verschwörerischen Grinsen an.

»Ich … Also, Nolan und ich haben euch etwas zu erzählen.« Sie zögert kurz und imitiert dann einen Trommelwirbel. »Ich werde bleiben.«

Ich ziehe die Augenbrauen zusammen und bin nicht der Einzige, der es nicht fassen kann. Mason öffnet zweimal hintereinander den Mund, ohne etwas zu sagen, bevor er ein »Hier? In Big Sky?« herausbringt.

Sie nickt. »Und bevor du sagst, es sei übereilt und unüberlegt. Ich bin mir sicher, dass es richtig ist. So sicher, wie ich mir noch nie bei irgendetwas war.«

Mason lächelt und drückt kurz ihre Hand. »Hatte ich nicht vor. Du strahlst mehr als die gesamte Weihnachtsbeleuchtung, also ist es wohl die logische Konsequenz.« Er sieht auf die Tischplatte, dann zu Grace und dann wieder Ava an. »Ich freue mich für dich. Wirklich.«

»Und ich mich für dich.«

Nolan ist also nicht durch das Diner-Weihnachtswunder so verdammt glückselig. Er hat sein ganz eigenes Wunder aus einer Lawine gezogen. Ich schlage ihm als Zeichen, dass ich mich mit ihm freue, gegen die Schulter. »Mal sehen, wie lange du es als Segen betrachtest, dass wir demnächst alle hier wohnen.«

Ruckartig hebt Nolan den Blick. »Du auch?«

Ich nicke und gebe Peyton einen Kuss auf die Schläfe. »Ich arbeite an meinem Happy End.« Bei den Worten zwinkere ich Grace zu, die ihre Finger mit Masons verschränkt hat. Wenn wir das Essen hinter uns gebracht haben, werde ich sie mir schnappen und herausfinden, ob es zwischen den beiden ernst ist. Sieht fast danach aus. »Nach meinem Abschluss werde ich meine Basis in Big Sky einrichten. Ich werde wegen der Arbeit oft weg sein, aber in der übrigen Zeit werde ich mich mit Adamsland arrangieren. Ich meine, irgendwer muss dir doch maximal auf die Nerven fallen.«

Nolan nickt und ich sehe Tränen in seinen Augen, die er sich in einer knappen Bewegung wegwischt, bevor er lacht und in Richtung Himmel sieht. »Ich war dieses Jahr wohl besonders artig. Danke, Santa.«

»Du musst jetzt ganz tapfer sein, aber irgendwer sollte es dir endlich sagen, also … Nolan«, bringe ich ernst hervor. »Ich mache es schnell und schmerzlos. Den Weihnachtsmann gibt es nicht.«

Er wirft mir ein Plätzchen an den Kopf, und als Agnes im selben Moment in das Mikro brüllt, weil sie endlich eine Verbindung zu ihren Kindern hergestellt hat, lachen wir alle.

Barbs kommt zu uns herüber. »Na, seid ihr schon hungrig?«

Ich halte das Plätzchen hoch, das ich vom Tisch aufgehoben habe, um zu zeigen, dass wir allein mit dem Gebäck gut bis Silvester durchhalten könnten, ohne Hunger zu leiden, aber sie winkt ab. »Dieses Festessen ist unser Dankeschön an euch. Dafür, dass ihr das alles auf die Beine gestellt habt.« Sie hat Tränen in den Augen. »Es ist perfekt, und das, obwohl wir alle dachten, Weihnachten müsste dieses Jahr ausfallen. Das haben wir nur euch fleißigen Weihnachtselfen zu verdanken.«

Weihnachtsvorhölle. Eindeutig.

»Hat sie mich gerade ernsthaft als Weihnachtselfe bezeichnet?«, flüstere ich Peyton zu.

»Gewöhn dich dran.« Sie lacht und stülpt mir einen Haarreif mit Elfenohren und Zuckerstangen daran über den Kopf, den ich knurrend wieder von meinem Haar wische. Aber zu spät. Die anderen lachen sich bereits scheckig.

»Reize niemals den Grinch«, gebe ich zu bedenken und tue so, als würde ich Peyton ins Ohr beißen.

»Noch jemand Plätzchen?« Theo hat die nächste Runde eingeläutet.

»Wir schaffen nichts mehr vom Weihnachtsessen, wenn du so weitermachst«, stöhnt Mason, bringt es aber nicht übers Herz, das Angebot abzulehnen, und greift zu.

»Du machst das wirklich gut, Theo.« Barbs wuschelt ihm durch die Haare und zerstört seine coole Frisur. Bei jedem anderen hätte er jetzt rumgemotzt, aber bei Barbs lässt er es sich gefallen und versucht lediglich, das Chaos mit den Fingern wieder in den Griff zu kriegen.

»Was hältst du eigentlich davon, wenn du mir ab dem neuen Jahr hier im Diner hilfst? Nach der Schule. Du kannst herkommen, etwas essen, deine Hausaufgaben machen und dann anfangen. Spüldienst, Geschirr abräumen. Dann kannst du dein eigenes Geld verdienen, für dich selbst sorgen.«

Theo sieht aus, als würde er jeden Augenblick den Plätzchenteller fallen lassen. Er sagt nichts, wirkt wie erstarrt.

Mason stupst ihn freundschaftlich an. »Ergreif die Chance, Kumpel, wenn das Leben sie dir bietet.«

Theo stellt den Teller ab, zögert und umarmt Barbs dann mit einem zustimmenden Brummen. Was wohl übersetzt aus dem Teenagerischen so viel bedeutet wie ausufernde Freude.

Grace hat sich zu Mason gebeugt. »Gilt das nur für Theos Job oder auch für andere Dinge?«, flüstert sie und da ist Hoffnung in ihrem Blick. Sie ist definitiv bis über beide Ohren in ihn verknallt. Ich hoffe wirklich, dass er jetzt nichts Falsches sagt und damit Grace' Weihnachten crasht.

Aber er nimmt ihre Hand und sieht sie ernst an. »Das gilt für alles im Leben.« Er lächelt sie an. »Und ganz besonders für die Liebe.«

Okay, das war unerwartet. Der Typ meint es echt ernst. Er gibt Grace einen Kuss auf die Schläfe und rückt dann wieder etwas von ihr ab, was ich ihm nicht verübeln kann. Auch wenn die beiden ihren Kram geklärt haben, ist es sicher merkwürdig, vor der Ex-Freundin mit der neuen Liebe herumzumachen.

Ich schiebe Nolan das Geschenk für Theo über den Tisch, weil ich denke, jetzt wäre der perfekte Zeitpunkt. Und das nicht nur, weil es ihn davon ablenkt, uns weiter mit Plätzchen vollzustopfen. Eigentlich gibt es die Geschenke erst morgen, aber Theo soll seines schon heute haben. Solange er Menschen um sich hat, die sich mit ihm freuen. Viele Menschen, denn das Diner ist proppenvoll.

»Wir haben da noch etwas für dich.« Nolan hält ihm feierlich den schmalen Umschlag hin, der in Goldpapier eingepackt ist. In seinem Alter habe ich die Geschenkeberge unter unserem Baum am Weihnachtsmorgen immer in Rekordzeit aufgerissen. Theo guckt seines nur an. Als wäre es ein verdammtes Ufo und er wüsste nichts damit anzufangen. Zaghaft und fast andächtig öffnet er schließlich das Papier und zieht den Gutschein für das Sommercamp heraus. Seine Augen weiten sich und Tränen kullern über seine Wangen. Beschämt wischt er sie mit dem Handrücken weg.

»Alles klar, Theo?« Nolan drückt seine Schulter.

»Ja.« Er nickt. »Es ist nur, ich habe so etwas schon lange nicht mehr bekommen.«

»Einen Gutschein für ein Sommercamp?« Nolan grinst. »Wir dachten, das könnte dir gefallen.«

Theo schüttelt den Kopf. »Ein Weihnachtsgeschenk«, flüstert er leise und für einen Moment sagt keiner von uns etwas.

Ich sehe zu Hudson hinüber, der am Tresen die Bluetoothbox an die Wand singt, als wäre sie ein Sparringspartner, während er Bier in sich hineinkippt, und der diesen wunderbaren, etwas sturen, definitiv pubertären, aber total tollen Jungen null verdient hat.

Nolan zieht Theo an seine Brust und streicht ihm liebevoll über den Hinterkopf, während er mich Hilfe suchend ansieht.

»Okay«, sage ich und klatsche in die Hände. »Ich denke, es ist Zeit für das Essen, bevor sich unser Plätzchenverteiler berappelt und wir am Ende nichts mehr von dem Braten runterkriegen.« Ich bekomme zustimmendes Gemurmel von allen Anwesenden als Antwort und sofort bricht Hektik aus. Barbs flitzt in die Küche und treibt die Köche an, die längst fertig sind, aber noch nicht alles so arrangiert haben, wie sie es gern hätte. Doc James hilft ihr dabei. Theo schnieft, stopft sich den Gutschein in die Hosentasche und beginnt, leere Gläser von den Tischen einzusammeln, um Platz für das Essen zu machen. Immerhin arbeitet er jetzt hier und will sich wohl schon heute beweisen. Agnes verabschiedet sich mindestens fünfmal von ihrer Familie, und das in einer Lautstärke, die selbst Hudson übertönt. Alle reden durcheinander und jeder, der heute ins Diner gekommen ist, packt mit an, als Barbs die Schüsseln freigibt. Und mitten in diesem Chaos geht plötzlich die Tür des Diners auf. Leroy kommt mit einer Ladung Kälte von draußen hereingeweht.

»Seht mal, wen ich draußen gefunden habe«, verkündet er fröhlich. Als hätte er noch kurz die Main Street aufgeräumt und dabei rein zufällig zwei Menschen gefunden. Nur sind Mom und Dad ganz sicher nicht zufällig hier.

»Ich glaube, mich tritt ein Grizzly.« Habe ich das laut gesagt? Jepp. Dads hochgezogene Augenbraue bestätigt es und auch die Blicke von Nolan, Ava, Mason, Grace und Peyton, die meinem zur Tür folgen.

Peyton fängt sich als Erste wieder, stellt die Schüssel mit Kartoffelbrei ab, die sie gerade aus der Küche geholt hat, und begrüßt meine Eltern.

Mom wirkt unsicher. »Wir wussten nicht, ob es okay ist, wenn wir vorbeikommen.«

Peyton nimmt ihr den Mantel ab. »Natürlich ist es okay. Mehr als das.« Bei den Worten wirft sie einen vorsichtigen Blick über die Schulter zu mir, aber ich stehe noch zu sehr unter Schock, als dass ich irgendwie reagieren könnte. »Wir freuen uns über jeden, der heute Abend da ist. Wir haben noch nicht angefangen. Also, setzt euch doch.«

Am besten neben Hudson. Das wäre doch mal ein Bild. Ich schiebe den gehässigen Gedanken weg und erinnere mich an Peytons Worte, dass Dad nur aus Angst, mich zu verlieren, so ätzend ist. Weil er alles verlieren könnte, was er sich ein Leben lang aufgebaut hat. Was seine Familie davor erschaffen hat.

Deswegen baut er Druck auf. Das klingt plausibel und würde außerdem erklären, warum seine einzige Bedingung für die großzügige Spende der Geschenke war, dass ich zweimal am Tag mit ihnen esse. Er hat gesagt, jeder soll mitbekommen, dass wir Frieden geschlossen haben. Aber das ist Quatsch. Ich meine, wer achtet denn darauf, wo ich mein Frühstück einnehme? Oder zu Abend esse? Es würde auch erklären, warum er hier ist, anstatt unter seiner pompösen Tanne zu hocken, obwohl er sich sichtlich unwohl fühlt. Ich drücke Nolan die Bohnen in die Hand, die ich gerade getragen habe, und gehe zu ihm, mache einen Schritt auf ihn zu. »Dad.«

Er nickt. »Hunter.« Dann sieht er sich um. »Wir sind nur hier, um uns anzusehen, was ihr auf die Beine gestellt habt. Für die kurze Zeit ist das wirklich beeindruckend. Sieht aus, als wäre das ganze Dorf hier.«

Ein Kompliment. Dad muss einen Anfall von Weihnachtsnächstenliebe haben. Das ist ziemlich unheimlich.

»Mit der Deko hatte er nichts zu tun«, stellt Peyton grinsend klar. »Was das angeht, ist er der absolute Grinch.«

Dad nickt und verdreht die Augen. »Verstehe ich. Diese Kristallweihnachtsmänner, die Mary angeschleppt hat.« Er klingt so gequält, wie ich mich bei deren Anblick in der Küche meines Elternhauses gefühlt habe. »Ich erwarte jeden Tag, dass sie lebendig werden und grausame Dinge mit uns anstellen.«

Das ist irritierend. Dad und ich haben tatsächlich etwas gemeinsam. Und er hat einen Witz gerissen. Peyton lächelt und stößt mich leicht mit der Schulter an, als wollte sie sagen: Siehst du, er ist dir ähnlicher, als du denkst. Und menschlich.

»Wollt ihr euch nicht doch zu uns setzen?«, schlage ich vor und bin nicht sicher, ob das wirklich klug war. Aber es fühlt sich richtig an.

Dad zögert, während Mom ihn flehend ansieht, doch endlich über seinen Schatten zu springen.

Er seufzt. »Also gut, aber nur, weil deine Mutter den Braten anbrennen lassen hat und ich an Weihnachten nicht hungrig ins Bett gehen will.«

Der Kühlschrank in der Adams-Hütte ist prall gefüllt, aber wenn er diese Ausrede braucht, um einzulenken, bitte. Ich lege Mom meine Hand auf den Rücken und dirigiere sie und Dad zu den Plätzen neben Peyton und mir. So sitzen sie außerdem mit Leroy, Simon, Agnes, Barbs und Doc James an einem Tisch und haben hoffentlich genug Gesprächsthemen, sodass Dad und ich nicht aneinandergeraten.

Bevor er sich setzt, legt Dad mir sekundenlang seine Hand in den Nacken und murmelt ein kaum verständliches. »Danke. Es ist gut, dass du hier bist, in Big Sky.«

Ich verspanne mich, weil ich weiß, was folgt. Bleib. Geh nicht wieder. Arbeite für mich und hör auf, Football zu spielen, aber nichts dergleichen passiert. Er sieht mich an, nickt dann und setzt sich. Ohne einen blöden Spruch, dass ich mein Leben überdenken soll. Das wäre wohl auch zu spät. Ich bin nämlich längst dabei. Auch wenn ich vermutlich nie für Dad arbeiten werde, wird sich doch einiges ändern.

Ich gehe in die Küche, um einen Moment für mich zu haben. Alle anderen sitzen an der Festtafel und füllen ihre Teller. Alle bis auf Peyton, die hinter mir in die Küche tritt.

»Bist du okay? Ich habe sie nicht eingeladen, wenn du also nicht möchtest, dass sie hier sind, können wir sie bitten zu gehen.« Sie schlingt die Arme um meine Mitte und schmiegt sich an mich.

»Nein.« Ich schüttle den Kopf. »Ist okay.« Ich sehe über die Durchreiche in den Gastraum, wo Barbs sich gerade an einer Rede versucht, die hauptsächlich daraus besteht, Hudson zum Teufel zu wünschen, weil er einfach nicht leise ist. Dazwischen redet sie von Freundschaft, Liebe, Familie und Heimat und immer wieder gibt es kleine, lustige oder emotionale

Zwischenrufe. Ich tippe gegen den Mistelzweig, der von der Abzugshaube hängt, und ziehe die Augenbrauen hoch.

»Ich dachte, du magst Weihnachten und seine Bräuche nicht.«

»Ich versuche mich zu bessern. Unterwandere das nicht«, murmle ich an Peytons Lippen und küsse sie sanft. Im Gastraum fangen sie mit dem Essen an, aber ich bin noch nicht bereit, in das Chaos aus Stimmen, Gerüchen und Weihnachtsdeko einzutauchen. »Das hier ist ein total verrückter Ort, das ist dir schon klar, oder?«

Sie nickt. »Aber ein guter?« Peyton klingt besorgt. Sie denkt, ich könnte es mir anders überlegen.

Werde ich nicht. »Ein verdammt guter«, sage ich leise und es stimmt. Weil sie hier ist. Und so viele Menschen, denen ich etwas bedeute. Nicht weil mein Nachname Adams ist und meinem Dad das verdammte Dorf gehört, nicht weil ich reich bin oder sie von mir und meiner Familie abhängig, sondern, weil ich eine Scheißweihnachtselfe werde, wenn es nötig ist. Weil ich für sie da bin, ein Freund, ein Typ, der zuhört und schlechte Tipps gibt, und weil ich zu ihren Erinnerungen gehöre. Wie sie zu meinen. Das nennt man wohl ein Zuhause.

EIN JAHR SPÄTER

Grace

Big Sky sieht noch immer wie das gezuckerte Winterwunderland aus, das ich in meiner Erinnerung habe. Bunte Weihnachtsbeleuchtung kämpft sich unter den Schneemassen durch, während im Hintergrund schneebedeckte Berge in den Himmel ragen. Dicke Schneeflocken fallen vom Himmel und die Scheibenwischer unseres Mietwagens laufen auf Hochtouren. Ich umfasse meinen To-go-Becher mit beiden Händen, obwohl es dank der Heizung im Wagen mollig warm ist.

»Da kann es jemand aber kaum erwarten.« Mason lacht neben mir und streicht einmal sanft über meine Hand, während er sich weiter auf die schneebedeckte Straße konzentriert. Vor einigen Meilen musste er Schneeketten auf die Reifen ziehen und, verdammt, er sieht echt heiß aus, wenn er so was macht.

Er sieht sowieso immer heiß aus mit den hellen Pullovern, seinen dunklen Jeans und dem stets perfekt gestylten Haar, das ich so gerne durcheinanderbringe.

»Und wie!«, stoße ich aus und zapple unruhig auf meinem Sitz hin und her. Es ist *ewig* her, seit ich Hunter das letzte Mal gesehen habe. Seit ich zu Mason nach Los Angeles gezogen bin und Hunter einen Job als Sportmanager für A&L Sports ergattert und endgültig nach Big Sky gezogen ist, schaffen wir es nur, alle paar Wochen mal zu telefonieren. Sobald er in der Nähe von L. A. ist, treffen wir uns, aber das ist viel zu selten. Nachdem wir drei Jahre lang Zimmer an Zimmer gelebt haben, ist mir das einfach zu wenig. Dass wir uns jetzt endlich wiedersehen, hat schon seit Tagen Vorfreude in mir aufsteigen lassen.

Außerdem sind wir viel zu spät dran. In einer Stunde geht die große Weihnachtsfeier los und ich fühle mich ein bisschen schlecht, weil wir nicht mithelfen konnten. Jedoch habe ich vorher keinen Urlaub in der Praxis bekommen und musste noch eine Arbeit für mein Masterstudium fertigstellen. Nach meinem Bachelor-Abschluss musste ich mich entscheiden, ob ich in Missoula bleibe oder zu Mason ziehe. Niemals hätte ich ihn vor die Wahl gestellt, zwischen seinem Familienunternehmen und mir zu wählen.

Also habe ich mich in Praxen und an Universitäten gleichermaßen beworben. Als ich nach einem Vorstellungsgespräch in L. A. direkt ein gutes Bauchgefühl hatte, entschied ich ganz spontan, meinen Master per Fernstudium zu beenden. Es ist hart.

Vor allem, weil Mason in der Firma seiner Eltern arbeitet und ebenfalls nebenbei seinen Master macht, wenn auch an der Caltech.

Aber mit Mason gemeinsam in unserer Wohnung, in unserem eigenen Homeoffice zu sitzen und zu arbeiten ist es wert. Er ist es wert. Verdammt, ich liebe ihn und dieser Ort, in dem alles begann, scheint meine Gefühle gerade ein bisschen übersprudeln zu lassen.

Wir biegen auf den frei geschaufelten Parkplatz des Mountain Hideaway B&B ein und ich halte kurz die Luft an, als mein Blick über die Autos fliegt. Hunters Pick-up steht direkt neben dem Eingang.

Ich stoße ein Quieken aus und Mason lacht. Laut und volltönend, während er direkt neben ihm parkt. »So aufgeregt warst du das letzte Mal, als du meine Familie kennengelernt hast.«

»Gott sei Dank ist deine Familie der Hammer«, erwidere ich und beuge mich zu einem schnellen, festen Kuss über die Mittelkonsole. Meine Lippen treffen seine und all die kleinen Schmetterlinge in meinem Bauch johlen vor Freude. »Komm, ich muss mich noch umziehen, bevor wir zur Feier gehen. Ich will wirklich nicht die Letzte sein.«

Er grinst, weil er genau weiß, wie sehr ich es hasse, unpünktlich zu sein. »Also kein Fummeln, während du dich umziehst?«

Ich hebe drohend meinen Zeigefinger. »Auf keinen Fall!«

Wieder dieses Lachen und beinahe wäre ich dahingeschmolzen. Sicherheitshalber schnalle ich mich schnell ab und steige aus dem Wagen. »Ich gehe schon mal vor.«

»Ich nehme direkt die Koffer mit.«

»Oh«, mache ich und stoppe auf halbem Weg zum Eingang, denn unser Gepäck habe ich total vergessen.

»Geh schon«, ruft er und seine Augen funkeln vor Freude, als ich ihn angrinse und zum Eingang laufe.

Kaum reiße ich die Tür auf, entdecke ich Hunter am Tresen stehend. Er beugt sich gerade darüber und gibt Peyton einen Kuss, der hinter verschlossene Türen gehört.

»Hunter!«, rufe ich und renne auf ihn zu.

Er löst sich von Peyton, dreht sich zu mir um, und als er mich entdeckt, muss er lachen. Er breitet die Arme aus und ich fliege hinein, worauf er mich fest an sich drückt. »Gracie!«

Ich nehme mir einen langen Moment Zeit, um ihn fest zu umarmen und das Gefühl von Familie einzusaugen, das er immer in mir auslöst, bevor ich zurücktrete und um den Tresen gehe. »Peyton, es ist so schön, dich zu sehen.«

»Ich freue mich so, dass ihr es geschafft habt.« Auch sie umarmt mich fest und ich seufze leise, weil sie nach Waffeln und Kaffee riecht.

Mason tritt mit zwei Koffern ins Haus, als ich mich von ihr

losmache. »Hi, Leute.« Er schließt die Tür hinter sich, lässt die Koffer im Flur stehen und kommt zu uns.

Zuerst begrüßt er Hunter mit einem festen Händedruck. »Na, Mr Sportmanager, aus welchem Teil Amerikas bist du jetzt eingeflogen?«

»Detroit. Und es waren verdammt lange drei Wochen. Bin auch gerade erst angekommen. Aber ich habe meinen ersten Solovertragsabschluss in der Tasche.«

»Super!« Ich klatsche in die Hände und juble, weil ich weiß, wie unfassbar viel Arbeit er da reingesteckt hat. Mason gibt ihm ein High Five und Peyton strahlt voller Stolz.

»Herzlichen Glückwunsch.« Mason grinst breit und geht zu Peyton, um sie mit einer kurzen Umarmung zu begrüßen. »Wie ich sehe, hat er dich noch nicht vergrault.«

Peyton beißt sich auf die Unterlippe und wirft Hunter einen liebevollen Blick zu. »Das schafft er auch nicht.« Dann blinzelt sie und öffnet eine Schublade. »Euer Zimmer ist fertig. Die Party beginnt in einer Stunde und wir werden gleich schon losgehen, um bei den letzten Vorbereitungen zu helfen.« Sie drückt mir einen Schlüssel in die Hand. »Es ist dasselbe, das du letztes Jahr hattest.«

Mir wird ganz warm ums Herz, als wir kurz darauf die Stufen hochsteigen und so viele Erinnerungen an unser letztes Weihnachten wieder hochkommen. Seitdem ist ein Jahr vergangen, und doch fühlt es sich an, als wäre ich erst gestern das letzte Mal hier gewesen.

Ich brauche keine zehn Minuten, um mir mein kitschiges Strickkleid anzuziehen, mich zu schminken und Masons Rummachversuche abzuwehren. Dennoch braucht er später ein Abschminktuch und ich einen frischen Lippenstift, bevor wir runtergehen können.

Peyton und Hunter stehen bereits in dicken Mänteln unten und sind sichtlich überrascht, uns schon zu sehen.

»Ich will jede Sekunde mit euch genießen«, erkläre ich und streife mir meinen knielangen Wintermantel über, bevor Schal, Mütze und Handschuhe folgen. Meine Stiefel werden für den kurzen Weg reichen müssen.

»Schade, dass ihr übermorgen schon wieder abreist.« Peyton hält uns die Tür auf.

»Ja, total«, stimme ich ihr zu und verschränke meine Finger mit Masons, als wir nach draußen treten. Schneeflocken kitzeln auf meinem Gesicht und ich atme tief die frische Bergluft ein. »Aber dafür gehört Weihnachten euch und Silvester Masons Familie.«

Mason drückt meine Finger und ich weiß, dass es ihm viel bedeutet, wie gerne ich Zeit mit seiner Familie verbringe. Er wendet sich Hunter zu, während Peyton die Tür des B&B zuzieht. »Wie sieht es bei dir aus? Musst du nach Weihnachten wieder los?«

Er schüttelt den Kopf und legt Peyton einen Arm um die Schultern. »Nope. Die nächsten zwei Wochen gehören ganz meiner Weihnachtselfe und Nolan, der vorhat, mich quer durch die Berge zu jagen. Und wir werden uns ab und an bei Mom und Dad blicken lassen.«

Seit dem letzten Weihnachtsfest hat sich viel bei den Adams getan. Hunters Dad ist noch immer wenig begeistert von der Jobwahl seines Sohnes, aber er reißt sich zusammen und betrachtet die Tatsache, dass Hunter wenigstens in Big Sky wohnt, wohl als Teilsieg, der es ihm erlaubt, lockerer zu sein und nicht bei jedem Treffen mit Hunter aneinanderzugeraten. Das Verhältnis als gut zu betrachten wäre wohl zu weit gegriffen, aber es wird besser.

»Es ist dein bisher längster Aufenthalt hier, oder?«, frage ich, während wir uns auf den Weg zum Diner machen.

»Jep. Aber ich komme immer vorbei, wenn es irgendwie geht. Selbst wenn ich nur ein paar Stunden bleiben kann und der Aufwand eigentlich in keinem Verhältnis steht«, antwortet er und lächelt verlegen. Dass er, nur um Peyton für wenige Stunden zu sehen, ewig lange reist, ist so süß. Mein bester Freund ist ein Romantiker. Ich glaube es ja nicht.

Ein schalkhaftes Lächeln legt sich auf seine Lippen. »Ich habe übrigens so eine Verspannung im Nacken. Könntest du dir die vielleicht später anschauen? Ich glaube, ich brauche ganz dringend eine Massage«, ächzt er und setzt seinen mitleiderregendsten Blick auf, mit dem er mich schon mal dazu bekommen hat, ihm seinen Rücken zu massieren.

Empört verpasse ich ihm einen Knuff. »Darauf falle ich nicht noch einmal rein!«

Peyton und Mason lachen, während Hunter mir zuzwinkert. »Einen Versuch war es wert.«

Mein wütendes Funkeln hat keinerlei Wirkung, weil meine Mundwinkel zucken. Ich kann ihm einfach nicht böse sein. Nicht Hunter, der nach all den Jahren noch immer wie ein Bruder für mich ist.

Das Diner ist schon von Weitem als hell erleuchtetes Gebäude zu erkennen. Weder draußen noch drinnen wurde mit den Lichterketten gespart, die in allen Farben blinken.

»Ich erblinde«, stößt Hunter theatralisch aus, was Peyton dazu bringt, ihm durch die Haare zu wuscheln. »Jetzt sei nicht so. Insgeheim geht dir doch das Herz auf.«

Er starrt sie skeptisch an, worauf sie sich auf die Unterlippe beißt. »Wenn ich es nicht besser wüsste, würde ich Sie für eine Fremde halten, Ms Scott.«

Bevor sie etwas erwidern kann, wird die Tür aufgerissen und Ava stampft hinaus. Ihre Wangen sind gerötet und sie trägt einen Pullover, der mit einem Kaminfeuer bestickt ist, an dem echte Weihnachtssocken hängen. »Na endlich!«, ruft sie und scheucht uns ins Diner. »Einer von euch muss Barbs stoppen. Sie haut literweise Blaubeerlikör in die Kaffeekannen.«

»Die paar Tropfen machen keinem was aus, Skihase«, ruft diese von der Theke aus und winkt in unsere Richtung.

Ava marschiert wieder nach drinnen. »Hatten wir uns nicht darauf geeinigt, dass du mich nicht mehr so nennst, Mrs Huckleberry?«

»Schon gut, Ms Blitzlicht. Ist ja nur zu Weihnachten.« Sie strahlt in die Runde. »Hallo, allerseits.« Neben ihr steht Agnes, während Hudson mit einem Bier in der Hand auf einem Hocker sitzt und lautstark *Rockin' Around The Christmas Tree* trällert.

Ein einstimmiges »Hallo« kommt zurück, während wir unsere Jacken ausziehen.

»Ha!«, stößt Ava aus, während sie uns nacheinander umarmt und dann auf mein Kleid deutet. »Du bist auch infiziert!«

Ich streiche über den grauen Strick, auf dem pink glitzernde Weihnachtskugeln drauf sind. Man kann den Carters einfach nicht widerstehen.«

Mason tritt zu uns und umarmt Ava einmal fest. »Die Traditionen müssen eben gewahrt werden.«

Ava lächelt warm und schaut kurz prüfend zu mir. Immerhin gehört diese Tradition zu Masons Familie, und obwohl wir nicht mit ihnen feiern, habe ich entschieden, dieses Jahr schon mitzumachen. Und sei es nur, um Hunter damit zu quälen. Masons Pullover ist knallrot mit grünen Wichteln darauf.

Es macht mir nichts aus, dass Ava und er diese gemeinsame Vergangenheit haben. Ihre Familien veranstalten im Sommer noch immer gemeinsame Barbecues, weil sie schon seit Ewigkeiten befreundet sind, und es ist nicht einmal seltsam, dass neuerdings Nolan und ich dabei sind.

Als Ava sieht, dass alles okay ist, grinst sie Mason an: »Du hast keine Ahnung, wie schwer es war, hier so ein Ding aufzutreiben.« Dann wendet sie sich an Hunter. »Könntest du bitte deinen Charme spielen lassen und etwas gegen den Blaubeerlikör unternehmen?«

»Wieso denn ich? Warum hat Nolan nicht eingegriffen?« Er hält Ausschau nach seinem Freund, aber außer uns, Barbs und Agnes befindet sich niemand im festlich geschmückten Diner.

»Es gab einen Unfall mit Alfie, einer Streunerkatze und dem Weihnachtsbaum. Er und Theo holen gerade Ersatz.« Sie schaut auf die Wanduhr. »Sie müssten jeden Moment wiederkommen.«

»Großartig«, ruft Hunter und klatscht in die Hände. »Was wäre Weihnachten nur ohne ein paar Katastrophen?«

Ich grinse und folge Mason, der bereits zur Theke geht, wo Agnes und Barbs dazu übergegangen sind, Plätzchen auf kitschigen Papptellern anzurichten. »Können wir euch helfen?«

»Aber sicher, meine Süßen.« Agnes schiebt uns bereitwillig ein paar Dosen und einen Stapel Teller zu. »Ich könnte eh eine Kaffeepause vertragen.«

Mason öffnet sofort eine der Dosen, schnappt sich ein Plätzchen und beißt hinein. Sein wohliges Seufzen beschert mir eine Gänsehaut. »Köstlich. Genau wie in meinen Erinnerungen.«

Agnes wird ein bisschen rot unter ihrer Schminke und streicht ihr schneeweißes Haar zurück. »Du willst mich doch nur um den Finger wickeln, damit ich dir eine Dose überlasse.«

Mason zwinkert ihr zu. »Verzeih es mir. Diese Plätzchen sind einfach die besten.«

Agnes tätschelt seine Hand. »Wie könnte ich da nur Nein sagen?« Sie nimmt eine der Dosen und verstaut sie unter der Theke. »Aber verratet es bloß niemandem. Simon liegt mir schon seit Tagen in den Ohren, dass er dringend Plätzchen für die Wache braucht. Dabei weiß ich genau, er würde mit niemandem teilen.«

Ich verkneife mir ein Lachen und wende mich der Tür zu, als diese erneut geöffnet wird. Nolan und Theo schleppen eine Tanne rein und hinterlassen eine Spur aus Schnee auf dem Boden.

»Das macht ihr aber gleich sauber«, ruft Barbs streng, was jedoch durch ihr warmes Lächeln abgemildert wird.

Ava eilt zu ihnen und zieht eine Plane von der Tanne, die darunter vollkommen trocken ist und an der noch bunte Holzfiguren, Strohsterne und Kugeln hängen.

»Wo kommt die denn her?« Hunter geht ebenfalls zu ihnen und hat bereits den Baumständer dabei, sodass sie die Tanne sofort hinstellen können.

»Aus unserem Wohnzimmer.« Ava zupft an den Tannenzweigen herum, die ein wenig eingeknickt sind. Sie und Nolan haben Mitte letzten Jahres noch mehr Räume über der Praxis umgebaut und so die Wohnung vergrößert. Ich kann kaum erwarten, sie zu sehen.

»Dann findet das Essen bei euch morgen ohne Baum statt?«, frage ich und nehme Peyton eine Kiste mit Weihnachtsbaumschmuck ab.

»Wird es wohl. Bis morgen ist keine Tanne trocken.« Ava zuckt mit den Schultern und vermutlich ist es ihr wirklich nicht so wichtig.

»Egal. Wir müssen dringend auf deinen und Hunters Vertrag anstoßen.« Peyton öffnet den Karton und zu dritt beginnen wir zu schmücken. »Dann habe ich bald eine berühmte Freundin und einen erfolgreichen Freund.«

Avas Wangen röten sich unter dem Kompliment. »Na ja, es ist nur ein Bildband. Der wird mich nicht gleich berühmt machen. Zum Glück! Mir reicht die Aufmerksamkeit, die ich kriege, wenn ich hier durch den Ort laufe, weil hier jeder jeden kennt.«

»Was heißt hier nur?«, werfe ich tadelnd ein und ziehe die Augenbrauen fast bis zu meinem Haaransatz hoch. »Deine Fotos werden gedruckt und in einem Buch verkauft. Das ist doch wohl supercool!«

Ava windet sich zwar ein bisschen, grinst aber. »Das stimmt.«

Nolan, der nun seine Winterklamotten ausgezogen hat, kommt zu uns und gibt Ava einen Kuss auf die Schläfe, bevor er Peyton und mich begrüßt. »Zumal Ava mittlerweile stolze Besitzerin einer Drohne ist und man über die QR-Codes im Buch auch ihre Videos ansehen kann. Ich habe die ersten Vordrucke gesehen. Das wirkt, als würde man direkt in die Aufnahmen reinkippen.« Er legt ihr einen Arm um die Schultern. »Du musst nur noch lernen, mit Komplimenten umzugehen.«

Sie lacht. »Es ist einfach ungewohnt, wenn mich nicht alle für verrückt halten.« Sie sieht Nolan in die Augen – ein Moment, der so intensiv und aufgeladen ist, dass Peyton und ich uns gleichzeitig abwenden und leise lachen.

»Wie geht es deiner Mom?«, frage ich sie vorsichtig, weil ich seit dem letzten Zwischenstand nichts mehr von ihr gehört habe.

»Der Rückfall hat sie ziemlich zurückgeworfen. Aber wir kämpfen.« Peyton blinzelt und lächelt schmal.

»Es tut mir so leid, dass es keine besseren Nachrichten gibt, aber ich wünsche euch von ganzem Herzen ein Weihnachtswunder, sodass es ihr ganz bald besser geht.«

Hunter kommt zu uns und umarmt Peyton von hinten, ganz fest, als wüsste er instinktiv, dass sie das gerade braucht.

Ich schaue zu Mason hinüber, der noch immer an der Theke steht und sicher schon das fünfte Plätzchen in den Mund schiebt, während er nun gemeinsam mit Theo die Plätzchenteller dekoriert.

»Ho ho the mistletoe.« Hudsons Gesang wird immer lauter und schiefer, und als Theo zusammenzuckt, stupst Mason ihn leicht mit der Schulter an. Theo atmet sichtlich durch und nickt. Als er aufschaut, bemerkt er, dass ich ihn beobachte, und lächelt zaghaft. Vielleicht glaubt er mir ja wirklich irgendwann, dass er mehr ist als der Sohn des Dorftrinkers. Es sieht zumindest so aus, als wäre er auf dem besten Wege.

»Ich schwöre, ich werde den Typen gleich in den Schnee werfen, wenn er nicht langsam eine neue Platte auflegt«, knurrt Hunter und fixiert Hudson, als könnte er ihn allein mit der Kraft seiner Gedanken dazu bringen, ein anderes Lied zu singen.

Mason schlendert zu uns herüber und gemeinsam hängen wir noch mehr Schmuck an den Baum. Nichts hat sich jemals so weihnachtlich angefühlt wie dieser Moment.

»Ist es nicht seltsam? Wenn die Lawine damals nicht runtergekommen wäre, würde unser Weihnachten dieses Jahr sicher ganz anders aussehen«, überlegt Peyton laut und einen Moment lang ist es ganz still in unserer Gruppe.

»Na, Gott sei Dank hat Nolan das Ding absichtlich runtergehen lassen«, murmelt Hunter und grinst seinen Freund an.

Nolan verdreht die Augen. »Zum hundertsten Mal: Ich war das nicht.«

Ava kichert und schlingt die Arme um ihn. »Du lässt dich viel zu leicht von ihm ärgern.«

Nolan beugt sich zu ihr vor und flüstert so laut, dass wir ihn alle hören können. »Vielleicht hatte ich ja doch was damit zu tun.«

»Ich jedenfalls bin dankbar dafür.« Mason legt seinen Arm um meine Schultern und wird sofort ernst. »Und natürlich auch, dass niemand ernsthaft verletzt wurde.«

Wir lachen so laut los, dass wir selbst Hudsons schiefes Singen übertönen. Hunter hatte recht. Big Sky stellt etwas mit den Menschen an. Oder vielleicht war es auch ein Weihnachtswunder. In jedem Fall haben wir alle an genau diesem Ort die Liebe gefunden und ein Zuhause.

DANKSAGUNG

Damit ein Buch entsteht, braucht es viele Menschen, die daran mitwirken, und eine Initialzündung. In diesem Fall kam die von Susanne Stark, Programmleitung dtv Jugendbuch. Denn als wir uns im November 2022 im verregneten München trafen, schlug sie uns diese spezielle Weihnachtsbuchidee vor. Keine von uns hatte bis dahin ein Buch zusammen mit anderen geschrieben. Wir hatten uns noch nie zuvor gesehen, noch nie miteinander gesprochen. Dennoch … Wir sahen uns an – und sagten Ja.

Und was im ersten Moment matchte, beschert uns jetzt – nach nicht einmal einem Jahr und der ein oder anderen durchwachten Plottingnacht in Hotelbars (danke ans Team des Hotel Bold in München für die Geduld), unzähligen Sprachnachrichten und Skype-Sessions – *Kisses in the Snow*. Deswegen gilt unser erster Dank dir, Susanne. Du hast uns nicht nur als Kolleginnen für ein wunderbares und besonderes Projekt zusammengeführt, sondern auch den Grundstein für unsere Freundschaft gelegt.

Unseren Agentinnen danke fürs erfolgreiche Über-Kreuz-Verhandeln, die sofortige Begeisterung fürs Projekt und die immer offenen Ohren.

Wir freuen uns sehr, dass wir für Christine Albach, unsere Lektorin, das erste Projekt nach ihrer Elternzeit sein durften. Dem Abenteuer, mit drei Autorinnen gleichzeitig an einem Buch zu arbeiten, hast du dich mit ganz viel Enthusiasmus gestellt. Wir danken dir für deine schnellen Antworten auf unsere Fragen, deine Ideen und die Herzchen in der Kommentarspalte.

Allen Menschen, die an der Entstehung des Buches mitgewirkt haben, möchten wir für das Engagement, die Arbeit und die Kreativität danken. Denn dadurch wird das Buch erst zu dem, was es ist.

Unseren Familien danken wir für all die skurrilen, abstrusen, wundersamen Weihnachtsmomente, die uns für so einige Szenen als Inspiration gedient haben. Ihr seid für uns das größte Weihnachtswunder – auch ganz ohne eingeschneit zu sein!

Und natürlich gilt unser größter Dank euch Leser:innen – für eure Unterstützung, eure Begeisterung und eure Weihnachtsbuchliebe. Vielen Dank, dass ihr euch für *Kisses in the Snow* entschieden habt. Ohne euch dürften wir nicht tun, was wir lieben.

Special thanks to …

Liebe Leonie und liebe Valentina, vielen Dank, dass ihr so wunderbar aufgeschlossene und unkomplizierte Menschen seid. Jede Idee wurde von euch angenommen, ausgebaut oder äußerst liebevoll verworfen. Danke, dass ich die Sternenszene schreiben durfte, dass du Mason und Grace in letzter Sekunde Kerzen auf den Tisch gestellt hast, Valentina, und dass du, Leonie, Agnes noch mal hast umziehen lassen. Ihr wart für mich ein perfect match. Denn obwohl wir in vielem so verschieden sind (oder gerade deshalb?), passte das zwischen uns von Anfang an. Ich fühle mich einfach wohl mit euch! Danke von Herzen, eure Tonia.

Liebe Tonia und liebe Valentina, niemals hätte ich gedacht, dass drei Autorinnen, die sich selbst den Namen »Die Weihnachtsbuchchaostruppe« gegeben haben, so produktiv und effizient arbeiten können. Danke dafür, auch wenn ich glaube, wir haben Christine manchmal etwas schockiert, wenn wir Lektorate schon nach vierundzwanzig Stunden vollständig bearbeitet mal drei zurückgeschickt haben. Dass wir so gut zusammengearbeitet haben, liegt sicher auch daran, dass wir schnell mehr als Kolleginnen waren. Danke für eure Freundschaft, die hoffentlich noch viele Jahre und einige weitere gemeinsame Projekte andauern wird. Und danke fürs Ent-Grinchen. Nie hätte ich gedacht, dass euch das gelingt. Aber ich freue mich auf Glühwein auf dem Weihnachtsmarkt und gemeinsam geschmetterte Weihnachtssongs. Danke, eure Leo.

Liebe Tonia und liebe Leonie, dass wir nie mit all den umherfliegenden Dateien durcheinandergekommen sind, sagt eigentlich alles: Das war Teamwork at its best. Superschnelle Absprachen, alles Hand in Hand und jede hat sich fürs Wohl der Geschichte und fürs Team völlig selbstverständlich zurückgenommen. Abgesehen davon, dass wir absolute Harmonie-Schwestern waren, die eine Eins plus mit Sternchen verdient hätten, war die Arbeit mit euch auch noch total lustig. Danke, Tonia, dass ich jetzt immer an Blaubeerlikör und Skihasen denken muss, wenn ich meinen Kaffee trinke. Und danke, Leonie, für angebrannten Vanillepudding und Grace' Vorliebe für Liebesschnulzen. Eure Valentina.